A CASA DO CALIFA

Querida Karina,

Sempre quando leio um livro penso em alguém para passá-lo. Não sei se por causa do Marrocos, pensei sempre em te dar este livro. É sobre histórias e recomeços. Fico feliz de saber que está sempre se renovando e não se repetindo. O outro livro é para te ajudar na tarefa de fazer compras de frutas e verduras e agradar os amigos que forem te visitar, é claro!

CADERNOS DE VIAGEM

Muito boa sorte para vocês.

Beijos,

Lúcia Shibata
abril 2011

A CASA DO CALIFA

UM ANO EM CASABLANCA

Tahir Shah

Tradução Pedro Ribeiro

roça nova
EDITORA

Título original
The Caliph's House

Editor
Laura Di Pietro

Capa, projeto gráfico e composição
Portas Design

Imagem de capa e ilustrações
Ana Cartaxo

Foto de capa
Mario Grisolli

Revisão
Ana Lúcia Moraes
Leonardo Teixeira

Dados internacionais de Catalogação-na-Publicação (CIP)

S525 Shah, Tahir.
A casa do califa : um ano em Casablanca /
Tahir Shah ; tradução Pedro Ribeiro. - Rio de Janeiro : Roça Nova Ed., 2008.
351 p. : il. ; 21 cm. - (Cadernos de viagem)

Glossário: p. 347-351.
ISBN 978-85-62064-00-5

1. Marrocos – Descrição e viagens. 2. Livros de viagem.
I. Título. II. Série.
CDD 964.3805322

2008

EDITORA ROÇA NOVA LTDA
Rua Alice, 2040
22241-020 – Rio de Janeiro – RJ
tel/fax 21 3256-0786
editora@rocanova.com.br
www.rocanova.com.br

Este livro é para Ariane e Timur,
e para suas vidas na Casa do Califa.

AGRADECIMENTOS

Não poderia apresentar este livro sem agradecer a três mulheres:

Elisabeth, sua generosidade foi maior do que você imagina.
Emma, o som da minha voz indicava a minha gratidão.
Rachana, com muito amor e agradecimento por você demonstrar sinceras incertezas.

Tahir Shah
Dar Khalifa, Casablanca

Olhe nos olhos de um djinn e encare as
profundezas de sua própria alma.
Provérbio marroquino

UM

Dois juncos bebem do mesmo riacho.
Um é oco; o outro, cana-de-açúcar.
Provérbio marroquino

HAVIA UMA TRISTEZA NA QUIETUDE do crepúsculo. O café estava apinhado de homens de rosto comprido vestindo túnicas, bebendo café, fumando tabaco escuro. Um garçom desfilava entre as mesas, equilibrando a bandeja sobre as pontas dos dedos e os copos sobre a bandeja. Naquele instante, o dia virou noite. Os clientes tragavam profundamente seus cigarros, tossiam e fitavam a rua. Alguns estavam preocupados, outros distraídos, ou simplesmente estavam ali, sentados em silêncio. O mesmo ritual é cumprido a cada noite por todo o Marrocos, o reino do deserto localizado no noroeste da África, junto à costa do Atlântico. À medida que os últimos raios de luz solar se dissipavam, o burburinho foi recomeçando, com o murmúrio de vozes calmas sobrepondo-se gentilmente ao ruído do tráfego.

O café do beco em Casablanca era para mim um lugar de mistério, um lugar com alma, um lugar perigoso. Era como se as redes de segurança houvessem sido cortadas e cada cidadão fosse um equilibrista se movendo sobre o fino arame deste mundo – o mundo real. Para mim não bastava ser um visitante, desejava ser um habitante de uma cidade como esta.

Minha esposa, Rachana, que estava grávida, tivera suas reservas desde o início, que aumentaram com meu discurso sobre a necessidade da incerteza e do perigo. Ela afirmou que nossa filhinha precisava de um lar seguro, que sua infância não carecia de uma paisagem exótica. Aumentei a aposta, prometendo uma cozinheira, uma empregada, um batalhão de babás e a luz do sol – uma quantidade infinita e gloriosa de luz do sol. Desde sua vinda da Índia há oito anos, Rachana raramente vislumbrara o sol no triste céu londrino; mal recordava a sua cor. Lembrei-lhe das coisas de que sentíamos saudade: o fulgor amarelo da aurora irrompendo pelas cortinas do quarto, o zumbido dos mangangás nas madressilvas, ricos aromas perfumando ruas estreitas, coloridas de modo exuberante por barracas do mercado apinhadas de temperos – páprica e açafrão-da-índia, canela, cominho e alforva. Tudo isso numa terra onde a família ainda é o cerne da vida, onde as tradições custam a morrer e onde as crianças podem crescer conhecendo o significado da honra, do orgulho e do respeito.

Eu estava cansado da nossa miserável existência e do tamanho insignificante do nosso apartamento, onde sofríamos com a gritaria dos vizinhos, ouvida através de paredes finas como papel. Queria escapar para uma casa de dimensões respeitáveis, com arcos e colunatas, portas elevadas feitas de cedro aromático, pátios com jardins ocultos, estábulos e fontes, pomares com árvores frutíferas, e dezenas e mais dezenas de quartos – uma fantasia inspirada pelas páginas de *As Mil e Uma Noites*.

QUALQUER PESSOA QUE JÁ TENHA tentado escapar pela úmida costa inglesa precisou acumular uma longa lista de motivos. Muitas vezes me perguntei como os peregrinos no Mayflower[1] conseguiram partir. Os amigos e os parentes tomam como loucos os aspirantes a fugitivos. Meus próprios amigos não foram exceção; de início, zombaram do meu plano de mudança para o exterior e, quando perceberam que eu não estava interessado nos refúgios costumeiros – sul da França ou Espanha – avançaram nos meus ouvidos. Tacharam-me de irresponsável, de pai despreparado, de sonhador destinado ao fracasso.

A pressão para abandonar meu sonho assomou, crescendo de tal forma que quase recuei. Então, numa soturna manhã de inverno, passei por uma multidão numa rua central de Londres. Um homem idoso no meio do grupo estava sendo derrubado ao chão por dois policiais. Estava vestido como um homem de negócios: camisa branca engomada, gravata de seda, terno e um cravo rubro e polpudo espetado na lapela. Num bizarro arroubo de excentricidade, ele despira as calças e cobrira a cabeça com sua roupa de baixo. Os policiais, que não gostaram da brincadeira, estavam ocupados algemando-o. Uma jovem ali perto gritava, implorando às autoridades que prendessem aquele "louco".

Enquanto o homem era embutido em um camburão blindado, virou-se e gritou: "Não desperdicem a vida seguindo outras pessoas! Sejam indivíduos! Vivam seus sonhos!"

As portas de aço se fecharam, o veículo partiu e a multidão se dispersou. Todos, menos eu. Fiquei ali, pensando no que vira e no que o suposto louco havia dito. Ele tinha razão. Vivemos numa sociedade de seguidores, aprisionados por uma mentalidade insular. Naquele momento, fiz uma promessa a mim mesmo. Não seria subjugado pelas expectativas dos outros. Arriscaria tudo e deixaria a ilha, arrastando minha família comigo. Juntos, buscaríamos a liberdade e uma terra onde pudéssemos ser nós mesmos.

---

1 *Mayflower*: famoso navio que transportou os *Pilgrims* (Peregrinos), da Inglaterra para os Estados Unidos em 1620. (N.T.)

O TRÁFEGO NA HORA DO *RUSH* na noite de Casablanca tem uma ferocidade que não deixa nada a dever a qualquer outra cidade. Mas nunca foi tão selvagem quanto no final da primavera, no dia em que tomei posse da Casa do Califa. Esperara sentado no café a tarde inteira, aguardando o encontro com o advogado. Ele me pedira que o encontrasse no seu escritório às oito da noite. Às sete e cinqüenta e cinco, deixei uma moeda sobre a mesa, saí do café e cruzei a rua. Passei por um hotel de portas de vidro cercado por orgulhosas tamareiras. Um ônibus turístico vazio estava parado do lado de fora, ao lado de um par de carretas carregadas de frutas passadas. Logo eu estava subindo por uma escadaria curva em um dilapidado edifício *art déco*. No terceiro andar, fui até uma porta de carvalho e bati. O advogado abriu-a, cumprimentou-me com rigidez e me dirigiu ao seu escritório.

Um documento escrito em árabe de aparência oficial estava sobre a mesa. O advogado me mandou lê-lo até o fim.

"Não sei ler árabe", disse eu.

"Então é melhor simplesmente assinar", respondeu, conferindo as horas no seu Rolex de ouro.

Passou-me uma caneta Mont Blanc. Assinei o papel, como instruído. O advogado se levantou e deslizou uma pesada chave de ferro sobre a mesa.

"O senhor é um homem muito corajoso", observou.

Fiz uma pausa por um momento para fitá-lo nos olhos. Sua expressão não se alterou. Peguei a chave. Nesse momento, fui derrubado ao chão pela força de uma violenta explosão. A janela se despedaçou com uma energia espetacular, cobrindo o escritório de cacos de vidro. Ensurdecido, confuso e coberto de vidro quebrado, lutei para me levantar. Minhas pernas tremiam tanto que mal conseguia ficar de pé. O representante da lei impecavelmente vestido estava agachado atrás da mesa, como se já tivesse passado por isso. Levantou-se silenciosamente, limpou o vidro dos ombros, endireitou a gravata de seda e abriu a porta para que eu saísse.

Na rua, as pessoas gritavam, correndo em todas as direções; alarmes de incêndio disparavam, sirenes de polícia uivavam. Também havia sangue. Muito sangue, espalhado por rostos e roupas rasgadas. Eu estava abalado demais para ser útil aos feridos, que agora saíam em bando do hotel de portas de vidro. Enquanto os observava em câmera lenta, um pequeno táxi vermelho estacionou rapidamente. O motorista estava chamando desesperadamente pela janela do passageiro: "*Étranger! Monsieur étranger!*", gritou. "Venha rápido, é perigoso para estrangeiros!" Entrei cambaleando no carro e ele girou o volante, jogando-nos no tráfego frenético.

"São homens-bomba", disse o motorista, "estão explodindo por toda Casablanca!"

O Peugeot vermelho ziguezagueou rumo ao oeste, para fora do centro da cidade. Mas a minha cabeça não estava no tráfego, nas bombas ou no sangue. Em vez disso, estava na minha esposa, na nossa casa em Londres. Podia imaginar o noticiário na tela da TV e vê-la apertando nossa filhinha contra a barriga, que exibia uma gravidez avançada. Eu tinha certeza de que agora ela não estaria disposta a abraçar uma nova cultura e um sonho. Ela tinha medo da sociedade islâmica do Marrocos, especialmente depois dos ataques de 11 de setembro do Al-Qaeda, e do segundo conflito do Golfo, que havia derrubado Saddam Hussein há poucos dias. Mas agora era tarde demais para voltar atrás. O dinheiro já fora pago e os documentos assinados e carimbados.

A chave estava em minhas mãos – um símbolo do futuro ou, talvez, de uma aquisição alucinada. Fiquei olhando para ela, observando os entalhes antigos no ferro, amaldiçoando a mim mesmo por ter cortejado tão abertamente o perigo.

Neste momento, o motorista pisou no freio. "Chegamos!", exclamou.

EU TINHA MUITOS MOTIVOS para escolher o Marrocos. Infinitos motivos que tiveram início há muito tempo. Durante toda a minha infância, meu pai, um afegão, quisera nos levar à sua terra natal. Mas as constantes guerras do Afeganistão nos impediram de conhecer os orgulhosos fortes das montanhas do país. Assim, desde que aprendemos a andar, minhas irmãs e eu freqüentemente nos acomodávamos no carro da família, com malas de vinil empilhadas no teto. Nosso jardineiro nos conduzia desde as ruas tediosas e serenas dos campos ingleses, passando pela França e pela Espanha, até chegar às montanhas do Alto Atlas do Marrocos.

Para meu pai, era uma chance de revelar aos filhos fragmentos da sua própria terra natal. Descobrimos uma verdadeira tapeçaria de gargantas e vales escarpados, de desertos e oásis, de fortalezas imperiais, uma cultura atada a códigos tribais de honra e respeito. Para minha mãe, era uma oportunidade de fazer todo tipo de pechincha, desde cafetãs até candelabros, e de aconselhar às hordas delirantes de hippies que voltassem para casa e para a mãe distante.

A cada viagem, passávamos semanas rodando pelas montanhas e pelas dunas do Saara, onde os "homens azuis" vagavam pelo deserto, suas peles escuras tingidas por túnicas índigo. Parávamos regularmente para vomitar nos arbustos, para nos regalarmos de frutos de cacto e para pagar uns trocados por lascas de ametista nas pedreiras das colinas.

Minhas memórias mais antigas são da grande cidade murada de Fez. Ruas ladrilhadas e estreitas, mal iluminadas e encantadoras, onde barracas na calçada vendiam qualquer coisa que você quisesse comprar. Havia montes de condimentos e ervas recém-cortadas – açafrão, anis, páprica, picles de limão e montanhas de azeitonas reluzentes -, pequenas caixas de cedro incrustadas com ossos de camelo, sandálias de couro perfumado e potes de terracota, rústicos tapetes berberes, cafetãs dourados, amuletos e talismãs.

Mas, de longe, o meu canto favorito do *souq* era o local onde os feiticeiros compravam ingredientes para seus encantamentos. As paredes dessas lojas eram apinhadas de gaiolas ocupadas por camaleões, cobras, salamandras e águias cabisbaixas. Segundo meu pai, também havia armários de surrada teca birmanesa com gavetas cheias de couro de baleia, cabelos de homens mortos e outros itens arrepiantes.

Marrocos foi uma fonte de cor para minha higienizada infância inglesa, com sua indumentária usual de camisas cinzentas de flanela que pinicavam e shorts de veludo cotelê, sob um céu perpetuamente nublado. O reino sempre fora um local de escape, dotado de surpreendente intensidade, mas, acima de tudo, um lugar com alma. Agora, como um jovem pai de família, considerava meu dever, minha responsabilidade, passar a mesma dádiva para meus filhos, uma dádiva de colorido cultural. Teria sido muito mais fácil desistir e não realizar a grande escapada da ilha. Mas algo dentro de mim me incitava: a sensação de que, se não aproveitasse o momento, me arrependeria para o resto de minha vida.

Havia outro forte motivo para escolher o Marrocos: meu avô paterno. Ele passara os últimos anos de sua vida numa pequena vila perto da costa, em Tânger. Quando sua amada esposa morreu com apenas cinqüenta e nove anos, ele ficou arrasado. Incapaz de suportar tantas memórias, mudou-se para o Marrocos, pois nunca haviam viajado para lá juntos. Certa manhã, enquanto descia a colina na sua rota diária, retornando do Café France para casa, foi atingindo por um caminhão da Coca-Cola em marcha a ré. Inconsciente e sangrando, foi levado às pressas para o hospital, onde morreu horas depois. Eu era muito pequeno para me lembrar dele, mas fiquei triste mesmo assim.

DURANTE MESES, REVIRAMOS O Marrocos, desesperados para encontrar uma casa onde minhas ilusões de grandeza pudessem correr soltas. Nosso ponto de partida foi Fez, sem dúvida a maior jóia do Marrocos. É a única cidade árabe medieval que permanece inteiramente intacta. Caminhar pelo labirinto de ruas que formam a vasta *medina* é como adentrar *As Mil e Uma Noites.* Os aromas, imagens e sons bombardeiam os sentidos. Uma caminhada de poucos passos pode ser uma experiência extasiante. Durante séculos, Fez foi uma cidade de impressionante riqueza, um centro de comércio e erudição. Suas casas refletem uma confiança na arquitetura árabe praticamente inexistente em qualquer outro lugar, com uma decoração que se beneficiou de uma ininterrupta linhagem milenar de aprendizes. Os becos da velha cidade abrigavam várias oficinas, onde as tradicionais técnicas de artesanato em metal e curtimento de couro, desenho com mosaicos, tecelagem, cerâmica e marchetaria ainda eram transmitidas de pai para filho.

Por acaso, fomos levados à espaçosa casa de um comerciante na fronteira norte da velha cidade. Ela fora construída no grandioso estilo *Fasi* e tinha pelo menos quatrocentos anos. Seis salões cavernosos cercavam um pátio central, cada um deles adornado com frisos em mosaicos e pisos ladrilhados com placas de mármore das montanhas do Médio Atlas. Em volta do pátio, colunas pareciam chegar ao céu e, no centro, havia uma fonte em forma de lótus, feita do mais fino alabastro. No alto de uma parede adjacente havia uma modesta janela sem vidraça, velada por uma tela em filigrana de madeira, um ponto de guarda do que antes fora o harém.

O homem que mostrava o edifício era um vendedor de *kebab* com contatos. Ele disse que a casa estivera vazia apenas por alguns anos. Titubeei com a observação – o local necessitava desesperadamente de reparos, parecia estar abandonado há pelo menos meio século.

"No Marrocos", disse sorrindo o vendedor de *kebab*, "uma casa vazia é um convite para os malignos."

"Você está falando de ladrões?"

O homem sacudiu a cabeça violentamente. "Não pessoas malignas", disse ele, "forças malignas."

Naquela época, eu não fazia idéia do que o corretor queria dizer. Ignorando seu comentário, comecei imediatamente a negociar a casa. Havia um problema: a casa era propriedade de sete irmãos, cada um mais ganancioso que o outro. Ao contrário do Ocidente, onde uma propriedade está à venda ou não, no Marrocos, ela pode estar numa zona crepuscular – possivelmente à venda, possivelmente não. Antes de chegar ao preço, é preciso persuadir os proprietários a realizar a venda. Essa fase de persuasão é uma característica oriental, sem dúvida trazida à região pelos conquistadores árabes do norte da África, catorze séculos atrás. Enquanto você toma xícaras e mais xícaras de chá de hortelã, argumentando como louco, os vendedores o fitam de cima a baixo, inspecionando a qualidade das suas roupas e a costura dos seus sapatos. Quanto melhor a qualidade de sua indumentária, mais elevado será o preço.

Eu devia estar excessivamente elegante na manhã da minha reunião com os repulsivos sete irmãos proprietários da casa do comerciante. Depois de quatro horas de persuasão e adulação, e galões de chá de hortelã, eles a princípio concordaram com a venda. Então cuspiram um preço fantasioso e estreitaram seus olhos cobiçosos. Minha técnica de barganha era incipiente. Eu devia ter ficado, tomado mais chá e pechinchado a tarde toda, até anoitecer. Em vez disso, saí de um pulo e corri para o labirinto, praguejando. Ao fazê-lo, havia quebrado a primeira regra do mundo árabe: nunca perder a calma.

DEIXAMOS FEZ E FOMOS PARA Marrakesh, o oásis rosa no deserto à sombra das montanhas do Atlas. Nos últimos anos, a cidade vira um *boom* imobiliário, com europeus prósperos adquirindo mansões em ruínas na *medina*, conhecidas como *riads*, e restaurando-as à sua glória esquecida. Basta caminhar por qualquer rua, com sua multidão de mascates, lambretas, bicicletas e carretas, para ver uma série de portões simples, silenciosos. Você pode achar que não são nada de mais, mas por trás de cada porta há um palácio.

A entrada rápida de dinheiro estrangeiro despertou um renascimento das artes tradicionais: entre elas, mosaicos *zellij*, azulejos de terracota conhecidos como *bejmat*, e um incrível trabalho com reboco, preparado com clara de ovo e pó de mármore, chamado *tadelakt*. A avidez européia para adquirir esses edifícios maravilhosos só é igualada pela disposição dos marroquinos de vendê-los. Na *medina* de Marrakesh, todos têm o mesmo sonho: querem vender o arruinado lar ancestral com uma vasta margem de lucro e morar no bairro de apartamentos pré-fabricados na parte nova da cidade. Podemos desejar detalhes rústicos e o charme do mundo antigo, mas seus proprietários só pensam em papel de parede de vinil, carpete no chão e em todo o conforto moderno.

Devo ter arrastado Rachana por mais de setenta *riads* em Marrakesh. Nenhuma tinha a grandiosidade da casa do comerciante em Fez, mas uma delas roubou meu coração. Seu pátio tinha uma proporção impressionante, cheio de flores de laranjeira e lavanda. O único problema era sua localização em frente a um matadouro – a circulação do ar só permitia o cheiro da morte.

Assim, fizemos nossas malas e voltamos para Londres, onde caí na mais profunda depressão que já conhecera. Meus amigos zombaram de mim. Para eles, eu tentara escapar da atração magnética das Ilhas Britânicas, mas fora arrastado de volta à costa. Toda noite, eu lia para nossa filhinha Ariane uma história de princesas e dragões, e de uma abandonada casa de um comerciante, tão distante.

As semanas se passaram. Um inverno úmido se tornou uma primavera ainda mais úmida. Certo dia nublado, eu estava acomodado no sofá, enrolado num cobertor de lã, resmungando sozinho como um louco quixotesco. O telefone tocou. Atendi. Era a mãe de um velho amigo da escola. Trocamos delicadezas, enquanto eu me perguntava qual seria o motivo do telefonema. Então ela chegou ao assunto: corria o boato de que eu estava procurando uma casa no Marrocos. Ela era proprietária de uma residência em Casablanca e estava disposta a vendê-la. A senhora era discreta demais para dizer o preço, e eu, ansioso demais para perguntar. Ela só disse que era uma importante propriedade chamada *Dar Khalifa*, que significa "Casa do Califa", e que a casa precisava de alguém que a amasse muito. Baixando a voz até quase um sussurro, ela acrescentou: "Será preciso um homem forte para cuidar dela." Saltei do sofá, desenrolei o cobertor como um toureiro provocando um miúra e anotei os detalhes.

No dia seguinte ao telefonema, pousei no aeroporto Muhammed V no lado sul de Casablanca. Os guias turísticos preveniam os viajantes para que evitassem a cidade a todo custo. Todos concordavam que era o buraco negro do turismo marroquino. Nunca estivera lá antes, exceto para baldeação de trens. De qualquer modo, achava que sabia tudo sobre a cidade, pois havia visto o filme *Casablanca* com Bogart e Bergman.

Uma hora depois da aterrissagem, passava de táxi ao longo de um penhasco agradável, ladeado por cafés e palmeiras bem cuidadas. O sol brilhava forte e uma leve brisa salgada chegava do mar. O táxi saiu da estrada costeira e seguiu por uma avenida de palmeiras. Nos dois lados, vilas de uma brancura resplandecente se erguiam como icebergs. Cada vila exibia do lado de fora carros grandes cuidadosamente estacionados, todos novos e brilhantes, verdadeiros troféus de prosperidade.

O táxi foi um pouco mais longe, cruzou algum tipo de fronteira invisível e entrou em uma favela. Havia carretas, galinhas, gado perambulando sem rumo, e um rebanho de cabras bloqueando o caminho. O muezim, chamando para a oração da tarde, cantava do alto de uma modesta mesquita caiada de branco, à beira de uma trilha de terra. Alguns meninos chutavam uma bola improvisada pelas ruas barrentas que corriam entre os barracos construídos com placas de cimento e teto de zinco oxidado. Três homens de aparência cansada estavam acomodados à sombra, envoltos em *jellabas*, tradicionais roupas encapuzadas. Perto deles estavam montadas toscas barracas de vendas e, do outro lado, uma jovem vendia uma caixa de pintinhos pintados de rosa.

No extremo da favela, o táxi parou junto de uma porta simples, montada em uma parede de pedra suja. Antes de pagar ao motorista, perguntei se aquele era mesmo o endereço correto. Tinha certeza de que havia algum engano. Mas ele assentiu, apontou para o chão e assentiu de novo.

Saí e bati à porta. Depois de um momento, a porta entreabriu-se.

"Aqui é *Dar Khalifa*, esta é a Casa do Califa?", indaguei.

Uma voz rouca respondeu em francês, o idioma colonial do Marrocos: "*Oui, c'est ici.*" Sim, é aqui.

A porta abriu para dentro lentamente, como se um segredo estivesse prestes a ser revelado. Ao entrar, encontrei uma fantasia digna de um homem muito mais rico do que eu.

Havia pátios com abundantes tamareiras e fragrantes hibiscos, fontes sobre lagoas simétricas, jardins com buganvílias, cactos e toda sorte de árvores exóticas, um laranjal e uma quadra de tênis, uma piscina e, mais além, estábulos.

O caseiro me deu as boas-vindas, beijou minha mão e me conduziu por um longo corredor com galerias até o edifício principal. Entrar pela primeira vez foi como deslizar para dentro de um sonho. Estendia-se um labirinto de ambientes. Havia umbrais com arcos, portas de cedro, janelas octogonais envidraçadas com fragmentos de vidro colorido, frisos em mosaico e estuque moldado, pátios isolados e tantos aposentos – salões, estúdios, áreas de serviço e cozinhas, quartos de empregados, despensas e pelo menos uma dúzia de quartos.

Mas a Casa do Califa estivera vazia por quase uma década. Suas paredes estavam desbotadas com fungos, os pisos ladrilhados estavam imundos e precisando de reparos. Alarmantes marcas de umidade tomaram conta de todas as superfícies e alguns dos tetos haviam afundado. Teias cobriam os umbrais como cortinas rendadas, pássaros haviam feito seus ninhos nas lâmpadas e cupins haviam marcado as massivas portas de madeira. Um furo no encanamento transformara um quarto em um lago e a maioria das janelas pendia apodrecida das dobradiças. Quanto aos jardins, eram matagais onde perambulavam cães selvagens.

A casa tinha uma presença, uma atmosfera de grandiosidade perdida. Como uma velha dama da sociedade, estava exaurida e enrugada, mas tinha vivido. Podia-se imaginar a história, as festas, os segredos. Pode parecer absurdo, mas senti uma energia desde o primeiro momento, quase como se ela soubesse que eu estava lá.

TRÊS MESES DEPOIS DE TERMOS visto *Dar Khalifa* pela primeira vez, ela era nossa. Minha esposa esperara secretamente que eu desistisse do Marrocos, mas a casa a conquistara. Ela também sentira o seu espírito. Como eu, ela o considerara uma força positiva, e podia imaginar as crianças correndo em liberdade dentro de seus muros.

Felizmente, a proprietária inglesa não precisou de estímulo para a venda. Ela percebera instintivamente as limitações patéticas da conta bancária de um modesto escritor e estava ciente de que um marroquino que pagasse o preço de mercado teria derrubado a casa e construído um monstruoso prédio de apartamentos em seu lugar.

ENTÃO, FOI NA NOITE DOS VÁRIOS ataques suicidas que adentrei pela primeira vez a Casa do Califa como proprietário. No interior, os três caseiros estavam a postos, fazendo saudações e aguardando ordens. Como que por algum direito medieval de aquisição, eles vieram com a propriedade. Um deles era Muhammed, um grandalhão de ombros encurvados, com barba por fazer e um tique nervoso. Os outros o chamavam de Urso. Ao seu lado estava Osman. Era mais jovem, com um sorriso que nunca deixava seus lábios, e uma disposição tranqüila e contida. Trabalhava na casa desde criança. Finalmente, havia Hamza, o líder do grupo. Alto e respeitoso, pressionou sua mão na minha, antes de colocá-la sobre seu coração.

Perguntei urgentemente se eles tinham ouvido falar dos homens-bomba. Hamza sacudiu a cabeça. Havia problemas mais urgentes, avisou.

"O que poderia ser mais sério do que vários ataques suicidas?"

"*Djinns*", foi sua resposta.

"*Djinns*?"

Os três caseiros concordaram em uníssono.

"Sim, a casa está cheia deles."

Quando você compra uma casa no exterior, precisa se preparar para o inesperado. Eu sabia que teria de superar problemas de idioma e barreiras culturais. Mas nada havia me preparado para um exército de espíritos invisíveis.

Os muçulmanos acreditam que, quando Deus criou a humanidade do barro, Ele moldou também outra espécie de criatura a partir do fogo. Elas possuem vários nomes – *djinn*, gênio, *djnun* – e supostamente compartilham o mundo conosco, vivendo em objetos. Como nós, nascem, casam, geram filhos e morrem. Na maior parte do tempo são invisíveis para os humanos, mas podem tomar praticamente qualquer forma que desejarem e costumam aparecer nas horas depois do crepúsculo, disfarçadas como gatos, cães ou escorpiões. Embora existam alguns *djinns* bons, a maioria é perversa. Nada os deixa mais felizes do que ferir os humanos pelo desconforto que imaginam que nós lhes causamos.

Pedi aos caseiros conselhos para lidar com o problema. Osman falou pelos outros: "Mate ovelhas", disse suavemente, "o senhor terá que matar algumas ovelhas."

"Algumas? Quantas?"

"Uma em cada aposento", explicou o Urso.

Fiz um cálculo rápido.

"Deve haver pelo menos vinte aposentos... Isso é um rebanho inteiro. Seria um banho de sangue!"

Os caseiros piscaram. Então assentiram novamente. Eles conheciam as tradições e, no Marrocos, a tradição é o fundamento da vida. No Ocidente, uma mansão abandonada pode atrair invasores. Contudo, no mundo árabe, como todos sabem perfeitamente, uma casa vazia é um ímã para os espíritos malignos. Deixe um lugar vazio por algumas semanas ou mais e, antes que perceba, ele terá sido ocupado, do chão ao teto, por uma legião invisível de *djinns.*

DOIS

Não fique parado em um lugar perigoso
confiando em milagres.

NOSSA PRIMEIRA NOITE NA Casa do Califa foi um rito de passagem. Os caseiros imploraram para que não ficássemos lá até que os *djinns* caprichosos fossem despachados. Protestei veementemente. Parecia loucura dormir num hotel quando tínhamos nossa própria casa. Depois de muita discussão, Hamza, Osman e o Urso perceberam que eu não mudaria de opinião. Eles cederam, contanto que seguíssemos algumas orientações. Isso incluía que todos nós dormíssemos no mesmo quarto e num único colchão encardido, ao redor do qual traçaram um círculo com um pedaço de carvão. Fomos instruídos a não abrir as janelas, apesar da pressão sufocante do calor do verão. Tampouco tínhamos permissão para cantar, rir ou falar, exceto por sussurros. Perguntei por quê.

"Porque isso pode irritar os *djinns.*"

Os caseiros reforçaram a lista de advertências: "Nada de risos, conversas, andar por aí ou ter pensamentos impuros."

"Isso é tudo?", indaguei.

O sorriso de Osman se evaporou. "Não, não", disse ele assustado. "Também há algo muito, muito mais importante para lembrar."

"O quê?"

"Desobedeça, e um terror inominável recairá sobre o senhor."

Minha esposa revirou os olhos. "O que foi agora?"

O Urso engoliu em seco. "Haja o que houver", asseverou, curvando-se assustado, "não cheguem perto do banheiro à noite."

Como logo fiquei sabendo, não há lugar mais aprazível para um *djinn* malicioso se esconder do que sob a superfície da água. Rachana, que dera à luz nosso filho, Timur, há apenas três semanas, engasgou.

"Isso é impossível!", ela rosnou.

"Faremos o possível", disse eu, humildemente.

Entramos na casa em fila indiana, à medida que o entardecer se tornava noite mais uma vez. Não havia eletricidade, portanto éramos guiados pela luz de velas. Ela projetava sombras longas e espectrais sobre as paredes e reluzia no dorso de mil baratas, que corriam em todas as direções ao som dos intrusos humanos. Hamza mostrou o caminho pelo longo corredor, atravessando o grande salão e depois subindo as escadas.

Enquanto nos movíamos pela mansão, removendo teias de aranha do nosso rosto, a imagem de um hotel próximo, com luzes elétricas, televisão e banheiros em funcionamento, tornou-se ainda mais atraente. Quando finalmente nos instalamos, a fantasia do quarto de hotel acenou novamente. Ficamos agachados no colchão, minha esposa segurando o bebê recém-nascido no peito e eu segurando Ariane. Foi um momento lamentável. Olhei para Rachana através da tênue luz de vela e sussurrei: "Bem-vinda à nossa nova vida!" Estávamos prestes a gargalhar, mas então nos lembramos de que o riso era proibido, pois irritava os *djinns.*

O quarto quadrangular tinha um pé-direito alto, janelas

pequenas e o que parecia ser símbolos crípticos, traçados em carvão, espalhados pelas paredes manchadas. Alguns eram desenhos matemáticos, outros pareciam pinturas de animais feitas em cavernas por homens primitivos.

Coloquei Ariane na cama e contei-lhe uma história sobre uma corajosa garotinha que não sentia medo, mesmo quando as pessoas tentavam assustá-la. Alguém bateu à porta, como se a história fosse uma deixa. Os três caseiros estavam esperando. Tinham vindo, segundo disseram, para nos desejar boa sorte. Osman jogou um punhado de sal em cada um dos quatro cantos e o Urso recitou um verso do Corão. Antes de partirem correndo, Hamza novamente nos avisou para que não usássemos o banheiro sob nenhuma circunstância.

De início, a noite transcorreu tranqüilamente, embora o coro dos burricos da favela, os mosquitos e o calor sufocante nos mantivessem acordados. Fiquei tentado a abrir as janelas, mas deixá-las fechadas parecia um preço pequeno, se isso mantivesse os caseiros sossegados, e os espíritos, afastados. Acabamos caindo no sono, encolhidos juntos como gatinhos no colchão velho. Então, às quatro da madrugada, veio uma voz da escuridão. Gritava roucamente e estava bem próxima. Ficou tão alta que conseguiu abafar o clamor dos burros e dos cães selvagens brigando na favela. Rachana me agarrou e Ariane começou a uivar de terror.

"O que é isso?"

"Acho que é o muezim, o chamado para a oração."

Tentei voltar a dormir, mas fui vencido pela necessidade desesperada de urinar. Segurei por uma hora, até que não consegui mais suportar. Os *djinns* teriam que me perdoar, pensei. Em silêncio, fui até o banheiro e comecei a me aliviar. O prazer foi interrompido quando uma figura sombria e bigoduda saltou de trás da porta. Era Hamza. Ele fechou a tampa da privada no meio do fluxo.

"Saia já daqui!", sussurrou de modo cáustico.

"Saia daqui você!", gritei.

Lutamos por um momento ou dois no escuro, eu tentando levantar a tampa com minha mão livre e ele fechando-a desesperadamente.

"Eu não acabei!"

"É muito perigoso", ele replicou.

"Não posso evitar. É uma necessidade natural."

"O senhor não sabe o que está fazendo!", berrou.

O bebê acordara com nossa briga. Então Rachana gritou, pedindo silêncio. Reuni todas as minhas forças e empurrei o caseiro para fora do banheiro. Ele desapareceu no jardim, praguejando.

Quando dei por mim, Ariane estava abrindo minhas pálpebras para ver se eu estava acordado. A luz solar fluía pelas janelas. Podia ouvir a melodia dos pássaros que cantavam no parapeito, enquanto minhas narinas captavam o odor de pão fresco, sem dúvida de uma barraca na favela. O quarto estava banhado por uma abençoada inocência. Esta, pensei comigo mesmo, é nossa nova vida.

NA OPINIÃO DOS CASEIROS, O fato de *Dar Khalifa* estar situada perto de uma mesquita era mais do que simplesmente fortuito. Consideravam isso como o único fator que nos manteve seguros durante a primeira noite. O chamado dos devotos à oração pelo imã era visto como uma poderosa força purificadora por si só – como se ele estivesse nos abençoando cinco vezes por dia. Para mim, a voz áspera, amplificada por um velho alto-falante, era mais uma irritação do que uma bênção.

Chegamos ao Marrocos num estado de esgotamento causado pela cultura insular que havíamos deixado. Estávamos paranóicos, doentes e sobrecarregados. No Ocidente somos impulsionados por uma forma extrema de culpa: se você não aparenta estar trabalhando como um cão, é visto como preguiçoso. Estava muito claro que as coisas no Marrocos eram bem diferentes. Mesmo em Casablanca, uma das mais agitadas cidades do norte da África, um manto de conforto equilibrado envolvia a vida. Descobri que as pessoas só se apressavam quando era necessário, e não porque sabiam que estavam sendo observadas.

Os primeiros dias foram tranqüilos. Compramos itens essenciais, fizemos piqueniques na grama crescida e exploramos a casa. Ariane gostava de ir à frente, perambulando pelos infinitos aposentos em busca de ovos nos ninhos dos pássaros ou perseguindo camundongos. Descobrimos aonde cada corredor levava, qual sala ficava por trás de qual porta, e fomos remexendo as bugigangas deixadas pelo proprietário anterior. A idéia de reformas nem passou pela nossa cabeça; já era difícil acreditar que a casa era nossa.

Dar Khalifa está localizada no fim de um longo terreno retangular. Ela dá para a piscina, os jardins, os estábulos e para um conjunto de construções menores. A casa em si foi construída em diferentes etapas ao longo do tempo. Do lado direito fica o pátio ajardinado mais antigo, dominado por bananeiras e palmeiras altas como torres. As salas de estar, cozinhas, sala de jantar e o hall de entrada formam o corpo principal da casa, junto com dois pátios adicionais – um do lado de fora da cozinha e outro do lado esquerdo, perto das garagens. A quadra de tênis fica mais atrás, com um bloco de vestiários, um poço e os aposentos dos criados. No primeiro andar estão localizados os quartos e um espaçoso terraço. Do lado esquerdo da casa fica um anexo posterior, com mais dois quartos, e acima uma suíte para convidados.

Desde o início os caseiros foram amistosos, mas mantiveram uma certa distância. Era como se estivessem incomodados com o fato de a Casa do Califa voltar a ser habitada. Eles nos fitavam por trás de um muro ou de uma cerca viva do jardim, e sumiam de vista quando nos voltávamos para encará-los. Eu achava incrível que, durante a década em que a mansão estivera vazia, os caseiros houvessem permanecido instalados nos estábulos. Eles nunca haviam aberto a casa e apreciado o seu espaço, e só entraram nela em raras ocasiões. Suponho que isso tivesse a ver com o medo dos *djinns*.

Conseguimos acender algumas das luzes e limpamos o quarto até que estivesse brilhando. Rachana pendurou cortinas de fabricação caseira e eu removi dez anos de algas do toalete. Hamza me encontrou de quatro, esfregando o vaso sanitário com uma escova de dente. Ele amarrou a cara.

"Não tem *djinns* aqui, não agora", disse eu.

O caseiro sacudiu o dedo. "Eles não gostam disso", respondeu. "Eles gostam de ser deixados em paz."

Não respondi e saí para comprar um conjunto de cadeiras de plástico, já que não havia mobília alguma. Mais tarde, quando cheguei em casa, fui urinar. Para minha surpresa, a privada estava cheia com o que parecia ser restos do almoço. Perguntei a Ariane se ela vomitara.

"Não, *Baba*", ela respondeu bem séria.

Saí no sol ardente. Os caseiros não estavam à vista. Chamei-os pelos nomes. Nenhuma resposta. Então fui até os estábulos, que ficam em um canto no final do jardim, ocultados por uma massa de buganvílias rosadas. Conseguia ouvir o som de pés correndo e de uma porta se fechando, mas não consegui ver ninguém. As portas estavam bem fechadas. Abri-as com dificuldade. Três estábulos estavam entulhados de ferramentas de jardinagem quebradas, escadas e arames velhos. A porta do quarto estábulo estava entreaberta. Deixei-a escancarada. Hamza estava sentado lá dentro sobre uma lata de tinta coberta com asbestos. Ofegava, como se houvesse corrido. Perguntei se tinha alguma idéia de como a privada ficara entupida com guisado de galinha. Ele me fitou e ajustou os asbestos.

"Os *djinns* não estão satisfeitos", pronunciou, "e quando não estão satisfeitos, ficam zangados."

Ia lhe fazer outra pergunta, mas Ariane estava gritando no gramado. Corri para ver o que estava acontecendo. Ela estava sentada debaixo de uma árvore frutífera, tapando os olhos com as mãos e chorando. Acima dela, em um dos galhos inferiores da árvore, havia uma corda. Dela pendia o cadáver de um gato malhado. Tirei-o dali e chamei Hamza.

"O que isso está fazendo aqui?"

O caseiro franziu o cenho. "Isso é mau", disse.

"Eu sei que é mau, mas quem fez isso?"

Hamza sacudiu a cabeça, pegou o gato e levou-o embora.

NO NOSSO TERCEIRO DIA EM Casablanca, conheci, por intermédio de um amigo de um amigo, um diplomata francês chamado François. Ele vivia num apartamento espaçoso com sua família e tinha um emprego no consulado francês. Perguntei-lhe sobre o Marrocos, esperando ouvir elogios – afinal, estava em Casablanca há dez anos. Ele me fitou do outro lado da mesa de jantar, seus olhos de safira frios como gelo.

"Este país é uma bomba-relógio", respondeu, imitando uma explosão com as mãos. "Também é um cemitério de carreiras. Trabalhe aqui e não vai trabalhar nunca mais!"

Perguntei-lhe o que achava do povo do Marrocos.

"Não confie em ninguém", disse bruscamente. "Despeça as primeiras dez pessoas que entrarem no seu escritório e comande com mãos de ferro!"

"Mas Casablanca parece bastante européia."

"Ah!", caçoou François. "Estamos perto da Europa, mas não cometa o mesmo erro que eu."

"Que erro foi esse?"

"Não pense, nem por um instante, que as pessoas se comportarão como europeus", disse. "Elas podem estar vestindo a última moda de Paris, mas pensam como orientais." François fez uma pausa para bater um dedo na têmpora. "Aqui dentro", afirmou, "é *As Mil e Uma Noites.*"

Contei-lhe sobre minha experiência com o banheiro e os *djinns.*

"Naturalmente", disse o francês, "todos acreditam nessas coisas... como nas histórias de Aladim, Simbad e Ali Baba. Não há dúvida sobre o assunto. Por quê? Ora, porque os *djinns* estão no Corão. Eis o porquê. Tente fazer alguma coisa e vai dar de cara com o muro da superstição. Tente evitá-lo, fingir que ele não está lá, e acabará tropeçando."

"Então qual é a resposta?"

François acendeu um Gauloise e expirou a fumaça. "Você precisa aprender a coexistir", disse, "aprender a apreciar a cultura e a navegar por águas traiçoeiras."

"Como faço isso?"

"Evite a solução mais óbvia", ele respondeu.

DE VOLTA EM CASA, OS CASEIROS estavam reunidos ao redor da privada, lançando orações sobre os *djinns.* Rachana disse que haviam impedido sua entrada e ameaçado trancar a porta se continuássemos a incomodá-los. Ela estava muito irritada quando a encontrei, insistindo que iria para um hotel se eu não desse um jeito nos meus empregados. Levei os caseiros para fora. Eles se perfilaram no longo corredor, fizeram uma saudação e depois ficaram olhando para o chão.

"Isso não pode continuar", disse eu. "Precisamos usar o banheiro. É simplesmente uma questão de higiene."

Na luz da tarde, o Urso apertou os olhos. "Os *djinns* querem sangue", disse.

"Bem, nada de sangue. Vá e diga isso a eles."

"Algumas gotas seriam suficientes", observou Osman.

"Absolutamente não!"

"Mas o senhor pode furar seu dedo", replicou o Urso. "Não vai doer nada. O senhor pode deixar o sangue pingar no vaso sanitário. Isso deixaria os *djinns* muito satisfeitos."

"Oh, sim", reforçou Hamza, "isso os deixaria muito satisfeitos."

O Urso mostrou um alfinete. Por acaso, ele o trazia consigo.

Eu não estava disposto a alimentar as forças imaginárias do submundo com meu sangue. "Será que um de vocês não pode oferecer seu sangue para eles?"

"Não, não, não", replicou o Urso. "O senhor é o novo dono da casa e só seu sangue servirá."

Voltamos ao toalete e fitamos a privada. O pensamento de que só meu sangue serviria de algum modo me fez sentir importante, indispensável, como se estivesse no comando. O Urso me passou o alfinete. Furei o indicador e deixei uma única e gorda gota de sangue carmesim respingar na água. Os caseiros sorriram como o gato de Alice e se revezaram para apertar minha mão.

Daí em diante, passaram a me respeitar um pouco mais. Osman trouxe um pote de caldo de galinha na noite seguinte. Ele disse que o prato fora feito pela esposa a partir de uma receita que estava na família há seiscentos anos. Uma colherada, prometeu, e dançaríamos como anjos por dentro. Fiquei tocado pela consideração e gostei bastante da idéia de dançar como um anjo. A sopa fora temperada com coentro e açafrão frescos, e uma pitada de gengibre. Estava realmente deliciosa, uma mudança e tanto em relação à nossa austera dieta de pão e triângulos de queijo processado. Na manhã seguinte, Hamza entrou sorrateiramente no quarto e nos respingou com pétalas de rosas enquanto dormíamos. E, para não ficar para trás, o Urso nos presenteou com talismãs feitos de couro preto. Havia um de cada, de tamanhos diferentes – desde grande até muito pequeno. Obedientemente, amarramos os talismãs ao redor do pescoço e elogiamos a qualidade do artesanato.

OS PRIMEIROS DIAS PASSARAM rapidamente. A conversa sobre *djinns* morreu, mas eu sabia que o assunto ainda era muito importante. Hamza perambulava pela casa recitando versos do Corão ou desenhando quadrados mágicos nas paredes caiadas. Ele disse que os quadrados eram amuletos. Eram formados por nove quadrados menores, cada um com um número escrito dentro dele. A soma dos três números de qualquer linha resultava no número quinze. Quando perguntei para que serviam, Hamza disse que ajudariam a trazer *baraka*, bênção divina, de volta para a Casa do Califa.

O foco das suas orações era o pátio maior, onde havia um maravilhoso jardim secreto. Parecia ser a parte mais antiga da casa. Em cada extremidade havia um longo salão com uma varanda com colunas. O aposento a leste era dotado de fabulosas portas de cedro com seis metros de altura e de um par de gigantescas janelas entalhadas com desenhos geométricos. Eu planejava transformá-lo em uma biblioteca, coberta de prateleiras do piso ao teto.

Depois de uma semana na casa, percebi que ainda não vira o interior do aposento que ficava no extremo ocidental do pátio. Girei a maçaneta, mas estava trancada. Hamza estava agachado atrás de uma palmeira baixa, desenhando um quadrado mágico com um pedaço de carvão. Pedi-lhe que abrisse a porta. Ele me cumprimentou, depois fingiu não ter compreendido. Quando repeti o pedido, pareceu não gostar e foi embora pegar a chave.

Como caseiro-chefe, nada era mais importante para ele do que manter o controle. Controlava Osman e o Urso, qualquer um que entrasse na casa e, por meio de um cerco cuidadoso, também conseguia nos controlar. A maneira mais eficiente de permanecer no controle era trancar todas as portas em todas as ocasiões, a menos que um de nós estivesse no aposento. Mesmo assim, com bastante freqüência ele nos trancava dentro de algum cômodo. Guardava todas as chaves em uma velha caixa de sapatos. Havia centenas delas. Eu deixava a cozinha por alguns segundos para levar um prato de comida para Ariane e, ao voltar, a porta estava trancada. O mesmo acontecia com o banheiro – era só eu sair por um momento e não conseguia entrar de novo. Às vezes podíamos ouvir os chinelos gastos de Hamza se afastando e a caixa de chaves chacoalhando.

Esperei pelo retorno de Hamza diante da porta fechada do pátio por vinte e cinco minutos. Talvez ele estivesse esperando que eu perdesse o interesse e fosse fazer alguma outra coisa. Quando finalmente voltou, com a caixa de sapatos debaixo do braço, estava cabisbaixo. Remexeu na caixa e franziu a cara, declarando:

"A chave não está aqui."

"Você não procurou direito. Deixe-me dar uma olhada."

O caseiro cobriu a boca da caixa com as mãos.

"Eu procuro, eu procuro!", apressou-se em dizer, tentando novamente.

Dez minutos depois, ainda estava remexendo na caixa.

"Não está aqui", afirmou convicto.

"Ninguém entra ali?"

"Não, ninguém", respondeu Hamza. "Ninguém entra ali há anos."

O segredo só tornou a sala trancada ainda mais intrigante. Comecei a especular sobre o que estaria por trás da porta.

"Há outras salas mais interessantes", disse o caseiro. "Não se incomode com esta."

"Você já entrou lá?"

O caseiro cortou o ar com a mão. "Oh, sim", respondeu. "É bastante tedioso."

"Quando você entrou?"

Hamza pensou um pouco. "Muitos anos atrás", disse.

"Mas é uma parte importante da casa", insisti com firmeza. "Vamos abri-la."

Sugeri que pegássemos um martelo para quebrar a fechadura. Naquele momento, o muezim soou pela favela e Hamza se afastou rapidamente com sua caixa de chaves.

"Preciso rezar", despediu-se apressado.

O mistério da sala trancada continuou me incomodando. Quando perguntei a Osman sobre ela, ele disse que Hamza era a única pessoa que já estivera lá dentro.

"Ele sempre vai lá à noite", comentou.

"Quer dizer que ele atualmente entra lá?"

"Claro", disse Osman. "Ele vai lá todos os dias."

"Que há lá dentro?", perguntei.

Osman fez uma careta, levou as mãos ao rosto numa expressão de horror e mordeu o lábio superior. Estava ofegante.

"O que há dentro da sala trancada?", insisti.

"Não sei. De verdade, acredite em mim, eu não sei."

APESAR DA QUESTÃO DA MISTERIOSA sala trancada, a relação com os caseiros continuava melhorando. Então, certa manhã, ao chegar no pátio, vi Hamza deixando a sala. No momento em que me viu indo em sua direção, bateu a porta. Girei a maçaneta. Estava trancada.

"Por favor, pode abrir esta porta agora mesmo?"

O caseiro desviou o olhar. O suor escorria pela sua testa. "Está trancada", replicou.

"Eu sei, mas você acabou de sair. Você tem a chave."

"Não tenho. Juro por Allah que não tenho a chave."

Estava prestes a revistar Hamza, mas algo me deteve. Por alguma razão, achei melhor deixá-lo em paz. Não sei bem por quê. É muito estranho. Devia tê-lo pressionado para que entregasse a chave ali mesmo, mas não o fiz, quase como se algo afetasse minha decisão.

EMBORA NÃO TIVÉSSEMOS COMEÇADO a reformar

a casa, havíamos comprado algumas coisas para tornar a vida mais confortável: louça de barro, lâmpadas, colchões extras e mais mobília para o jardim. Mas logo descobrimos que nenhum taxista estava disposto a se aventurar na favela. Eles diziam que a trilha irregular era dura demais para seus preciosos veículos. Então decidimos alugar um carro.

Osman foi o primeiro a captar meu plano. Disse que era uma boa idéia, que ele e os outros caseiros me ajudariam, já que eu não estava familiarizado com o sistema de aluguel de carros no Marrocos. Pensei que isso significava que me indicariam alguma firma de locação de veículos grande e respeitada. Mas não. Significava algo bastante diferente. Hamza foi ao nosso quarto naquela noite e disse que ele e os outros haviam arranjado tudo.

"Como assim, 'tudo'?"

"Não há problema, *Monsieur* Tahir. Encontramos um bom carro. É muito, muito bom."

Então, ele explicou que o açougueiro da favela nunca dirigia o carro devido à dor nas costas, portanto fazia todo sentido que eu o alugasse. O que fazia menos sentido era o fato de que o veículo fora usado por vinte anos para transportar carcaças de ovelhas dos abatedouros para a barraca coberta de moscas do açougueiro.

Andar no veículo era como ser amarrado em um curioso experimento científico em que os passageiros fossem as cobaias. Os bancos estavam cobertos de larvas mortas cercadas por moscas. Quantas mais matássemos, mais moscas havia.

Depois de uma boa olhada no veículo, agradeci aos caseiros, exaltei a generosidade do açougueiro e polidamente recusei a combinação.

"Não é espaçoso o bastante", argumentei.

"O que quer dizer?", perguntou o açougueiro. "Dá para levar dez ovelhas mortas aí dentro." Ele indicou com o polegar o banco traseiro. "Há espaço suficiente para toda a sua família."

"Eu estava pensando em um veículo com tração nas quatro rodas."

"Este aqui é muito mais forte do que qualquer quatro-por-quatro!", rosnou o açougueiro.

"Ele tem *baraka*", reforçou Osman. "Ele vai trazer boa sorte para o senhor."

Olhei para a sórdida pilha de metal coberto de sangue, com seu pára-brisa rachado, faróis quebrados e bancos cobertos de larvas.

"Vamos lá", sussurrou Osman, "experimente. Só por alguns dias."

"Tudo bem", respondi mal-humorado. "Por alguns dias."

Só mais tarde comecei a compreender o jogo. Eu não sabia que estava jogando, mas é um jogo de que todos no Marrocos – não apenas estrangeiros – são forçados a participar pelos seus familiares e amigos. Os marroquinos consideram seu dever ajudar as pessoas próximas. Não ser útil o tempo todo pode trazer desonra e desgraça para a família. Essa tradição maravilhosa havia evoluído até o ponto em que todos tentam desesperadamente convencê-lo a fazer o que acham melhor para você. Eu conhecia bem o sistema devido aos anos que passara na Ásia. Se eu tivesse alugado um carro da Avis, Budget ou Hertz, os caseiros e sua família nunca teriam se recuperado da vergonha – a vergonha de não se envolverem.

COMO QUASE TODOS OS OUTROS veículos em Casablanca, o miserável Toyota do açougueiro estava amassado em todos os lados e caindo aos pedaços. Eu o detestava, mas, ao mesmo tempo, valorizava o véu de autêntica camuflagem que ele fornecia. Enquanto estivesse dirigindo, ninguém me tomaria por um estrangeiro, ou era, ao menos, o que eu pensava.

No momento em que entrei timidamente no fluxo feroz do tráfego, com ânsias de vômito devido ao sangue putrefato, destaquei-me como um pacifista num campo de batalha. O tráfego marroquino não é normal. É um combate armado, uma guerra de vontades, em que só os mais bravos têm chance de sobreviver. Todos os motoristas, exceto eu, eram especialistas em se desviar. Um carro podia virar subitamente para a esquerda ou para a direita sem aviso e ter certeza de que todos os outros carros se desviariam.

No primeiro dia, percebi que teria de encontrar alguém que pudesse me ajudar a fazer as coisas e a agir como uma ponte entre nós e todos os outros. Os desvios constantes estavam dando nos meus nervos. Liguei para François e pedi que me aconselhasse sobre a melhor maneira de escolher um assistente.

"Você precisa mostrar os dentes", ele disse. "É um mundo cão lá fora. Um homem sem dentes é engolido numa só bocada."

"Serei duro", disse timidamente. "Farei perguntas difíceis. Mostrarei os dentes."

"Isso não é o bastante", retorquiu o francês friamente.

"O que mais posso fazer?"

"Peça a cada candidato que traga sua árvore genealógica para a entrevista."

"De que adiantará isso?"

François estalou a língua diante da minha ignorância. "Contrate a pessoa com a árvore genealógica mais antiga. Eles terão contatos. Eles serão sobreviventes."

Agradeci a François, mas ele não estava ouvindo.

"Diga-me", perguntou, "você demitiu as dez primeiras pessoas que entraram no seu escritório?"

"Não, não exatamente, François. Sabe, eu não tenho um escritório e as únicas pessoas que trabalham para mim foram herdadas. Não posso demiti-las. Não seria gentil."

Houve um momento de silêncio.

"Alô. Você ainda está aí?", gaguejei.

"Você será engolido vivo", suspirou François.

TRÊS

Um gato velho não vai aprender a dançar.

UM PEQUENO ANÚNCIO EM UM jornal local atraiu uma boa quantidade de candidatos. Analisei os currículos cuidadosamente, selecionando-os até só restarem dois. Explicar como chegar à Casa do Califa era tão difícil que decidi realizar as entrevistas no Café Corniche, próximo à nossa residência. Eu começara a freqüentar o estabelecimento, atraído por um *espresso* tão forte que atravessava os intestinos como petróleo bruto jorrando do poço. Nada me dava mais prazer do que sentar em uma mesa à sombra no lado de fora, assistindo ao turbulento movimento do mundo. Na Inglaterra, eu costumava me sentir culpado por ficar mais do que alguns minutos em um café. Parecia que era necessário ter uma desculpa para estar lá. Mas, no mundo árabe, não há atividade mais honrada para um homem do que se sentar, horas a fio, contemplando a rua, bebendo um *café noir* cor-de-piche.

A primeira candidata para a posição de assistente era uma moça séria e articulada com cerca de dezenove anos. Seu nome era Mouna. Seu cabelo estava cuidadosamente coberto pelo véu *hejab* que usava, e seu vestido, com mangas compridas apertadas nos pulsos, tinha uma borda tão longa que se arrastava pelo chão. Assim que pus os olhos em Mouna, soube que alguém estava tentando protegê-la dos olhares de homens do tipo que freqüentava o Café Corniche.

Quando perguntei a ela se havia trazido sua genealogia, Mouna me passou um rolo de papel grosso. Desenrolei-o e dei uma olhada nas muitas linhas de nomes árabes.

"Impressionante", comentei.

"Minha família tem orgulho de sua linhagem", replicou.

Perguntei sobre sua experiência profissional anterior.

"Meu pai não gosta que eu trabalhe", ela disse suavemente. "Ele me mataria se soubesse que estou aqui."

"Tenho certeza de que ele não iria tão longe", disse, rindo.

Os olhos castanhos de Mouna fitaram os meus com firmeza. Ela ficou em silêncio por um momento.

"Oh, não, o senhor está errado", declarou solenemente. "Ele mataria."

Houve um silêncio desconfortável. Mouna bebeu seu suco de laranja.

"Às vezes meu pai fica furioso", continuou. "Se ele me encontrasse aqui agora, ele não só me mataria, como também mataria o senhor. Sabe, é uma questão de honra familiar."

Devolvi a Mouna a árvore genealógica de sua família e dei uma série de desculpas desajeitadas. Imaginei seu pai me perseguindo pelas ruas de Casablanca. Até onde eu sabia, ele já podia estar a caminho.

"Tenho certeza de que você seria uma excelente assistente", disse eu, "mas já contratei outra pessoa."

Mouna ficou desanimada por um momento. "É sempre a mesma coisa", lamentou-se ao sair. "Ninguém me contrata quando conto sobre meu pai."

O segundo candidato era um homem chamado Adil. Seu currículo dizia que ele vivera em Nova Orleans por cinco anos, onde administrara um cemitério. Apesar do calor opressivo, ele usava uma jaqueta de couro grosso, forrada com pele de carneiro e com uma mancha de sangue no colarinho. Tinha o rosto glabro, cabelos negros oleosos e desalinhados, um nariz quebrado e olhos pequenos e ágeis. Durante os vinte minutos em que sentamos juntos, ele virou três *espressos* duplos e fumou cinco cigarros. Tremia como um viciado em *crack* em crise de abstinência.

Primeiro perguntei o que ele achara dos EUA. É uma boa pergunta, que tende a fazer com que as pessoas se abram.

"Um monte de vadias", disse ele.

"Você gostou das mulheres?"

"Não, das prostitutas." Levou a mão ao nariz e fungou. "Posso sentir o cheiro delas agora."

"Como foi trabalhar no cemitério?"

"O que tem isso?"

"Bem, não era horrível?"

Adil subiu mais o colarinho manchado de sangue da sua jaqueta. "As vadias adoravam", disse.

Eu não sabia o que isso significava, mas resolvi seguir em frente rapidamente. Pedi para ver sua árvore genealógica.

"Isso é besteira."

"Por que diz isso?"

"Porque não é o futuro... é o passado."

Vinte minutos depois, Adil levantou-se, acendeu o sexto cigarro e anunciou: "Vou dar o fora daqui."

"Você não quer o emprego?"

"De jeito nenhum, cara", murmurou, tremendo. "Não tenho tempo para empregos."

Voltei andando para casa, indagando-me por que um sujeito iria a uma entrevista de trabalho se não tinha tempo para trabalhar ou por que uma garota desejaria ser minha assistente se ela sabia que o pai nos perseguiria e mataria.

Quando cheguei à favela, o imã se aproximou. Eu o tinha visto de longe, demorando-se diante da mesquita caiada de branco. Era baixo e barbudo, com um rosto muito enrugado, uma boca pequena e um turbante cinza enrolado no topo da cabeça. Ele apertou minha mão e depois esfregou o polegar e o indicador. "*F'lous*", disse ele, sorrindo, "*argent,* dinheiro."

Sorri um bocado, fingindo não entender e segui apressado pela viela. A porta do jardim se abriu antes que eu batesse. Cruzei o umbral através do frescor da sombra de Hamza. O caseiro estava me aguardando. Ele me cumprimentou e disse que havia um problema, algo que não podia esperar. Pedi um minuto para lavar o rosto.

"Não dá para esperar."

"Nem um minuto?"

O caseiro franziu o cenho. "Não, nem um segundo!", insistiu vigorosamente.

Hamza me levou pelo caminho do jardim. No final havia um portão alto de ferro batido. Ele deve ter sido excepcionalmente bonito algum dia, muito tempo atrás, antes que a ferrugem começasse a destruir seus arabescos. Para além do portão havia um bom pedaço de terra, do tamanho de uma quadra de tênis. Hamza abriu o portão.

"Quem é o proprietário desse terreno?", perguntei.

"O senhor, *Monsieur* Tahir", respondeu ele.

"Tem certeza?"

"Claro."

O terreno era cercado por um muro, com árvores plantadas junto às bordas. Havia uma variedade de palmeiras, eucaliptos, juníperos e figueiras, e um pé de aspargos germinando.

"Tem certeza de que sou o proprietário?"

Hamza assentiu. Ele me conduziu por uma plantação de girassóis crescendo a esmo, gigantescas cabeças douradas seguindo o sol. No extremo oposto do muro, além de uma ampla laje de concreto, havia outra passagem. Seguindo o caseiro, atravessei-a, chegando a um pequeno e dilapidado anexo, com seu próprio jardim murado.

"Quem é o proprietário disso?"

"O senhor, *Monsieur*", disse Hamza.

Eu não podia compreender por que ninguém me contara antes sobre o edifício e seu jardim secreto. Fui tomado pela prazerosa sensação de ganhar algo totalmente de graça. Mas minha alegria foi rapidamente apagada quando vi para onde Hamza estava apontando. Aos seus pés havia outro gato morto. Aparentemente, fora estripado. O animal estava coberto de moscas.

"Quem fez isso?"

Hamza coçou o nariz. "É um problema", lamentou.

"Eu sei, mas quem fez isso?"

"Qandisha", respondeu Hamza. "Qandisha fez isso."

"Quem é ele?"

O caseiro encheu os pulmões de ar e suspirou profundamente. Então voltou para os estábulos e se sentou em sua velha cadeira de vime. Tirar respostas dele e dos outros não era fácil. Eles eram apenas três, mas haviam estabelecido sua própria fraternidade fechada, ligada por um código de estrito silêncio.

Nos dias que se seguiram, perguntei a Hamza, Osman e ao Urso repetidas vezes sobre Qandisha. Onde ele vivia? O que ele tinha a ver com a casa? Sempre que o nome era pronunciado, os caseiros ficavam tensos. Disseram que não podiam me contar, que não havia nada a dizer. Eu pedi. Eu implorei. Apenas silêncio.

PASSOU-SE UMA SEMANA. RACHANA ordenou que eu parasse de tentar descobrir a verdade sobre Qandisha e começasse a procurar novamente um assistente, um que pudesse contratar uma babá. Entrevistei mais sete pessoas. Nenhuma delas era adequada, por um motivo ou outro. Então, do nada, uma jovem chegou à Casa do Califa. Falava inglês fluentemente e sorria um bocado, como se alguém a tivesse orientado para fazê-lo. Seu cabelo era longo, muito escuro e brilhante, como grãos de café recém-torrados. Ela anunciou que se chamava Zohra e me entregou uma árvore genealógica. Ela se estendia por dezessete gerações.

"Quando pode começar?"

Ela olhou o relógio. "Imediatamente", respondeu.

"Está contratada."

Fizemos uma lista de tarefas: encontrar uma babá e uma criada que também fosse cozinheira; achar um arquiteto e uma escola para Ariane; comprar todo tipo de objetos necessários; explorar Casablanca; e dar uma olhada na papelada de *Dar Khalifa.*

Zohra fez várias anotações precisas enquanto eu falava. O que indicava um treinamento profissional.

"Eu trabalhava na indústria cinematográfica", contou ela calmamente. "Hollywood grava todas as suas aventuras no deserto em Quarzazate. Trabalhei em *Gladiador, Tróia* e *Falcão Negro em Perigo.*"

"Conheceu algum astro?"

Zohra enrubesceu. "Eu me apaixonei por Brad Pitt", confessou.

RACHANA IMPLOROU A ZOHRA que procurasse uma criada e uma babá confiável para Ariane. Estávamos no Marrocos há apenas quatro semanas, mas todos que encontrávamos nos instruíam sobre quem deveríamos escolher. Alguns diziam que só as moças das montanhas eram confiáveis; outros, que somente uma mulher do deserto serviria, ou uma vinda de Fez, Meknes ou Marrakesh. A sociedade marroquina está baseada em um sistema de auxílio mútuo. Mas as pessoas são tão solícitas que sua generosidade se torna quase sufocante. De repente, mulheres – jovens, velhas ou verdadeiras anciãs – estavam batendo à nossa porta. À medida que a notícia se espalhava, elas vinham de lugares cada vez mais distantes, alegando terem sido enviadas por amigos de amigos de amigos.

Certa manhã, quatro mulheres chegaram das montanhas. Todas tinham o mesmo rosto enrugado e marcado pelo vento, o queixo tatuado e um lenço floral cobrindo o cabelo. As mãos eram rudes, como o casco de um barco que esteve no mar por muitos meses, e suas unhas estavam quebradas pelo trabalho honesto. Perguntei como ficaram sabendo da vaga.

"No Marrocos", respondeu Osman, "as notícias se espalham como um fogo correndo pelas profundezas do inferno."

As mulheres falavam um dialeto berbere, a língua original do noroeste da África. Nenhuma delas sabia mais do que umas poucas palavras de árabe, e nenhuma palavra de francês. O Urso, que também era oriundo das montanhas, conversou com elas em berbere.

"Elas estão dizendo que viajaram durante dias", traduziu. Vieram de um vilarejo no Alto Atlas, perto da Garganta do Ziz. Levaram cinco dias para chegar aqui."

Por intermédio do Urso, as mulheres berberes explicaram que eram todas viúvas e que precisavam desesperadamente de trabalho. Contaram que não havia dinheiro em seu vilarejo e que a vida era muito dura. Confirmaram que podiam cozinhar, limpar, lavar a roupa e cuidar das crianças. Melhor ainda, trabalhariam por uma fração do salário corrente. Todas as quatro dormiriam em um quarto e cobrariam o mesmo que uma única criada de Casablanca. Cada uma trouxe uma esteira e uma mochila. Fitavam-me ansiosamente, a face marcada esperando a ordem de começar. Perguntei a Zohra o que ela achava.

"Vamos dar a elas uma semana", sugeriu.

Hamza levou as mulheres para um dos quartos vazios no térreo. Elas desenrolaram suas esteiras, deitaram-se e caíram no sono.

VISITE UM SUPERMERCADO INGLÊS e dê uma olhada

nas frutas. Elas ficam ali quietinhas, com uma aparência recatada. São perfeitas, sem uma única mancha. Cada maçã, cada pêra, laranja e ameixa são idênticas à fruta ao lado em cor, peso e tamanho. Cada uma delas vem embalada em plástico com duas ou três outras, trazendo o rótulo do país de origem. Os melões vêm de Barbados, os abacaxis, da Tanzânia, os kiwis são tailandeses e os morangos vêm de avião do sudeste do Brasil. Não há praticamente nada da Inglaterra e, certamente, nenhuma fruta local.

A primeira vez que fui comprar frutas e hortaliças com Zohra, fomos a um amplo mercado aberto, popular pelo frescor do estoque. Para onde quer que olhasse, havia grandes montes de mercadorias, sem sinal de celofane ou códigos de barra – montanhas de tomates escarlates, oceanos de limões e vagens, carretas cheias de abóboras, morangos e figos suculentos. De início, praguejei, amaldiçoando as irregularidades e as imperfeições. Os produtos eram abundantes, mas com formatos diferentes e algumas manchas marrons. Lembrei-me do conselho de minha avó, que dizia que o sabor vai mais fundo que a casca.

A economia da vida inglesa havia me educado a só comprar o que eu sabia que poderíamos usar e nem um grama a mais. No Marrocos podíamos nos entregar a um excesso confortável. Nesta minha primeira expedição, adquiri mais de dezoito quilos de tomates gigantes, nove quilos de pimentas vermelhas, meia dúzia de couves-flor, sete alfaces, um saco de cebolas, outro de maçãs e trezentas laranjas para fazer suco. O grande saco de laranjas custou o que eu teria pagado por apenas uma dúzia em Londres.

NA SEMANA SEGUINTE EXPLOREI Casablanca, aprendendo a andar pelos muitos quarteirões que formavam o todo. Embora viesse de Rabat, a capital do Marrocos, Zohra era uma guia bem informada. Levou-me ao porto – o maior da África –, onde eu esperava que nossa mobília logo chegasse de cargueiro, e me mostrou a antiga *medina* e a nova conurbação de Maarif, onde as lojas da moda e os restaurantes estavam apinhados de novos ricos. A Velha Casablanca é, de longe, a área mais interessante.

Erigidas pelos franceses, depois que eles anexaram o Marrocos na primeira década do último século, as construções apresentavam traços *art déco* e *art nouveau.* Passei horas caminhando pela região, olhando para o alto, descobrindo detalhes – as fachadas florais e os domos dourados, as sacadas em ferro forjado, as janelas de madeira e as balaustradas de pedra, e as elegantes paredes arredondadas de uma era gloriosa. Casablanca foi a primeira cidade do mundo a ser planejada do ar. Contemplando-a, uma coisa fica surpreendentemente clara: os franceses a consideravam uma jóia na sua coroa imperial. Os edifícios na Avenida Muhammed V, a via principal, eram uma afirmação de dominação, uma exaltação do poderio colonial francês.

Perambulamos entre as colunatas onde a clientela elegante outrora comprara os estilos mais modernos dos anos trinta e quarenta. Setenta anos depois, o centro de Casablanca era sinônimo de perigo e decadência. A grandiosidade ainda estava lá, mas escondida sob uma coberta de azinhavre e sujeira. Os passantes andavam bem depressa. Ninguém se dava mais ao trabalho de olhar as vitrines das lojas. De qualquer modo, a maioria estava coberta com tábuas. Umbrais de portas abrigavam os sem-teto, e os becos estavam apinhados de cães ferozes e ratazanas imensas.

Perguntei a Zohra por que o velho bairro fora abandonado, por que as pessoas acharam necessário construir o elegante novo distrito de Maarif, quando já tinham um dos mais belos centros metropolitanos do mundo. Ela pensou por bastante tempo enquanto caminhávamos. “As pessoas só percebem o que têm quando o perdem”, respondeu.

CERTA MANHÃ, OSMAN ME ENCONTROU sentado sob uma bananeira no jardim do pátio. Aproximou-se cuidadosamente, como se quisesse alguma coisa. Sorri. Ele veio arrastando os pés, abaixando a cabeça, com as mãos postas sobre o coração. Quando chegou bem perto, fez uma saudação.

"*Monsieur* Tahir", ele disse.

"Sim, o que foi, Osman?"

"Qandisha ainda não está feliz."

Aquele nome novamente. Franzi a testa. O caseiro esfregou o rosto com as mãos.

"Diga-me, Osman, quem, exatamente, é Qandisha?"

Ele não respondeu.

"Ele costumava trabalhar aqui?", indaguei. "Ele é um ex-empregado zangado, ou algo assim?"

"Não, não, nada do gênero", replicou Osman.

"Bem, ele é da favela?"

"Não, não é da favela", disse.

"Então, onde ele vive?"

O caseiro umedeceu os lábios, ansioso. "Na casa", respondeu. "Qandisha vive em *Dar Khalifa*."

"Mas eu não o vi aqui. Certamente eu teria notado se um homem chamado Qandisha estivesse vivendo na casa."

Houve uma longa pausa. Osman esfregou os olhos.

"Mas ele não é um homem", disse.

"Oh, Qandisha é uma mulher?"

"Não, também não é uma mulher."

Mais uma vez, Osman fez uma pausa.

"Qandisha é um *djinn*", revelou.

AS MULHERES DAS MONTANHAS limparam a casa de cima a baixo e, toda tarde, cozinhavam um prato de cuscuz grande o bastante para alimentar uma família de vinte e cinco pessoas. Quando não estavam cozinhando ou limpando, podiam ser encontradas no chão da cozinha, fofocando na sua língua berbere. Costumavam ficar no seu canto e não confraternizavam muito com os caseiros.

Depois de descobrir o nome do *djinn* residente, puxei o assunto com Zohra. Ela levou o problema muito a sério.

"Será preciso realizar um exorcismo", afirmou.

"Você também acredita nisso?", perguntei, dando uma gargalhada.

Zohra não disse nada de início. Então respondeu:

"Estamos no Marrocos, e no Marrocos todo mundo acredita em *djinns*. Eles são citados no Corão."

Ela foi até os estábulos e conversou demoradamente com os caseiros. No fim da discussão, veio com uma explicação.

"Toda noite o senhor deve deixar um grande prato de comida para Qandisha", ela disse. "Deve haver cuscuz e carne, comida de qualidade, não restos, e o senhor mesmo deve levar o prato."

Mal podia crer que uma mulher tão sóbria acreditasse em tamanha superstição, mas, com a ajuda de Osman, pedi às criadas que preparassem um prato especial e o deixassem para mim ao anoitecer. Não disse por que precisava dele. Sentia-me estúpido, como se estivesse me entregando, mas achei que valia a pena tentar.

Naquela noite, as mulheres berberes fizeram o que pedi. Cozinharam um prato fabuloso de cuscuz com abóbora, cenouras e uma tenra fatia de cordeiro soterrada no meio. O cheiro era delicioso. Levei o prato para o jardim. Hamza me mostrou exatamente onde colocá-lo – atrás de uma sebe baixa. Ele sacudiu minha mão, curvou-se, depois indicou que eu me afastasse.

Na manhã seguinte, apressei-me em chegar ao jardim, corri pelo gramado e encontrei o prato. Estava limpo. Não sobrara nada, nem um grão de cuscuz. O Urso estava ali por perto, limpando o gramado com um ancinho.

"Qandisha estava faminta", observou.

POR TRÊS NOITES, AS MULHERES da Garganta do Ziz prepararam refeições ainda mais abundantes, e, nas três noites, os pratos foram devorados. Era óbvio que os caseiros eram os únicos beneficiários dos banquetes. Estavam muito bem-humorados. Perguntei-me quanto tempo permitiria que a farsa continuasse. Zohra disse que ocorreria uma interrupção natural, o que de fato aconteceu.

Na manhã do quarto dia, uma das criadas colhia ramos de alecrim que cresciam selvagemente no jardim. Cantarolava. O sol ainda não estava muito alto. A espessa luz amarelada fluía pelos galhos mais baixos das árvores, aquecendo o ar. Eu estava no terraço, lendo um livro de provérbios marroquinos. A tranqüilidade foi subitamente despedaçada por um grito agudo. Olhei para o jardim e vi a mulher montanhesa sacudindo os braços de modo turbulento sobre a cabeça. Ela deixara cair o alecrim. Ele jazia a seus pés, junto com o cadáver de um gato preto.

Quinze minutos depois, Hamza me pediu para descer. As mulheres berberes haviam amarrado as esteiras, arrumado suas bolsas e esperavam o pagamento.

"Para onde estão indo?"

"De volta às montanhas", respondeu Osman.

"Foi o gato morto que as assustou?"

"Não o gato", retorquiu Hamza, "mas os *djinns.*"

NÃO FAZIA MUITO TEMPO QUE VIVÍAMOS em *Dar Khalifa*, quando um homem idoso e robusto, vestindo roupas de *tweed*, bateu à porta. Seu rosto era áspero e escuro como uma barra de chocolate. Na cabeça usava um boné de tecido puído e, no queixo, um longo cavanhaque branco. Fitava o chão quando o saudei e perguntou, em bom francês, se eu tinha algum selo sobrando.

"Pagarei ao senhor", disse ele, "alguns *dirhams* por cada um deles."

Até então o carteiro não havia trazido nenhuma correspondência. Eu suspeitava que ele estava tendo problemas para encontrar a casa. Pedi desculpas e perguntei.

"Pode vir na semana que vem?"

O homem piscou duas vezes. "O senhor vai esquecer?", perguntou.

Prometi que não esqueceria, e assim começou minha amizade com Hicham Harass.

ZOHRA PROVOU SER EFICIENTE E gentil. Tolerou as lacunas gritantes no meu conhecimento da cultura marroquina e me ajudou a supri-las. A formalidade dos primeiros dias foi amainando e logo estávamos conversando sobre nossa vida e nossos sonhos. Certa tarde, enquanto costurávamos pelo tráfego no carro do açougueiro, Zohra confessou seu segredo. Havia algo que ela tinha que me contar, exclamou, algo que eu precisava saber sobre ela, já que seríamos amigos.

"O que é?", perguntei.

"O senhor vai achar que sou má pessoa", respondeu.

"Vamos, diga-me o que é."

"Estou noiva e vou me casar", disse ela, desviando o olhar.

"Ah, quem é o felizardo?"

"Seu nome é Yusuf. Ele é árabe. Vive em Nova Jersey. Nós nos conhecemos na Internet."

"Que boa notícia. Quando é o casamento?"

Zohra levou a ponta de um dedo ao olho. "Ainda não marcamos a data", respondeu.

"A distância deve ser muito difícil, com você aqui e ele lá nos EUA."

"Oh, sim, é mesmo", concordou Zohra com ênfase. "É um grande sofrimento. Mas nos comunicamos todos os dias. Estamos profundamente apaixonados, e quando se está apaixonado", ela continuou, com a voz acelerada, "quando se está apaixonado, a distância não importa."

Mudei de assunto e perguntei a Zohra se ela encontrara um arquiteto. Estava ansioso para começar a restaurar a casa, e precisávamos de alguém que pudesse planejar a reforma. Ainda estávamos vivendo em um quarto, enquanto o resto da casa permanecia vazio. Zohra esfregou novamente os olhos e contou que, de fato, fizera contato com um arquiteto. Era jovem, dinâmico, estudara na França e fora elogiado por seus projetos inovadores. Ela marcara uma reunião para a tarde seguinte.

ÀS QUATRO DA TARDE DO DIA seguinte, fomos até o escritório do arquiteto, localizado em uma rua elegante em Maarif. De início pensei que deveríamos ter pegado um táxi, mas o carro coberto de sangue do açougueiro era um sinal de recursos modestos. O escritório do arquiteto tinha altas janelas de vidro abertas para a rua, uma fileira de palmeiras em vasos e uma música de elevador soava de alto-falantes em miniatura embutidos no teto. Não havia as nuvens de fumaça de cigarro ou a pilha de papéis e plantas que costumam ser encontradas em escritórios de arquitetura. Em vez disso, as paredes estavam decoradas com pinturas a óleo de cenas marroquinas tradicionais – um casamento tribal, um pastor carregando uma ovelha ferida, uma paisagem de Marrakesh com montanhas cobertas de neve ao fundo.

Uma secretária conduziu Zohra e eu a macias cadeiras importadas na extremidade de uma mesa de nogueira envernizada. Ela serviu *espresso* com um pingo de limão e pedaços de chocolate suíço escuro. Elogiei as pinturas.

"Elas estão à venda", disse a secretária, passando-me um catálogo.

Depois de dez minutos de espera, um homem de ombros largos, cabelo negro e liso e unhas bem tratadas passou pelas portas de vidro. Vestia um terno de gabardine feito à mão, com botões marcados com monogramas. Calçava sapatos de couro de cobra e usava um cinto fino de couro de tubarão. Um filete de fumaça de cigarro volteava atrás dele como uma cauda de vapor. Pediu mil desculpas pelo atraso, amaldiçoando o primeiro-ministro por ocupá-lo tanto tempo.

Contei-lhe sobre a Casa do Califa e disse uma vez, e depois outra, que meu orçamento para reformas era pequeno. O arquiteto, Muhammed, riu, acendeu um charuto cubano e tragou.

"O que é dinheiro?", disse grandiosamente antes de se reclinar na cadeira. "É só papel caro."

Repeti pela terceira vez que meu orçamento era limitado e expliquei que era um escritor pobre esperando por um grande sucesso. O arquiteto estava prestes a dizer algo, mas seu celular começou a tocar. Pedindo licença, atendeu-o e falou rapidamente em francês com uma mulher furiosa do outro lado da linha. Ela estava fora de si de tanta raiva. Quando desligou, o arquiteto enrubesceu.

"Mulheres são muito especiais", disse embaraçado, "*n'est-ce pas?*"

Marcamos uma visita dele a *Dar Khalifa* para a tarde seguinte e deixamos o corredor do escritório. No caminho para casa, perguntei a Zohra como havia conhecido Muhammed, o arquiteto.

"Por meio da comunidade dentária", respondeu ela.

NA MANHÃ SEGUINTE, MANDEI Zohra ao Registro de Imóveis para procurar nos arquivos a pasta de *Dar Khalifa*. Queria ter uma idéia da história do edifício e descobrir quem vivera ali antes de nós. Durante nossas primeiras semanas em Casablanca, perguntei a dezenas de pessoas sobre a Casa do Califa. A maioria tinha algo a contar. Algumas disseram que fora a residência de verão do Califa de Casablanca, quem quer que ele tenha sido; outras, que fora propriedade de um importante magistrado, um confidente do rei. Um homem velho, que vendia cópias usadas de revistas francesas na rua, declarou que a casa tinha sido um bordel de classe alta na década de cinqüenta. Apertou os olhos com prazer ao se lembrar.

"As garotas que trabalhavam lá eram anjos", disse ele, pressionando as pontas dos dedos da mão direita nos lábios em um beijo. "Mas, ai de mim, estavam reservadas para os oficiais franceses."

Outra pessoa me contou que o edifício fora usado por diplomatas americanos de alto escalão durante a Conferência de Casablanca em janeiro de 1943. Eu sabia que o Presidente Roosevelt e Winston Churchill escolheram Casablanca para discutir estratégias na época da guerra e que haviam planejado o ataque ao Japão nessa conferência. As reuniões foram realizadas no distrito próximo de Anfa, tornando plausível o uso da Casa do Califa por suas equipes.

No Registro de Imóveis, Zohra não encontrara menção alguma à Conferência de Casablanca ou quaisquer pistas de que a casa teria sido um bordel. Ela nem podia dizer a data exata da edificação da casa.

"O que havia na pasta, então?"

Zohra olhou para o chão, sem saber ao certo como dar a má notícia.

"Não há um arquivo para *Dar Khalifa*", respondeu.

Todas as construções grandes de Casablanca tinham um arquivo envolto em pano vermelho no Registro de Imóveis. Mas havia um vazio de cerca de dez centímetros na prateleira onde nosso dossiê deveria estar. O funcionário contou a Zohra que alguém levara a pasta e não a devolvera.

"Implorei por mais informações", disse ela, "e foi então que ele me contou algo muito ruim."

"O quê?"

"Que alguém pagou um suborno de vinte mil dólares para que os papéis desaparecessem."

"Quem teria feito uma coisa dessas?"

"Seu vizinho", disse ela.

Não entendi. Nossos vizinhos eram uma família respeitável de Fez. Provinham de um dos velhos clãs. Seus ancestrais construíram o famoso Palais Jamai, agora um hotel magnífico. Havíamos nos encontrado apenas algumas vezes, mas eles nos cobriram de presentes de boas-vindas e sempre estiveram dispostos a explicar as complexidades da vida marroquina. Nós os considerávamos amigos verdadeiros.

Zohra leu minha mente. "Não os Jamais", disse suavemente, "eles são boas pessoas."

"Quem, então?"

"Seus outros vizinhos. Venha comigo. Vou lhe mostrar."

Zohra e eu subimos pela escada feita pelos caseiros até o telhado. Protegendo meus olhos da luz intensa do entardecer, fitei as fileiras de casas de blocos de cimento e as ondas douradas do Atlântico ao longe.

"Todos esses são seus vizinhos", disse Zohra.

"Tenho certeza de que nenhum deles dispõe de vinte mil dólares para gastar num suborno."

Zohra limpou a umidade do seu queixo.

"Aquele ali dispõe", afirmou, apontando para além dos casebres amontoados.

Ela estava indicando uma grande casa caiada de branco, com janelas enormes e um telhado de telhas verdes. Estava localizada no extremo oposto da favela, cercada por tamareiras e com um muro encimado por arame farpado. A casa ficava tão distante da nossa que eu mal considerava seus ocupantes como vizinhos.

"Eles estão a quilômetros de distância", eu disse.

Zohra fungou. "Não é longe o bastante."

Osman me contara uma vez sobre a família que vivia lá. Disse que eram de Tânger, que eram ricos além da imaginação, grosseiros com seus criados e que era melhor evitá-los. Até aquele momento, não tivera nenhum contato com eles. Uma coisa era certa: eram desprezados pelos residentes da favela. Isso ficava evidente porque toda manhã, quando o marido dirigia seu Mercedes quatro-por-quatro a alta velocidade pela estrada da favela, um bando de garotos jogava pedras nele. Eu também sabia que sua esposa tinha trinta e tantos anos, pintava o cabelo de roxo, usava muito ouro e se vestia como uma cantora de boate russa.

"Devo ir até lá e confrontá-lo?", sussurrei sem vigor.

O rosto de Zohra congelou em uma máscara de medo. "De jeito nenhum!", afirmou. "O senhor não tem idéia de quem ele é?"

Sacudi a cabeça.

"Ele é o chefão de Casablanca", disse. "Se o desafiar, ele pode seqüestrar as crianças. E, antes que perceba, estará recebendo pacotes com dedinhos pelo correio."

NA TARDE SEGUINTE, MUHAMMED, o arquiteto, chegou em um belo Range Rover preto. Suas iniciais estavam pintadas nas quatro portas e havia uma caixa aberta de Montecristo No. 5 no painel estofado em couro.

Agora, minha mente não estava na reforma. Estava preocupado com o vizinho rico e estava confuso. Zohra tentara me acalmar, explicando que, embora o homem fosse um gângster e um chefão local, ele não estava envolvido em tráfico de drogas e contrabando de armas. Os gângsteres marroquinos, ela insistiu, eram os reis do contrabando, dominando impérios construídos sobre cigarros ilegais, filmes piratas e carros roubados da Espanha.

A porta com monograma do Range Rover abriu subitamente e o sapato feito à mão do arquiteto tocou o solo. Dei-lhe as boas-vindas e mostrei-lhe a casa.

"Vamos derrubar algumas paredes", disse ele casualmente,

tragando um dos charutos. "Esta, aquela e aquela outra. Vai ficar muito melhor com essa abertura. E, naquela parte, vamos cortar arcos, de modo que você possa ver direto através da casa. Vamos remover esta escadaria velha e construir uma nova, com uma curvatura suave. Depois, vamos ampliar os quartos do andar de cima e colocar um terraço grande sobre eles. Dali você terá uma vista magnífica do oceano."

Apesar das minhas preocupações sobre como pagaríamos todas essas obras, fiquei impressionado com a sua visão.

"Meu orçamento é muito pequeno", murmurei mais uma vez.

O arquiteto afastou minhas dúvidas, junto com sua fumaça.

"Dinheiro", retorquiu ele, acidamente. "É apenas dinheiro."

QUATRO

Toda comida tem seu sabor.

TÍNHAMOS DE RESOLVER UM grande dilema: os esgotos. Os frágeis encanamentos de argila da Casa do Califa foram feitos pra servir um único lavatório. Com o passar dos anos, à medida que a casa cresceu em tamanho e a popularidade dos toaletes de descarga se difundiu, vários deles foram acrescentados. Quando chegamos em *Dar Khalifa*, havia um total de treze lavatórios. O estreito cano de esgoto de argila que atravessava a favela até a casa freqüentemente se despedaçava, à medida que os residentes tentavam, sem sucesso, conectar ali seus esgotos caseiros ao nosso. O problema era agravado por outra inovação moderna: o papel higiênico.

Acrescente à equação o calor sufocante e a seca de meados de agosto, e o resultado era uma muralha avassaladora de fedor sempre que saíamos. A questão se tornava ainda mais insuportável devido à praga de moscas varejeiras que nos atacavam dia e noite. Zohra contou que era bastante comum que os canos de esgoto primitivos localizados sob as favelas de Casablanca explodissem à noite. Como muitas pessoas nativas que conheci, ela era praticamente uma especialista em esgotos, mas seu interesse casual não podia se comparar à preocupação de Hamza com o assunto. O interesse dele por esgotos só era igual à sua obsessão com os *djinns*. Sempre que eu estava ocupado no banheiro, ele batia à porta.

"Não mais que dez centímetros!", gritava. "Eu imploro! Não use mais papel do que isso!"

Garanti a ele repetidas vezes pela fechadura que estava racionando o papel o máximo possível. Eu nunca fora tão frugal. Ainda assim, Hamza considerava necessário nos patrulhar e gritar avisos de desastre iminente pela porta. Ficamos tão acostumados com suas interferências que, depois de algumas semanas, ficávamos preocupados quando elas não ocorriam.

CERTA NOITE, QUANDO ESTÁVAMOS prestes a nos deitar, o carteiro chegou. Extasiado de felicidade por finalmente ter encontrado a casa, ele enfiou um maço de cartas nas minhas mãos e ficou parado timidamente junto à porta, inspecionando as unhas. Dei-lhe uma boa gorjeta e pedi que se lembrasse de mim. Ele prometeu fazê-lo e sumiu na noite.

No dia seguinte, depois de abrir a correspondência – na maior parte contas da Inglaterra –, lembrei-me de minha própria promessa para Hicham, o colecionador de selos. Os caseiros disseram que ele vivia na favela, num barraco atrás da mesquita. Contaram que eu identificaria o lugar porque um cachorro de três pernas estaria dormindo do lado de fora. Caminhei pela rua principal, entrei por trás da mesquita e procurei um cachorro com três pernas. Levava na mão um envelope contendo cinco selos, todos com o rosto da Rainha Elizabeth.

Um grande cachorro malhado estava deitado de costas na poeira. Contei suas pernas. Faltava uma. Passei por cima dele e bati à porta de zinco. Hicham, o colecionador de selos, apareceu, saudou-me e me convidou a entrar. O barraco de um só aposento mostrava uma arrumação que provavelmente só um colecionador de selos poderia compreender. Capas contra poeira foram colocadas meticulosamente sobre os artefatos valorizados: um relógio, um aparelho de chá com pratos combinando, uma televisão portátil alimentada por uma bateria de carro. Uma foto desbotada do Rei Hassan II estava pendurada no alto de uma parede e havia uma cópia de tamanho impressionante do Corão sobre um pedestal de madeira entalhada junto à porta.

Mostrei os selos para Hicham, que mandou sua esposa trazer o chá. Ele agradeceu, tornou a agradecer e então pegou a carteira.

"Vou pagar ao senhor", disse ele, tirando uma cédula.

Recusei o dinheiro. Ele insistiu. Elevei minha voz e recusei novamente. O orgulho de Hicham Harass foi ferido. Seu rosto ficou abatido.

"Então não posso aceitá-los", disse.

Ficamos sentados em silêncio, paralisados pelas boas maneiras. O chá, quente e doce, foi servido em pequeninos copos de vidro com um padrão dourado na borda. Perguntei-me como poderia salvar a situação. Então encontrei a solução perfeita. Hicham queria selos para sua coleção e eu queria aprender sobre o Marrocos com alguém que o conhecesse. Sugeri que fizéssemos uma troca. Toda semana nos encontraríamos. Eu traria selos e Hicham me pagaria, não em dinheiro, mas em conversas.

ANTES DE NOS MUDARMOS PARA o Marrocos, a fantasia de ter um grande número de empregados que obedecessem a todos os meus caprichos era, de fato, bastante agradável. Na minha imaginação, eu teria pessoas me servindo de todas as maneiras e nunca mais levantaria um dedo. A realidade foi bastante diferente.

No meio do verão, Zohra encontrou uma criada para nós,

uma cozinheira em tempo integral e uma babá com olhos verde-jade. O Marrocos sofre com o desemprego e, como resultado, todos fazem o que podem para entrar na folha de pagamento de alguém. Não faltam candidatos para qualquer vaga. Antes que percebêssemos, tínhamos que pagar os caseiros herdados, a criada, a cozinheira, a babá e o jardineiro, além do salário de Zohra.

Individualmente, ninguém recebia muito. A hora de trabalho era barata. Contudo, o somatório dos salários era substancial – dinheiro que precisava ser ganho por mim, depois entregue toda sexta-feira, na hora de almoço, em notas de baixo valor. O segundo problema era que, uma vez que alguém estivesse na folha de pagamento, era quase impossível removê-lo. Seus empregos estavam garantidos para o resto da vida – e eles estavam bem cientes disso. Mas o pior aspecto de tudo foi que a casa ficou subitamente cheia de pessoas que tentavam nos controlar.

No topo da rígida ordem de comando estava Zohra. Ela era a doçura personificada comigo, mas todos os outros morriam de medo dela. Abaixo de Zohra estavam Hamza, Osman e o Urso. Eles estavam em *Dar Khalifa* há tanto tempo que conquistaram o direito de mandar nos outros membros da equipe. Abaixo deles estava a criada, depois a cozinheira e, abaixo desta, a babá. No último degrau da hierarquia estava o jardineiro. Descobri mais tarde por que ele era alvo de ridículo. Sua esposa fugira com outro homem.

Todos tinham sua própria maneira de alcançar o poder. O método mais eficiente era fazer exatamente o oposto de suas incumbências. Se eu pedisse à cozinheira para preparar um determinado prato, ela me expulsaria da cozinha com a vassoura e faria algo bem diferente. Quando pedi à criada para fazer minha cama, ela limpou as janelas, e quando pedi ao jardineiro para cortar a grama, ele aparou as sebes. Os caseiros não agiam de modo diferente. Seu longo tempo de serviço os tornara especialistas em evadir ordens. Pela maneira como eu caminhava, conseguiam identificar quando eu queria que algo fosse feito, e imediatamente desapareciam nos estábulos e trancavam as portas.

Nada dava mais prazer aos empregados do que ocupar meu tempo com suas próprias solicitações. Entre elas, um pedido para que eu contratasse um irmão ou primo ou para que eu fizesse caridade para uma tia ou tio distantes. De início, eu gaguejava, ficava vermelho e murmurava promessas vazias. Então, certa manhã, pensei em uma resposta. Era simples. Eu concordava entusiasticamente em contratar a pessoa em questão, contanto que ela substituísse a pessoa que estava fazendo o pedido. Funcionou como um sonho.

Ainda mais irritante era a constante discussão e as picuinhas entre os caseiros e os outros empregados. Bastava eu me sentar para escrever e, em poucos minutos, a criada vinha dizer que Hamza pegara sua escova, ou que Osman estava derramando sua água sanitária nos ralos. O jardineiro reclamava da babá porque ela deixara Ariane jogar caracóis na piscina e a cozinheira acusava o Urso de fitá-la de modo devasso.

NA ÚLTIMA SEMANA DE AGOSTO, o imã de rosto áspero veio até a casa e esfregou novamente o polegar e o indicador. Precisava de dinheiro, argumentou, porque a mesquita era muito pobre. Como eu era o proprietário da maior casa da favela, ele viera informar que era minha responsabilidade pagar pela sua manutenção. Perguntei a Zohra o que fazer.

"A pior coisa seria dar dinheiro", afirmou. "Se o senhor pagar hoje o imã, no dia seguinte terá uma fila de dois quilômetros na sua porta."

"Então, que devo fazer?"

"O senhor pode fazer uma contribuição para a escola da favela."

Uma pequena sala de aula sem janelas ficava junto à mesquita. No interior, havia algumas cadeiras surradas, mesas de fabricação caseira, uma série de cópias do Corão e uma professora idosa armada com uma mangueira de borracha laranja. Não havia quadros-negros, nem fotos ou luz elétrica. Das oito e meia da manhã até as três da tarde, a sala escura era ocupada por quarenta crianças. Duas vezes por dia, enquanto eu passava, ouvia o zunido da mangueira de borracha, seguido pelo som agudo de uma criancinha chorando.

Zohra acreditava que castigos corporais tornavam as crianças mais fortes, mas que elas só poderiam compreender o bem que isso fazia a elas quando fossem mais velhas. Contou que seus irmãos foram surrados na escola até desmaiar, e que isso fizera deles santos na maturidade. Eles ainda tinham as cicatrizes, disse ela, enquanto nos dirigíamos ao centro em busca de material escolar.

"Você quer dizer que eles têm cicatrizes mentais?", perguntei.

"Não, não", respondeu Zohra. "Estou falando de suas costas."

NO ANTIGO BAIRRO *ART DÉCO*, estava localizado o colossal prédio de apartamentos Bessonneau, ao lado do Hotel Lincoln. Uma triste recordação da era francesa, ocupava todo um quarteirão do Boulevard Muhammed V e fora construído no mais grandioso estilo franco-mourisco. Todas as técnicas de então foram utilizadas: arcos arábicos e filigranas de ferro ornamental, cornijas sutis e milhas de delicados arabescos adornando a fachada. Mas a era dourada de Casablanca era uma memória desbotada, e o edifício Bessonneau, um fragmento deixado para trás. Estava abandonado, esperando demolição. Atrás dele ficava o grande Bazar Derb Omar.

As lojas estavam abarrotadas de caixas de papelão empilhadas até o teto. As caixas estavam cheias de vasos chineses e chá verde, com estatuetas ornamentais, candelabros de cromo, bonecas de plástico rosa e material escolar. Passei uma tarde inteira comprando lápis e giz coloridos, canetas de ponta de feltro, tintas, livros escolares, cadernos e esferográficas. Comprei também quarenta resistentes bolsas escolares, cartazes e mapas para as paredes da sala de aula e um quadro-negro para a professora com a mangueira laranja.

Na manhã seguinte, entregamos as caixas à classe, para o deleite das crianças e a fúria do imã. Ele apontou o dedo enrugado para mim e esfregou-o junto com o polegar. Enquanto Zohra e eu arrastávamos o quadro-negro para a sala de aula, o Range Rover do arquiteto veio roncando pela trilha da favela, seguido por um caminhão japonês em frangalhos, com pneus carecas e um pára-brisa coberto por rachaduras que mais pareciam teias de aranha. Na parte traseira, empoleirava-se uma dúzia dos homens de aparência mais selvagem que já vira. Estavam cobertos de cicatrizes da cabeça aos pés, os músculos de seus ombros eram superdesenvolvidos e seus olhos tinham uma aparência sádica e brutal. Pareciam penitenciários sentenciados a trabalho pesado e estavam armados com martelos – não os martelos pequenos que usamos para tarefas domésticas, e sim, malhos industriais.

Muhammed, o arquiteto, estendeu-me a mão aveludada. Era macia e quente como camurça nova. Enquanto marchava porta adentro, ele me passou um papel com as informações de seu banco em Paris e pediu que eu depositasse uma grande soma de dinheiro em sua conta. Era só fazer a transação, disse ele, e todos os meus problemas estariam resolvidos.

Rachana e eu assistimos a ele deslizar pela casa, seguido pela mal encarada equipe de demolição. Na mão direita estava um lápis vermelho e, na esquerda, um telefone celular. Deteve-se diante de cada parede, inspecionando-a por um momento antes de marcar um X com o lápis ou seguir para a próxima parede. Enquanto caminhava, ele conversava ou, antes, escutava uma voz zangada do outro lado da linha.

Quando terminou, a equipe de demolição começou seu trabalho horrível. Eles destruíram uma parede atrás da outra com seus martelos, os olhos vidrados de indiferença. Pedi que parassem, para que pudéssemos discutir as modificações radicais, mas ninguém me escutava. O arquiteto seguira para o jardim, para longe do clamor de aço esmagando pedra. A voz zangada ainda o destratava. Corri para fora e indiquei que queria sua atenção.

Ele fechou o celular. *"Oui?"*

"Esses loucos estão demolindo a casa!", rosnei. "Faça-os parar!"

O arquiteto pegou uma carteira de couro do bolso da camisa, tirou um charuto Cohiba e acendeu-o. Tragando forte, sacudiu a cabeça.

"Eu bem que gostaria", disse calmamente. "Mas, quando esses homens começam, nada pode detê-los."

NAQUELA NOITE, OS CASEIROS vieram até mim para protestar. Estavam muito agitados e queriam saber por que uma dúzia de brutamontes havia derrubado tantas paredes. Descrevi meu próprio choque, mas os assegurei de que o arquiteto tinha tudo sob controle.

"Ele estudou em Paris", eu disse, como se isso explicasse tudo.

"Mas o senhor não entende", retorquiu Osman.

"Não entendo o quê?"

"Que o senhor está irritando Qandisha."

Na tarde seguinte, Zohra passou uma hora apaziguando as preocupações dos caseiros. Ela lhes jurou, pelo túmulo de sua avó, que teríamos uma cerimônia em honra dos *djinns*. Também prometeu que nós todos gritaríamos nosso nome sempre que entrássemos em uma sala, para que Qandisha e seus companheiros perversos pudessem nos ouvir e ter uma chance de sair do caminho. Os caseiros se animaram um pouco. Disseram que ficariam mais felizes se todas as noites nós salpicássemos sal sobre o chão do nosso quarto antes de dormir. Então me pediram que eu voltasse a deixar comida do lado de fora. Disse-lhes que veria o que poderia fazer, mas que não havia dinheiro para comida extra, já que precisava pagar tanto dinheiro ao arquiteto.

Passaram-se dois dias. A obra na casa se intensificou, alimentada por minha transação bancária para Paris. A equipe de demolição foi embora, berrando, na noite do terceiro dia. Extorquiram o que pareceu ser um preço terrível. Quando a poeira assentou, fui inspecionar a destruição. Era horrível. Dez paredes foram derrubadas e outras apresentavam enormes buracos. Ariane me perguntou por que os homens malvados haviam causado tantos danos. Disse-lhe que havia um bom motivo, que ela e Timur algum dia correriam pela casa, sem o obstáculo de tantas paredes.

"*Baba*", disse ela, "você não está dizendo a verdade."

DEPOIS DOS ATAQUES DE 11 DE SETEMBRO e do ataque suicida dos homens-bomba em Casablanca no último mês de maio, tive medo de freqüentar estabelecimentos de aparência americana. François, meu conhecido francês, prevenira-me que ficasse longe do McDonald's em particular. Filiais da cadeia de restaurantes de *fast-food* podiam ser encontradas em todos os lugares de Casablanca e eram muito populares entre as jovens famílias marroquinas.

"Eles serão os primeiros a ser atingidos pelos esquadrões suicidas na hora do confronto", garantiu.

"Mas Ariane gosta do McDonald's."

"Se precisa mesmo frequëntá-los", replicou François, "certifique-se de sentar bem no fundo. Se um homem-bomba atacar, ele provavelmente estará nervoso. Vai puxar o pino assim que entrar no recinto."

No fim de agosto, quando chegou a hora de matricular Ariane na escola, estávamos com medo de colocá-la em uma das três escolas americanas. Como o McDonald's, eram alvos terroristas em potencial. Então ouvimos falar que uma nova escola estava prestes a abrir perto de casa, onde se ensinava inglês, árabe e francês, procurando tornar todos os alunos totalmente trilíngües até os seis anos de idade. Ariane amou a escola desde o primeiro momento em que passou pelas suas portas. Fez amigos rapidamente e desenvolveu uma paixão por tartarugas.

CERTA NOITE, NO INÍCIO DE SETEMBRO, convidamos Zohra para jantar como uma maneira de agradecer por todo o seu trabalho. Ela sugeriu um excelente restaurante chamado Sqala, localizado em um antigo forte português no extremo da *medina*. A comida marroquina tende a ser tão inferior em restaurantes quanto é superior em casa. Para alcançar os sabores sutis, é necessária uma quantidade incrível de tempo e cuidado. A ambientação é tão importante quanto a própria comida, assim como a atenção dedicada ao convidado. Enquanto você se farta de iguarias, com seus anfitriões sussurrando lisonjas, é difícil não se entregar à ilusão.

A refeição me reapresentou às maravilhas sensoriais da verdadeira cozinha marroquina. Pedimos uma seleção de pratos. Havia um *tagine* de galinha temperado com cúrcuma, mel e damasco, e um par de peixes marinados em molho de açafrão e servidos sobre um leito de cuscuz. Depois disso, veio *bistiya*, um generoso prato feito com camadas de massa doce, sob as quais jaziam finíssimas fatias de pombo, amêndoas e ovos.

Zohra nos disse que a família era a base da vida marroquina e que a comida era a base da família.

"Se pudéssemos fazer tudo tão bem quanto cozinhamos", sorriu ela, "dominaríamos o mundo."

A conversa passou da comida ao amor.

"Quando eu me casar com Yusuf", continuou Zohra, "viveremos em uma casinha com pequenas flores vermelhas cercando a porta. Teremos dois filhos, um menino e uma menina, e...", ela fez uma pausa para beber suco de laranja, "e nunca nos separaremos, nem por uma noite."

"Parece idílico", observei.

"Oh, sim, será, será", concordou Zohra, sonhadora.

Perguntei como fora o primeiro encontro deles.

"Já contei ao senhor", respondeu. "Nós nos conhecemos pela Internet."

"Mas como foi o primeiro encontro de vocês pessoalmente, cara a cara?"

Zohra engoliu em seco e corou.

"Yusuf e eu nunca nos encontramos."

ARIANE AINDA ERA MUITO PEQUENA, mas implorou que eu lhe comprasse uma tartaruga. Ela queria uma igual à tartaruga da escola. Evitei o pedido o máximo que pude, já que toda a minha energia estava ocupada dia e noite com os problemas trazidos pelos caseiros. A maioria desses problemas estava ligada ao bem-estar de Qandisha, o *djinn*, e à trilha de destruição deixada pela equipe de demolição. Ariane pediu e implorou pela tartaruga, até que não pude mais resistir. Hamza ficou sabendo do desejo dela e afirmou que nada poderia trazer mais *baraka* para a casa do que uma tartaruga forte e saudável. Esses répteis, ele insistiu, eram os mais auspiciosos dentre todos que foram criados por Allah. Perguntei a Zohra onde poderia encontrar uma tartaruga. Dois dias depois ela me deu o retorno. O único lugar onde procurar, segundo ela, era Tan-Tan.

Olhei para o meu mapa do Marrocos na parede. Não encontrei Tan-Tan.

"Mova o dedo para baixo", indicou Zohra. "Não, muito mais para baixo."

Então eu vi.

"Mas fica muito ao sul, no deserto do Saara!"

"Naturalmente."

"Não dá para comprar tartarugas em Casablanca, em uma *pet shop*?"

Zohra fez pouco da minha pergunta. "O senhor quer dar algo de baixa qualidade para sua filhinha? Uma tartaruga que foi torturada e mantida em uma gaiola? Ou quer ter o orgulho de dar a ela o melhor, um animal que vai realmente abençoar a casa?"

Estava ficando cheio de Casablanca, de conversas sobre tartarugas e dos *djinns*, então Rachana e eu colocamos as crianças no carro. Amarramos malas no teto e fomos para o sul em busca de tartarugas com espírito divino. Mal havíamos chegado aos limites da cidade de Casablanca, quando Ariane vomitou no próprio colo. Sua infância marroquina havia começado.

Evitamos a auto-estrada e pegamos a velha e decadente estrada que segue pela costa até Agadir. Além dela, estávamos no deserto. Depois de muitas horas no carro do infeliz do açougueiro, jurei que compraria meu próprio veículo assim que chegássemos em casa. As únicas coisas a desviar nossa mente dos bancos putrefatos eram a areia e o pó, e os meninos rodopiando esquilos. De início, havia apenas um ou dois, de pé na beira da estrada. Assim que avistaram o carro, começaram a levantar os braços, girando barbantes ao redor da cabeça como se fossem laços de vaqueiro. Na ponta de cada barbante havia uma bola de pêlo aterrorizada. Pisei no freio, amaldiçoei os meninos, comprei seus esquilos e soltei-os alguns quilômetros depois – a tempo de encontrar outro grupo de meninos com outra leva de esquilos. Quanto mais esquilos malditos eu salvava, maior o número deles a ser torturado, à espera de um estúpido estrangeiro que os salvasse.

A jornada revelou para Rachana, Ariane e o bebê Timur a beleza em estado bruto do norte da África, que eu conhecera na infância. Tínhamos seguido pelas mesmas estradas em um Ford Cortina vermelho, com o medroso jardineiro da família na direção. Muito pouco havia mudado. O carro do açougueiro fora fabricado mais ou menos no mesmo ano que nosso Ford e estava igualmente cheio de bagagens e crianças vomitando. Enquanto ziguezagueávamos para evitar os buracos na estrada, os cães selvagens e as carretas, congratulei-me por ter fechado um ciclo.

Depois de dois dias dirigindo, chegamos a Tan-Tan exaustos, tremendo por causa da estrada. Era uma cidade bem pequena e de quase nenhum interesse, construída com blocos pré-moldados, cimento barato e areia. Prometi que nunca mais dirigiria para lugar nenhum. Ariane ainda estava choramingando por causa da tartaruga. Dirigi até o mercado e falei com o primeiro homem que encontrei. Era um açougueiro. Havia manchas de sangue na sua camisa e ele exibia um grande sorriso dentuço.

"Precisamos comprar uma tartaruga", falei, irritado.

"Por que você quer uma?"

"Para que possamos ir para casa."

O açougueiro perguntou se estávamos planejando comer a tartaruga.

"Certamente que não!", estourei.

"Dá para fazer uma boa sopa, ótima para o almoço."

Cobri os ouvidos de Ariane.

"Não é para comer", falei bem baixinho. "É para minha garotinha."

A expressão do açougueiro mudou. "Ah, um animal de estimação, um bichinho para a pequenina."

"Sim, um bichinho."

"Não é para fazer sopa", confirmou o açougueiro.

"Não, não é para sopa."

Ele assentiu com um sorriso enorme mostrando as gengivas. "Vou mostrar ao senhor", disse ele.

Sem dizer mais nada, ele mostrou o caminho até o outro lado do bazar, onde um homem com grandes olhos úmidos segurava uma caixa. O açougueiro apontou para ela. A tampa foi removida e o conteúdo exibido cerimoniosamente. Dentro, havia um frágil filhote de tartaruga. O homem de olhos úmidos explicou que o réptil fora atacado por um cão e que, portanto, não podia ser comido.

"Ah, não queremos comê-la", repeti. "É para minha filha. Ariane vai cuidar dela. Vai trazer *baraka* à nossa casa."

Peguei minha carteira e perguntei qual era o preço. Estava pronto a pagar qualquer coisa. O homem de olhos úmidos fitou Ariane e depois a tartaruga.

"É um presente", disse ele, limpando uma lágrima do canto do olho, "porque nada é tão doce quanto deixar uma criança feliz."

HAMZA NOS RECEBEU EM *DAR KHALIFA* e explicou que uma nova aflição terrível ocorrera. Preparei-me para ouvir mais histórias sobre Qandisha ou algum outro gato morto, mas desta vez o caseiro parecia ter esquecido os *djinns.*

"É a *bidonville*", disse ele, "a favela."

"O que aconteceu?"

"O governo vai derrubá-la."

Durante dias, especulou-se que os homens-bomba de 16 de maio haviam planejado seus ataques na segurança de uma favela de Casablanca. Notícias na televisão mostraram algumas das chamadas *bidonvilles* muito semelhantes à nossa, com algumas barracas e barracos amontoados, uma modesta mesquita caiada de branco e um imã de rosto enrugado.

Desde nossa mudança para Casablanca, eu secretamente tinha esperança de que a favela ao redor do oásis de *Dar Khalifa* seria demolida e que vilas sofisticadas substituiriam os barracos. Se fossem construídas vilas, haveria uma nova estrada, um supermercado, cafés e lojas. E se a favela desaparecesse, o mesmo aconteceria com as poças de água estagnada, os mosquitos, as pragas de moscas varejeiras, os zurros dos burricos, o esgoto aberto e as montanhas de lixo podre.

O chefe dos caseiros se inclinou para a frente e puxou a manga da minha camisa. "Se derrubarem a favela", disse num sussurro, "então não teremos onde viver."

NO DIA SEGUINTE À VOLTA DE Tan-Tan, chamei o arquiteto e perguntei quando chegariam os operários.

"Ratos estão entrando pelos buracos feitos por sua equipe de demolição", observei, do modo mais educado possível.

"Arrume um cachorro", respondeu ele.

"Pode mandar sua equipe esta semana?"

O arquiteto suspirou como se eu estivesse pedindo um favor impossível. "Os operários vão aparecer", garantiu.

"Quando?"

"Eles vão aparecer."

"Mas 'quando' eles vão aparecer?", indaguei novamente, com mais intensidade.

"Quando Deus quiser", ele disse.

UMA SEMANA DEPOIS, AINDA não havia sinal dos operários. Liguei repetidas vezes para o arquiteto, mas seu celular estava desligado. Na galeria, a secretária disse que ele tinha ido a Paris e que ninguém sabia quando voltaria.

O problema com os ratos piorou. Ficou tão ruim que eles fizeram um ninho com nosso colchão, roeram buracos na minha estante e mastigaram meus livros. Depois disso, comeram todo o sabão da casa. Rachana os considerava um perigo à nossa saúde e me mandou detê-los antes que as crianças fossem mordidas.

Consultei Osman. Ele sorriu de orelha a orelha e mostrou os dois polegares para cima.

"Não coloque veneno", proibi.

"Sem veneno, *Monsieur* Tahir."

"E nada de ratoeiras!"

"Não, *Monsieur* Tahir. Nada de ratoeiras."

Ele foi embora, voltando à noite com uma folha de papelão e um tubo de cola. O tubo listava as várias aplicações do adesivo. Havia a figura de uma casa, um carro, um barco, um brinquedo de criança e, embaixo, uma pequena imagem indistinta de um rato.

Osman espremeu uma certa quantidade de cola na cartolina e posicionou-a dentro de um dos buracos na parede. Ele novamente mostrou os polegares erguidos e saiu para rezar. Na manhã seguinte, para minha grande surpresa, ele me levou para ver o resultado: três ratos de bom tamanho presos no papelão.

OS DIAS CONTINUARAM A PASSAR e Hamza ainda se recusava a me deixar entrar na sala trancada localizada no extremo do jardim do pátio. Eu tentara abrir a fechadura e havia até mesmo tentado forçar o postigo. Hamza não era de nenhuma ajuda. Ele me aconselhava a parar de pensar na sala e a recomeçar a tradição popular de deixar pratos de comida para Qandisha. Repetiu pela décima vez que a chave estava perdida. Sugeri chamar um serralheiro.

"Aquele serralheiro é um homem malvado!", rosnou o caseiro.

"Deve haver mais de um serralheiro em Casablanca."

Hamza fez uma careta. "São todos homens malvados",

insistiu. "Vão fazer cópias de todas as chaves e nos roubar à noite."

"Mas temos três homens protegendo a casa", retorqui.

Novamente, o caseiro amaldiçoou o serralheiro e sua profissão.

"Nenhum serralheiro pode abrir aquela porta", declarou.

"Por que não?"

"Por que ela está trancada por um motivo."

MEU PAI NUNCA FALOU NADA sobre o assunto, mas acho que ele sentia vergonha de criar os filhos em uma tranqüila cidadezinha inglesa. Passara a própria infância no Hindu Kush e viajara pelos contrafortes do Himalaia. Sua formação pouco convencional começou cedo. Nascera na estação montanhosa de Simla, na Índia, enquanto seu pai estava em uma expedição caçando *markhor*, a cabra montanhesa do Himalaia. Sua mãe escocesa, sempre disposta, concordara em ir junto, apesar de estar com oito meses de gravidez. Quando finalmente teve seus próprios filhos, meu pai achou difícil compreender nossa vida escolar. Éramos, como ele freqüentemente nos lembrava, as primeiras crianças na história da família a ir à escola. Todas as outras gerações foram ensinadas por uma mistura eclética de poetas, filósofos, místicos e guerreiros empedernidos. Para meu pai, a educação significava aprender a montar, atirando em gazelas ao mesmo tempo, por volta dos nove anos; memorizar as obras de Saadi, o poeta persa, aos doze; e dominar o jogo de xadrez. Ele zombou quando soube que seu único filho estava aprendendo latim, salto em distância e flauta.

"Quando você vai aprender a caçar?", perguntou-me no meu décimo aniversário.

"Mas não temos animais selvagens na escola, *Baba*", repliquei sem jeito.

Meu pai me fitou, com a testa alta franzida. "Não têm?",

murmurou, distante.

O Marrocos era o contrapeso para compensar sua vergonha. Talvez seus filhos estivessem aprendendo habilidades inúteis na escola, mas ele esperava que nossas viagens ao reino das montanhas nos revelassem a ordem do mundo real. Nada era tão importante para meu pai quanto a vida na montanha. Passeávamos pelos vales férteis do Marrocos buscando *Fantasia,* exibições de bravura tribal – uma dúzia de cavaleiros transportando carga, disparando armas antigas e gritando para o ar.

Sempre que o Ford Cortina da família chegava a um vilarejo da montanha, meu pai acenava e pedia ao jardineiro que pisasse no freio. Ele abria as portas e, como o flautista de Hamelin, conduzia minhas irmãs e eu até a casa de chá mais próxima. Seus pés podiam estar nas montanhas do Atlas, mas sua mente estava no Hindu Kush. Para ele, a casa de chá era um caravançarai afegão, o chá de menta era *chay sabs*, chá verde, e os berberes eram pastores do seu amado Nuristão.

"Este é o coração do Marrocos!", exclamava nessas ocasiões. "Esqueçam toda a bobagem que ensinam na escola. Este é o lugar para aprender."

"Mas o que podemos aprender aqui, *Baba*?"

Meu pai fazia uma pausa, bebia seu chá de um só gole e batia o copo vazio na mesa.

"Meus filhos", proclamava, "é aqui que vocês podem aprender por que o coração bate do jeito que bate."

CERTA TARDE, NO INÍCIO DE setembro, mandei Zohra ao Registro de Imóveis para procurar a pasta perdida e fui até o centro da cidade bisbilhotar perto do Hotel Lincoln. Para mim, a área era o núcleo da cidade, o local onde a semente de Casablanca caíra há muito tempo. Ali, as pessoas eram diferentes. Os lojistas não se importavam de fato se você compraria alguma coisa. Não tinham pressa de que os clientes fossem embora, preferindo que eles ficassem e batessem papo. Passavam as tardes conversando sobre os velhos tempos.

Sentei-me em um banco preto coberto de vinil na loja de um verdureiro, espantando as moscas com a mão, escutando a história da vida depois da Guerra. Ottoman, o verdureiro, era gordo, grisalho, usava óculos e tinha várias verrugas marrons e peludas cobrindo o rosto. Ele contou sobre a época em que Casablanca era famosa em todo o mundo, e seu nome, um sinônimo de tudo o que era moderno e exótico.

"As lojas estavam cheias de mercadorias caras de Paris, Londres e Roma", recordava, passando a mão sobre o gato malhado enrolado no seu colo. "Os homens ainda usavam chapéu e as mulheres andavam de salto alto. Estavam sempre perfumadas." Fez uma pausa de efeito. "As ruas eram limpas e brilhantes e todas as pessoas eram confiantes. Casablanca era o paraíso."

"Por que o centro da cidade foi transferido para Maarif?", perguntei.

O verdureiro coçou o nariz. "Outros marroquinos apreciam o que é antigo", explicou, "eles compreendem que o que é velho é bom. Mas as pessoas de Casablanca são infantis, são volúveis. Só gostam do que é brilhante, do novo. Este lugar costumava brilhar como um diamante, mas quando o fulgor se perdeu foram todos correndo para Maarif."

"Ouvi dizer que os restaurantes de Casablanca já foram os melhores do mundo."

O rosto do verdureiro se paralisou e seus velhos olhos se umedeceram. "Ah, sim. Sim, é verdade. Havia um bem ali..." Ele fez uma pausa no meio da frase para apontar para fora da janela. "Chamava-se Au Petit Pucet. Que lugar! Que ambiente! Levei minha esposa lá quando éramos recém-casados. Ela usava um vestido negro, e eu, meu terno de casamento. Eu economizara dinheiro e jantamos como reis. Lembro-me claramente." Ottoman parou novamente e olhou para o ar infestado de moscas na parte de trás de sua loja. "Havia cheiro de lírios e o som harmonioso de uma harpa", recordou. "O garçom usava o avental mais branco que já vira. Seu rosto era tão limpo que parecia rosado."

"Como era a comida?"

"Ah, a comida, a comida!", disse saudosamente. "Posso sentir seu gosto ainda agora! Minha esposa escolheu pato. Foi servido com *petit-pois* e o aspargo derretia na sua boca." Novamente, o verdureiro fez uma pausa, enquanto mergulhava fundo em suas memórias. "Comi um filé", disse suavemente. "Era mal passado no meio, servido com *pommes dauphine*."

CINCO

Amanhã teremos damascos.

O OUTONO CHEGOU. O CRUEL calor do verão cedeu e o jardim irrompeu numa explosão de cor – hibiscos vermelhos e sutis mimosas rosadas, jasmins amarelos e delicadas flores de maracujá, todas sob um fundo de buganvílias de um vermelho intenso. *Dar Khalifa* era um oásis, um santuário cercado pela realidade. Ariane, depois da escola, cutucava sua tartaruga para que cruzasse o gramado, o pequeno Timur bebia seu leite à sombra e eu me sentava ali, contemplando os dois, agradecido. Tivemos algumas dificuldades locais, mas estávamos abençoadamente separados da nossa vida pregressa.

Quando o telefone tocava, era um parente ou um amigo, em vez de alguma voz irritante tentando vender um feriado ou uma pensão. Não era preciso lidar com painéis de distribuição computadorizados ou parquímetros, não havia tráfego engarrafado ou sanduíches com nomes sofisticados. Certamente, existia uma barreira idiomática e uma barreira cultural, mas estava mais feliz do que estivera em muitos anos.

Tarde da noite, um amigo próximo ligou para dizer que sua casa californiana se incendiara totalmente. Não sobrara nada.

Uma vida de papéis e posses se fora. Na manhã seguinte, pedi a Zohra que melhorasse nosso seguro contra incêndios. A apólice que ela encontrou era incrivelmente cara, mas era dinheiro bem gasto, pensei. Quando Osman ficou sabendo do preço do seguro, caiu na gargalhada.

"Todo mundo sabe que seguro contra incêndios não funciona", afirmou.

"Como assim, não funciona?"

"A única maneira de manter o fogo afastado", sustentou Osman, "é com uma rã."

Levantei uma sobrancelha. "Uma rã?"

"*Oui, Monsieur* Tahir."

"Pode explicar, por favor?"

Osman mostrou o método com as mãos. "Primeiro é preciso pegar uma rã, depois matá-la, secá-la, esfregá-la no sal e pendurá-la na porta da frente."

"Mas de que adianta isso, se a casa pegar fogo?"

Osman pareceu surpreso com minha pergunta. "Se a casa começar a queimar", explicou com naturalidade, "basta pegar a rã e colocá-la no bolso."

"E então?"

"Então, quando o senhor entrar na casa, as chamas não vão feri-lo."

UM HOMEM COM UMA CARRETA costumava vender frutos de cacto do lado de fora da casa. Sabíamos que ele estava ali quando ouvíamos seu grito semelhante a um grilo. Havia algo de reconfortante nisso. Ficávamos nos revezando para imitá-lo enquanto sentávamos na varanda, perguntando-nos se a equipe do arquiteto chegaria algum dia. No alto, bandos de íbis brancos podiam ser vistos no céu enquanto as tardes se tornavam noites. Voavam na direção do mar, rumo ao sol poente, suas asas salpicadas de ouro. Nunca vira nada tão bonito.

Certa manhã de outono, uma espessa névoa salgada soprou do Atlântico como o hálito de um dragão. Ela consumiu a Casa do Califa e o jardim, e abafou a comoção na favela. Hamza não perdeu tempo e foi correndo abrir o máximo possível todas as portas e janelas. O vapor infiltrou-se em silêncio pelo corpo da casa. Eu estava no chuveiro quando Hamza entrou apressado e escancarou a janela.

"A névoa trará *baraka*", declarou, enquanto corria para o quarto seguinte. "Ela vai purificar a casa! Fomos abençoados!"

No meio da tarde, a neblina se fora, dissolvida pelo calor do sol. Era como se um encantamento tivesse se quebrado e a realidade retornado. Para mim, o lugar parecia inalterado, mas Hamza estava certo de que uma transformação divina ocorrera.

"O cheiro é diferente. Trabalho aqui há muito tempo e posso sentir o cheiro."

"Disse-lhe que não concordava. Que a névoa era apenas vapor d'água e nada tinha a ver com purificação, *baraka* ou *djinns*.

O caseiro estava sempre disposto a defender sua opinião. Mas, desta vez, ele pôs as mãos nos bolsos, respirou fundo e disse: "Naturalmente, *Monsieur* Tahir. O senhor está certo."

NO DIA SEGUINTE, ZOHRA CHEGOU a *Dar Khalifa* aos prantos. Seus olhos vermelhos. Perguntei qual era o problema. Ela evitou o assunto.

"Está tudo bem", respondeu, fungando num lenço. "Não há nada com que se preocupar."

Quando perguntei novamente, sua tristeza transbordou.

"Ele me deixou", contou ela, chorando no meu ombro. "Yusuf rompeu comigo. Terminou o noivado e foi embora com outra garota."

Murmurei minhas condolências. Zohra limpou o rosto

com seu véu.

"Não devia ter confiado nele", ela disse. "Amina me avisou."

"Quem é Amina?"

Zohra olhou para mim e congelou, como se houvesse deixado escapar algo por engano. "Oh, hum, hã", titubeou. "É uma amiga, uma boa amiga."

Perguntei se ela morava em Casablanca. Novamente, Zohra pareceu apanhada de surpresa.

"Ela não é uma amiga normal", respondeu.

"Como assim, não é normal?"

Zohra parou de chorar. Prendeu a respiração por um momento. "Ela não é uma amiga normal", repetiu, "porque é um *djinn*".

HICHAM HARASS SE MUDARA PARA Casablanca há vinte anos, quando seus três filhos estavam criados e sua carreira como funcionário dos correios havia terminado. Com o passar dos anos, desenvolvera uma afeição pela cidade, mas, como quase todo mundo, sentia vergonha dela.

"É uma criação francesa", ele me contou em uma de nossas primeiras conversas. "Tudo aqui é francês, desde as torneiras dos banheiros até os bulevares longos. É divertido", concluiu, "mas não é realmente o Marrocos."

Perguntei a ele onde poderia encontrar o verdadeiro Marrocos. Os olhos de Hicham se iluminaram. "O verdadeiro Marrocos", disse ele, umedecendo os lábios, "fica no sul, bem ao sul, onde nasci."

"Onde é isso?"

"A três dias de caminhada de Agadir."

"Por que foi embora?"

O colecionador de selos esfregou as mãos inchadas. "Por causa de uma bruxa", disse esboçando um sorriso.

Quando criança, Hicham Harass cuidava das ovelhas da família em um terreno arenoso cercado por cactos. Ele vivia com os pais, cinco irmãos, uma irmã e três cachorros, numa casa feita de destroços recolhidos da costa do Atlântico. Sua vida era simples e rotineira. Então, certo dia, apareceu uma *sehura*, uma feiticeira.

"Ela disse que eu morreria no próximo ciclo da lua", explicou Hicham, piscando, "a menos que meus pais me entregassem para o primeiro estranho que encontrassem. Eles ficaram muito tristes, naturalmente, porque eu só tinha sete anos de idade. Mas acreditaram na mulher."

Hicham parou de falar e ficou olhando seu cachorro de três pernas trotar até desabar aos seus pés.

"Então, eles me entregaram", disse.

"Para quem?"

"Para um homem chamado Ayman. Ele estava passando por nosso vilarejo com uma carreta, vendendo ferro-velho. Precisava de alguém para ajudá-lo, então fui junto."

Mais uma vez, o colecionador de selos fez uma pausa. Fitou-me com intensidade, como se estivesse prestes a dizer algo importante. "O dia em que deixei meu povoado na parte de trás de uma carreta de ferro-velho foi o primeiro dia da minha vida."

NUMA MANHÃ DE SETEMBRO, estava olhando através das gigantes portas de cedro talhado do que um dia viria a ser minha biblioteca. A vista do jardim do pátio poderia prender minha atenção por horas a fio. Eu contemplava o modo como a luz irrompia pelas camadas de palmeiras e como as vinhas haviam triunfado sobre todos os obstáculos em seu caminho. No centro do jardim havia uma bela tamareira. Ela tinha mais de vinte e quatro metros de altura, sua folhagem exuberante jogando sombras em ziguezague nas paredes caiadas.

O jardineiro estava junto à base da tamareira, sacudindo

um machado. Gritava com a árvore em árabe.

"Não ouse cortar essa palmeira!", gritei.

O jardineiro, que era a única pessoa na folha de pagamento que genuinamente me temia, largou o machado e sacudiu as duas mãos diante do seu peito. "*Monsieur* Tahir", ele sussurrou ansioso, "não vou cortar a árvore, só a estava ameaçando."

"Para quê?"

"Estava fazendo isso pelo senhor", respondeu.

Não entendi. "Como isso pode me beneficiar?"

"Se a árvore pensar que vai ser cortada", explicou o jardineiro, com uma expressão astuciosa, "para se salvar, fará brotar as melhores tâmaras que já provou."

Nesse exato momento Hamza chegou correndo no pátio, com as mãos sobre a cabeça.

"Começou! Começou!", gritava.

"O que começou?"

"Eles começaram a derrubar a favela!"

Subi no terraço e contemplei a cena. Um par de tratores maltratados descia a via central da *bidonville*. Um oficial os seguia em um pequeno carro branco com letras árabes nas portas. Os residentes da favela, geralmente pacíficos, explodiram num frenesi de atividade. As mulheres recolhiam rapidamente as roupas do varal, os verdureiros guardavam seu estoque e os alunos da escola corriam pelas vielas, soando o alerta.

O imã enrugado estava de pé diante da mesquita. Suas mãos voltadas para o alto, como se alguém estivesse apontando um revólver para seu peito. A alguns metros, os tratores estavam prestes a atacar a primeira fileira de casas. As famílias que lá viviam não sabiam se fugiam com seus pertences ou permaneciam do lado de dentro, esperando que isso levasse a um ato de clemência. O carro branco sacudiu até parar no primeiro barraco; o oficial saltou, com uma prancheta debaixo do braço. Um grupo de cerca de cinqüenta homens apareceu vindo das vielas e ergueu os punhos para ele. O oficial segurou a prancheta no ar, de modo que seus papéis farfalharam na brisa leve. Então ele apontou para os tratores. Os veículos acionaram os motores como se estivessem seguindo uma deixa.

Em algum lugar na confusão estavam Hamza, Osman e o Urso. Eu não sabia ao certo onde eles viviam, mas sabia muito bem que a favela era o seu lar. Se os barracos com telhado de zinco fossem derrubados, eles e suas famílias ficariam sem teto. Como seu patrão, caberia a mim encontrar para eles novos lugares onde pudessem viver.

O impasse continuou por uma hora ou mais. A prancheta do oficial sacudindo de um lado, os punhos de outro e os motores dos tratores rosnando entre as duas facções. A sorte estava do lado dos favelados. De algum modo, conseguiram convencer o oficial a ordenar que os veículos recuassem. A vida na *bidonville* instantaneamente voltou à sua rotina – mulheres pendurando roupas no varal, idosos acocorados na poeira, falando sobre os velhos tempos, cachorros mastigando o lixo e garotinhos cutucando burricos com varas pontudas.

Naquela noite, encontrei Hamza enquanto ele se esgueirava pelo jardim com sua espada de fabricação caseira.

"Eles nos deram uma semana para nos mudarmos", anunciou estoicamente. "Depois disso vão esmagar nossas casas."

"Para onde vão todas essas pessoas?"

Hamza limpou a garganta. "Eles nos ofereceram apartamentos na periferia de Casablanca", contou ele. "Mas ninguém tem o dinheiro do depósito."

"Quanto é?"

"Quarenta mil *dirhams*."

Fiz a conta. "São quatro mil dólares", disse.

"Não podemos pagar", ele repetiu. "Ninguém pode. Então nos recusaremos a nos mudar."

Ser proprietário da Casa do Califa era uma bênção, mas ao mesmo tempo uma maldição. Tínhamos inúmeros quartos à nossa disposição, vastas cozinhas, várias suítes, água quente encanada e eletricidade, jardins intermináveis, estábulos, uma quadra de tênis e uma piscina de tamanho impressionante. Senti-me culpado por ter tantas posses. Bem ao lado, Hamza, Osman, o Urso e centenas de outros viviam em casebres iluminados por velas. Não possuíam geladeiras, fornos, água corrente, banheiros adequados, nem privacidade. Agora corriam o risco de perder o pouco que tinham.

Antes que ele sumisse na noite escura e sem lua, fui até Hamza e lhe perguntei sobre o futuro.

"O que vocês vão fazer?"

Ele estalou a língua. "Estamos nas mãos de Deus", respondeu.

ALGUNS DIAS DEPOIS, COMPREI um jipe verde-escuro de fabricação coreana. Livrar-me do carro do açougueiro foi um prazer indescritível. Não havia mais o fedor de sangue putrefato nem o ataque das moscas. Descobri que, quando dirigíamos pela favela, as pessoas paravam o que estavam fazendo para ficar olhando. Zohra disse que o jipe tinha *baraka* porque era verde, a cor do Islam. Havia sido, ela sussurrou, a compra mais sábia da minha vida.

"Como pode ter certeza?", duvidei.

"Porque Amina me disse."

Era um bom momento para saber mais sobre os *djinns.*

"Diga-me, Zohra, onde está Amina?"

"Ela vive no meu ombro esquerdo", explicou.

"Você pode vê-la?"

"Oh, sim, é claro que posso."

"Como ela é?"

Zohra pensou por um momento. "Ela tem um belo rosto. Tem a aparência de um anjo, e..."

"E o quê?"

"E tem trinta metros de altura."

NA TERCEIRA SEMANA DE SETEMBRO, eu estava sentado em um café na Corniche, esperando por Zohra, quando um estrangeiro comprido e de rosto ansioso se sentou na mesa ao lado da minha. Tinha uma leve corcunda e sua cabeça pendia enquanto caminhava, como se estivesse acostumado a ser maltratado. Ele pediu um *cappuccino* em um francês terrível e sacou uma cópia amassada do Herald Tribune. Era tão incomum encontrar um estrangeiro de língua inglesa que me senti compelido a falar com ele. Inclinei-me e quebrei o gelo.

"Já esteve nas corridas de cachorros?", perguntei. "Ouvi dizer que são muito boas."

O jovem deixou o jornal pender sobre a mesa. "Não tenho tempo para cachorros", replicou com um leve sotaque texano.

"Oh", lamentei. "Que pena."

O americano levou a mão à testa para proteger os olhos da luz e me olhou com firmeza. "Espero não ficar em Casablanca mais tempo do que o necessário."

"Viajando a negócios?"

O estrangeiro olhou para baixo. "Mais ou menos."

Esperei que prosseguisse.

"Estou procurando alguém", continuou.

"Ah."

"Sim. Estou procurando uma garota."

Pensei instantaneamente em Zohra, que necessitava urgentemente de um homem agora que o tal Yusuf do ciberespaço a abandonara.

"Talvez possa ajudá-lo. Tenho uma amiga..."

O americano me cortou. "Você não compreende", disse rapidamente. "Estou procurando alguém que conheci nos EUA." Ele lambeu a espuma do *cappuccino* dos lábios. "Bem, na verdade eu mal a conhecia", disse.

"O Marrocos é bem longe para procurar alguém que mal se conhece."

Ele estendeu a mão. "Pete."

Como ainda estava esperando por Zohra, perguntei se podia saber mais detalhes sobre sua busca. O texano bebeu todo o *cappuccino* e contou sua história. Tudo começou em uma boate cheia de gente em Amarillo, no Texas, onde fora dançar com amigos da faculdade. Na pista de dança apinhada de gente, ele pôs os olhos na garota mais radiante que já vira. Tinha lábios carnudos, malares altos e longos cabelos castanhos. Sem perder tempo, Pete se aproximou e os dois começaram a dançar. A garota parecia gostar dele tanto quanto ele gostava dela. Quando fizeram uma pausa para uma bebida, ela contou que era do Marrocos, que seu nome era Yasmine e que voltaria para casa de vez no fim da semana.

Pete tirou uma foto dela com seu celular. Então o telefone começou a tocar. Ele acenou para que Yasmine esperasse no bar enquanto corria para fora para atender a chamada. Quando estava pronto para voltar, o porteiro barrou sua entrada. De nada adiantou implorar.

"Quando finalmente consegui me esgueirar pela janela do banheiro", continuou Pete, "Yasmine não estava mais lá. Procurei em toda parte. Ela deve ter saído pela porta da frente enquanto eu voltava pelos fundos." Limpou o fino bigode de chocolate da sua boca. "Preciso encontrá-la", disse finalmente.

"Você veio de tão longe para procurar uma garota com quem só dançou uma vez?"

Ele confirmou o que dissera. "Se eu não tentar encontrá-la, nunca mais conseguirei ter um sono tranqüilo."

"Que pistas você tem, então?"

Pete pegou um celular americano e mostrou-me uma foto fora de foco de uma garota de cabelo escuro.

"Você sabe o sobrenome dela?"

Pete sacudiu a cabeça. "Quem diz o sobrenome em uma discoteca?"

"Você tem alguma outra coisa para ajudá-lo a prosseguir?"

Novamente, ele sacudiu a cabeça para a esquerda, depois

para a direita. “Nada, a não ser...”

“A não ser o quê?”

“Pode parecer loucura, mas na boate Yasmine pediu um suco de laranja. Ela disse que as laranjas mais deliciosas do mundo vinham de seu vilarejo no Marrocos. Se eu encontrar esse lugar, então tenho certeza de que vou encontrar Yasmine.”

POUCO DEPOIS DA CHAMADA vespertina para a oração, houve uma batida na porta da frente. Hamza sempre insistia veementemente que ele, e apenas ele, devia permitir a entrada de visitantes na casa. Explicou que na cultura marroquina um homem importante nunca se rebaixaria a executar uma tarefa tão servil quanto abrir a porta de sua própria casa. Simplesmente ao tocar a maçaneta, eu estava trazendo vergonha à minha casa. Enquanto me dirigia à entrada, o caseiro me empurrou para o lado e correu para o ferrolho da porta.

Uma mulher estava parada do outro lado, esperando para ser atendida. Reconheci-a como a esposa do gângster. Vestia um casaco de pele de leopardo com um chapéu combinando e botas de cano longo de cor marfim. Suas pálpebras pesavam com longos cílios falsos e seu rosto estava tão carregado de maquiagem que ela parecia ter saído de uma encenação de teatro *kabuki*. Apresentou-se como Madame Nafisa Maliki.

Pensei em perguntar por que seu marido pagara vinte mil dólares para que nossos documentos fossem escondidos ou destruídos, mas algo me deteve. Em vez disso, dei-lhe formalmente as boas-vindas e a conduzi até o interior da casa. Hamza sibilou bem alto enquanto caminhávamos para dentro do salão vazio. Os olhos da mulher percorreram a sala.

“Vejo que está fazendo reformas”, observou ela numa voz fria.

“Só um pouco”, repliquei.

“Vocês têm permissão das autoridades?”

"Hã, ah, bem...", balbuciei. "Sim, é claro que temos."

"Isso é ótimo", disse ela, "porque no Marrocos as autoridades são muito severas." Ela limpou a garganta vigorosamente, como para destacar a próxima frase. "Se a sua papelada não estiver em ordem, eles podem tomar a sua casa."

"Tenho certeza de que isso não vai acontecer", eu disse.

Houve uma pausa, durante a qual a esposa do gângster acendeu um cigarro e enfiou a ponta em uma cigarreira extralonga.

"Nunca se sabe", observou ela.

NA AURORA DO DIA SEGUINTE, quarenta trabalhadores chegaram, liderados por um mestre-de-obras que tinha pelo menos oitenta anos de idade. A equipe inteira vestia terno, como se estivessem indo para um casamento. Normalmente, eu soltaria os cachorros sobre qualquer um que chegasse tão cedo, mas estava tão empolgado com o fato de finalmente terem aparecido que os levei à cozinha e lhes servi chá de menta.

Os trabalhadores começaram destruindo a escadaria de madeira que levava até nosso quarto. As tábuas foram transformadas em lenha por um aprendiz e empilhadas de modo bastante organizado contra a parede. Uma escada tosca foi colocada em seu lugar, para a fúria de Rachana e o deleite de Ariane. Cinco dos homens subiram a escada, entraram no quarto e jogaram nossas roupas de cama no terraço.

Desci para ver o que o resto dos operários estava fazendo. A ferocidade do som dos martelos logo me atraiu de volta ao andar de cima. Para meu espanto, os homens – que diziam ser pedreiros – estavam pondo abaixo uma das paredes de sustentação. Eles indicaram, numa primitiva linguagem de sinais, que o quarto devia ser aumentado, então uma parede tinha que ser removida. Nós teríamos que encontrar outro lugar para dormir, concluíram.

No térreo, outro grupo havia começado a arrancar o piso.

Protestei, dizendo que parte dos azulejos podia permanecer.

"Estão danificados", disse o velho mestre-de-obras.

"Bem, ficaram assim depois que seus homens os despedaçaram!"

Por volta do meio-dia, parecia que a horda de Gengis Khan invadira o interior da casa. O piso havia sido arrancado, azulejos quebrados jogados em todas as direções e a maioria das janelas fora despedaçada sem motivo algum. Os canos d'água e os cabos elétricos foram caçados e cortados, e qualquer parede que estivesse intacta pela manhã agora estava danificada. Os operários pareciam bastante satisfeitos com seus esforços. À tarde, acenderam uma fogueira, alimentada pela escadaria despedaçada e cozinharam uma urna colossal de ensopado de galinha. Quando acabaram de comer até os ossos, espalharam-se pelo salão e dormiram como crianças.

Juntei coragem para ligar para o arquiteto. Sua voz suave perguntou pela minha saúde e elogiou meu bom senso por manter a calma.

"Os primeiros dias podem ser um pouco desorganizados", justificou.

"Seus homens estão fazendo um estrago dos grandes", protestei. "Estão arrasando com a minha casa."

"Tudo isso está sendo feito em nome da reforma", veio a resposta. "Confie em mim. Não se preocupe com nada."

OS OPERÁRIOS NÃO ERAM MINHA única preocupação. Depois de ter sido abandonada por seu amado Yusuf, Zohra começou a se comportar de uma maneira cada vez mais peculiar. Passou a se vestir de preto, a pintar os olhos com *kohl* e a prender o cabelo num coque como uma velha matrona. Deduzi que era uma expressão de sua tristeza. Quando perguntei como ela estava, explodiu comigo.

"Você não pode entender!", rosnou. "É um homem

estúpido!"

Ela começou a aparecer cada vez menos para trabalhar e, quando pedia a ela para fazer qualquer coisa, dizia que estava ocupada. Eu não sabia o que fazer. Os caseiros estavam sempre aflitos para oferecer soluções, mas sua própria crença inabalável no mundo dos espíritos prejudicava seus conselhos. Então chamei François para almoçar. Durante o prato principal, ele escutou pacientemente a lista dos meus problemas com os trabalhadores e a obsessão dos caseiros com *djinns*. Durante a sobremesa, contei sobre a amiga de trinta metros de altura de Zohra.

"Essa conversa de *djinns* só traz problemas", observou François.

"O que posso fazer?"

O francês suspirou. "Vai ter que demitir sua assistente. Livre-se dela agora mesmo. Se não o fizer, o câncer vai se espalhar e as coisas vão ficar muito, mas muito piores."

O conselho de François veio em um momento curiosamente apropriado. Eu planejara encontrar Zohra naquela noite em um café para discutir o trabalho na casa. Ela costumava se atrasar, então mesmo depois de quarenta minutos de espera não pensava mais sobre isso. Estava prestes a pagar a conta e ir para casa, quando recebi uma mensagem de texto no meu telefone. Era de Zohra. *Você é um homem mau*, dizia. *Os djinns vão matá-lo. Você não tem sorte. Deus o ajude.*

Tentei ligar para o número de Zohra, mas não houve resposta. No dia seguinte, ela me enviou um e-mail. Era uma arenga de seis páginas sobre mentiras e engodos. Ela dizia que informara a polícia de que eu era um terrorista e que havia buscado refúgio nas montanhas com o que era "dela por direito". *Amina sabe a verdade*, escrevera de modo ameaçador no final, *e a verdade é transparente como vidro.*

Fui direto para meu banco para ter certeza de que não estava faltando dinheiro, mas estava. Pouco mais de quatro mil dólares desapareceram.

O INÍCIO DE OUTUBRO FOI UMA época terrível. Cada dia trazia novos problemas e comecei a achar que me mudar para o Marrocos fora a pior decisão da minha vida. Realizar as coisas mais simples, como pagar uma conta ou comunicar-se com as autoridades, era um fardo adicional que tornava a vida extremamente difícil. Os documentos perdidos eram outro dilema, que necessitava de conhecimento local. Quanto aos operários, estava ficando claro que não havia esperança. Eu não estava perdendo o controle, nunca estivera no controle. Amaldiçoei-me por ter sido gentil. Paguei dinheiro adiantado para qualquer um que pedisse, na esperança de que isso resolveria os problemas.

Refleti um bocado sobre Zohra, ponderando por que ela achara necessário fugir. Em vez de me deixar louco de raiva, o episódio me deixou muito triste. Percebi que estava caindo em depressão. Senti falta do caráter ordinário da Inglaterra – o país onde nada extremo acontece. Senti saudade do desinteressante céu cinzento, das conversas tediosas sobre coisa alguma e, para meu espanto, senti saudade até mesmo da comida.

NO FIM DA PRIMEIRA SEMANA DE outubro, o Urso entrou correndo no quarto onde agora vivíamos como refugiados. O sol já estava alto e eu ainda estava encolhido sob a coberta, relutante em me levantar e encarar o mundo.

"*Monsieur* Tahir", disse ele assustado, "houve um acidente."

Pulei da cama e corri pelo longo corredor até a varanda, que estava apinhada de operários. No meio do grupo havia um homem deitado de lado no chão. Ainda respirava, mas estava claro que pelo menos uma de suas pernas estava quebrada, e possivelmente um braço. O velho mestre-de-obras apontou para um telhado de vidro a quatro metros e meio do chão. Eu podia ver claramente a silhueta de um homem no vidro quebrado. Parecia coisa de desenho animado.

"Ele caiu por ali", informou o mestre-de-obras.

"É um milagre que não esteja morto", repliquei. "É melhor chamar o arquiteto."

"Já fiz isso", disse o mestre-de-obras.

Dez minutos depois, ouvimos o som do Range Rover deslizando pela favela. O arquiteto entrou correndo na casa e deu uma olhada no trabalhador ferido. Ele gritou com o mestre-de-obras, bateu palmas até que elas ficassem vermelhas e disparou uma salva de ordens.

"Ele está mal, não está?", indaguei, pálido.

"Oh, não", respondeu. "Não há nada com que se preocupar. Essas pequenas coisas acontecem de vez em quando."

Expressei minha preocupação com a falta de medidas de segurança. Afinal de contas, não havia capacetes, luvas ou óculos de proteção e todas as escadas eram feitas de restos de madeira.

"É assim que fazemos as coisas no Marrocos", respondeu o arquiteto, alisando a sobrancelha com a ponta do dedo. "Acidentes acontecem, mas não há o que fazer."

"O homem não vai me processar?", sussurrei, ansioso.

"É claro que não", foi a resposta casual. "Estamos em Casablanca, não no Colorado."

"Bem, então gostaria de comprar para ele um rádio ou algo assim", eu disse. "Ele vai ficar no hospital bastante tempo. Quero mostrar que nos preocupamos."

O rosto do arquiteto tremeu. "Não, não, não. Seria uma péssima idéia. Se fizer isso, todos os outros vão se jogar do telhado. O senhor não entende a mente marroquina."

TIVEMOS MAIS PROBLEMAS NA semana seguinte. Na segunda-feira, a cozinheira conseguiu cortar o pulso com uma faca de frutas. Litros de sangue esguicharam sobre as paredes da cozinha como uma cena de um filme de horror. Incrivelmente, ela sobreviveu. No dia seguinte, o jardineiro caiu da escada enquanto aparava uma sebe e, na quarta-feira, fui derrubado por um poderoso choque elétrico quando ligava as luzes da cozinha. A quinta-feira foi tranqüila, embora eu tenha encontrado uma poça de sangue no que costumava ser a sala de jantar. Apesar de uma investigação, ninguém admitiu ter se machucado. Então, na sexta, o "prato principal"...

Acabávamos de almoçar no terraço quando ouvimos o som de um punho batendo na porta do jardim. O som foi seguido por vozes gritando em árabe de uma maneira ameaçadora. Hamza e Osman apareceram do nada. Eles se lançaram sobre a porta, mantiveram-na trancada e mandaram o Urso reunir os trabalhadores. Um minuto depois, havia vinte pessoas do nosso lado mantendo a porta fechada.

Desci e perguntei a Hamza quem estava tentando arrombar a porta do outro lado.

"É a polícia", respondeu.

"Não devemos deixá-los entrar?", perguntei.

"*Monsieur* Tahir, *s'il vous plaît*!», retorquiu Hamza. "Mas é claro que não devemos deixá-los entrar."

Enquanto ficávamos ali, bloqueando a entrada das autoridades, percebi como ainda tinha muito a aprender sobre o Marrocos e a maneira como as coisas eram feitas. Na Inglaterra, fomos educados para termos algum respeito pela polícia. Podíamos não gostar deles, mas nos sentíamos obrigados a fazer o que pediam, quer gostássemos ou não. Se um esquadrão de policiais ingleses tentasse derrubar sua porta, a maioria das pessoas se acharia na obrigação de abri-la e perguntar qual era o motivo da visita.

"Hamza", indaguei, "por que a polícia está tentando derrubar a porta?»

O caseiro olhou de soslaio. "O senhor não tem permissão para fazer obras", ele disse.

"Não tenho?"

"É claro que não. Ninguém tem."

"Então isso é normal, a polícia esmurrando a porta?"

Hamza se animou. "Ah, sim, *Monsieur* Tahir. Isso acontece o tempo todo."

SEIS

Um caranguejo manco anda para frente.

O AZAR CONTINUAVA A NOS PERSEGUIR. Os acidentes domésticos diminuíram, mas outras formas de infortúnio surgiram. Primeiro, vieram os gafanhotos. Era difícil enxergá-los devido à camuflagem. Mas quando meus olhos aprenderam a perceber suas formas segmentadas, eu os vi por todo o jardim. Cobriam as sebes e os arbustos, as vinhas e os ramos mais baixos das árvores, e consumiam tudo o que podiam com sua boca minúscula. Seu território se espalhou do jardim até o topo da casa. Antes que nos déssemos conta, estavam na despensa, nos armários, em nossas camas, nas roupas lavadas e até mesmo na comida.

O equilíbrio da natureza prevaleceu e a praga dos gafanhotos foi dizimada pelo aumento no número de ratos. No fim da segunda semana de outubro, os selvagens e parrudos roedores estavam em quase todos os lugares onde os gafanhotos estiveram. Um suprimento fácil de carne de gafanhoto os tornara fortes e corajosos. Eles causaram muitos danos. Meus arquivos e todos os meus livros foram despedaçados, assim como os brinquedos de Ariane, o cobertor de Timur e praticamente toda a comida da despensa. Também abriram buracos em sacos de cimento e destruíram nosso edredom para fazer um ninho. Os macios sapatos de couro de Ariane foram devorados à noite. Só sobraram as fivelas.

Mandei Hamza comprar dez tubos da cola para ratos. Ele sacudiu a cabeça e disse que a única maneira de se livrar de uma praga de ratos era conseguir um cão feroz. Quanto maior o cachorro, melhor.

"Por que o senhor acha que a *bidonville* tem tantos cachorros?", indagou.

"Por causa dos ratos?", presumi.

"Exato."

"Não podemos simplesmente conseguir um gato?", eu disse. "Ratos têm medo de gatos."

Hamza soltou uma gargalhada. "No Marrocos", disse orgulhoso, "os ratos comem gatos no café-da-manhã."

Novamente, eu o instruí a colocar mais tiras de papelão encharcadas de cola. O método já havia provado a sua eficácia.

"Eu falei para o senhor", disse Hamza. "É muito tarde para a cola. Precisamos borrifar o jardim com veneno!", exclamou. "Cada lâmina de capim e cada centímetro da casa devem ser preenchidos!"

Preocupado com a segurança das crianças, ordenei que não usasse veneno. Em vez disso, prometi encontrar o cachorro mais feroz que o dinheiro pudesse comprar.

O TEMA DA SEGURANÇA INFANTIL voltou à tona no dia seguinte. A cozinheira encontrou Ariane debaixo da mesa da cozinha, vomitando de uma maneira incontrolável. Seu rosto estava escarlate e respirava com esforço. Ao seu lado, estava um tubo aberto de um creme branco e oleoso. Tinha um cheiro forte, como um produto químico de limpeza de encanamentos.

O texto do rótulo estava em árabe; mostrava a imagem de uma mulher sorridente de rosto claro com um vestido marroquino. Tentamos fazer com que Ariane vomitasse mais um pouco, enquanto esperávamos pela chegada do pediatra. A cozinheira, que tinha olhos saltados e pele escura, andava de um lado para o outro, nervosa. Perguntei-lhe para que servia o creme.

"Eu queria ficar bonita como o senhor e a Madame", justificou-se.

Repeti a pergunta: "Fátima, para que serve o creme?"

"É para clarear meu rosto", confessou.

PASSEI A SEMANA INTEIRA PROCURANDO um cachorro. As lojas de animais ofereciam pequineses penteadinhos, *bichon frisés* e *poodles* agitados, enfeitados com lacinhos de seda.

"Estes não servem", expliquei à equipe de vendas. "Não estou procurando um cão de colo. Quero um cachorrão diabólico e sanguinário, bravo o bastante para devorar uma praga de ratos!"

Depois de muita busca, deram-me o telefone de um homem que possuía um pastor alemão fêmea. Ele vivia num apartamento e sentia-se culpado por manter seu animal preso o dia inteiro. A cadela tinha sete meses. Perguntei se ela era feroz. A voz do dono tremeu no telefone.

"Claro que não, *Monsieur*", disse ele, tranqüilizador. "Ela tem uma personalidade adorável."

"Que pena", eu disse. "Sabe, quero um cachorro bem malvado. Quanto mais bravo, melhor."

O homem pensou por um momento. "Bem", disse ele num tom ácido, "se quer mesmo que ela fique agressiva, é só maltratá-la bastante."

À tarde, encontrei o apartamento do homem em Maarif. O pastor alemão fêmea foi trazido. Assim que ela me viu, ofereceu a pata e lambeu meu rosto. Então se deitou com as costas no chão e ganiu.

"Estou desesperado", disse. "Vou levá-la."

DE VOLTA À CASA, DEIXEI O NOVO matador de ratos vasculhar o jardim. Mas os ratos já estavam mortos ou morrendo devido a uma misteriosa doença. A carnificina era uma visão aterradora. Havia ratos moribundos em toda parte. Não havia como dar dois passos sem pisar em um deles. Ariane estava aos prantos. Ela passara a gostar deles.

Chamei Hamza de lado e o interroguei.

"Espalhei algumas bolinhas de veneno", disse ele.

"Algumas bolinhas não teriam causado morte em tal escala", repliquei. "Quanto veneno você usou?"

O caseiro esfregou os olhos. "Cinco bolsas", confessou.

Naquele momento, a cadela começou a mastigar alguma coisa no gramado. Era um rato morto. Agarrei a sua boca e abri suas mandíbulas à força. Felizmente, seus dentes não haviam alcançado o estômago do roedor. Ordenei que Hamza recolhesse todas as bolinhas de veneno e queimasse os ratos mortos. Ele queria jogá-los por cima do muro na *bidonville*, como fazia com o lixo. Se fizesse isso, teríamos matado todos os cachorros da favela.

Hamza estava prestes a me perguntar alguma coisa, quando deu um tapa na própria nuca.

"É uma abelha", exclamou. "Acabou de me picar."

Um momento depois, o corredor estava cheio de abelhas. Era um verdadeiro enxame. Eu não podia acreditar. Primeiro gafanhotos, depois ratos e agora abelhas. Tudo na mesma semana.

"O que está acontecendo? Nunca vi nada assim."

Mas Hamza não estava ouvindo. Tinha começado a dançar.

"Você foi picado novamente?"

"Não, *Monsieur* Tahir", respondeu. "Estou feliz. As abelhas são uma bênção enviada por Allah."

ALGUNS DIAS DEPOIS, A PAZ começou a voltar a *Dar Khalifa.* Os gafanhotos partiram, assim como os ratos e as abelhas. O único flagelo restante eram mosquitos enormes. Eles infestaram a casa e atormentaram principalmente Ariane. Ela tinha alergia a eles. Seus olhos inchavam como bolas de tênis quando era picada. O pediatra sugeriu que pulverizássemos o jardim com inseticida.

Quando nos mudamos para o Marrocos, eu não era excessivamente supersticioso, mas com o passar do tempo comecei a imaginar se alguém não teria jogado algum tipo de maldição sobre nós. Era a maneira mais fácil de explicar o período de azar. Não dá para viver no norte da África sem ser afetado pela superstição arraigada. Ela está em toda parte. Quanto mais você pensa no assunto, mais ele penetra em seus ossos. Eu estava acostumado com o infortúnio, mas geralmente havia um intervalo entre as ondas de azar. Em Casablanca, ele chegou em três dimensões.

Certa noite, eu estava pensando sobre o assunto quando Osman se aproximou timidamente da minha mesa. Estávamos todos convidados para visitar sua casa no dia seguinte, disse ele. Eu agradeci.

"Qual é a ocasião?"

O caseiro inclinou a cabeça. "É a circuncisão do meu filho."

NAQUELA NOITE NÃO CONSEGUI dormir. Talvez fosse uma mistura de acidente e pestilência, ou a preocupação maior de que alguém estivesse tentando nos assustar até que fôssemos embora. Minha mente se distraía com imagens de poças de sangue quente, roedores mortos e a esposa do gângster. Senteime na cama. Ariane e Timur dormiam profundamente, mas Rachana não estava lá. Também não estava no banheiro, então fui até a cozinha. Estava vazia.

Os caseiros se revezavam para patrulhar a casa à noite, armados com a espada caseira de Hamza. Mas eles também pareciam ter desaparecido. A lua estava quase cheia e o cálido ar noturno estava vivo com morcegos e sons noturnos da favela – cães selvagens brigando, incomodando as mulas e burricos. Caminhei pela casa toda, chamando o nome de Rachana. Para meu alarme, ela não respondeu. Subi a escada improvisada e procurei-a no andar superior e no terraço. Depois disso, procurei nas construções externas e no jardim. Subitamente percebi que me esquecera de olhar no jardim do pátio. Corri descalço pelo terreno até lá.

"Rach! Rach!", chamei. "Você está aí?"

Na varanda ao lado da porta trancada, havia uma figura imóvel vestindo um roupão branco. Era Rachana.

"Tenho que entrar ali", disse ela bem baixinho.

"O que está fazendo aqui? Vamos voltar para a cama."

Ela resistiu quando peguei seu braço.

"Não, você não entende. Eu preciso entrar ali."

"Por quê?"

"Não sei."

"A chave está perdida", argumentei.

"Então arrombe a porta. Faça isso agora."

Chamei os caseiros. De início, não veio ninguém. Então, depois de alguns minutos, pude ouvir os passos pesados do Urso no terraço do lado de fora.

"*Oui, Monsieur*", disse ele numa voz sinistra. "O que houve?"

"Precisamos entrar neste aposento agora mesmo. Traga um pé-de-cabra", ordenei.

O Urso cuspiu desculpas. "Não há chave", disse ele. "Só Hamza pode entrar ali."

"Não me importo. Sou o proprietário desta casa e vou entrar, compreendeu?"

O Urso engoliu em seco. Ele desapareceu e voltou um minuto depois com um pé-de-cabra. No facho da sua lanterna, enfiei a extremidade da barra de ferro na rachadura e fiz o máximo de força possível. A tranca quebrou. Empurrei a porta para dentro. As luzes não estavam funcionando. Entramos lentamente e iluminei as paredes com a lanterna. Estavam desbotadas com algas. Fazia um frio terrível lá dentro. O lugar cheirava à morte.

"Está sentindo o cheiro?", perguntou Rachana.

Soltei um grunhido. "Vamos embora."

"Não, ainda não."

Rachana entrou na ante-sala, à esquerda da porta. Ela pegou a lanterna e a apontou para cima. O pé-direito era alto. Tinha pelo menos sete metros e meio. Então ela moveu o feixe de luz para o chão. Aproximei-me para obter uma visão melhor.

"Está vendo isso?", perguntou.

"Meu Deus, há uma escada para baixo."

A CIRCUNCISÃO ATRAIU TODAS as pessoas importantes da favela para a modesta casa de Osman. Hamza, o Urso e o jardineiro também estavam lá, assim como suas esposas. A mulher de Osman estava preocupada em garantir que todos tivessem um copo de chá de menta doce. Ela usava um lenço xadrez na cabeça e estava vestindo seu melhor *jellaba,* violeta com um traço de bordado rosa ao redor do pescoço.

No meio da pequena sala estava Ahmed. Tendo chegado à grandiosa idade de cinco anos, o menino estava prestes a passar pelo ritual islâmico da maioridade. Vestia um terninho azul-celeste, com uma gravata borboleta combinando e uma camisa social plissada. Na sua cabeça havia um *tarbush* verde e, em seus pés, sapatos pretos reluzentes.

Ahmed exibiu uma bicicleta nova que seu pai havia comprado para ele, antes de ser levada para fora na rua poeirenta. Diante do barraco de teto de zinco, um homem segurava as rédeas de um esguio cavalo cinzento. Perguntei-me de onde viera um animal tão magnífico. Osman colocou o menino sobre o cavalo, que passeou garbosamente com ele pelas pilhas de lixo podre. Sem sabermos ao certo o que fazer, Rachana e eu batemos palmas.

"Este vai ser o dia mais feliz da vida dele", disse Osman, com um sorriso ainda mais largo do que o normal sob o bigode.

Em tais circunstâncias, eu poderia ter discordado. Alguns segundos depois, o pequeno Ahmed foi arrancado do dorso do cavalo e arrastado de volta à casa, onde as calças do seu terno em miniatura foram baixadas. Um grandalhão de barba mal feita se aproximou da criança, que agora estava sendo segurada sobre uma mesa baixa. Reconheci o homem como o barbeiro da favela. Osman ordenou ao filho que fosse corajoso. Rachana e eu engolimos em seco e Ariane começou a chorar, enquanto o pênis da criança era remodelado pela tesoura do barbeiro.

A família e os convidados se aproximaram para ter uma visão melhor da cerimônia, enquanto os pulmões do pequeno Ahmed se enchiam de ar. De início não houve som algum. Então começaram os gritos. Eles foram aumentando de volume à medida que o menino compreendia a natureza da operação.

"Ah", exclamou Osman, enquanto o filho se contorcia de agonia na sua frente, "este é certamente o melhor dia de sua vida."

DE INÍCIO, NÃO TIVE CORAGEM de perguntar a Rachana por que ela quisera entrar na sala trancada. Temia o que ela poderia dizer. Não conversamos sobre o assunto na manhã seguinte. Quando vi Hamza varrendo as folhas do jardim, ele também não disse nada. Fui até ele e perguntei para onde as escadas levavam.

"Vocês não deviam ter entrado lá", respondeu.

"Por quê?"

O caseiro não falou nada. Fitou as folhas e continuou varrendo. Deixei-o trabalhando e voltei à porta fechada. Para minha surpresa, a tranca fora substituída.

Rachana sabia que eu estava pensando sobre o que acontecera na noite anterior. Ela não olhou nos meus olhos o dia inteiro. Finalmente, à noite, quando as crianças já estavam dormindo, ela se voltou para mim.

"Eu tive que ir até lá", disse com uma voz trêmula. "Não sei por que ou qual é a explicação. Mas algo aconteceu ali. Você não sentiu?"

Confessei que sentira algo, uma atmosfera fria, perigosa.

"É isso", ela continuou. "Era o perigo. Medo puro."

"Tenho certeza de que Hamza sabe sobre aquela sala", comentei, depois de uma longa pausa.

"Ele não vai contar; pelo menos, não até estar pronto", ela disse.

Olhei sério para Rachana. Seus longos cabelos negros envolviam seu rosto.

"Você tem medo de morar aqui?", perguntei.

De início, ela não respondeu, como se estivesse refletindo sobre a pergunta.

"Não sei", disse finalmente. "Não sei mesmo."

DOIS DIAS DEPOIS, RECEBI UM cartão-postal de Pete, o americano que se apaixonara pela garota marroquina que conhecera na boate em Amarillo. A foto mostrava um pomar de laranjeiras cheias de frutas e um homem de pele escura inspecionando a colheita. O texto no verso em esferográfica negra dizia: *Você não vai acreditar! Encontrei Yasmine! Ela me ama! Até breve. Pete. PS: Alguns problemas com sua família.*

A SEMANA SEGUINTE DEMOROU muito a passar. A equipe da reforma chegava pontualmente às oito da manhã. Sempre vestiam ternos e eram liderados pelo idoso mestre-de-obras. Ele insistia em cobrir minhas faces de beijos, enquanto seus homens cozinhavam um café-da-manhã elaborado em um fogareiro a gás no salão principal. Toda vez que eu chamava a atenção deles para o perigo de incêndio, gargalhavam de modo ameaçador. Na sua opinião, segurança era para covardes.

A reforma do nosso quarto progredia com a rapidez de uma tartaruga, mas pelo menos o trabalho estava sendo feito. Uma floresta de varas de madeira agora sustentava o telhado. Os aprendizes subiam as escadas improvisadas carregando grandes quantidades de tijolos baratos.

"Estão trabalhando duro", observei.

"Eles precisam conhecer a dor", respondeu alegremente o velho mestre-de-obras. "Só um homem que provou a dor conhece o valor da vida."

No andar de baixo, no salão, os gigantescos buracos nas paredes, criados pela eficiente equipe de demolição, estavam sendo esculpidos em arcos arredondados. Um homem com um chapéu de feltro vermelho supervisionava o trabalho. Cada arco levou cerca de uma semana para ser completado e envolveu um exército de pedreiros. O processo era incrivelmente complexo. Primeiro era construída uma forma positiva do arco. O arco era montado ao redor dela e o positivo – uma espécie de molde – era então removido.

O grande plano do arquiteto, a construção de uma escadaria que desceria dos novos quartos até o salão, também estava progredindo. Com isso, foi necessário destruir um par de salas de despensa e a lavanderia. Perguntei por que foi preciso eliminar salas tão valiosas. Todas as dúvidas foram descartadas com um gesto da mão bem cuidada do arquiteto.

"Por que precisa desses espaços inúteis?", fungou. "Eles só juntam poeira."

Como eu pagara adiantado, o arquiteto raramente aparecia na Casa do Califa. De vez em quando, fazia uma visita de quinze minutos, gritava com os trabalhadores e revelava a próxima etapa de seu grande plano. Nenhum deles ousava fazer uma pergunta e, para minha surpresa, não recebiam desenhos em escala. Não era usado nenhum tipo de papel. Consegui abordar o arquiteto em uma de suas visitas-relâmpago.

"A sua equipe não precisa de uma planta para trabalhar?", indaguei.

"No Marrocos", declarou o arquiteto com segurança, "não fazemos as coisas assim."

"Você confia tanto assim neles?"

Muhammed, o arquiteto, abriu a porta do seu carro e acendeu um charuto. "Não confio em nenhum deles", respondeu. "São um bando de ladrões."

"Como sabe que não estão roubando você?"

"Porque tenho um espião", respondeu.

"O velho mestre-de-obras?"

O arquiteto deu uma gargalhada. "Ele, não. É o pior de todos. O homem com o chapéu vermelho. Ele me diz o que está realmente acontecendo."

O sistema de informantes me deixou mais animado. Voltei ao salão e pisquei para o homem de chapéu vermelho. Ele piscou de volta e estava prestes a dizer alguma coisa, quando o mestre-de-obras deu um tapa na sua nuca e ordenou que voltasse ao trabalho.

Então o velho foi até a escadaria, cuja forma arredondada já podia ser vista. Ele tirou seu chapéu gasto e coçou a cabeça. Cinco novas paredes haviam sido construídas ao redor da escadaria, e o mestre-de-obras ficou olhando para elas. Coçou novamente a cabeça. Então gritou chamando um dos aprendizes. O rapaz trouxe um martelo e um formão. Com um cuidado pouco característico, o idoso mestre-de-obras colocou o formão em uma das paredes e começou a bater cuidadosamente. Estava prestes a impedi-lo de destruir o único trabalho satisfatório que tinham feito, mas quando abri a boca para protestar, a ponta do formão sumiu dentro da parede.

"O que é isso?", indaguei ansioso. "O que há ali?"

O mestre-de-obras olhou pela abertura, que não era maior do que um buraco de fechadura. "Há uma sala ali dentro", afirmou.

"Você parece surpreso."

"Não sabíamos disso", replicou.

Alguém me passou uma lanterna. Senti um aperto no estômago por antecipação. Segurei a lanterna e olhei por conta própria. Era como bisbilhotar na tumba de Tutancâmon. O feixe de luz desapareceu no que parecia ser um espaço considerável.

"É enorme", disse.

"Foi enviado por Deus", disse um dos aprendizes.

"*Allahu akbar!*", gritou outro. "Deus é grande!"

NA TERCEIRA SEMANA DE OUTUBRO, a chuva começou a cair. Chovia sem parar, numa gelada monção norte-africana. O Deus que enviara o milagre da sala perdida agora tentava nos afogar. *Dar Khalifa* pingava como uma peneira. A água corria pelas portas abertas e janelas quebradas, e escorria do teto para o salão. O quarto onde Rachana, as crianças e eu estávamos dormindo foi inundado. Fomos forçados a ir para um andar mais alto.

A chuva constante tornou quase impossível misturar e derramar o concreto. Fiquei surpreso com o fato de a equipe continuar trabalhando. Certa manhã, eles derrubaram as traves de madeira que estavam segurando o telhado da extensão do nosso quarto. Era um movimento loucamente otimista. O teto de concreto se sustentou por cerca de trinta segundos antes de desabar.

Ocorreu outra investida da polícia e, depois disso, outra série de acidentes. E a chuva caía dia após dia. Não sei por que não joguei a toalha e levei todos de volta para a Inglaterra. Não era medo das brincadeiras e provocações. No fundo eu sabia que era uma questão de resistência. Se eu continuasse além do razoável, então, acreditava, haveria um tênue brilho de esperança. Assim, resignei-me a continuar de pé, como um pugilista atordoado de tanto apanhar, que só precisava ficar de pé para vencer. Minha esperança era que, se agüentasse firme, os dias escuros finalmente chegariam ao fim.

O MAIOR DESAFIO DE TODOS OS dias era me fazer entender. Meu francês não é bom. Meu árabe, inexistente. Os caseiros e alguns dos trabalhadores aprenderam a me entender, mas muitos habitantes de Casablanca só falavam árabe e desconheciam o francês. Portanto, decidi procurar outro assistente.

Coloquei um anúncio no *website* local. Procurava duas qualidades: a capacidade de resolver problemas e estar entusiasmado o tempo todo. Ninguém respondeu. Eu estava desistindo da idéia, quando um homem ligou. Eram três da manhã e ele queria saber se a vaga já fora preenchida. Tinha uma voz tranqüila, com um traço de sotaque americano.

"É muito cedo", disse eu, procurando o relógio.

"Na verdade, é tarde", disse a voz.

Olhei as horas. "É muito cedo!", insisti friamente.

Houve um silêncio.

"É muito tarde", replicou a voz. "Quando podemos nos encontrar?"

Marcamos uma reunião ao meio-dia, perto de *Dar Khalifa*, no Hotel Suisse. Cheguei na hora, depois de atravessar a lama da favela sob uma chuva torrencial. Não havia sinal do candidato ao emprego. Rascunhei uma página de perguntas para a entrevista para passar o tempo. Depois de meia hora esperando, deduzi que ele não ia aparecer e fui para casa.

HAMZA ESTAVA AGACHADO NA lama no fim do jardim, misturando um saco de areia com cimento. Osman estava de pé ao lado dele, segurando um guarda-chuva sobre ambos. Fui até eles e perguntei o que estavam fazendo.

"É uma surpresa", disse Hamza alegremente.

Na casa, os operários estavam sentados no chão, comendo cuscuz. Quando me viu, o mestre-de-obras se levantou, veio cambaleando na minha direção e beijou minhas bochechas.

"O senhor é um bom homem", declarou, beijando-me novamente.

Agradeci o cumprimento.

"Que o senhor tenha mil filhos!", exclamou, com outro beijo.

Agradeci novamente.

"Que seus pés sempre caminhem sobre pétalas de rosas!"

Ele se inclinou para me beijar novamente. Cobri as bochechas e estreitei os olhos.

"O que você quer?", perguntei desconfiado.

O mestre-de-obras tirou o chapéu de lã e segurou-o sobre o peito. "Queremos que o senhor goste de nós", disse.

À TARDE, O HOMEM COM SOTAQUE americano ligou novamente. Ele disse que um motorista bêbado batera em seu carro no caminho para a entrevista.

"Você se machucou?"

"Eu não estava no carro nessa hora", disse o homem.

"Oh", disse eu, confuso.

Marcamos de nos encontrar no mesmo hotel no início da noite. Novamente, esperei por meia hora e, novamente, o homem não apareceu. Amaldiçoei-o por desperdiçar meu tempo e retornei pisando na lama.

Estava escuro, mas Hamza ainda trabalhava no jardim. Devido à chuva, a lama vermelho-ocre era profunda. As roupas de Hamza estavam cobertas dessa lama, mas ele não ligava. Aparentemente, seccionara um cano largo de concreto. Estava colocado com a extremidade voltada para baixo no chão. No topo, havia uma polia de fabricação caseira e um balde de borracha.

"É um poço", disse ele.

Dei uma espiada no interior do poço. "Não tem água aí", observei. "Não tem nem mesmo um buraco."

Hamza afastou minhas objeções. "É para os *djinns*", respondeu.

ANTES DE ME DEITAR, O CANDIDATO ao emprego ligou novamente. Eu ia gritar alguma coisa desagradável e desligar, mas antes que pudesse dizer uma palavra ele pediu nosso endereço.

"Estarei aí em dez minutos", ele disse.

"Você nunca vai encontrar a casa. Nós vivemos no meio da favela."

Precisamente dez minutos depois, houve uma batida na porta. O candidato entrou na casa calmamente e apertou minha mão, desviando o olhar ao fazê-lo. Seu nome era Kamal Abdullah. Era magro, calvo e tinha vinte e cinco anos. Parecia ser pelo menos dez anos mais velho. Seus olhos eram fundos e distantes. O rosto longo era dividido por um bigode bem fino. Nós nos sentamos em cadeiras de plástico no salão, escutando a chuva torrencial do lado de fora. Eu estava esperando um pedido de desculpas, mas não houve nenhum.

"Estamos fazendo algumas reformas", comentei, olhando

para a bagunça.

Kamal fitou as paredes e depois olhou a pilha de sacos. “Estão usando cimento de trinta e cinco graus”, comentou. “Deveriam usar um grau mais alto, quarenta e cinco. Se não o fizerem, o teto vai desabar.”

“Já desabou”, eu disse.

Não exigi a árvore genealógica de Kamal. Em vez disso, perguntei sobre sua vida.

“Sou de uma pequena cidade no leste do Marrocos”, disse com uma voz calma, “mas cresci em Casablanca. Vivi nos Estados Unidos por sete anos, a maior parte do tempo em Atlanta e Nova York. Tive mil empregos: Arby’s, Hardee’s, Dairy Queen. Pensei que nunca voltaria.”

“Por que voltou?”

“Circunstâncias.” Kamal umedeceu os lábios com a ponta da língua. “Nunca se sabe que surpresas a vida reserva para você.”

SETE

Um exército de ovelhas liderado por um leão venceria um exército de leões liderado por uma ovelha.

UMA GANGUE DE GAROTOS MALICIOSOS começou a criar problemas na favela. Eles roubavam brinquedos feitos em casa de garotos menores, jogavam pedras nos cachorros mancos, cutucavam burricos com varas pontudas e davam rasteiras nas velhas que voltavam coxeando do poço comunitário. A professora disse que, se os pegasse, iria surrá-los com sua mangueira laranja até que desmaiassem. O imã de rosto enrugado bateu os dorsos das mãos.

"Quando os agarrar", afirmou, "vou pendurá-los pelas orelhas."

Como Kamal era o único candidato para o cargo, contratei-o imediatamente. Para mim, desde o início, era como se houvesse uma data de validade invisível na sua nuca. Não esperava que ele durasse muito tempo. Depois do fiasco com Zohra e sua *djinn*, minhas expectativas eram muito baixas.

Para minha surpresa, Kamal chegou pontualmente no primeiro dia. Apareceu na casa vestindo um terno cinza-escuro e um enorme relógio de mergulho italiano no pulso esquerdo. Seus lábios se mantiveram bem fechados. Quando eu lhe fazia alguma pergunta, respondia de maneira ponderada e cuidadosa e se calava novamente. Não parecia muito afeito à conversa-fiada. Só se animava quando estava diante de algum problema a ser resolvido. Minha primeira impressão foi de que ele era um solitário, alguém cujos olhos haviam visto demais.

Dei uma série de ordens.

"É preciso jogar inseticida no jardim", disse eu. "Aquele velho moinho acima do poço precisa ser desmantelado e o monte de lenha na horta deve ser eliminado."

Kamal não fazia anotações. Ele me seguia em silêncio, com a boca cerrada e as mãos atrás das costas.

"O que mais?", perguntou.

"Bem, há tanto o que fazer. Para começar, precisamos comprar uma banheira e uma antena parabólica, e alguém precisa consertar a piscina. Temos que arranjar grades de segurança, extintores de incêndio e consertar as janelas."

Eu tinha uma reunião com um funcionário do Consulado Britânico, então deixei Kamal cuidando de tudo e perambulei pela lama da favela para encontrar um táxi. O jipe coreano estava com um problema no motor.

Quando voltei três horas depois, a casa estava cheia de gente. O mais estranho era que elas estavam trabalhando. Dez homens levavam embora os troncos do jardim em carrinhos; um grupo de soldados escalara o moinho com cordas e estava desmantelando-o; um engenheiro consertava a bomba da piscina; outra pessoa instalava a antena parabólica; e novas vidraças estavam sendo colocadas nas janelas. Chamei Kamal. Sua cabeça apareceu no alto do telhado.

"Aqui em cima", disse ele.

Num instante ele estava atento diante de mim, boca fechada e mãos atrás das costas.

"Como vão as coisas?", perguntei.

"Tudo sob controle", respondeu. "Fiz um acordo com a padaria da favela. Eles vão usar a madeira como lenha. Pagarão duzentos dólares pelo lote." Perguntou-me se o preço era satisfatório.

"Eles vão nos pagar?"

"Claro."

"E os soldados?"

Kamal apertou os olhos. "Todas as pessoas com quem falei queriam cobrar muito dinheiro", ele disse, "então convidei o exército para remover o moinho como um exercício militar. Também fiz um acordo com um dono de ferro-velho. Ele vai comprar o metal por cento e cinqüenta pratas. Isso paga o conserto da piscina."

"Que ótimo!"

"Não tanto quanto isto..."

Kamal pegou o controle remoto da televisão e pressionou um botão. Pude ouvir o som áspero da antena parabólica girando no telhado. Quando ela parou, a tela mostrou o que parecia ser um noticiário peruano.

"Agora o senhor tem dois mil canais", ele disse. "Um sujeito fez uma conexão pirata de graça."

"E a banheira?"

Kamal torceu o bigode. "Vamos fazer isso mais tarde", respondeu.

Os caseiros não estavam impressionados com o progresso do dia. Inspecionei a casa com eles, mostrando a bomba consertada da piscina, o moinho desmantelado e os milhares de canais de televisão. Fitaram-me com uma cara longa e fria, como se eu os estivesse traindo.

"*Monsieur* Kamal não é um bom homem", opinou Hamza, com desprezo.

"Ele vai roubar as roupas pelas suas costas", acrescentou Osman.

"Vai roubar a casa do senhor", reforçou o Urso.

"Então vou precisar ser cuidadoso", eu disse. "Mas se ele consegue fazer tantas coisas em um dia, não posso passar sem ele."

PASSAMOS AQUELA NOITE ACORDADOS devido ao som de um burrico se retorcendo de dor em algum lugar da *bidonville*. A pobre criatura zurrava sem parar, como se o fim do mundo tivesse chegado. Suspeitando que o bando de garotos desordeiros estivesse em atividade, fui até o jardim e chamei Hamza para que os espantasse. Era uma noite escura, havia não mais que uma fatia fina de lua pendurada em um céu nublado. O caseiro estava ao lado de seu poço ornamental, jogando dentro dele punhados do que parecia ser carne crua.

"Isso vai atrair ratos", disse eu, tendo como fundo o eco do sofrimento do asno.

"Isso vai nos proteger", retorquiu Hamza.

Nós dois rimos. E, pela primeira vez, senti um certo calor entre nós. Eu não acreditava em *djinns*, mas respeitava a superstição como expressão de uma cultura madura.

"O que vamos fazer em relação aos *djinns*?", perguntei.

Hamza jogou os últimos pedaços de carne no poço sem água. O som do burrico se tornou abafado e depois parou totalmente.

"Eles vivem em *Dar Khalifa*", disse ele. "Sempre viveram aqui."

"Podíamos realizar um exorcismo", sugeri. "Podíamos expulsá-los."

"Não se expulsa um avô só porque ele está velho", replicou.

Paramos de falar. O silêncio era mais apropriado do que o som. Respirei o perfume noturno do jasmim e prestei atenção no coro dos cães selvagens. Nós dois trazíamos os antolhos de nossas respectivas formações. Minha visão era limitada pelos ideais científicos do Ocidente, e a de Hamza, pelas tradições de sua cultura. Sua certeza de que os *djinns* existiam era espelhada pela minha própria convicção de que eles não existiam. Perguntei-me se algum dia chegaríamos a um terreno comum, uma terra de ninguém onde acreditaríamos sem acreditar.

O ruído dos cães selvagens sumiu e a brisa suave parou. Não conseguia me lembrar de um momento tão pacífico em *Dar Khalifa*. Para mim, era um verdadeiro tesouro. No Oriente, o silêncio é de ouro e não o intervalo desconfortável entre conversas, como é para nós. Eu considerava uma interrupção no discurso algo assustador, que deveria ser eliminado o mais rápido possível. Mas, pela primeira vez em muito tempo, apreciei a quietude.

Por fim, fui eu quem rompeu o silêncio.

"Por que aquela sala está sempre trancada?"

Hamza limpou as mãos na camisa. "Não posso dizer", murmurou.

"Por quê?"

"Falamos sobre algumas coisas e não falamos sobre outras."

"O que aconteceu ali? Alguém morreu, é isso? Lá dentro há alguma coisa fria, assustadora. Um cheiro de morte."

O caseiro suspirou. "Não posso falar sobre essas coisas", respondeu. "Se o senhor deseja saber sobre *Dar Khalifa*, viva aqui. A própria casa lhe contará."

PASSARAM-SE ALGUNS DIAS. ENTÃO, certa manhã, enquanto cambaleava sonolento pelo longo corredor até a cozinha para o café-da-manhã, fui abordado por um homem usando óculos de proteção, luvas de borracha e um macacão de proteção contra produtos químicos. Trazia nas costas um tanque pressurizado e segurava uma mangueira conectada ao tanque.

"Vá para dentro", disse calmamente. "Isto é veneno."

Ele acenou vigorosamente para outro homem posicionado no outro extremo do jardim. Estava vestindo a mesma indumentária, com um tanque idêntico nas costas. Os dois ligaram os tanques e um gás negro e oleoso foi saindo. Primeiro apontaram para baixo, para os canteiros de flores, depois para os arbustos e, finalmente, para os galhos das árvores. Num espaço de três minutos ficou impossível enxergar qualquer coisa. Era como estar no centro de um acidente industrial. Os pássaros caíam das árvores e jaziam aturdidos no chão. Fechei os olhos e voltei às cegas para o quarto para avisar Rachana e as crianças de que não deviam sair.

Depois de passarmos uma hora ali atemorizados, Kamal chegou. Contou que conseguira uma equipe de exterminadores por um preço barato. Eram funcionários do governo, mas haviam dado um pulo na casa antes do trabalho para nos ajudar.

Nos dias que se seguiram, meu novo assistente resolveu um problema atrás do outro. Eu agradecia à providência divina pela fuga de Zohra. Seu substituto era muito mais eficiente. Ele me tratava com formalidade, sempre me chamando de *Mister*, e parecia muito infeliz quando o dia de trabalho chegava ao fim.

"Aprendi a trabalhar duro nos Estados Unidos", contou ele certa tarde. "Lá, as pessoas simplesmente fazem as coisas. Não ficam sentadas inventando desculpas, sentindo pena delas mesmas ou bebendo chá de menta o dia inteiro. Se você trabalhar duro nos EUA, pode ganhar um bom dinheiro e", acrescentou, "ser respeitado."

Mas o tempo todo eu sabia que tal eficiência não podia durar.

Estávamos em um táxi, presos no tráfego engarrafado de Casablanca, quando perguntei a Kamal o que o levara aos Estados Unidos. Seus olhos não saíram da estrada. Fitei seu perfil. Ele engoliu em seco.

"Aconteceu um acidente", disse finalmente. "Foi bastante ruim. Minha mãe e minha irmãzinha estavam de carro na Espanha. Foram atingidas por um caminhão. As duas morreram. Primeiro minha mãe, e minha irmã alguns dias depois."

Dei-lhe meus pêsames.

"Quando meu pai me deu a notícia", continuou, "não chorei nem me lamentei. Estava abalado demais."

"Quando isso aconteceu?"

"Nove anos atrás."

"E você foi embora para os Estados Unidos?"

"Minha família estava despedaçada", ele disse. "Seu coração fora arrancado. Eu não falava uma palavra de inglês, mas tinha que ir embora. Então peguei um vôo para a Geórgia, terra da hospitalidade sulista."

A CHUVA COMEÇOU NOVAMENTE, enquanto a equipe do arquiteto se estendia ao sol como comedores de lótus. Eu tinha medo de andar pela área principal da casa. Não havia nenhuma mudança. Os pisos estavam quebrados e as portas foram arrancadas dos batentes; os interruptores foram esmagados e os fios elétricos pendiam do teto e das paredes, um indício do caos que existia por baixo. Só metade dos arcos estava pronta e não havia sinal de que os outros seriam concluídos.

De vez em quando o mestre-de-obras me segurava enquanto eu passava apressadamente pelo salão, cobrindo os olhos com as mãos. Ele estalava os lábios no meu rosto e acariciava minha mão à força. Quando Kamal viu o mestre-de-obras me saudando, latiu para ele em árabe.

"Ele só quer ser amigável", eu disse ternamente.

"Ele quer seu dinheiro, isso sim. O mês sagrado do Ramadan começa semana que vem. A esperança dele é ser recompensado generosamente por sua bajulação."

Kamal perguntou sobre o arquiteto. Eu disse que ele era

um homem bom, que apreciava charutos cubanos.

"Não dê nenhum dinheiro a ele", aconselhou.

"Paguei tudo adiantado", murmurei. "Ele me pediu isso."

"Ele deu um recibo ao senhor?"

"Não. Transferi o dinheiro para sua conta em Paris."

Kamal revirou os olhos. "Só pague um marroquino se quiser vê-lo pelas costas."

ANTES DE ME MUDAR PARA Casablanca, ocupava meu banho matinal, pensando em como conseguiria escapar da Inglaterra. Gostava de passar bastante tempo mergulhado na banheira, controlando a torneira de água quente com o dedão do pé, pensando na vida. Agora que conseguira realizar a grande escapada, queria uma banheira onde pudesse ficar de molho e pensar no futuro. Ela tinha que ser enorme, bem-feita e construída numa época em que as pessoas compreendiam a glória da imersão.

Quando perguntei a Kamal onde poderia obter uma banheira antiga, ele prometeu me levar à melhor loja de banheiras da cidade. Perguntei então se a loja ficava no sofisticado bairro de Maarif. Ele franziu o nariz.

"Maarif é para vigaristas", afirmou.

Levei Kamal para dar uma olhada no jipe coreano antes que ele saísse em busca da banheira. O jipe estava trancado na garagem desde que o motor parara de funcionar. Ele abriu o capô e examinou as peças antes de verificar os papéis e a quilometragem. Então mandou chamar um mecânico – um homem forte com olhos escuros de assassino e uma barba cinzenta e irregular, vestindo um macacão tão coberto de graxa que era impossível identificar a sua cor original.

"Os mecânicos marroquinos são os piores bandidos do mundo", observou Kamal. "A maioria deles mataria você sem pensar duas vezes."

"São todos bandidos?", perguntei.

Kamal acendeu um cigarro e assentiu em meio à fumaça. "Todos eles", confirmou. "Todos, menos um."

Apontou com a brasa do Marlboro para o homem com olhar assassino.

"Hussein aqui é o único em quem o senhor pode confiar."

"Como você o encontrou?"

"Ele perdera tudo nas cartas", disse. "Sua família viu a fome de perto. Então meu pai o ajudou a montar seu negócio. Não há como ele nos apunhalar pelas costas."

Enquanto os olhos cruéis do mecânico inspecionavam o motor, perguntei sobre ser apunhalado pelas costas.

"Não é preciso muita coisa", disse Kamal. "Alguém pode sentir inveja porque você tem mais posses do que ele ou pode guardar rancor contra alguém da sua família. Se isso acontecer, terá problemas."

"Que tipo de problemas?"

"O senhor pode achar que Casablanca é moderna com suas lojas chiques e carros sofisticados", disse ele, "mas sob esta fachada é um lugar primitivo. É africana. É tribal. Nunca se esqueça disso. Dê um passo em falso e terá a tribo inteira em seus calcanhares."

Decidi sempre manter esse aviso em mente.

A cabeça do mecânico reapareceu. Ele franziu os olhos escuros para Kamal e casquinou algumas palavras.

"Foi o que pensei", observou Kamal.

"O que houve?"

"O motor é de outro carro. Este jipe tem três anos de idade e esta droga sob o capô tem no mínimo dez."

Kamal pegou outro cigarro e deslizou sua língua até a ponta.

"O senhor foi descuidado", disse. "O último proprietário vendeu o motor verdadeiro por fora por uma boa grana e vendeu para o senhor este lixo."

Ele acendeu o cigarro e respirou fundo.

"É uma clássica troca de motores", concluiu.

"Troca de motores?"

"Claro. É o truque mais velho do mundo."

OS ESTADOS UNIDOS HAVIAM causado um grande impacto sobre Kamal. Seu retorno ao Marrocos alguns meses antes do segundo conflito do Golfo exigiram uma readaptação. Nos Estados Unidos, acostumara-se a fazer as coisas de modo rápido e eficiente. Aperfeiçoara as artes da direção, da negociação, de falar rápido, abrangendo todo o assunto. De volta ao Marrocos, a vida lhe parecia envolvida em inércia, como fora por mil anos. Como eu já descobrira, se você não avançava como um touro enraivecido, não conseguia fazer nada. Mesmo assim, enquanto seguia a toda o dia inteiro, precisava manter os dois olhos bem abertos.

"Tire os olhos do jogo", costumava dizer Kamal, "e vai acabar perdendo tudo."

Eu estava impressionado com a sua capacidade de previsão, especialmente porque ainda não falara com ele sobre os problemas com o vizinho e a papelada perdida. Quando lhe descrevi a situação, ele não pareceu surpreso.

"Esta casa estava vazia há anos", disse. "É incrível que os lobos não a tenham despedaçado."

"Os *djinns* os mantiveram afastados", respondi sarcasticamente.

"O senhor pode estar certo", disse Kamal. "Perguntei aos moradores da *bidonville* sobre *Dar Khalifa*. Todos falam sobre isso. Dizem que está infestada de *djinns,* centenas deles. Não pode imaginar o medo que sentem. Sem os *djinns*, a casa teria sido roubada há anos."

MINHAS CONVERSAS COM HICHAM, o colecionador de selos, prosseguiam. Toda semana, eu aparecia em seu barraco, passava por cima do cachorro de três pernas e trocava um punhado de selos por dois dedos de prosa. Ele contava sobre sua infância e os anos que passara na estrada, vendendo ferro-velho numa carreta. Conversávamos sobre o passado e o futuro do Marrocos, e sobre os sonhos da juventude.

Hicham era o tipo de homem que gostava de uma conversa com começo, meio e fim. Ele não aprovava conversa-fiada. Tinha a impressão de que ele levava nossas conversas ainda mais a sério porque eram a sua parte de um estranho acordo comercial. Ele pesava suas palavras levando em conta o valor dos selos que eu trouxera, fragmentos de papel colorido colado no canto superior direito de um envelope.

Certo dia, perguntei se ele acreditava em *djinns.*

"É claro que sim", respondeu sem pestanejar. "Eles estão ao nosso redor. Seu mundo dá forma ao nosso."

"Você gosta deles?"

O velho homem me fitou com espanto. "Se eles pudessem, cortariam nossa garganta", disse. Pegou um álbum de selos do chão e abriu-o.

"Eles nos matariam a todos?"

"Sim. É por isso que nos protegemos!", exclamou. "Dizemos *bismillah*, em nome de Deus, antes de começar uma ação."

Isso explicava por que eu ouvia a frase mil vezes por dia. Os marroquinos a pronunciavam antes de entrar no carro, antes de comer, de beber, até mesmo antes de sentar.

"Nosso *djinn* se chama Qandisha", comentei. "Ele deixa os caseiros apavorados. Isso está tornando a vida difícil."

"Eles têm um bom motivo para sentir medo", disse Hicham, arrumando os selos. "Ouvi falar que Qandisha é muito forte e que gosta de crianças. Seus filhos não estão seguros. Eles podem ser seqüestrados a qualquer momento. É por isso que os caseiros estão tão assustados."

Hicham contou que os *djinns* eram conhecidos por roubar crianças à noite, às vezes deixando uma criança *djinn* no seu lugar.

"A criança *djinn* cresce como uma das nossas", ele disse. "Ninguém suspeita de nada. Então, numa noite, ela remove seu disfarce humano, ergue-se como uma criatura hedionda de trezentos metros de altura e engole a família inteira. Acredite, estou dizendo a verdade."

"O que pode ser feito para evitar isso?"

O velho deixou de lado o álbum de selos. "Só há uma maneira", declarou numa voz grave.

"Qual?"

"Você pode enganar os *djinns*. Pode colocar bonecos nas camas das crianças e fazer com que seus filhos durmam escondidos no fogão toda noite. Faça isso e eles estarão seguros."

SEMPRE QUE PEDIA A KAMAL QUE me levasse à loja de banheiras, ele respondia que eu estava com pressa demais. Uma banheira era um toque final, dizia ele, e não estávamos nem perto dos toques finais. Ele tinha razão. Durante as reformas na Casa do Califa, tive dificuldade com a perspectiva. Sou ótimo para captar detalhes, mas acho quase impossível visualizar um projeto como um todo. Eu preenchera uma sala inteira de *Dar Khalifa* com toques finais. Eles estavam prontos, aguardando a hora certa. Havia uma rede de tênis profissional, embora a quadra de tênis fosse uma área desolada coberta de entulho, garrafas quebradas e ratos mortos. Ao lado da rede de tênis havia uma pilha de trinta quadros emoldurados de marajás indianos, prontos para as paredes da sala de jantar; e junto deles um baú cheio de fronhas de almofadas, e um segundo, abarrotado de enfeites leves, sabonetes e telefones. Mas o pior toque final era um contêiner de seis metros de mobília indiana que eu encomendara alguns meses antes. Estava vindo por mar, rumo a Casablanca.

UM ENTUSIASMO GENUÍNO PARA utilizar meus toques finais me fez ligar para o arquiteto. Implorei que enviasse mais homens, homens com a capacidade de concluir o trabalho. Falei sobre o contêiner no navio com a mobília que estava prestes a chegar e sobre os milhares de detalhes finais prontos para serem usados. Para ele, eu me tornara apenas mais uma voz irritada no seu celular, uma voz irritada e estúpida o bastante para pagar adiantado. Durante nossa breve conversa, percebi que o arquiteto havia seguido adiante com novos negócios rentáveis com outro cliente estrangeiro.

"Não se preocupe, meu velho", disse ele, alegremente. "Relaxe, o trabalho está indo às mil maravilhas."

"Quando vão começar a colocar o piso?"

O arquiteto gritou que seu carro estava entrando num túnel. O celular ficou mudo.

NA MANHÃ SEGUINTE, UMA equipe de artesãos com roupas surradas chegou à casa. Não vestiam ternos como os outros, destoando do resto da equipe. Perguntei ao mestre-de-obras quem eram eles.

"Os homens que vão colocar o piso."

Meu sonho era restaurar a Casa do Califa à sua glória original, de volta a um tempo em que era decorada no estilo árabe tradicional. A equipe de demolição ajudara a remover qualquer traço europeu. Nesta tela em branco, eu planejava restabelecer as antigas artes do Marrocos: pisos com azulejos de terracota de Fez, conhecidos como *bejmat*; fragmentos de mosaicos coloridos conhecidos como *zellij*; e *tadelakt*, o fabuloso acabamento feito de pó de mármore e clara de ovos de Marrakesh.

Como um estrangeiro aprendendo sobre o Marrocos, você rapidamente percebe que o lugar é um tesouro rico de tradições, repleto de talentos artísticos. As livrarias ocidentais estão cheias de belos livros de fotografias exibindo as artes e o artesanato do reino. É fácil de imaginar que todos continuam utilizando essas artes milenares, como fizeram por séculos. Nada poderia estar mais distante da verdade.

Por gerações, a família real do Marrocos patrocinou as artes do reino. Sucessivamente, criaram mesquitas e jardins públicos impressionantes, e palácios suntuosos. Ao financiar tais projetos, mantiveram viva a chama do aprendizado e garantiram que as tradições não fossem perdidas – como aconteceu na maior parte do mundo árabe.

Embora reverenciem sua herança cultural, a maioria dos marroquinos da atualidade prefere a decoração moderna. Eles enfeitam suas casas com carpetes de parede a parede e brilhantes azulejos de fábrica, com luminárias de produção em massa e mobília pré-fabricada. Suas casas são confortáveis e fáceis de limpar. E, como eu estava descobrindo, a nova decoração ocidental era uma economia de tempo e dinheiro.

NAQUELA SEMANA, QUANDO encontrei Hicham Harass sentado sozinho no seu barraco atrás da mesquita, ele estava com uma aparência triste. Perguntei qual era o problema.

"A vida é o problema", disse raivoso. "Meu filho foi morto. Tinha a sua idade. Era tão cheio de vida. Então, num instante, um carro derrapou, e meu menino teve a vida arrancada de seus pulmões. Está morto. Mais nada. Apenas morto."

Hicham levou a mão ao rosto para limpar as lágrimas. Dizem que a única vez que um homem árabe pode chorar com honra é pela morte de um filho. Inclinei-me e segurei sua mão. Ele pôs a outra mão no meu ombro.

"Conversaremos em breve", disse ele.

OS HOMENS QUE CHEGARAM PARA colocar os azulejos de terracota levaram vinte sacos para o salão e os jogaram no chão. O som dos azulejos quebrando ecoou pelas salas inacabadas. Os artesãos declararam ser grandes mestres de sua arte, filhos e netos de grandes mestres. Cada um deles pertencia a uma linhagem de artesãos de vinte gerações. Fiquei feliz em ouvir isso e dei-lhes as boas-vindas com pequenos copos de chá de menta extradoce. O idoso mestre-de-obras pareceu infeliz com minha demonstração de hospitalidade. Ele se aproximou pisando forte, arrancou os copos e rosnou para os recém-chegados em árabe. Então, levou a bandeja de chá para sua própria equipe no outro lado da sala e depois voltou para beijar meu rosto.

"O senhor vai ter mais do que problemas", disse Kamal. "Vai ter uma bomba atômica."

ALGUNS DIAS DEPOIS DA MORTE do filho de Hicham Haras, o velho colecionador de selos apareceu inesperadamente na casa. Estava vestido no seu traje formal: jaqueta de *tweed* e um chapéu de tecido desbotado. Dei-lhe as boas-vindas e tirei a poeira de uma cadeira de plástico verde no salão gelado. Sentamos em silêncio por cerca de dez minutos. Eu não sabia o que dizer. Não tenho muito jeito para condolências. Às vezes, o silêncio com um amigo é mais memorável do que a conversa mais animada. Hicham olhou para mim uma ou duas vezes e esforçou-se para sorrir.

"Você pode achar estranho", disse finalmente. "Mas tenho um pedido."

"Claro, qualquer coisa."

"Gostaria de poder pegar no colo o pequeno Timur como fazia com meu filho, muitos anos atrás."

Fui até nosso quarto onde Timur estava dormindo, tirei-o cuidadosamente do berço e levei-o até o velho homem. Ele segurou o bebê perto do coração e fechou os olhos.

"Você deve dar valor a cada momento", suspirou.

NAQUELA NOITE, A LUA NOVA FOI vista em um céu sem nuvens e o mês sagrado do Ramadan começou. Para os muçulmanos, observar o Ramadan é um dos pilares centrais da fé. É uma época de oração e estrito jejum durante o dia, quando as portas do Paraíso estão abertas, e as do Inferno, fechadas. Durante o Ramadan, os muçulmanos estão proibidos de mentir ou de ter pensamentos impuros, e suas ações devem estar envoltas em pureza a todo momento.

Ninguém que esteja vivendo no Marrocos pode escapar do mês sagrado e em nenhum outro lugar o contraste com a vida cotidiana é maior do que em Casablanca. Muitas das jovens da cidade preferem desfilar por aí com o rosto coberto de maquiagem, o corpo jovem ocupando os trajes mais sumários imagináveis. Elas passam o dia todo sentadas nos cafés das calçadas, ajeitando o cabelo, fofocando e fumando cigarros importados. Com a mortalha do Ramadan pesando sobre elas, são forçadas a se livrar da maquiagem e das roupas ousadas e a vestir *jellabas* pesados com capuzes de franjas. Durante o dia, os cafés estavam fechados e fumar era proibido para todos.

O francês expatriado, François, foi rápido em me alertar sobre os perigos do Ramadan. Ele disse que eram trinta dias de agonia, quando cada marroquino se tornava duas vezes mais irritado do que no dia anterior. Mas o pior de tudo, afirmou, era que nada podia ser feito.

"E o trabalho de reforma?", perguntei timidamente.

"Esqueça!", gritou. "Seria melhor fazer as malas e ir para casa."

"Mas esta é a minha casa."

"Bem", retorquiu acidamente, "então, fique em casa!"

Como todos os outros, Kamal estava se abstendo dos vícios

que formavam os pilares de sustentação da sua vida. Não estava bebendo e a nuvem de cigarros que costumava segui-lo sumira. Ele se abstinha de comer e beber da aurora até o crepúsculo, e se esforçava ao máximo para manter pensamentos puros. No início do mês sagrado, chegou à Casa do Califa em uma limusine Mercedes preta. O carro possuía placas diplomáticas amarelas e um mastro em miniatura na lateral.

"Pedi emprestado", explicou.

"De quem?"

"Do embaixador da Mauritânia."

Pedi a Kamal que me falasse sobre o Ramadan.

"É a falta de sono que pega você primeiro. Você janta à meia-noite, dorme por três horas, então, vai para a mesquita, come um bocadinho de comida, dorme mais um pouco e depois se levanta."

"O Ramadan vai acabar com nossos trabalhadores", disse eu.

"Ele tem algumas vantagens", replicou Kamal.

"Como por exemplo?"

"Por exemplo, quando você quer comprar uma banheira."

A LIMUSINE NEGRA SUBIU A colina e deixou o mar para trás, depois virou para a direita, rumo à nova zona residencial de Hay Hassani. Centenas de blocos de apartamentos caiados se alinhavam ali, entrecruzados por varais e apinhados de pessoas que haviam realizado seu sonho universal.

"Meu tio era prefeito desta área", contou Kamal, enquanto o Mercedes costurava para evitar os buracos das ruas. "Ele construiu o lugar inteiro do nada."

"Que tipo de gente vive aqui?"

"Pessoas que se libertaram e fugiram das favelas."

A limusine virou para a esquerda da rua principal e desceu uma ladeira. Passamos por um homem com um carrinho de fabricação caseira onde estava empilhada uma pirâmide de vários itens. Havia uma cafeteira e um monte de cordas, uma caixa de cebolas e outra de molas. No ápice da pirâmide estava um grande aquário. Isso chamou minha atenção. O aquário ainda estava cheio de água respingando e peixes assustados.

De um lado da rua, mais carretas estavam alinhadas. Em cada uma delas, homens vigorosos anunciavam hortaliças e frutas. Do outro lado da rua, havia um mercado de pulgas de tamanho impressionante. Kamal mandou o chofer parar. Descemos e ele mostrou o caminho até o *souq*. Cada polegada do lugar estava ocupada por um bricabraque de segunda mão. Havia montes de televisões estripadas, pilhas de seis metros de altura de VCRs esmagados, equipamento de solda industrial e bolas gigantes de arame farpado. Havia também pilhas de revistas velhas, milhares de batentes e vasos sanitários, escadas em espiral, fontes de mármores e montanhas de sapatos velhos.

Expressei minha surpresa diante da quantidade de itens à venda. Kamal acenou para que me calasse.

"Fale inglês", disse ele, "e os preços vão quadruplicar."

"Mas não precisamos de nada disso", eu disse.

Viramos em um beco e caminhamos pelas sombras refrescantes lançadas pelo que parecia ser uma fileira de caldeiras de navio. No fim da trilha, havia uma montanha de pão podre. Ratazanas do tamanho de gatos domésticos corriam sobre ela, empanturrando-se. Além do pão, havia uma cornucópia de roupas velhas, mais sapatos e um mar de vidro quebrado. Prosseguimos. Mais televisões, mais pão, botas e revistas; então, no fim do beco, encontramos um homem idoso dormindo. Estava deitado sobre uma banheira, com um gato cor de gengibre adormecido sobre seu peito.

A banheira no estilo *art déco* era em ferro francês moldado, com uma leve curva na parte traseira e atraentes pés com garras. Tinha cerca de oitenta anos de idade. Em Londres, uma jóia dessas estaria na janela de uma loja sofisticada na King's Road.

Sussurrei para que Kamal conferisse o preço. Ele puxou a manga do vendedor. O gato acordou, esticou-se e flexionou as garras. Houve gemidos de dor, seguidos por uma conversa. O vendedor estava cansado, com fome e queria continuar dormindo. Pediu que voltássemos à noite. Mas, como Kamal estava prestes a demonstrar, uma vantagem do Ramadan é que os comerciantes marroquinos não têm energia para as ferozes barganhas que os tornaram famosos. Ao mesmo tempo, estavam desesperados para conseguir dinheiro. Durante o Ramadan, esposas rabugentas ficavam ainda mais rabugentas.

"O preço é de duzentos *dirhams*", grasnou o homem, as pálpebras pesando sobre seus olhos parecidos com uvas.

"Pago metade desse preço", respondeu Kamal.

"Não", retorquiu o vendedor, "sempre cobro duzentos por banheiras como esta."

Kamal me cutucou para que pagasse o dinheiro. O vendedor respirou fundo, tirou o gato do peito e saiu da banheira. Ele beijou as notas e deu graças a Deus. A banheira foi colocada em uma carreta. Três homens saíram, empurrando-a rumo a *Dar Khalifa*. Caminhamos com eles, o Mercedes nos seguindo lentamente. O sol estava escaldante e os homens que empurravam a carreta ficaram cobertos de suor. Depois de trinta minutos, estávamos chegando perto de casa. Fiquei surpreso com o som de pequenos pés se arrastando atrás de nós. Era o comerciante que nos vendera a banheira. Estava extremamente agitado.

"Parem! Parem! Parem, por favor!", chamou.

"O que foi?"

O homem acenava notas gastas com o punho. Preparei-me para ouvir que o enganáramos.

"Tive que vir atrás de vocês", ele disse. "Corri até aqui. Tive que pará-los."

"Por quê?"

O vendedor pareceu envergonhado. "Eu disse que a banheira custava duzentos *dirhams*", declarou, limpando a testa com a manga da camisa, "mas isso não é verdade. Elas sempre custam cem *dirhams*. Então, por favor, tome de volta estes cem *dirhams* e me perdoe."

"Por que a súbita honestidade?"

"É Ramadan", disse o homem, "e estou proibido de mentir."

OITO

Muita chuva, muito vento, muitos problemas.

NO FINAL DA PRIMEIRA SEMANA do Ramadan, recebi outro cartão-postal de Pete. Sua letra comprida e fina anunciava que estava fazendo progresso. *O pai dela está dizendo para eu me converter*, escreveu. *Ele quer que eu faça o corte nos países-baixos. Disse que ele mesmo vai fazê-lo. Seu canivete é bem afiado. É um sacrifício pequeno, se isso significa que ficarei com Yasmine.*

A idéia de uma circuncisão em um adulto sendo realizada por um futuro sogro fez com que eu perdesse o apetite para o almoço. Eu estava na cozinha, agachado sob a mesa de jantar, com um prato de cuscuz frio sobre os joelhos. A casa estava cheia de operários. Eles olhavam venenosamente para qualquer pessoa que entrasse na cozinha à luz do dia. Como bem sabiam, a cozinha significava comer, e comer durante o Ramadan era um ato de blasfêmia além de qualquer compreensão. Os operários notavam que eu entrava e saía da cozinha freqüentemente. Passaram a espiar pelas janelas. Eu não tinha problemas em ser franco, em dizer a eles que não estava observando o jejum, mas eles não queriam ouvir a verdade.

OS OPERÁRIOS ENTRARAM NUMA rotina de Ramadan, fazendo ainda menos que o usual. Arrastavam-se pela casa, o rosto tomado pela autopiedade, esperando ganhar alguma simpatia. François me ligou na quinta-feira da primeira semana. Havia um tom urgente na sua voz.

"Preciso avisá-lo", disse ele, "você deve tomar cuidado no Ramadan. Não pressione as pessoas. Elas podem perder o controle e surtar. Sabe, elas estão sem nicotina. As substâncias químicas em seu corpo estão totalmente desequilibradas."

Eu conseguia ouvir gritos ao fundo, como se um funcionário irritado estivesse puxando briga. François gritou uma vez, depois novamente, antes que a linha fosse cortada.

A equipe do *bejmat* contrariou meus desejos e começou a colocar azulejos na biblioteca. Eu pedira que começassem em qualquer lugar menos aquele, já que era a última sala de que iríamos precisar. Enquanto as semanas da reforma passavam, aprendi que ignorar os desejos do cliente era um método de controle aperfeiçoado por artesãos marroquinos, assim como pelos caseiros e por todas as outras pessoas.

De vez em quando, eu passava pela biblioteca e dava uma olhada nos azulejos. Os trabalhadores estavam montando *bejmat* da cor bege, feitos com argila de Fez, em um desenho em ziguezague. Esse padrão é conhecido localmente como *palmeraie*, como os ziguezagues formados por folhas de palmeira colocadas uma contra a outra. Os artesãos começaram na outra extremidade da biblioteca, uma sala de quinze metros de comprimento. O piso original fora arrancado, e fora aplicado cimento para uma nova fundação. Uma pilha enorme de azulejos de terracota estava jogada num canto. Notei que muito deles estavam lascados ou quebrados ao meio. O sistema parecia carecer da precisão que costuma ser associada ao trabalho artesanal marroquino. Punhados de azulejos retangulares eram apanhados descuidadamente da pilha, jogados casualmente sobre o cimento e colocados em um tosco desenho em ziguezague.

Perguntei ao líder da equipe sobre o controle de qualidade ou a aparente falta dele.

Ele apontou para o trabalho, depois mostrou um polegar para cima.

"Très bien, non?"

Sacudi a cabeça. "*Non, pas bien.*"

O líder bateu as mãos no peito, como um primata atraindo uma fêmea. "*Je suis un expert*", afirmou.

Sou uma pessoa naturalmente calma, mas naquele momento me senti inspirado a arrancar os azulejos e a jogá-los no outro lado da sala. Mas o aviso de François me segurou. Controlei a raiva e, em vez de gritar, joguei um beijo para o artesão, saí da biblioteca e liguei para o arquiteto.

"O trabalho não está bom", disse friamente. "Nem um pouco."

"Meu amigo", veio a resposta suave, "confie em mim. Somos irmãos."

Então, surgiu outro túnel inesperado e a ligação caiu.

NO DIA SEGUINTE, UMA NOVA equipe chegou. Seis homens com olhos escuros e letárgicos, roupas rasgadas e chapéus de feltro marrom. Disseram ter sido enviados para preparar amostras de *tadelakt*, a massa para as paredes. Depois de algumas horas, haviam emassado uma dúzia de lugares onde seria o quarto das crianças. O trabalho parecia bom de início, aplicado com largas colheres de pedreiro, como a cobertura de um bolo de Natal. Mas, na manhã seguinte, a massa estava rachada com milhares de linhas minúsculas. Kamal gritou comigo quando viu o estrago.

"O senhor tem que despedir o arquiteto", declarou. "O senhor precisa de artesãos e ele está lhe enviando palhaços."

"São só probleminhas", repliquei. "Ele vai resolvê-los."

Kamal agarrou meu braço e me levou até a biblioteca. Os

operários estavam jogados no chão, contando piadas. Alguns tinham tirado as calças.

"Veja só este trabalho", disse ele. "Ariane poderia fazer *bejmat* melhor do que isso!"

Embora não estivesse trabalhando comigo há muito tempo, podia ver que Kamal era o tipo de pessoa que estava sempre certo. Era algo que fazia parte do seu caráter. Você podia lutar contra as opiniões dele, mas no fim acabava desistindo. Por mais otimista que eu tentasse ser, estava claro que os homens do arquiteto não valiam nada.

"Demita o arquiteto", repetiu Kamal.

"Mas eu paguei adiantado."

"Deixe isso para trás", ele disse. "Arrisque-se a não receber o dinheiro de volta e isso o fortalecerá."

Liguei para o escritório do arquiteto. Sua voz de seda murmurou gracejos.

"Está despedido", disse eu. "Seus homens são palhaços e não sou dono de circo."

O arquiteto engasgou em suas desculpas. Kamal pegou o telefone, latiu "Estamos entrando num túnel" e desligou. Quinze minutos depois, ele reuniu as três equipes de trabalhadores e suas posses e expulsou-os da casa. Enquanto eles corriam pela rua assustados, alguns com as calças na mão, perseguidos por Kamal, comecei a rezar. Rezei para que algo de bom surgisse do caos.

DURANTE O RAMADAN, A FAVELA se tornou mais animada à noite. Seria exagero dizer que o clima era de carnaval. Mas o número de barracas costumeiras – vendendo roupas usadas e hortaliças – aumentou em pelo menos meia dúzia. Uma velha começou a vender doces rosados em pacotes de três. Ao lado dela, estava sentado um homem com uma caixa de galinhas, uma balança e uma faca. A galinha era escolhida pelo peso; depois tinha a cabeça cortada e jogada numa caixa no chão. O mar de sangue atraía os cães mancos.

Certa manhã, um burro trouxe um *trailer* bem construído até a favela e o depositou em frente à mesquita. Era branco, com listras nas laterais. Uma multidão de crianças se reuniu ao seu redor, ansiosa para saber que doces tentadores seriam oferecidos. Dois homens saltaram do *trailer* e espantaram as crianças com varas. Eles tinham longas barbas negras e vestiam as túnicas volumosas do Golfo da Arábia[2]. Perguntei ao vendedor de sapatos usados sobre os recém-chegados e seu *trailer*. Ele parecia muito agitado.

"Vá para casa", recomendou, "tranque a porta e não pense nesses homens. Eles só trazem problemas."

"Quem são eles?"

O homem enfiou os sapatos num saco e foi embora. Logo depois, vi a vendedora de doces correr para casa. Dez minutos depois disso, a *bidonville* parecia uma cidade fantasma. Voltei para *Dar Khalifa* e perguntei a Hamza o que estava acontecendo.

"São homens maus", respondeu. "Cortariam sua língua e a jogariam aos cães."

"Por que eles fariam isso?"

Hamza esfregou as mãos ásperas. "Não somos ricos", disse ele, "mas somos muçulmanos, muçulmanos de verdade. Nós lemos o Corão e o compreendemos. As palavras de Allah são claras para nós. Mas essas outras pessoas..." O caseiro parou no meio da frase. Inspirou, depois expirou num profundo suspiro. "Essas outras pessoas estão seqüestrando nossa religião. Não compreendem o Corão."

"De onde são?"

"Do Golfo da Arábia. Aparecem ocasionalmente e tentam conquistar simpatizantes para a sua causa."

---

2 Nome pelo qual o Golfo Pérsico é conhecido nos países árabes. (N.T.)

"E qual é a causa deles?"
"A anarquia islâmica."

SEM CAFEÍNA PARA ATIVAR SUA corrente sanguínea, as manhãs do Ramadan de Kamal eram quase insuportáveis. Nunca vira um homem tão desanimado. Mas, como era um solucionador de problemas por excelência, descobriu uma maneira engenhosa de pegar no tranco de manhã. O segredo era a adrenalina. Todas as manhãs, depois de me apanhar de carro, Kamal dirigia a picape do primo até o topo da colina de Anfa e parava para murmurar uma breve oração. Era possível enxergar perfeitamente Maarif e a cidade velha. Eu apreciava a vista, enquanto Kamal se preparava para o desafio. Enchendo os pulmões de ar, ele acelerava o motor até que o carro fosse consumido por uma nuvem pesada de fumaça de óleo diesel. Contra o fundo de ruído e fumaça, ele soltava a embreagem. A velha picape era impulsionada ladeira abaixo. O método de Kamal para produzir o máximo de adrenalina era girar o volante para a esquerda. Num instante, as probabilidades de sobrevivência eram reduzidas enquanto lutávamos para nos desviar do fluxo do tráfego. Depois de um quilômetro e meio, Kamal estava coberto de suor, ofegante e animado, pronto para encarar o dia.

A CASA ESTAVA SILENCIOSA. PERAMBULEI por ela, deprimido de uma maneira indescritível. Os operários quebraram tudo o que suas mãos desajeitadas tocaram. A fiação e o encanamento eram um desastre, os arcos estavam uma bagunça e os azulejos de terracota pareciam ter sido colocados por um macaco. Eu não conseguia entender. Na televisão e nos livros, outras pessoas conseguiam restaurar suas casas sem esforço. Para elas, não era nada de mais. Não tinham problemas com trabalhadores preguiçosos e nojentos. Os operários eram sempre alegres, bem dispostos e incapazes de cometer erros.

Kamal chegou à noite. Ele disse que no Marrocos só os tolos trabalhavam durante o dia, que todas as contratações sérias eram feitas à noite, especialmente durante as semanas do Ramadan.

"E o horário comercial dos escritórios?", perguntei.

"Bah! Nunca vou a reuniões em escritórios", respondeu secamente.

"Por que não?"

"Ouvidos demais."

Perguntei-lhe como poderíamos obter novos trabalhadores, homens com a habilidade necessária para reformar a casa.

"Não se apresse", disse Kamal. "Se correr, cairá no buraco."

"Onde está o buraco?"

"Ao seu redor."

NO DIA SEGUINTE, KAMAL PEGOU a limusine Mercedes emprestada novamente. Dirigimos por Casablanca em busca de um motor novo para meu jipe. Era um dia agradável e iluminado, com uma forte brisa soprando do oeste. Podia sentir o cheiro do inverno chegando. Meu único consolo era que, a essa altura, Londres estaria sofrendo com um gelo negro e uma neblina glacial.

Kamal me explicou que para conseguir um motor barato seria preciso falar com os abutres. Só os abutres, disse de modo sinistro, sabem onde procurar.

"Diga-lhes o que quer e eles conseguem", ele disse.

"Como?"

"Eles têm seus métodos. Caso tenha dinheiro para pagar, vão jogar um carro para fora da estrada e rebocar o que sobrar para o ferro-velho.

"Isso soa ilegal", eu disse. "De qualquer modo, não tenho muito dinheiro."

Kamal estalou a língua. "Não se preocupe", disse ele, "conheço um abutre com consciência."

Bem longe das avenidas com palmeiras da Corniche, chegamos a um lugar assustador e decrépito. O céu estava cinzento e nublado, embora ainda fosse manhã; os edifícios de telhado de zinco estavam cobertos com décadas de sujeira. A estrada fora destruída e o cheiro de esgoto pairava no ar, um aviso para que as pessoas honestas se afastassem. O lugar era um cemitério de carros. Eles estavam em toda parte, desmantelados e contorcidos, reduzidos ao esqueleto, pilhas de aço desprezadas.

Ocasionalmente, um homem descia da montanha de ferro-velho, trazendo um troféu – um volante, parte de um motor, um fragmento de metal indeterminado. Ele entregava a peça para outro homem, que contava um maço de dinheiro velho e ia embora com o troféu. Nós nos aproximamos cautelosamente. Meus olhos lacrimejavam devido ao fedor de esgoto. Kamal fez uma pergunta a um dos abutres. O homem apontou para a esquerda, para uma barraca feita de folhas de zinco. Fomos até lá. Outro homem saiu e beijou Kamal três vezes em cada face. Era de estatura mediana, tinha uma espessa cabeleira alaranjada e costeletas longas que se encontravam debaixo do seu queixo. Ele era o abutre com consciência.

Kamal descreveu do que precisávamos, enfatizando que o motor tinha de estar em boas condições. Ele não mencionou nosso orçamento. Quando perguntei sobre isso no caminho de volta, ele respondeu: "Nos Estados Unidos, a primeira coisa que perguntam é o preço. Quanto custa isso? Qual é o preço? Mas, no Marrocos, a última coisa de que falamos é dinheiro. Primeiro você escolhe o que deseja comprar. Garante que é a coisa certa. Depois dá um jeito no preço."

O sistema parecia estar de ponta-cabeça.

"Mas como você sabe se pode comprar?", perguntei.

"Você não sabe", respondeu Kamal. "Para isso serve a barganha."

EM CASA, HAMZA E OSMAN ESTAVAM andando de um lado para outro, esperando por mim. Disseram que eu precisava tratar de algo importante.

"Aconteceu outro acidente?"

"Não, não, não foi um acidente."

"Graças a Deus. Então, o que é?"

"Siga-me."

Caminhamos pelo terraço até o jardim do pátio. Hamza estendeu um braço e apontou com o indicador para o topo de uma grande palmeira.

"Veja", disse ele.

Não vi nada de anormal. "Para mim, tudo parece bem."

Hamza e Osman bateram com as mãos no rosto. "Como assim?", perguntaram ao mesmo tempo.

"Bem, não estou vendo nada estranho."

Desta vez Osman apontou um dedo para a árvore. "Lá em cima!", disse.

Olhei para cima, sob a luz do entardecer. Apertei os olhos e inclinei minha cabeça. Apertei os olhos novamente. Então, gradualmente, eu vi para o que eles estavam apontando. Pendurada em um barbante perto de um cacho de tâmaras, havia uma pequena criatura morta, semelhante a um rato.

"É um ouriço", disse Osman.

"O que ele está fazendo ali?"

Hamza me levou do pátio, cruzando a varanda, para fora da nossa casa. Conduziu-me pela favela, onde o *trailer* dos fanáticos ainda estava estacionado e morro abaixo até o mar. Perguntei várias vezes para aonde estava me levando. Ele não respondeu, exceto para dizer que precisava de um lugar seguro para falar.

"A casa não é segura?", perguntei.

Uma expressão de pânico passou pelo rosto de Hamza. Sua face bronzeada pareceu ficar branca de medo. "Não", disse uma vez e depois outra. "Não, *Monsieur* Tahir, não é segura."

No fim da estrada principal, Hamza cruzou a Corniche e me conduziu por cima da cerca até a praia. Ondas de inverno encrespadas quebravam na areia. O caseiro parou e me fitou nos olhos.

"Más notícias", disse ele.

"Tem a ver com os operários? Com o fato de terem ido embora?"

Hamza franziu o cenho. "Não, não, não com os operários", disse. "Algo muito mais grave. Alguém está tentando ferir o senhor."

"Qandisha e os *djinns*?"

O caseiro olhou pra os pés. "Vou contar ao senhor", respondeu baixinho.

Nós nos sentamos na areia e Hamza olhou para as ondas.

"Houve uma vez um homem que se apaixonou pela esposa de outro", disse ele, sem olhar para mim. "Ele se encontrava com ela secretamente sob uma palmeira na primeira noite de cada mês. Levava para ela pequenos presentes: uma rosa, um salgado, algo assim. A mulher se apaixonou pelo homem e os dois fugiram. O marido da mulher jurou que os mataria. Sua família fora desonrada. Ele os caçou por semanas, depois meses e anos."

Hamza desenhou um quadrado na areia com seu dedo.

"Quando ele finalmente os encontrou", continuou, "estavam vivendo numa casa perto do mar. Tinham um filho e eram felizes. O marido arrombou a porta. Estava prestes a matar o casal, quando algo o deteve. Ele se virou, voltou para casa e se matou."

Perguntei-me o que a história tinha a ver com o ouriço morto.

"Havia algo que nenhum dos dois homens sabia sobre a mulher", prosseguiu Hamza.

"O quê?"

"Que ela era um *djinn* e que seu nome era Qandisha."

"Qandisha é um *djinn* fêmea?"

"Sim."

Perguntei onde entrava o ouriço nessa história.

"É um sinal", respondeu. "Um sinal de que Qandisha não gosta de pessoas vivendo na casa dela."

"Bem, o que devo fazer?"

Hamza olhou para a água. Ele abriu a boca, mas não saiu palavra alguma. Repeti a pergunta.

"Diga-me, o que devo fazer?"

"O senhor deve pegar sua família, deixar *Dar Khalifa* e nunca mais voltar."

VI-ME PRESO NUMA POSIÇÃO desconfortável. Seguindo as ordens do meu assistente, despedira minha força de trabalho e perdera uma fortuna no processo, tendo pouca esperança de recuperar o dinheiro. Eu tinha um gângster como vizinho, uma casa perdida no meio de uma favela e sem título de propriedade, e o clima estava piorando. Agora estava sendo aconselhado a abandonar a casa porque um espírito invisível estava furioso por morarmos nela.

No dia seguinte, pedi a opinião de Kamal. Ele estava bastante certo de que o ouriço morto e as histórias sobre Qandisha faziam parte de um plano elaborado para nos afastar.

"Você acha que os caseiros estão tentando tomar a casa?", perguntei.

Kamal ponderou a pergunta por algum tempo. "Não são os caseiros", respondeu. "Outra pessoa quer a casa, não eles."

"Como pode ter tanta certeza?"

Novamente Kamal ficou em silêncio.

"Porque", disse finalmente, "*Dar Khalifa* é importante demais para eles."

NA FAVELA, O IMÃ PARECIA PREOCUPADO. Quando passei pela mesquita, ele sorriu impacientemente, mas, pelo menos desta vez, não me pediu dinheiro. Foi então que percebi que algo estava muito errado. Havia uma tensão nos becos e nas lojas pequenas que estavam voltadas para a rua principal. Eu podia sentir. Todos podiam.

À noite, no segundo dia depois de sua chegada, as janelas do *trailer* branco estavam abertas. Os dois homens barbudos estavam sentados recatadamente em bancos junto à janela. Vestiam um solidéu branco de crochê e suéter azul sobre a túnica. As pessoas que passavam pelo *trailer* andavam bem rápido, como se os homens barbudos estivessem esperando para esticar os braços, agarrá-las e cortar sua garganta.

"Os homens-bomba eram homens desse tipo", sussurrou Osman para mim naquela noite. "A presença deles aqui não nos traz nenhum bem. Se forem vistos pelo governo, nossas casas serão derrubadas. Vão dizer que apoiamos os radicais."

"Por que vocês todos não os expulsam daqui? Esta é a sua *bidonville*, não deles."

O sorriso de Osman congelou, depois virou uma careta. "Se os expulsarmos", respondeu, "queimarão nossas casas."

O RAMADAN CONTINUAVA. COM O passar do tempo, a fachada – de que todos estavam apreciando a estrita rotina do jejum – tornou-se cada vez mais transparente. Todo dia Kamal me encontrava em casa um pouco mais tarde do que no dia anterior, até que certo dia ele simplesmente não apareceu. Fiquei preocupado. Pensei que ele pudesse ter morrido na sua busca matinal por adrenalina ou ter sido atropelado por um motorista enlouquecido pela falta de nicotina.

No fim da tarde, as ruas de Casablanca tornavam-se assustadoras. Os carros desviavam ainda mais aleatoriamente do que o normal, oscilando entre uma pista e outra, como se os motoristas não se importassem se bateriam ou não. Todos dirigiam com as janelas abertas. Não por causa do ar fresco, mas é que assim poderiam xingar qualquer pessoa por quem passassem. Às cinco da tarde, o Boulevard d'Anfa, uma via principal, era uma carnificina de batidas, brigas e motoristas irritados.

Passou-se outro dia e nenhum sinal de Kamal. Liguei para seu celular, mas estava desligado. Então me queixei com Rachana, depois fiquei arengando de raiva, perguntando-me como alguém podia ser tão irresponsável. Mais dois dias se passaram e a cada dia minha fúria aumentava.

No quarto dia, decidi demitir Kamal, se voltasse a vê-lo algum dia. Não havia dúvida sobre o assunto. Chamei os caseiros e contei-lhes sobre minha decisão. Ficaram felicíssimos. Hamza disse que Kamal só trazia problemas, que estava tentando pôr as mãos no meu dinheiro. O Urso deixou a formalidade de lado e deu tapinhas nas minhas costas. Rindo sozinho, foi até os estábulos para celebrar com os outros.

Naquela noite, às sete horas, recebi uma mensagem de texto no meu celular. Dizia: *Venha até a delegacia de polícia no Blvd. Zerktouni. Agora.* Atravessei a favela correndo, o coração em disparada, e peguei um táxi para o centro da cidade. Um policial me afastou da porta da delegacia. Mandou que eu esperasse na esquina.

Esperei, esperei. Então, às nove e quinze, Kamal apareceu. Vestia as mesmas roupas de cinco dias atrás. Estava cabisbaixo, sua confiança se fora.

"Por onde você andou?"

"Na cadeia", respondeu.

NOVE

Em terra de cegos, quem tem um olho é rei.

A PIOR COISA DO RAMADAN ERAM os ladrões. Estavam em toda parte. Não se podia deixar um objeto desprotegido nem por um minuto sem que ele fosse roubado. Os ladrões atacavam as pessoas honestas, transformadas em alvos fáceis pela fome. O Marrocos costuma ser um país seguro com pouquíssimos crimes. Mas, assim que o mês sagrado começou, todo mundo nos aconselhou a trancar ou amarrar tudo o que possuíamos. Fizemos pouco de seus avisos. Na segunda semana do Ramadan, minha carteira se foi, assim como a de Rachana, a mochila de Ariane, minha câmera nova e até mesmo nossa comida. Os jornais locais estavam cheios de histórias de roubos audaciosos – de carros e burricos, de pastas cheias de dinheiro, de jóias, mobília e até de bichos de estimação.

O mês sagrado deveria ser um período de reflexão piedosa. Mas, como o Natal no Ocidente, estava contaminado pela comercialização. Toda noite, famílias gastavam fortunas em quitutes para o *iftour*, a quebra do jejum. Havia bandejas de macarrão e cem variedades de biscoitos, folheados e doces, tâmaras dos oásis do sul, figos suculentos das montanhas, melões, iogurte fresco e ameixas.

Toda noite, quando o jejum do dia era quebrado pelo muezim, os caseiros beliscavam um punhado de tâmaras, tomavam um pouco de leite e corriam para a patrulha. Para eles, não era hora de se fartar de comida, e sim, de sair para a caça – a caça de ladrões.

"Eles vêm enquanto as pessoas estão comendo o *iftour*", disse o Urso.

"Sim, e espreitam como raposas", disse Osman.

"Como raposas jovens e astuciosas", acrescentou Hamza.

"O que vocês fariam se pegassem um deles?"

Os três caseiros se entreolharam furtivamente e depois me fitaram. Então começaram a gargalhar.

"Nós o prenderíamos em um canto e atiraríamos pedras nele", respondeu Hamza. "Depois bateríamos nele com porretes, até que chorasse como uma mulher."

"Não o entregariam à polícia?"

Os caseiros fizeram pouco da sugestão.

"Isso não seria divertido", disse o Urso num largo sorriso.

KAMAL NÃO DISSE UMA PALAVRA até ter comido um prato inteiro de cuscuz, coberto de abóbora, batatas e um carneiro suculento. Parecia outra pessoa. Pela primeira vez, tinha uma expressão humilde.

"O que aconteceu?"

"Foi muito ruim", disse ele, removendo a carne do osso do carneiro. "Muito ruim."

"Você roubou alguma coisa?"

"Não!"

"Então, o que foi?"

Ele se inclinou e acendeu um cigarro. "Eu estava em um escritório do governo, verificando alguns papéis", ele disse, "e o funcionário me insultou. É Ramadan, e o mau humor vem à tona. Ele me chamou de filho de uma prostituta sem nariz!"

Kamal fez uma pausa para soltar a fumaça.

"Ninguém chama minha mãe de prostituta sem nariz", disse.

"O que você fez?"

"Vi um vaso grande de metal em uma prateleira. Peguei o vaso e o acertei na cara dele."

LEVOU DOIS DIAS PARA QUE KAMAL voltasse ao normal, embora não existisse tal coisa no Ramadan. Mostrava profundas olheiras e seu rosto estava pálido. Ele disse que o funcionário público retirara a queixa contra ele. Chegaram a algum tipo de entendimento. Era uma boa notícia. Mas havia notícias ainda melhores. O abutre localizara um motor. Kamal alegou que estava tão bom quanto no dia em que fora fabricado e que fora arrancado de um jipe coreano recém-batido.

"Que sorte que um carro idêntico ao seu tenha batido exatamente quando precisávamos."

Parecia bom demais para ser verdade.

"Tem certeza de que o carro não foi abatido em meu benefício?"

Kamal olhou timidamente para o chão. "Não me pergunte isso", disse ele. "O senhor sabe que é Ramadan e que não posso mentir."

EU ESTAVA TÃO DECIDIDO A DEMITIR Kamal, mas o fato de tê-lo de volta significava que podíamos começar a resolver problemas novamente. Rabisquei uma nova lista de coisas por fazer. A primeira era encontrar uma rede para cobrir a piscina. Algumas semanas antes, Zohra conseguira um orçamento da principal firma de piscinas de Casablanca. O preço deles chegava a quase três mil dólares. Kamal disse que poderia conseguir uma rede por quase nada. Perguntou qual era o segundo problema.

"A escadaria é uma armadilha mortal", eu disse. "Está sem corrimão. Precisamos de um pedreiro e de um marceneiro para resolver isso."

Na manhã seguinte, Kamal chegou a *Dar Khalifa* com dois homens gordos carregando dois sacos gordos. Pareciam irmãos e estavam vestindo um espesso avental de borracha e galochas, do tipo usado por pescadores. Kamal os levou até a piscina. Ele passou algum tempo explicando cuidadosamente alguma coisa em árabe. Os dois homens assentiram, abriram os sacos e tiraram duas cordas de nylon marrom tão espessas quanto o dedo de uma criança. Dobraram os sacos, sentaram-se sobre eles, pegaram um punhado de corda e começaram a tecer.

Alguns minutos depois, bateram à porta da frente. Hamza correu para atender. Vi um homem alto e corpulento, com ombros redondos e uma barba desgrenhada. Parecia um assassino profissional. Deduzi que fora contratado pelo gângster da *bidonville.*

"Acho que ele bateu na casa errada", comentei.

"Não, não", disse Kamal, cumprimentando o homem, "é o pedreiro."

"Mas e o marceneiro? Precisamos de um que faça portas e janelas para nosso quarto."

As chuvas de inverno transformaram a carcaça sem janela que era o quarto em um lago, completo com uma família de patos.

"No Marrocos, todos os marceneiros são viciados em drogas", garantiu Kamal.

"Isso é uma generalização absurda."

"Não, não é. São homens ruins, todos eles."

"Deve haver um marceneiro honesto. Tenho certeza de que podemos encontrá-lo se procurarmos direito."

Kamal subitamente levou um dedo à testa. "Claro", disse ele. "Existe um."

OS PESCADORES TECIAM E TECIAM e, enquanto o faziam, uma grande rede marrom foi surgindo no jardim. Eles afirmaram que não havia rede tão boa em toda Casablanca, que era forte o bastante para pescar uma baleia.

"Não quero pescar uma baleia", eu disse.

Os pescadores gordos pareceram não gostar do comentário. Entreolharam-se, e um deles afirmou: "Esta rede tem *baraka*. Ela pode proteger a vida tanto quanto tirá-la."

Por volta do entardecer do dia seguinte, haviam tecido uma rede de nove metros de comprimento. Já estavam na metade do trabalho, seus dedos ágeis tecendo nós com o fio de nylon a uma velocidade impressionante. Estava admirando seu trabalho quando Kamal chegou dirigindo meu jipe. O motor do abutre fora instalado.

Sem perder tempo, seguimos pela favela e chegamos até a estrada, em busca do marceneiro de ficha limpa. No caminho, Kamal contou suas aventuras na América. Nada lhe dava mais prazer do que falar sobre a época em que passara no seio da hospitalidade sulista. Ele disse que, assim que chegou a Atlanta, foi a um supermercado e caiu pra trás ao ver prateleiras tão cheias.

"Era como um sonho. Havia tanta fartura. Tanto *glamour*."

"*Glamour*? Em um supermercado?"

"Sim!", respondeu Kamal num tom animado. "Conheci meu primeiro amor americano bem ali, bem naquele primeiro dia."

"Onde?"

"No supermercado Safeway, perto das ervilhas congeladas."

O jipe seguiu para o sul, saindo de Casablanca rumo a Marrakesh. As vilas foram substituídas por favelas e, depois, por campos abertos. Os fazendeiros estavam cuidando de suas plantações de cebola, melão e milho. Perguntei a Kamal sobre a garota.

"Ela era linda", suspirou, com um toque de paixão perdida na voz. "Sua pele era cor de noz e seus olhos verdes, como maçãs à sombra de um pomar. Ficamos ali, olhando um para o outro, perto do refrigerador com ervilhas congeladas. Era amor."

Soltei uma gargalhada.

"O senhor não acredita", lamentou Kamal. "Mas é verdade. Tínhamos tanto em comum. Ela me deu uma foto sua. Apertei-a junto ao meu coração. Quando saí do Safeway, estávamos noivos."

"Isso é loucura!"

"O que há de loucura nisso? Era amor."

"Você se casou com ela?"

Kamal fechou a cara, olhando para a estrada. "Allah não quis", disse ele.

"Como você sabe?"

"Deixei o número de telefone dela dentro do meu jeans quando fui à lavanderia. A tinta desbotou com a água."

Kamal colocou o carro em quarta.

"Só havia uma coisa a fazer", ele disse.

"O quê?"

"Voltar ao Safeway e esperar. Esperei e esperei, mas ela nunca voltou."

"Quanto tempo você esperou?"

"Uma semana."

"Você perdeu uma semana esperando uma garota que conheceu durante alguns minutos junto das ervilhas congeladas?"

Kamal fungou, como se sofresse de verdade com a perda. "O senhor não entende", disse ele. "Estávamos noivos."

A OFICINA DO MARCENEIRO FICAVA na beira da estrada, em frente ao principal depósito de lixo de Casablanca. Caminhões de lixo de toda a cidade descarregavam lá dia e noite. Uma matilha de cães mirrados vasculhava os monturos.

A oficina era um barraco de um aposento com um teto de madeira. Não havia nada de especial nela. Um homem dentro do barraco ouvira o carro se aproximar. Era idoso e deformado, como um velho poste torto de pinho. Sua cabeça era completamente careca; os olhos, pequenos, como se, de alguma maneira, tivessem encolhido com o tempo. Quando nos aproximamos, olhou para nós através de uma grande lente de aumento que segurava na mão esquerda.

Quando viu Kamal, o homem torto quase pulou de alegria. Deixou a lente cair pendurada em um cordão no seu pescoço e cambaleou para frente para pressionar seus velhos lábios no rosto de Kamal.

Passou-se uma hora de indagações. O marceneiro perguntou por cada membro da família de Kamal. Ele conhecia todos – irmãos, primos e tias, sobrinhos, sobrinhas, tios e avós. O nome de cada um deles foi pronunciado, exaltado e abençoado. Ele pediu nosso perdão. Se não fosse o Ramadan, disse ele, teria nos servido um banquete. Na próxima vez, haveria cuscuz com passas e carne tenra, bandejas de salgados temperados com flor de laranjeira e galões de chá de menta.

"Na próxima vez, *inshallah,* se Deus quiser", eu disse.

Depois de duas horas, o assunto do trabalho ainda não havia sido abordado. Cutuquei Kamal.

"A velha geração não pode ser apressada", ele sussurrou.

Passou-se mais meia hora. Eu não suportava mais esperar, especialmente porque o vento mudara e agora estávamos todos engasgando com o ar que chegava da montanha de lixo. Finalmente, quando todos os parentes vivos e mortos haviam sido exaltados uma vez e depois outra, o velho marceneiro ficou em silêncio. Rezou por alguns momentos, suas mãos apoiadas no colo.

Kamal explicou que tínhamos um favor a lhe pedir. Precisávamos fazer um conjunto de janelas e uma porta. O marceneiro se levantou de um salto. Levando a lente de aumento ao olho, aproximou-se de mim, a lente como uma janela entre nós.

"Farei o melhor trabalho já realizado!", gritou a plenos pulmões. "A madeira será forte e perfumada, da melhor qualidade. Vou esculpi-la com amor, acariciando-a com meus dedos."

"Parece ótimo", eu disse. "É exatamente do que precisamos."

As dimensões foram marcadas em uma lasca de pinho. E, depois de formalidades mais prolongadas, conseguimos escapar. No caminho de volta, perguntei a Kamal como ele conhecera o marceneiro. Disse que ia me mostrar. Passamos de novo pelos campos abertos e pelas favelas, pelas vilas e pelos conjuntos comerciais, até chegarmos ao centro de Casablanca.

Kamal parou o carro em frente a um prédio residencial. No térreo havia um *hammam,* um banho turco, com uma entrada para homens e outra para mulheres.

"Moro neste prédio", disse ele, "e a minha família é proprietária do *hammam.*"

Ele abriu uma porta de aço e conduziu-me até um porão escuro. Quando meus olhos se acostumaram com a escuridão, vislumbrei alguém agachado junto a uma parede, perto de uma caldeira. Era um homem totalmente calvo e sem sobrancelhas. Kamal fez uma saudação. A figura abriu uma portinhola na lateral da caldeira e jogou um punhado de alguma coisa dentro do inferno.

"O que é isso?"

"Esta é a caldeira que aquece o *hammam*", explicou Kamal. "Dia e noite um sujeito fica aqui agachado, jogando punhados de serragem no fogo. A serragem é fornecida todas as manhãs pelo marceneiro que acabamos de conhecer. Compramos a serragem com a família dele há cinqüenta anos."

Mais uma vez, Kamal me avisou para prestar atenção no jogo.

"Possuíamos dezenas de edifícios em Casablanca", disse ele. "Tínhamos também fábricas e fazendas. Mas agora tudo o que temos é este *hammam*."

"O que aconteceu com o resto?"

"Depois do acidente, meu pai perdeu o interesse na vida. Sua esposa e sua única filha estavam mortas, então ele se sentou no banco de trás e todos passaram por cima dele. Quando viram que ele não reagia, tomaram tudo. Pareciam lobos despedaçando uma carcaça."

Kamal me levou de volta à rua.

"Cuidado", disse ele, "o mesmo pode acontecer com você. Há lobos ao seu redor. Pisque uma só vez e perderá a Casa do Califa."

O ÚNICO PROGRESSO NA CASA era a rede dos pescadores. Havia quilômetros de rede. Hamza e seus colegas caseiros a consideravam um desperdício. Disseram que eu poderia ter gastado o dinheiro agradando os *djinns*. Ao fazê-lo, insistiram, a casa e todos os que viviam dentro dela seriam protegidos por um manto de energia invisível. Para a mente ocidental, parecia maluquice confiar apenas em oração, oferendas e sinais supersticiosos. Mas se eu o fizesse, juraram os caseiros, poderia viver sem precisar de nenhuma medida de segurança.

"Quer dizer que eu não precisaria nem mesmo trancar as portas?"

"Não", replicou o Urso.

"Mas e o seguro contra incêndio?"

"Também não precisaria disso", respondeu Hamza.

"Se eu agradasse os *djinns* e obtivesse sua proteção", disse, "então, certamente, não precisaria de caseiros."

Hamza, Osman e o Urso ficaram enfileirados, ombro a ombro. Um grande medo tomou seu rosto. Era o medo do desemprego. Podia senti-los procurando desesperadamente uma resposta.

"O senhor precisa de caseiros", disse Hamza finalmente.

"Por quê?"

"Porque somos nós que nos comunicamos com os *djinns.*"

NA TERCEIRA SEMANA DO RAMADAN, ainda não havia sinal da nova equipe de artesãos freqüentemente prometida por Kamal. Sempre que eu perguntava por eles, era aconselhado a ter calma. Se eu me apressasse para encontrar artesãos, disse ele, a bagunça seria ainda pior.

"Essas pessoas não são como operários", declarou, "são artistas. Apresse um artista e ele vai cortá-lo em dois com uma faca."

"Mas eu não quero mais psicopatas", disse ansioso. "A situação já é ruim o bastante."

Kamal acenou um dedo diante do meu rosto. "O senhor está enganado", replicou. "No Marrocos, quanto mais insano o artista, mais ele conhece sua arte. Levará um tempo até encontrarmos uma equipe verdadeiramente perturbada para trabalhar aqui na Casa do Califa."

FRANÇOIS ME CONTARA QUE O bairro antigo de Habous em Casablanca era o lugar ideal para encontrar verdadeiros artesãos. Não acreditei nele nem por um minuto, mas forçar Kamal a me levar lá de carro na manhã de sexta-feira foi uma maneira de exercer minha autoridade.

A última sexta-feira do Ramadan era um dia em que nenhum serviço era realizado. Por três semanas eu fora cada vez mais crítico sobre o trabalho dos artesãos, mas ainda não tinha visto nada. As pessoas deviam estar pensando em orações, mas sua mente estava concentrada na mesma miragem: um gigantesco prato de cuscuz e carneiro com todos os acompanhamentos.

Kamal não disse nada durante a viagem até Habous. Ele mal conseguia funcionar. A falta de sono, nicotina e álcool, junto com a sobrecarga de adrenalina, desgastaram o seu sistema. A última coisa que ele desejava era me conduzir até o bazar construído em pedra à procura de operários. Felizmente, sua condição de fraqueza permitiu que eu assumisse o controle. Ao contrário dele e das outras pessoas, eu comia três refeições por dia e dormia sete horas por noite. Nos últimos dias do Ramadan, me sentia como o rei do mundo.

Habous era bem diferente das elegantes vilas francesas e dos blocos de apartamentos que costumavam ser encontrados em Casablanca. Suas construções eram feitas quase que inteiramente de granito, em vez do concreto tão popular em outros lugares. Arcos com pontas conduziam a dezenas de lojas pequenas, por trás de fileiras de colunas de pedra. Era como se a vizinhança estivesse ali há séculos, o que aumentou minha surpresa ao descobrir que Habous fora construída pelos franceses na década de trinta.

As lojas eram ricas em artigos: *jellabas* coloridos com bordados de seda, *tarbushes* feitos de fino feltro vermelho, *barbushes* amarelas, cafetãs bordados com lantejoulas e vestidos de casamento generosos o bastante para qualquer noiva. Uma rua inteira era dedicada a móveis marroquinos, enquanto outra vendia apenas artigos de latão, e uma terceira, perfumaria e produtos de beleza – água de rosas e antimônio, óleo de jasmim, sândalo e almíscar.

Procuramos por artesãos, mas não encontramos nenhum. Todos a quem perguntamos faziam cara feia ou sugeriam que voltássemos depois do Ramadan. Eles acharam que eu estava louco de pensar em tais coisas na etapa final do jejum. Enquanto perambulávamos pelos pórticos, espiei um pátio por trás de um dos arcos. Dentro havia um conjunto de lojas antigas. Cada uma vendia o sortimento usual de peças de bronze *art déco*, mobília e gravuras anteriores à guerra. Tudo nas lojas de antiguidades de Casablanca, sem exceção, data da primeira metade do século passado, um legado dos franceses.

Mas havia uma exceção. Na parte de trás de uma loja, pus os olhos em uma bela mesa de jantar. Era de nogueira envernizada, com laterais suavemente abauladas e pés curvos. Os detalhes, a escolha da madeira e o estilo sugeriam que não era francesa, mas espanhola. Para meus olhos de leigo, parecia ser do início do século XIX, muito antes de os franceses anexarem o reino do Marrocos.

Empurrei Kamal para frente e pedi que perguntasse o preço.

O proprietário da loja estava faminto demais para se importar com um discurso de vendas. Estava curvado sobre uma velha cadeira de vime, como se seu estômago estivesse doendo. Apoiava a cabeça nas mãos. Kamal perguntou o preço da mesa.

"*C'est cinq milles dirhams*», disse ele.

"Quinhentos dólares", disse Kamal. "É caro demais."

"Podemos barganhar", repliquei alegremente.

Kamal me levou para fora da loja. "O Ramadan deixou os lojistas gananciosos."

"Aquele homem está morrendo de fome", argumentei. "Vai ser moleza."

"Vamos embora", disse Kamal severamente.

NA RUA, NOTEI UMA MENDIGA. Ela era idosa, seu rosto um labirinto de rugas profundas, sua forma curvada coberta por um *jellaba* verde-escuro. Chamou minha atenção não por suas roupas ou sua aparência, mas pelo que estava segurando.

Em sua cesta havia uma coleção das melhores frutas que já vira em Casablanca. Fiquei um momento olhando enquanto ela ia de barraca em barraca. Os vendedores passavam algum tempo selecionando a melhor laranja, maçã ou ameixa, antes de entregá-la à mulher com sua bênção. Fiquei surpreso, pois no Ocidente, reservamos itens de segunda classe para pessoas sem dinheiro. Fui até uma das barracas de frutas e perguntei ao dono por que oferecera sua melhor pêra à mendiga. O vendedor alisou a barba com a mão.

"Só porque alguém está mendigando", replicou, "isso significa que deveria receber itens de baixa qualidade? Não somos assim no Marrocos."

MAIS DOIS DIAS E O MÊS SAGRADO chegou ao fim. A severidade do Ramadan foi subitamente substituída pelo excesso da celebração do Eid. Havia um senso de deleite palpável em cada rosto marroquino. Os adolescentes corriam para cima e para baixo com o carro dos pais na Corniche, a cabeça para fora da janela, buzinas tocando, mãos acenando. Famílias de classe média passeavam, os pais fumando e as crianças sugando um sorvete cor-de-rosa. A música ressoava de cada restaurante e café, todos apinhados de clientes.

Paguei uma semana de bônus aos caseiros. Sorriram de orelha a orelha e correram para casa para levar o dinheiro à esposa. Naquela noite, a favela transbordava de vida. Na via principal, carneiros eram assados em braseiros de carvão, as fagulhas subindo como fogos de artifício até as estrelas. Um grupo de músicos perambulava pelas vielas, a melodia suave de sua canção se elevando sobre os tetos de zinco. No meio da rua principal, o imã aproveitava ao máximo a caridade da estação. Em frente à sua mesquita, o *trailer* branco estava fechado. Seus residentes fanáticos haviam desaparecido.

À meia-noite, Osman bateu na porta do nosso quarto. Seus três filhos pequenos foram incentivados a dar um passo à frente, trazendo presentes feitos em casa para Ariane e Timur. Seu pai cutucou suas costas e, relutantemente, eles cantarolaram uma cantiga de ninar marroquina. No Ocidente, nada é tão sagrado quanto o ritual de colocar crianças para dormir na hora certa; já no Oriente, nenhuma noite está completa a menos que as crianças tenham sido despertadas de um sono profundo e estimuladas a entreterem os convidados.

Quando Osman partiu e nossos filhos voltaram a roncar, fui até a varanda e me sentei num sofá de vime. As celebrações da *bidonville* ainda estavam animadas, com o som de música e risadas aquecendo o ar noturno. À minha volta, a Casa do Califa estava dormindo. Pensei no que Hamza dissera – que só a casa podia entregar seus segredos, só ela podia me contar sobre seu passado.

Enquanto estava ali sentado, tive a forte sensação de que *Dar Khalifa* tinha uma alma própria. Parecia haver mais do que pedra e argamassa em suas paredes, como se ela soubesse claramente quem éramos e por que estávamos lá. Talvez, pensei comigo mesmo, não fosse o espírito da casa que eu estivesse sentindo, mas Qandisha e sua fraternidade de *djinns*.

DOIS DIAS DEPOIS DO FIM DO Ramadan, Kamal chegou. Tinha um brilho nos olhos e estava novamente confiante.

"Encontrei para o senhor um *moualem*, um mestre artesão, para montar os azulejos de terracota", contou.

"Como sabe que ele é bom?"

"Porque é louco", respondeu Kamal.

Naquela noite, dormi bem. Era como se tivéssemos deixado para trás a maré de azar. Conversara com meu banco em Londres para obter um empréstimo, e o Ramadan agora era uma memória distante. Pousei minha cabeça no travesseiro e agradeci a Deus a boa sorte e aos *djinns* por nos deixarem em paz.

Naquele momento, enquanto mergulhava em um sono profundo e agradável, senti uma mão no meu ombro. Levantei-me com o susto.

"Quem é?"

"Sou eu", disse uma voz.

"Eu, quem?"

"Eu... Kamal."

Procurei meu relógio. "São três da manhã."

"Eu sei."

"Bem, qual é o problema?"

"Vista suas roupas", disse Kamal, "temos que sair para comprar areia."

Em qualquer outro país do mundo, as pessoas compram areia quando as lojas estão abertas. Isso geralmente não inclui o meio da noite. Chamei a atenção de Kamal para esse detalhe enquanto dirigíamos pelos subúrbios e pela estrada costeira.

"Ninguém consegue um bom negócio comprando alguma coisa em uma loja", retorquiu ele.

"Afinal de contas, por que precisamos de areia?"

"Para o *bejmat*."

Outra característica curiosa do Marrocos é a compra de materiais de construção. Em qualquer outro lugar, o construtor compra do que precisa para a obra e depois cobra do cliente. Mas, segundo a explicação de Kamal, no Marrocos só um tolo deixaria outra pessoa comprar areia, cimento, vigas de aço, canos ou madeira.

"Mas o arquiteto comprou tudo isso para mim", disse eu.

Kamal acendeu um cigarro e tragou profundamente. "Então o senhor é um tolo por ter permitido que ele fizesse isso."

O primeiro motivo para comprar nossos próprios materiais era obter um bom preço. O segundo era garantir a qualidade. Depois de dirigir por mais de uma hora, Kamal me mostrou o que queria dizer. Seu contato estava esperando no acostamento. Seu caminhão era velho e maltratado pelos anos de estrada. Estava vazando óleo e todos os seus faróis estavam quebrados. O motorista era uma silhueta na cabine. Aparentemente, não estava sozinho. Quando nos aproximamos, ouvi gemidos apaixonados.

"Ele está com uma mulher lá dentro?", perguntei.

"Ele é caminhoneiro", disse Kamal.

"E daí?"

"Daí que ele está fazendo o que os caminhoneiros fazem melhor."

"O quê?"

"Sexo com uma prostituta."

DEZ

Confie em Deus, mas amarre bem o seu camelo.

KAMAL BATEU COM FORÇA NA porta do motorista. Houve uma agitação, sons de comoção, depois de medo, seguidos de movimentos apressados. A porta do passageiro abriu subitamente e uma garota de cerca de quinze anos saltou. Ela usava um véu negro e corria muito rápido.

Um rosto barbudo e oleoso apareceu na janela.

"Sou eu", disse Kamal roucamente.

O homem dentro do caminhão nos fuzilou com os olhos. "Paguei por ela adiantado!", gritou.

"Viemos pela areia."

Kamal puxou a lona para trás e apontou para a carga. "Sinta só isso", disse ele.

Peguei um punhado de areia. Estava ligeiramente úmida, fria ao toque.

"De primeira qualidade", disse Kamal, "e por metade do preço corrente."

QUANDO PÔS OS OLHOS NA AREIA, Hamza disse que era o material de pior qualidade que já vira. Gabava-se de ter nascido no deserto, um fato que lhe permitia distinguir a boa areia da ruim apenas pelo olfato. Os outros dois caseiros foram igualmente críticos quando viram o gigantesco monte de areia que agora jazia do lado de fora da casa.

"Isso vai causar problemas", disse o Urso.

"E vai trazer azar para a casa", reforçou Osman.

Era óbvio que os caseiros estavam menosprezando a areia porque ela fora trazida para *Dar Khalifa* por Kamal. Para eles, qualquer coisa que meu assistente fizesse era parte de um grande plano para surrupiar todas as minhas posses. Eles odiavam tudo o que estivesse relacionado com Kamal. Principalmente, odiavam o fato de eu escutá-lo.

Da minha parte, não conseguia realmente compreender Kamal. Era uma pessoa impossível de categorizar. Capaz de pensamentos brilhantes num instante e de comportamentos totalmente impulsivos no outro. Quando estava trabalhando, eu valorizava seu *know-how*, sua capacidade de realizar tarefas difíceis. Ao mesmo tempo, eu não estava certo quanto a seus verdadeiros motivos.

CERTA MANHÃ, NO INÍCIO DE dezembro, fomos ver novamente o marceneiro. Estávamos no meio da semana e fomos verificar as janelas que estava fazendo. Ele beijou o rosto de Kamal, elogiou seus ancestrais e fez com que sentássemos à sombra. Um bule de chá de menta foi trazido, servido em nosso copo, depois jogado de volta no bule, até ser servido uma segunda vez. Uma equipe de meninos trouxe as janelas e as exibiram como pinturas a óleo num leilão de belas-artes. Pareciam ótimas. O marceneiro ficou feliz quando elogiei seu trabalho. Ele exclamou alguma coisa em árabe.

Kamal traduziu:

"Através destas janelas, seus olhos separarão a realidade da ilusão."

Ponderei o comentário enquanto dirigíamos de volta para Casablanca. Era uma manhã gloriosa, muito mais fresca do que nos dias anteriores. A beira da estrada estava ocupada por vendedores de frutos de cacto e ameixas. Kamal não disse nada no caminho de volta. Sua boca estava bem apertada. Respirava pelo nariz, como um garanhão antes da corrida, como se estivesse controlando a raiva. Perguntei-lhe no que estava pensando. Ele não respondeu. Então, subitamente, saiu da estrada principal e pegou uma trilha de terra, até que estivéssemos envoltos em poeira. Fiquei surpreso.

"Para onde estamos indo?"

"Atalho", respondeu.

Dirigimos por trinta minutos na direção oposta a Casablanca. Nos dois lados da estrada havia campos abertos de cultivo, rico solo vermelho africano, salpicado de corvos. Fiquei em silêncio. Pelo que sabia, estava no meio de lugar nenhum.

No local onde as trilhas convergiam e depois se cruzavam, Kamal pisou no freio. O jipe parou subitamente, jogando poeira como talco ao vento. Kamal saiu do carro. Disse que queria verificar o escapamento. Naquele momento, dois homens apareceram por detrás de um arbusto. Pareciam trabalhadores da cidade. Kamal saudou-os como se fossem velhos amigos. A adrenalina correu pelo meu sangue. Pela primeira vez, tive medo de Kamal. Pensei que ele fosse me matar ali mesmo. A chave do carro ainda estava na ignição. Estava prestes a saltar para o banco do motorista, engrenar a marcha e fugir. Mas, naquele momento, ele voltou ao carro, ligou o motor e foi em direção à cidade.

"Quem eram eles?", perguntei.

"Queriam uma carona para Casablanca", replicou.

"Parecia que você os conhecia."

Kamal voltou o rosto para mim. Seus distantes olhos castanhos fitaram os meus. Sua boca estava bem fechada, e as mandíbulas, cerradas. Ficou me olhando por tanto tempo que me senti desconfortável. Não era hora de falar. Ele podia sentir meu medo, tinha certeza. Esperei que ele começasse a rir, que me desse um tapa nas costas ou me confessasse um segredo. Mas não disse nada.

NA MESMA SEMANA, RECEBI OUTRO cartão-postal de Pete. A letra agora estava mais obscura, como se tivesse sido escrita por alguém que passara a conhecer a dor. Dizia: *Fiz o corte. Agora estou aprendendo o Caminho para Allah.* No cartão havia um endereço em Chefchaouen, uma pequena cidade ao sul de Tânger. Mostrei o cartão a Rachana.

"Acho melhor você ir até lá para ver se ele está bem", disse ela.

"Mas eu mal conheço o sujeito."

"E daí?"

Havia um motivo muito mais forte para me aventurar no norte. Eu queria rastrear a casa onde meu avô vivera durante a última década da sua vida.

A equipe de artesãos de Kamal estava prestes a aparecer em *Dar Khalifa.* Por algum motivo, não podia encará-los. Talvez porque tivesse certeza de que criariam mais problemas do que resolveriam.

Peguei o trem matinal de Casa Voyageurs e logo estava seguindo pela costa rumo ao norte. Deixar Casablanca e a Casa do Califa renovou minha energia. Era como se um fardo fosse tirado dos meus ombros. Olhei para as fileiras de carvalho-cortiça e respirei profundamente. Se eu pudesse ficar de pé mais algum tempo, pensei comigo mesmo, conseguiríamos deixar a tempestade para trás.

Planejava ir direto para Tânger, passar uma noite ou duas resolvendo o enigma dos últimos anos do meu avô. Depois disso, iria até Chefchaouen para encontrar o americano recém-circuncidado.

MEU AVÔ ERA O SIRDAR IKBAL ALI SHAH. Ele era filho de um chefe afegão, criado numa região tribal no Hindu Kush. Como era a tradição de nossa família, ele foi encorajado a dominar muitos campos de estudo, a viver muitas vidas em uma. Era médico e diplomata, professor de filosofia, especialista em folclore, misticismo e ciência política. Foi conselheiro e confidente de meia dúzia de chefes de Estado e autor de mais de sessenta livros – sobre poesia, política, biografias, literatura, religião e viagens.

Aos vinte e três anos, foi enviado para Edimburgo para estudar medicina. Apaixonou-se pela Escócia e escreveu mais tarde que as montanhas, os castelos e o estrito sistema dos clãs lhe lembravam sua terra natal afegã. Era 1917, época da Grande Guerra. Uma geração de jovens estava sendo trucidada nas trincheiras de Flandres e da França.

Certo dia de primavera, meu avô foi convidado a um chá de caridade, onde um grupo de moças estava levantando fundos para a guerra. Do outro lado do salão apinhado, ele viu uma recatada garota escocesa sozinha, levando uma xícara de chá aos lábios. Seu apelido era "Bobo" e sua família era parte da elite de Edimburgo. Tinha apenas dezessete anos. Seu irmão morrera recentemente lutando na França e ela ainda estava abalada pela perda.

Bobo percebeu Ikbal olhando para ela. Olhou de volta com antecipação ansiosa e os dois se apaixonaram. No dia seguinte, ela perguntou ao pai se podia chamar o filho do chefe afegão para o chá. O pedido foi recusado e ela foi trancada no seu quarto. Permitindo que o coração dominasse sua cabeça, Bobo escapou, fugiu com Ikbal, e juntos viajaram para sua fortaleza ancestral no Hindu Kush.

Seu casamento durou mais de quarenta anos, até o dia da morte de Bobo. Eles viveram na Ásia Central, no Oriente Médio e na Europa. Então, em 1960, Bobo morreu subitamente de câncer, semanas antes de completar sessenta anos. Meu avô mal conseguia suportar a dor. Jurou que nunca voltaria a qualquer lugar onde houvessem estado juntos, nem olharia de novo nada que lembrasse sua esposa querida.

Eles nunca visitaram o Marrocos. Meu avô ouvira falar das montanhas do reino, das suas *kasbahs* e das orgulhosas tradições tribais. Pareceu-lhe um lugar atraente. Então, naquele verão, levou no seu baú de viagem algumas roupas e livros e navegou até Tânger.

NÃO HÁ MANEIRA MELHOR DE viajar pelo Marrocos do que de trem. A jornada de Casablanca a Tânger leva cerca de seis horas, às vezes um pouco mais, dependendo se o condutor faz uma pausa curta ou longa para o almoço em Sidi Kacem. No inverno, os viajantes se agasalham com pesados *jellabas* de lã, usados como capotes, como se um cortante vento ártico estivesse prestes a soprar. Mas isso nunca acontece.

O homem sentado diante de mim no compartimento notou o amuleto de couro no meu pescoço. Tinha cerca de sessenta anos, vestia um *jellaba* pálido com detalhes em preto e *barbushes* nos pés. Seu rosto era inchado, coberto de uma barba irregular e de feridas. Expliquei que ganhara o amuleto de um amigo.

"Para quê?"

"Para os *djinns*."

O homem coçou o rosto. "Se você deixar que eles entrem na sua cabeça, estará em apuros", replicou.

"Eles não estão aqui", disse eu, tocando minha têmpora, "mas na minha casa." Dei uma gargalhada. "De qualquer modo, não são os *djinns* que causam problemas, mas as pessoas que trabalham para mim."

"O que há de errado com elas?"

"Elas acreditam em *djinns*", expliquei. "Esse é o problema."

O homem não disse mais nada durante muito tempo. Olhei pela janela para os campos arados cercados por cactos. Pensei que nosso diálogo tivesse chegado ao fim. Mas a conversa de um viajante pode ser desarticulada, distribuída por quilômetros de uma linha ferroviária. O homem limpou sua garganta.

"Diante de mim", disse ele, "vejo uma folha de papel branco. Não há nada escrito nela, nada mesmo. O papel acabou de ser feito. É novo. Há uma grande esperança para ele. Um belo poema pode ser escrito nele – algo inspirador, algo maravilhoso. Ou uma imagem fabulosa poderia ser desenhada na sua superfície, talvez o rosto de uma criança."

Olhei para o homem, para suas feridas, seu rosto cansado e fiquei pensando aonde ele queria chegar.

"Mas a grande pena é que a folha de papel nunca conhecerá a beleza", concluiu. "Por quê? Porque não acredita."

MINHAS ÚNICAS PISTAS ERAM algumas cartas escritas por meu avô para meus pais nos últimos anos de sua vida. Eram sempre escritas com uma caneta-tinteiro azul-escura em papel de carta leve, com uma letra precisa e sensata. Falavam de uma vida de solidão, de modéstia, uma vida esperando para juntar-se a Bobo. No topo de cada uma estava impresso o endereço "21 rue de la Plage".

Em Tânger, comprei um mapa de ruas numa tabacaria e encontrei a rue de la Plage, que começava no porto. O hotel mais próximo era o Cecil. Estava familiarizado com ele devido às cartas do meu avô. Ele era extremamente lírico sobre o lugar, sugerindo que era suntuoso ao extremo, um entreposto de verdadeiro luxo. Caminhei da estação de trem até a orla marítima.

Um grupo de crianças estava jogando bolas de gude na calçada, na luz amarela da tarde. Perguntei-lhes onde ficava o Cecil. Sem levantar a cabeça, um dos meninos apontou por cima do ombro.

Não havia percebido o hotel caiado logo atrás dele, do outro lado da esplanada. Era fácil perceber seu apelo original. O edifício era largo, mas não alto, dois andares mais o térreo. Havia uma escadaria na porta principal, uma entrada com marquise; por cima dela, uma sacada espaçosa. Todas as janelas possuíam persianas; algumas estavam abertas pelo vento, outras trancadas. O local parecia uma dessas jóias sólidas e atraentes encontradas nos romances de Graham Greene.

O tempo não fora generoso com o Cecil. Mesmo sob a doce luz do fim da tarde, era difícil elogiar suas condições atuais. Varais cruzavam as sacadas e as paredes estavam cinzentas e marcadas com umidade. Caminhei até a entrada e subi os degraus.

No interior, o recepcionista assistia à televisão com o olho esquerdo; o direito estava coberto com um tapa-olho caseiro. Segurava a antena de TV em uma mão, sacudindo-a para tentar compreender uma novela egípcia. Ao lado dele, um homem atarracado fumava haxixe. Os dois me olharam surpresos. Era óbvio que ninguém entrava ali há anos.

A entrada era sombria; as paredes, úmidas e oleosas. As únicas decorações eram pôsteres dos anos setenta para turistas e a silhueta em papelão de uma aeromoça da Aeroflot. Parecia que alguma coisa muito ruim, talvez há muito tempo, ocorrera entre aquelas paredes.

Perguntei se havia um quarto de solteiro para uma noite ou duas. O homem fumando haxixe deu uma gargalhada; seu amigo largou a antena e pegou o registro do hotel. Seus dedos começaram em janeiro, virando uma semana de cada vez. Passaram por muitos meses de papel em branco, até chegar em dezembro.

"*Oui, Monsieur*", respondeu hesitante, "acho que temos vagas."

Ele me conduziu por uma atraente escadaria dupla, que sem dúvida fora notável no seu auge. No primeiro andar, havia mais pôsteres das atrações turísticas marroquinas manchados de umidade e inumeráveis baldes de gelo sobre as mesas, cheios de guimbas de cigarro.

Depois de lutar com uma tranca chinesa na porta número três, o gerente abriu a porta para dentro. Ele piscou com seu olho bom, como se quisesse me preparar para a opulência do quarto. Passei pelo umbral da porta. A última vez que vira tamanho desgaste e decadência fora nas minhas viagens em busca do lado mais pobre da Índia.

Todas as janelas estavam rachadas ou simplesmente ausentes, semi-ocultas por cortinas podres. O piso de linóleo estava marcado com manchas escuras onde os hóspedes anteriores pisaram nos seus cigarros, e a cama era uma rampa que desabara numa das extremidades. Não havia banheiro. O gerente explicou num murmúrio que o hotel tinha um problema com o suprimento de água.

"Não há banheiro algum?"

A resposta era negativa. O gerente sugeriu que o lugar ficava melhor sem os banheiros, levantando o nariz só de pensar neles. Então estendeu a mão e pediu pagamento adiantado. Contei algumas notas e as entreguei.

"Onde posso tomar um banho?", perguntei.

"Na cozinha do restaurante ao lado."

A ÚLTIMA VEZ QUE ESTIVERA EM Tânger fora há trinta e cinco anos, com três anos de idade. A minha memória mais forte da cidade era o perfume das flores de laranjeira. Posso senti-lo ainda agora. Era pungente, inebriante. Passei dias correndo pelos jardins públicos, vestindo um *jellaba* de lã de camelo, farejando o ar. Lembro-me também do calor do sol nas minhas costas, dos cafés apinhados e das pessoas. Havia muita gente naquela época.

Na década de sessenta, Tânger se tornou famosa pelos escritores estrangeiros que se refugiaram lá, longe das convenções mais rígidas da Europa e dos Estados Unidos. O mais célebre desses autores foi Paul Bowles, que se mudou para Tânger depois da guerra e residiu na cidade até sua morte em 1999.

Perambulando pelas ruas, parecia que a energia vibrante de Tânger fora substituída por tristeza e melancolia, como se a festa tivesse mudado de lugar. Os edifícios refletiam isso. Não eram mais amados. Fabulosas vilas e teatros, hotéis e cafés, estavam todos fechados ou então mergulhados num limbo como o Cecil.

Já era noite quando cheguei à rue de la Plage. Do pé da colina, olhei para a rua estreita. Admito: estava apreensivo. E também com medo. Não sei bem por quê. Às vezes é assim, quando fazemos uma viagem longa para algum lugar ou para conhecer alguém especial. Paramos no último passo. Estava tentado a dar meia-volta e pegar o próximo trem para Casablanca. Meu avô fora uma figura de inspiração, um exemplo, assim como um mito. E isso aqui era a realidade – o lugar onde vivera e morrera.

Mantendo-me do lado da estrada, comecei a subir o morro. Havia pequenas lojas dos dois lados da rua, todas oferecendo a mesma seleção de miudezas e lâminas de barbear, pasta de dente, graxa para sapatos e queijo enlatado. Verifiquei os números quadrados laqueados no exterior das lojas. Enquanto fazia isso, sentia meu coração batendo. Havia um 17, depois 18, 19 e depois 20... Só mais um... 21 rue de la Plage.

Chegara. Estava com os pés juntos na soleira, no mesmo lugar em que, em 1969, meu avô fora atropelado pelo caminhão da Coca-Cola que dava marcha a ré. A rua era de mão dupla nessa época. Isso era impressionante, pois sua largura mal era suficiente para um único carro. Era tão íngreme que os veículos tinham dificuldade de chegar ao topo. Os táxis locais aperfeiçoaram uma maneira de acelerar o motor, subindo rapidamente em ziguezague para que seus pneus carecas pudessem manter a tração.

Dei as costas para a rua e olhei para o edifício. A parede externa era feita de grandes blocos quadrados de pedra. Subia direto ao topo e não permitia nenhum vislumbre do que estivesse por trás. A porta era arqueada, preenchida por um portão de aço moldado na cor azul, reforçado por uma folha de aço. Acima da porta, havia uma modesta placa de mármore com as palavras "Vila Andaluz".

Respirei fundo e toquei a campainha. Esperei. Nenhuma resposta. Toquei novamente. Ainda sem resposta. Estava prestes a ir embora e caminhar de volta até o Cecil, quando uma mulher chegou à porta da frente. Tinha cerca de cinqüenta anos e um espesso cabelo grisalho amarrado num coque. Seu rosto era gentil e maternal, dominado por uns óculos com uma armação ampla. Fiquei impactado por um calor e uma generosidade de espírito. Parecia que irradiavam em torno dela. Estava carregando uma cesta. Dentro dela havia um gato siamês.

Foi um momento difícil. Comecei a explicar no meu francês limitado que era o neto do filho de um chefe afegão que vivera um dia na Vila Andaluz.

"Você fala inglês?", perguntou a mulher com um sotaque americano.

"Sim."

"Então é melhor entrar."

UMA ESCADARIA ÍNGREME LEVAVA até a vila. Estava pavimentada nas bordas com pedrinhas redondas e com lajes de pedra no meio. Um pastor alemão nervoso avançou até a porta e foi chamado de volta com firmeza. Do lado direito da entrada, havia um anexo com vista para a rua. A mulher americana, cujo nome era Pamela, vivia ali. No topo dos degraus ficava a própria vila; o caminho até lá era sombreado por um céu de vinhas.

Pamela disse que o senhorio vivia na vila. Ela se ofereceu para combinar um encontro com ele na manhã seguinte. Conversamos sobre livros por alguns instantes. Pamela era uma leitora assídua. Conhecia meu livro sobre a Etiópia, minha busca pelas minas do Rei Salomão, lera os livros do meu avô sobre o Afeganistão, e até conhecia a autobiografia da minha avó – a história de como ela abandonara a Escócia pelo Hindu Kush.

Vinte minutos depois do nosso encontro no portão, estava sentado com Pamela em um pequeno café, comendo churrasco de peixe. Perguntei há quanto tempo ela vivia na rue de la Plage.

"Há doze anos", respondeu.

"Você vive sozinha?"

"Não, vivo com meus gatos e quinhentos cafetãs."

"Como chegou aqui?"

Pamela fitou um copo de vinho tinto local. "O desejo de viagem da juventude", respondeu, sem desviar os olhos. "Estava vivendo no Brooklyn, em 1965, quando soube que um cargueiro iugoslavo estava partindo para a Europa Oriental. Sem pensar um instante sequer, consegui, na conversa, subir a bordo. A primeira parada foi em Tânger. Para mim, era o Oriente exótico. Planejara ficar em terra por dois dias, mas fiquei dois meses. Os aromas e sons, as cores; fiquei maravilhada com tudo isso."

Pamela contou que passou anos vivendo e viajando pelo Mediterrâneo e pelo norte da África. Muito chão passou por baixo de seus pés, mas seu primeiro amor foi sempre o Marrocos. Ela voltou aos Estados Unidos e abriu um restaurante marroquino em Los Angeles, mas mesmo isso não era suficiente para satisfazer seu coração.

"Certa manhã, fiz as malas", disse tranquilamente. "Comprei uma passagem de ida e cheguei aqui com um par de malas e meu gato de viagem favorito. Nunca olhei para trás."

Contei-lhe sobre meu avô, que chegara a Tânger depois da morte da esposa.

"Seja você quem for", disse ela, "o Marrocos o acolhe. Quando perceber, terá uma casa e amigos, e terá esquecido seus problemas."

Perguntei a Pamela o que seus amigos pensaram quando ela se instalou em Tânger.

"Eles tentaram me impedir."

"Por quê?"

Seu olhar ficou distante, depois suspirou. "Devido a seu próprio medo", respondeu.

NA MANHÃ SEGUINTE, ACORDEI cedo. Dormir sob um calor de quarenta e cinco graus fora extremamente desconfortável, mas isso não era nada em comparação com a desesperada necessidade noturna de urinar num hotel sem toaletes. Limpei-me com uma esponja no banheiro da cozinha do restaurante infestado de baratas que ficava ao lado. É uma lembrança que espero esquecer algum dia.

Pamela pediu que eu fosse à vila às nove e meia para me encontrar com o senhorio. Ela marcara o encontro e saíra para trabalhar com seu gato de viagem favorito.

A campainha foi respondida por um homem esguio e de costas retas com cerca de sessenta anos de idade. Seu cabelo pintado de preto reluzia. Estava cuidadosamente penteado para o lado esquerdo da sua cabeça quadrada. Apresentou-se como David Rebibo. Contou que era um dos últimos judeus restantes no Marrocos e que sua família era proprietária da Vila Andaluz há mais de cem anos. Perguntei se ele se lembrava do meu avô.

"Como esquecer um homem assim?", replicou rapidamente. "Foi há muito tempo, eu era bem mais jovem, mas sentávamos juntos na varanda e ele me contava sobre suas viagens."

O sr. Rebibo me conduziu até a vila. Enquanto passava pela cobertura de parreiras, vi pela primeira vez a extraordinária fachada do prédio. Seus dois andares estavam ligados por duas escadarias curvas que se erguiam do pátio na frente da casa. Onde quer que olhasse, havia flores e samambaias irrompendo de potes de barro.

Entrei. As salas eram pequenas, mas bem mobiliadas. Havia longos espelhos para aumentar a sensação de espaço e muitos quadros – alguns indianos, outros europeus e chineses. Em cada parapeito e mesa havia orquídeas. Fiquei muito emocionado por estar na casa onde meu avô passara seus últimos anos. Assimilei os detalhes, que seus próprios olhos meticulosos teriam valorizado: as cornijas e rosetas de teto, os castiçais na parede do quarto e as maçanetas em bronze nas portas. Mas meu deleite por estar ali se misturava com a tristeza, porque foi nessa casa que ele viveu esperando a morte, suspirando por sua amada Bobo.

Voltamos ao pátio e sentamos junto de uma mesa de ferro, com um glorioso sol de inverno sobre nós. O senhorio passou uma mão no seu cabelo brilhante, talvez preocupado com o efeito do sol sobre a tinta.

"Seu avô sentava aqui de manhã", contou. "Era onde ele lia e escrevia cartas. Usava uma caneta-tinteiro, em papel vegetal."

Mostrei um maço das cartas. "Aqui estão algumas", disse.

O sr. Rebibo se inclinou e deu uma olhada nas folhas.

"É a letra dele", observou calmamente. "Veja a precisão. Era o homem mais consciencioso que já conheci."

Uma criada desceu do primeiro andar, um lenço cobrindo seu cabelo. Ela colocou uma bandeja de prata com chá sobre a mesa.

"Ele recebia visitas?", perguntei.

O senhorio serviu o chá em uma xícara de porcelana.

"Oh, sim. Algumas pessoas muito importantes. Ele conhecia o finado rei e o pai dele, também. E, naturalmente, lembro-me de você e de suas duas irmãs chegando. Vocês eram muito pequenos. Seu pai os trouxe aqui."

Mexi o chá com a colher e senti seu aroma.

"Quando conheci seu pai", continuou, "ele tinha voltado havia pouco da Arábia, onde fora convidado do rei Ibn Saud. Estava sentado nesse mesmo lugar onde você está agora. Lembro-me claramente."

O sr. Rebibo chamou seu velho pastor alemão.

"Ele me contou uma história que permaneceu na minha memória", comentou.

Perguntei qual era a história.

"Seu pai foi recebido no palácio em Meca", contou. "Ele se esqueceu de levar um presente. Subitamente, viu-se na sala do trono, diante do velho rei. Ele se curvou profundamente, beijou a mão direita de Ibn Saud e disse: 'Vossa Majestade, gostaria de lhe dar um presente. Ele está aqui, diante do senhor. Sou eu. Entrego-me como seu servo até o fim dos meus dias.'

Ibn Saud olhou para baixo e disse: 'Agradeço seu belo presente e dou-o de volta para você. Agora, sente aqui para que possamos conversar.'"

O senhorio riu, provou seu chá e riu de novo.

"Não tenho palavras para expressar nossa tristeza quando aconteceu o acidente", disse ele. "Seu avô acabara de voltar do Café France, como fazia todas as manhãs. Ele chegara até a porta e estava pegando sua chave, quando o caminhão deu marcha a ré. Ele desmaiou com a batida."

"O senhor viu isso acontecer?"

"Não, estava fora naquele dia. Quando voltei, seu avô já estava morto."

Sentamos em silêncio durante alguns momentos. As vinhas ao redor da porta da vila estavam vivas com sombras e cantos de pássaros.

"Agora", disse o senhorio numa voz séria, "vou lhe dar o que você veio buscar. Estou surpreso que ninguém da sua família tenha vindo para levá-los até agora."

"Para levar o quê?", perguntei, confuso.

"Os diários do seu avô, naturalmente."

ONZE

O valor da moradia está no morador.

LEVAVA OS DIÁRIOS NO MEU COLO enquanto o ônibus seguia para Chefchaouen. Havia dois deles. Ambos encadernados em tecido vermelho desbotado, preenchidos pela inconfundível letra azul-escura do meu avô. A jornada foi demasiado sacolejante para que pudesse ler, então fiquei olhando pela janela. A paisagem do norte do Marrocos passava lentamente – pequenos campos espalhados com cactos e ovelhas, homens enrugados sobre mulas, pomares de laranjeiras, fazendas e translúcidos rios invernais.

Enquanto a luz da tarde ia enfraquecendo e a noite se aproximava, tive meu primeiro vislumbre de Chefchaouen. Localizava-se em um morro, pedregoso e lúgubre como o fim do mundo. O contraforte do Rif a cercava como uma cortina escura. Os edifícios eram brancos, com tetos de terracota vermelha, bem diferentes de quaisquer outros que já vira no Marrocos. Um homem no ônibus disse que a cidade fora colonizada pelos refugiados muçulmanos da Andaluzia cinco séculos atrás.

Aluguei um quarto na sombria pensão de uma ruela da

medina, atraído pelo nome do lugar: Hotel Paraíso. A noite chegou com um frio súbito. As ruas estavam cheias de gente, todos envoltos em *jellabas* de lã. Peguei o cartão-postal de Pete, mostrei-o à primeira criança que encontrei e indiquei o endereço na parte inferior do cartão. O garoto acenou positivamente a cabeça. Ele me levou por escadarias complicadas e vielas caiadas, onde o aroma de carne assada se misturava com o perfume dos jasmins. Depois de quinze minutos caminhando, o menino parou. Apontou para o cartão e depois para uma surrada porta de madeira. Dei-lhe uma moeda e ele correu de volta para o labirinto. Perguntei-me se aquele era mesmo o lugar onde o texano encontrara o verdadeiro amor. Bati à porta com força. Ouvi sons vindos de dentro, como se uma pessoa idosa e cansada estivesse se aproximando. Logo ouvi um ferrolho sendo aberto e dobradiças rangendo.

Um homem idoso e barbudo, vestindo um turbante, estava de pé na porta, o lado direito do seu rosto iluminado por um toco de vela. O cheiro de peixe podre emanava da escuridão por trás da porta. Esperava ansiosamente que aquele fosse o endereço errado.

"Peter Williams?", perguntei.

O homem se assustou. Disse o nome novamente.

"*Nam*, sim", respondeu em árabe, "*bienvenue*, bem-vindo."

O cheiro de peixe ficou mais forte enquanto eu seguia a vela até o corpo da casa. As paredes eram negras, como se um incêndio houvesse ocorrido recentemente. Podia ouvir alguém entoando um cântico. Estava perto – uma voz masculina, hipnótica contra as sombras. A figura barbada empurrou uma porta. Ela não abriu de primeira. Ele empurrou novamente. Uma chave girou em uma fechadura e a porta abriu para dentro.

No interior, sete homens estavam sentados de pernas cruzadas, entoando versos do Corão. A luz vinha de uma única vela, colocada no meio do chão. Era difícil dizer o tamanho da sala, já que era tão escura. As figuras não me olharam quando entrei. Estavam perdidas em seu próprio mundo. Estudei o rosto deles. Todos tinham barbas. Havia tanto jovens quanto velhos.

Agachei-me no solo, esperando que algo acontecesse. Eu teria saído, se fosse fácil fazê-lo. Perguntar pelo americano teria quebrado a concentração do grupo, então me sentei e esperei.

Depois de uma hora de cantos, as figuras se dispersaram. Seis dos homens foram embora. O último me olhou na escuridão. Era magro e encurvado.

"Pete?", perguntei baixinho.

"Sim?"

"É Tahir", eu disse.

A figura se aproximou. "*Allahu akbar!*", exclamou. "Deus é grande!"

Estava muito ansioso para sair da casa. Murmurei alguma coisa sobre claustrofobia e levei Pete para a rua. Cinco minutos depois estávamos num café, bebendo chá de menta. Fitei-o durante bastante tempo, tentando entender como se metera em tal confusão. Seu rosto estava bronzeado e barbado, com várias picadas de mosquitos. Usava um solidéu branco na cabeça; os olhos pareciam enevoados e frios.

"Quis ter certeza de que você estava bem", disse. "Fiquei preocupado."

"Que Allah seja louvado por trazê-lo aqui. Estou bem, como pode ver."

"Como está Yasmine?"

"*Alhamdulillah,* graças a Deus, ela está bem. Nós nos casamos no mês passado."

Dei-lhe meus parabéns. "Planeja voltar para o Texas agora?"

Pete puxou o capuz do seu *jellaba* sobre a cabeça. "Sou muçulmano", disse. "Nunca mais voltarei aos Estados Unidos."

"Por que não?"

"O sonho americano é propaganda, é mentira!" Pete agitou

as folhas de chá no seu copo. "Allah me mostrou o caminho."

"E qual é o caminho?"

"Um mundo sem os Estados Unidos."

VOLTEI À CASA DO CALIFA NO dia seguinte. Os caseiros vieram me saudar enquanto entrava pela porta do jardim. Estivera fora apenas dois dias, mas muita coisa acontecera na minha ausência. Ariane fora picada por vespas, a casa fora inundada em uma tempestade e o gângster da favela chamara a polícia novamente.

"Onde está Kamal?", perguntei a Rachana.

"Provavelmente no bar", ela respondeu. "Tem estado bêbado desde que você viajou."

Respondi alguma coisa, mas minha mente não estava em Kamal. Pensava em Pete e na sua descida até o fanatismo. Ele viera ao Marrocos em busca do verdadeiro amor e caíra vítima do abraço de uma irmandade enganosa. Eu mal o conhecia, mas, por algum motivo, sentia-me obrigado a me envolver.

UMA CARTA CHEGARA DA Tailândia, enviada por um estudante que lera meus livros e que desejava um emprego. O envelope estava adornado com um belo selo com a imagem de uma rosa cor-de-rubi. Corri para levá-lo até a casa de Hicham. O velho segurou o selo na mão e o fitou amorosamente. Ele não disse nada por muito tempo. Então, lentamente, deixou-o e me agradeceu.

"Que conversa poderia pagar uma coisa tão bela?", perguntou.

Respondi que gostaria de conversar sobre os fanáticos.

Hicham pediu à esposa, Khadija, que fizesse um bule de chá doce. Sentou-se na sua cadeira favorita, esfregou as mãos e olhou para o chão.

"Eles acham que podem ver claramente", disse ele, "mas são homens cegos. Cegos que só compreendem a morte."

O velho filatelista colocou uma mão no peito. "Morrerei em breve", afirmou de modo simples. "Meu coração não está bem. Mas tenho medo do futuro. É um problema que a sua geração terá que resolver. É uma guerra. É preciso compreender isso. Não é tempo de palavras gentis. Essas pessoas precisam ser encontradas e mortas. É a única maneira."

A esposa de Hicham trouxe a bandeja de chá, serviu-o e sumiu de novo nas sombras.

"Quando há um caso de raiva em um vilarejo", continuou o ancião, "não há como pensar duas vezes. É preciso matar o cão raivoso. Ele vai ganir e parecer triste, mas não podemos prestar atenção. É preciso atirar nele. Se não o fizer, vai ameaçar a sociedade. O mesmo acontece com fanáticos. Mate-os ou seja morto por eles. Em minha opinião, não há outra escolha."

KAMAL NÃO APARECEU POR TRÊS dias. Manteve seu celular desligado. E ele sabia que isso me deixava furioso. Quando desaparecia, nunca tinha certeza se voltaria a aparecer. Eu me perguntava se fora preso novamente. Por fim, ele voltava para *Dar Khalifa* sem uma palavra de explicação.

Quanto mais tempo passava no Marrocos, mais percebia que raramente eram oferecidas explicações. Quando algo era dito, era com o intuito de passar a culpa para outra pessoa ou para alguma coisa. A cozinheira era especialista nisso. Toda semana, quebrava uma variedade de pratos e travessas. A primeira vez que quebrou um bule de louça, colocou a culpa no sabão em suas mãos – era de má qualidade, disse ela, muito mais escorregadio que o usual. Quando quebrou uma nova *tagine* de barro, pôs a culpa em mim por ter comprado um produto de qualidade inferior. E, depois disso, quando deixou cair um vaso de vidro, culpou os *djinns*.

No Ocidente, tentamos descobrir uma causa lógica quando um acidente acontece. O vaso quebra porque foi derrubado por uma mão descuidada. O carro bate porque a estrada está molhada. O cão morde uma criança porque é selvagem e um perigo para a sociedade. Mas descobri que, no Marrocos, esses problemas diários eram tratados de uma maneira muito diferente. Freqüentemente, eram considerados obra de forças sobrenaturais, com os *djinns* no centro do seu sistema de crenças.

Embora me intrigasse a idéia de espíritos invisíveis e seu mundo paralelo, amaldiçoava-os diariamente. Era um modo sub-reptício de evitar qualquer responsabilidade e passá-la para outra pessoa. Os caseiros haviam dominado a técnica de usar *djinns* para passar a culpa adiante. Eles viviam em um mundo onde qualquer erro – desde cortar a árvore errada até incendiar o cortador de grama – podia ser imediatamente posto de lado. A explicação era sempre a mesma: "Não é minha culpa. Isso é coisa dos *djinns.*"

Quando Kamal finalmente apareceu, lancei um ataque devastador contra o sobrenatural como método de passar a culpa adiante. Não consegui me controlar.

"Não há como o Marrocos progredir", disse de modo acusador, "enquanto as pessoas não abandonarem esses pensamentos supersticiosos. É péssimo para elas."

Kamal não respondeu até que minha tempestade de raiva passou. Então, depois de uma longa pausa na conversa, replicou: "Os *djinns* estão no coração da cultura marroquina. Pretender que eles não existem não vai ajudá-lo."

"Você viveu nos Estados Unidos", argumentei. "É um cara moderno. Não me diga que acredita em *djinns.*"

"É claro que acredito", ele disse. "Eles são a base da nossa cultura. São parte da fé islâmica."

Naquele momento, pareceu-me que os *djinns* estavam em conluio com os fanáticos. Ambos eram aspectos secundários da mensagem genuína. O encontro com Pete ainda estava vivo na minha cabeça. Contei a Kamal o que tinha visto.

"Ele sofreu uma lavagem cerebral", disse eu. "É um fanático, pelo amor de Deus."

"Isso não é o verdadeiro Islam", replicou Kamal. "É uma fraude, uma ilusão. É anarquia."

"Bem, a anarquia islâmica é como o Ocidente vê o mundo árabe."

Kamal mordeu o lábio inferior. Seu rosto mostrava frieza. "O senhor não sabe o que é entrar nos Estados Unidos com um passaporte escrito em árabe. Basta uma olhada para que os alertas comecem. Eles estão pensando: "terrorista". E não há nada que você possa dizer. Só rezar para que o deixem entrar."

"Mas como você esperava que os americanos se comportassem depois do 11 de Setembro?"

"Com desconfiança, claro. Mas não com ódio a todos os muçulmanos."

Kamal tinha razão. Naturalmente, só uma fração dos muçulmanos é composta por fanáticos. Mas a voz deles está cada vez mais forte. Pior ainda, suas ações falam muito mais alto do que suas palavras. Toda manhã, antes do café, eu verificava as notícias na Internet. O meu maior medo era ver a palavra "Marrocos" pelos motivos errados. Os atentados a bomba de Casablanca no início do ano foram uma recordação terrível de que o extremismo islâmico estava se espalhando como fogo.

ALGUNS DIAS DEPOIS, HAMZA perguntou polidamente se poderia receber duzentos *dirhams*. Ele disse que o dinheiro, cerca de vinte dólares, não era um empréstimo, era para realizar um ato de caridade. Garantiu que a boa ação me deixaria em boa posição perante os olhos de Deus.

"Dê-me o dinheiro", disse com convicção, "e seus pecados serão perdoados no Dia do Juízo."

Fechei a cara, dei-lhe o dinheiro e voltei ao terraço para ler.

Mais tarde, descobri Hamza cavando um buraco no meio do gramado. Estava suando muito, com os olhos vermelhos devido ao fluxo da transpiração. Não compreendia o que ele estava fazendo. Incapaz de conter minha curiosidade, desci do terraço. O buraco no gramado já tinha quase noventa centímetros de profundidade e uns quarenta e cinco centímetros de largura. Ao lado do buraco havia um montinho de palha. Estava prestes a remexer a palha, quando Hamza me deteve.

"Tome cuidado!", disse bruscamente. "Isso é muito delicado."

"É só palha", retruquei.

"Não, não é!"

O caseiro jogou a pá ao chão e enfiou as mãos na palha, de onde removeu um ovo de avestruz. Olhei para ele, para o ovo gigante, e depois para o buraco, esperando que uma conexão natural aparecesse. Hamza sorriu.

"Os duzentos *dirhams*", disse ele astuciosamente, "foram gastos nisto."

"Um ovo de avestruz? Esse foi o 'ato de caridade'?"

"Sim, sim, isso mesmo!"

Hamza colocou um ninho de palha no buraco, pôs o ovo sobre ele e o cobriu de terra. Esperei uma explicação. Não houve nenhuma.

"Como isso vai ajudar alguém?", perguntei.

"O senhor me deu o dinheiro sem perguntar para que seria. O senhor confiou em mim. Sua confiança será recompensada no Dia do Juízo."

"Mas a quem esse ovo vai ajudar?"

"Ao senhor, é claro!", respondeu. "Vai ajudar ao senhor."

NÃO HÁ REFORMA DE CASA QUE seja cumprida no prazo. Mas é difícil acreditar que tenha existido um projeto mais atrasado que o nosso. Continuávamos acampados em um quarto do térreo de uma grande casa. O resto de *Dar Khalifa* estava impróprio para a habitação humana ou simplesmente perigoso.

As equipes do arquiteto haviam realizado alguns trabalhos de reconstrução passáveis, mas deixaram um rastro de destruição e caos. Apesar das promessas de Kamal, o mestre artesão não apareceu até o fim da terceira semana de dezembro. Sempre que eu perguntava o que acontecera com a nova equipe, ele afirmava que os artesãos eram liderados pelo mais louco e, conseqüentemente, o mais talentoso *moualem* deste lado de Marrakesh. E, como costumava declarar, não se deve apressar um louco.

A pequena e ordinária picape do artesão apareceu três dias antes do Natal. Houve uma batida suave na porta da frente e, um minuto depois, Hamza conduzia o artesão pela casa. Era muito reservado, com a constituição de um lutador de sumô – um corpo imenso sobre um par de pés ágeis. Não me pareceu particularmente louco.

Fiz essa observação para Kamal mais tarde naquele dia.

"Não se engane", replicou. "Aziz é mais louco do que um cão raivoso. Mas canaliza sua loucura para o trabalho."

Sentei-me a tarde toda bebendo chá de menta, discutindo os vários tipos de *bejmat* e padrões a serem usados. Uma caixa de cerâmicas foi trazida e algumas amostras foram colocadas no chão. Aziz falou sobre a cor e a consistência das diferentes argilas.

"Esta é a argila vermelha de Meknes", disse ele, segurando um quadrado de terracota rosada. "E esta é a argila de Fez, muito mais pálida, da cor de pão recém-assado."

O assistente do mestre enfiou novamente a mão bruta na caixa.

"O *bejmat* pode ser usado assim, no seu estado cru", continuou Aziz, "ou pode ser assado novamente com um dentre cem esmaltes – azuis, verdes, amarelos, vermelhos". Aziz fez uma pausa para beber chá. "Até recentemente, terracota sem esmalte não era utilizada dentro de casa. Era considerada rude demais. Mas agora isso parece estar na moda."

A terracota simples me lembrava o México, onde é usada no interior das *haciendas* como ladrilhos e no exterior, como cobertura dos telhados. Naturalmente, isso não era coincidência, já que o *know-how* para fazer terracota foi transportado para o Novo Mundo pelos conquistadores espanhóis cinco séculos atrás. Os próprios espanhóis haviam adquirido as técnicas dos mouros da Andaluzia, que as levaram do Marrocos para a Europa.

Visite qualquer edifício importante no reino e nunca verá o uso de terracota sem esmalte, a não ser no exterior, onde enfeita varandas e caminhos de jardim. Para mim e Rachana, há algo maravilhoso nessas lajes, uma beleza austera cuja simplicidade poderia ser complementada com a distribuição de alguns mosaicos *zellij*.

Aziz e sua equipe podiam ser loucos, mas não eram estúpidos. Eles me encorajaram, em tons cada vez mais agudos, a permitir que demonstrassem os limites de sua arte. Naturalmente, quanto mais intricado o trabalho, mais elaborado é o preço.

"Podemos criar para o senhor um labirinto de cores e desenhos", disse Aziz. "Ficará fascinado quando entrar no seu quarto, ofuscado quando entrar no salão. No fim de cada dia sua cabeça vai latejar como uma locomotiva a vapor correndo a toda pela noite!"

O primeiro dia de discussões terminou bem tarde e as deliberações começaram de novo na tarde seguinte. Aziz sentou diante de mim, sua figura corpulenta envolta em um *jellaba* de um branco imaculado, a cabeça coberta com um capuz. Exceto por um ou outro rasgo de entusiasmo temperado, era um homem calmo que levava seu trabalho muito a sério. Conversamos por toda a tarde, considerando as muitas amostras de cerâmica. Quando a hora das decisões chegou, escolhemos os padrões mais simples, que seriam realçados pelas bordas esculpidas presentes em cada sala. Durante as muitas horas de conversa, o dinheiro não foi mencionado nenhuma vez. Havia algo muito civilizado em escolher um trabalho porque queremos, em vez de fazê-lo devido a limites de orçamento. Mas, como sempre, estava com medo do custo.

Cutuquei Kamal. "Pergunte o preço a ele."

"Silêncio", respondeu.

"Tenho certeza de que não posso pagar a Aziz", sussurrei. "Será que devemos encontrar um homem um pouco menos louco?"

Meu assistente não respondeu. Mas, quando a questão do dinheiro foi eventualmente mencionada, como se fosse um detalhe final, Aziz me passou uma lista de números escrita à mão. A soma era surpreendentemente razoável.

"Tente baixar o preço, mesmo assim", pedi a Kamal.

Ele e Aziz deliberaram por um momento ou dois.

"Aziz é um *moualem* honesto", disse ele. "E, como tal, seu preço é seu preço. Ele não vai aumentá-lo, tampouco vai baixá-lo."

O mestre artesão acabou de beber o chá e apertamos as mãos, antes de colocá-las sobre o coração.

TODA VEZ QUE LEMBRAVA KAMAL de que precisávamos recuperar o dinheiro pago ao arquiteto, ele mudava de assunto. Comecei a achar que ele não se importava. Implorei que me escutasse. Sem o dinheiro, disse eu, teria que diminuir o seu salário. Kamal pareceu preocupado. Uma única gota de suor cresceu na sua testa e desceu pelo seu nariz.

Sugeri que contratássemos um advogado para que escrevesse uma carta de aparência oficial.

"O arquiteto vai morrer de rir", disse Kamal. "Só há uma maneira de conseguir o dinheiro."

"Como?"

"Vamos oferecer um banquete."

NAQUELA NOITE, HOUVE O RUGIDO de trovões. Corri até a janela, só para encontrar um céu limpo. O som veio novamente, baixo e profundo. Foi seguido por gritos vindos da *bidonville.* Os gritos foram seguidos pelo som de pés e uma batida forte na porta do nosso quarto.

"Os tratores voltaram! Venha rápido!", disse uma voz.

Era Hamza. Estava histérico. Sua casa estava sendo despedaçada. Coloquei meus sapatos e corri com ele até o outro lado da favela. Uma multidão se reunira – homens e mulheres, com crianças pequenas no colo. Um par de tratores amarelos começara a demolir uma parede que servira de apoio para a construção de barracos. Havia destroços por toda parte, nuvens de poeira e posses recolhidas às pressas amarradas em sacos.

Nunca conhecera a família de Hamza, ainda que fôssemos vizinhos. A formalidade costumeira entre empregadores e empregados nos mantivera afastados. Sua esposa e cinco filhos estavam carregando uma vida de pertences para um espaço aberto junto da multidão. O rosto de Hamza estava pálido; a cabeça, baixa, e sua autoconfiança, arrasada. Tentei reconfortá-lo.

"Vai dar tudo certo", disse eu, de modo patético.

O caseiro era educado demais para me dar um soco. Mas, se estivesse na sua posição, eu me sentiria tentado a fazer exatamente isso. Eu era o proprietário de um oásis do tamanho de um acre, e ele, de um modesto barraco de dois quartos, agora sendo despedaçado pelas máquinas do governo.

Meu amigo François me prevenira repetidas vezes quanto a ser bondoso demais com os caseiros. Contou infindáveis histórias em que um ingênuo estrangeiro abrigava uma família marroquina desamparada. As histórias sempre tinham o mesmo final: "Fulano cometeu o pior erro de sua vida."

Ficamos ali, a noite fria de inverno nos cobrindo como uma mortalha, as posses de Hamza empilhadas ali perto. Respirei fundo. Como patrão, eu era mais do que o homem que fazia os pagamentos toda sexta-feira. Era o homem que devia auxiliar meus empregados na hora da necessidade. Vi o rosto de François na minha mente. Ele estava sacudindo um dedo, gritando advertências. Tirei-o da minha cabeça. Só um exilado fugiria das suas responsabilidades, pensei.

Uma hora depois, Hamza e sua família estavam instalados na casa de hóspedes do outro lado da horta. Havia dois quartos, um toalete e um chuveiro. O local estava em situação precária, mas não mais do que a casa principal. Dei as boas-vindas à família e disse que estavam livres para ficar até que se restabelecessem. O rosto de Hamza foi tomado por um grande sorriso. Ele sacudiu minha mão para cima e para baixo, abraçou-me e pressionou os lábios no meu rosto.

NO MUNDO ÁRABE, AS ORAÇÕES de sexta-feira são seguidas pela refeição mais pesada da semana. As famílias marroquinas se reúnem, juntam-se ao redor de pratos comunitários de cuscuz e carneiro, e festejam. É a única ocasião em que todos os empregadores são generosos, tratando seus funcionários com grandes travessas de comida. Aqueles que não tinham família ou trabalho corriam para as mesquitas em busca de caridade.

Na manhã de sexta-feira, Kamal me pediu dinheiro para comprar ingredientes. Comprou três sacos de hortaliças variadas, quinze frangos, cuscuz e frutas frescas. A comida foi levada à sua avó, que preparou um banquete digno de um rei. As travessas foram carregadas no meu carro e depois levadas a uma mesquita próxima a Maarif, a tempo para as orações da sexta-feira.

No fim do serviço, enquanto os devotos saíam, Kamal se aproximou de um bando de mendigos com mãos estendidas. Ele falou com eles durante alguns minutos, indicou direções para algum lugar e voltou ao jipe. Entramos no tráfego.

"Aonde vamos com toda essa comida?", perguntei.

"Até o escritório do arquiteto."

Na galeria, uma nova exposição de arte abstrata estava pendurada – telas gigantescas cobertas de manchas multicoloridas. A recepcionista estava sentada sozinha, lixando as unhas. Ela disse que o arquiteto não estava lá.

"Não o estamos procurando", respondeu Kamal enquanto entrava com a comida.

Ele levou os pratos à galeria principal e os colocou no chão. A recepcionista perguntou o que estava acontecendo. Kamal sorriu.

"Um banquete."

Cinco minutos depois, o primeiro dos mendigos apareceu. Entrou nervoso, agradeceu a Deus e começou a comer. Quinze minutos depois disso, havia sessenta ou mais, fartando-se, jogando os ossos de galinha no chão. A assistente do arquiteto falava agitada com o patrão ao telefone. Quando a notícia do banquete se espalhou, mais e mais almas sem teto chegaram para comer.

Kamal parecia satisfeito. "Ele estará aqui a qualquer momento."

Um segundo depois, ouvimos o Range Rover do arquiteto e o som de sapatos italianos se movendo rapidamente até a porta. Seguiu-se uma série de insultos, depois ameaças. O rosto do arquiteto ficou tão vermelho que tive medo de que desmaiasse.

Pedi o meu dinheiro. Ele disparou uma salva de desculpas.

"Nossos amigos querem tocar as pinturas", observou Kamal.

O arquiteto deu uma olhada nos dedos oleosos dos mendigos, na sujeira no chão e bateu nas faces com as mãos. Correu até a mesa e assinou um cheque para mim.

O NATAL ESTAVA CHEGANDO. NÃO era cristão por formação, mas fui criado para apreciar os paramentos consumistas do período de Festas. Agora que Ariane tinha quase três anos, queria comprar uma árvore de Natal para ela. Kamal manteve uma aparência solene enquanto ouvia meu plano.

"Este é um país islâmico", afirmou. "Papai Noel não vem aqui."

Tapei os ouvidos de Ariane e lancei-lhe um olhar gelado.

"Papai Noel vem para todos os meninos e meninas", retorqui. "Não importa onde eles vivem!"

Saímos em busca de uma árvore de Natal. Primeiro dirigimos até o sofisticado Maarif. Se o Natal fosse acontecer em algum lugar, seria ali. Na semana antes do Natal, o mundo ocidental se tornava um louco frenesi de compra de presentes, refeições perigosamente fartas e intermináveis reprises na TV. Durante a semana de Natal, as ruas de Londres geralmente ficam tão apinhadas que é quase impossível entrar nas lojas. Se você conseguir forçar a entrada em uma delas, vai descobrir que não sobrou nada, como se abutres tivessem atacado.

Preparei-me para viver a mesma coisa em Maarif. Para minha surpresa, não havia nenhum tipo de alegria festiva; nada de neve sintética ou corais cantando hinos natalinos, nada de Papai Noel ou renas, nada de perus pendurados nas janelas dos açougueiros. E absolutamente nenhuma árvore de Natal à vista. As ruas estavam vazias.

"Se quer Natal", disse Kamal, "volte para a Europa."

"Não vou voltar para casa sem uma árvore", respondi. "Senão, nunca mais vou poder olhar Ariane nos olhos."

Kamal girou o volante e pisou fundo no acelerador. Saímos de Maarif e entramos em uma elegante área residencial. Alguns minutos depois, chegamos a uma loja de plantas, onde um homem com uma só mão estava dormindo numa cadeira.

"Você tem árvores de Natal?", perguntou Kamal, acordando o homem com uma cutucada.

O homem abriu um olho, esfregou o nariz com o toco e se moveu na direção de frágeis arvorezinhas.

"Aquela ali", disse ele. "Aquela é uma árvore de Natal."

Olhei na direção apontada pelo toco do homem. Era uma palmeirinha.

"Isso não é árvore de Natal", reclamei. "É uma tamareira. Estou desesperado, mas não tanto assim."

O homem fechou os olhos e, enquanto saíamos, já estava roncando novamente.

De volta ao jipe, a tensão aumentava. Eu prometera a Ariane um pinheiro alto e fragrante. Ela era jovem, mas sua mente pequenina já havia sido corrompida por todo o conceito de Natal. Para ela, a árvore era o centro de tudo. Sem isso, não poderia haver renas, nem meias, nem Papai Noel, nem presentes.

"Há um lugar", afirmou Kamal, forçando o acelerador de novo. "É a última chance."

Cruzamos Casablanca, voltando pelos subúrbios e pelo novo bairro abastado. A área moderna foi substituída pelo bairro *art déco*. Kamal pisou fundo no freio. O jipe parou subitamente. Onde quer eu olhasse, homens estavam descarregando caixas. Havia milhares delas, todas com caracteres chineses. A área parecia o cenário para um filme de artes marciais dos anos setenta. Reconheci-a como o lugar onde comprara suprimentos escolares com Zohra.

Kamal desapareceu e, um momento depois, voltou segurando uma caixa de papelão. Havia caracteres chineses em um dos lados da caixa. Em outro, uma caveira e ossos cruzados com olhos amendoados. Abrimos a caixa. Dentro dela havia a mais desmazelada e vagabunda árvore de Natal sintética imaginável. Kamal jogou seu cigarro pela janela.

"Uma faísca", preveniu ele, "e você terá um inferno em suas mãos."

NO CAMINHO DE VOLTA PARA presentear Ariane com seu festivo material inflamável, paramos em Habous. Eu queria comprar *jellabas* para as crianças. São trajes de uso universal. Podem ser usados ao ar livre como casacas, como roupas diurnas, ou até mesmo como roupões de banho. Passamos apressadamente por uma fileira de lojas de *jellaba*, olhando para as cores e tentando avaliar os preços. Sempre que eu encontrava um que parecia macio e de boa qualidade, Kamal saía enraivecido, gritando insultos para o lojista.

"Aquele homem é um ladrão!", vociferava, ou então: "Que a sua língua seja arrancada por demônios por pedir um preço tão alto!"

No Oriente, a tradição da pechincha é honorável e a sociedade marroquina possui uma das mais desenvolvidas economias de barganha que já encontrei. Geralmente, fico satisfeito em pagar algumas moedas a mais se isso economiza tempo e garante a compra. Mas, para um marroquino nativo, fugir da barganha é considerado uma fuga da responsabilidade. Há honra em jogo. Esqueça a barganha e estará trazendo vergonha para a loja.

Os guias de viagem sempre dizem que é melhor levar uma pessoa nativa com você quando for às compras no Marrocos. Mas eles não dizem que a pessoa nativa provavelmente vai vetar todas as compras e que pode meter você numa briga com o lojista, na tentativa de proteger sua honra.

Kamal se recusou a me deixar comprar qualquer *jellaba* naquela tarde. Avisou os vendedores de que machucaria qualquer um deles que tentasse me vender um *jellaba* sem a sua permissão.

"Depois de surrá-lo", ameaçou ele, "vou atrás da sua família. Vou atacá-los e depois encontrarei seus amigos!"

Eu gostava de Kamal e o considerava útil, mas estava se tornando um maníaco por controle. Mandei que relaxasse.

"O senhor não compreende", disse. "Essa é a maneira como nossa sociedade permaneceu nos trilhos por mil anos. Se deixar um lojista cobrar em excesso, o país inteiro vai entrar em colapso como um castelo de cartas."

Antes de deixarmos Habous, arrumei uma desculpa e dei uma escapadela até o pátio onde me lembrava de ter visto a bela mesa espanhola durante o Ramadan. Dei uma olhada na parte traseira da loja e vi a mesa empilhada com umas tranqueiras. Não seria bom envolver Kamal. Ele estava num péssimo humor. Assim, eu mesmo perguntei qual era o preço. O lojista se inclinou para frente na sua cadeira de vime e tossiu.

"Você gosta muito dela", observou.

"Oh, sim. Possuí-la faria de mim o homem mais feliz do Marrocos."

O comerciante esfregou as pontas dos dedos.

"Como gosta tanto dela, o preço subiu", fungou. "Agora custa *six milles dirhams*, seiscentos dólares."

DOZE

O cão latiu, mas a caravana prosseguiu.

A VÉSPERA DO ANO-NOVO ERA UM dia cheio de esperança. Como uma serpente despindo uma pele antiga e cansada, parecia que estávamos deixando os problemas para trás, adentrando em um ano novo de possibilidades. Minha resolução para os próximos doze meses era ser o mestre das minhas próprias decisões e o líder da matilha na Casa do Califa. À medida que os minutos finais de dezembro se esgotavam, vangloriei-me com Rachana de como não seria mais comandado pelos caseiros, pelo imã, por Kamal ou pelos artesãos.

Chegou a meia-noite. Brindamos com as taças, bebemos um bocado de vinho marroquino e dissemos nossas orações. Rezei por um ano tranqüilo, sem surpresas.

Dez minutos depois, estávamos prontos para ir para a cama. Encolhi-me sob o edredom e fechei os olhos. Lá fora, a *bidonville* estava em silêncio. Até mesmo os asnos estavam quietos. Tudo o que podia ouvir era a brisa do mar roçando nas folhas de eucalipto e o som de uma coruja chamando o companheiro. Ninguém na favela ligou para celebrações de ano-novo. Tais festividades são da alçada de pessoas que já têm demais.

Quinze minutos depois do início de janeiro, meu celular tocou. Era Kamal. Ele parecia estar muito bêbado. Havia um problema, disse.

"O que foi?"

"O motorista de caminhão."

"O que aconteceu?"

"Ele foi preso."

"E daí?"

A voz de Kamal tremeu. "Ele está com a nossa areia", disse.

Normalmente, nada me preocuparia menos do que a notícia de um motorista de caminhão e sua carga detidos à noite. Mas, como Kamal esclareceu, o motorista era o pilar de sustentação da minha vida. Era ele que estava mantendo tudo nos trilhos. Sem ele, não teríamos areia barata, e, sem a areia, não colocaríamos os *bejmat*. Sem as cerâmicas no chão, não poderíamos consertar as paredes, e sem as paredes não haveria como encanar os banheiros. Muito em breve, prosseguiu Kamal numa voz pastosa, a reforma fracassaria. Se isso acontecesse, concluiu, meus filhos adoeceriam e Rachana acabaria se divorciando de mim. Parecia uma dedução radical.

"Só há uma maneira de impedir o seu divórcio", disse com severidade. "Temos que tirar o motorista de caminhão da cadeia."

Uma hora depois do início do ano-novo, Kamal e eu estávamos no jipe, saindo de Casablanca pela estrada costeira deserta. Estava escuro e ventava muito, uma noite de aparência maligna. Kamal estava bêbado demais para dirigir, mas o fez mesmo assim. Gabava-se de conhecer todas as curvas e de que poderia dirigir de olhos vendados. Enquanto ziguezagueávamos rumo ao sul da cidade, ele me contou sobre o motorista de caminhão, Abdul Haqq.

"Ele trabalha para nossa família desde criança. Seu pai trabalhava para nós, assim como seu avô antes dele. Há um vínculo. Se ele está em apuros, somos obrigados pela honra a ajudá-lo."

"Por que ele foi preso?"

"O motivo de sempre."

"Qual?"

"Prostitutas."

Kamal cambaleou para fora do jipe e entrou na cadeia. Segui-o timidamente. O oficial encarregado disse que Abdul Haqq ficaria trancado por um mês. Sua carteira de motorista seria apreendida, seu veículo, leiloado, e a preciosa carga de areia, vendida. As circunstâncias pareciam ruins, mas no Marrocos o azar pode ser vencido num piscar de olhos.

Por volta da segunda hora do ano-novo, havíamos subornado os guardas, libertado Abdul Haqq e recuperado a areia. Foi um grande momento, no qual costumo pensar freqüentemente. Esperava que o sucesso do início do ano fosse um sinal de boa sorte para o futuro.

O SEGUNDO EVENTO QUE ENCARAMOS no dia de ano-novo estava relacionado com Hamza. Ele e sua família agora estavam confortavelmente estabelecidos na casa de hóspedes do outro lado da horta. Sua esposa passava metade do tempo cozinhando panelas de guisado de carne e o resto do tempo lavando uma montanha de roupa suja. Por mais que ela trabalhasse, o tamanho da montanha não parecia diminuir. Seus cinco filhos tinham entre nove e menos de um ano de idade. Eram todos meninos, cópias idênticas do pai, exceto pelo bigode.

Na noite em que se refugiaram em *Dar Khalifa*, esforcei-me para deixar claro para Hamza que as acomodações eram temporárias, até que ele construísse um novo barraco na *bidonville*. Ele prometera se mudar assim que sua família se reorganizasse. Mas os dias iam passando e ficava óbvio que ele considerava a casa de hóspedes, com suas paredes de pedra, eletricidade, toalete com descarga e jardim privativo, uma nova casa permanente. Ele abriu uma porta na parede para que seus amigos da favela pudessem visitá-lo com mais facilidade. Antes que soubéssemos, cães selvagens, burricos, ratos e vendedores de rua estavam entrando e saindo. A cada dia, a osmose trazia um pouco mais da *bidonville* para o jardim e para nossa casa. Mordi o lábio e me contive até a manhã do ano-novo.

Rachana e eu estávamos sentados na varanda aproveitando a luz do sol. Eu apreciava a paz de janeiro. Mas então, através do silêncio, veio uma comoção selvagem. Primeiro sons de batidas, depois berros e gritos de grande agonia.

"O que é isso?", perguntou Rachana.

Antes que pudesse responder, Osman entrou correndo na casa, com o Urso logo atrás.

"Venham rápido", disseram ambos ao mesmo tempo. "Nossas casas estão sendo derrubadas."

Fomos investigar. Uma pequena multidão se reunira na área onde os dois caseiros moravam. As pessoas andavam de um lado para o outro, quase como se tivessem sido instruídas a fazê-lo. Não havia a sensação de urgência ou medo que cercara a destruição da casa de Hamza.

Osman me conduziu até as ruínas da sua casa. "Este era o meu lar", lamentou-se. "Era aqui onde vivia com minha esposa e quatro filhos. Éramos muito felizes." Apontou uma pilha de pedras, tijolos e ferro amassado.

"E eu vivia ali", disse o Urso, compungido.

Vi uma pilha de destroços praticamente igual. O que me chamou a atenção foi a aparência ordenada das duas pilhas. Não tinham a assinatura caótica e aleatória de um ataque de trator. Em vez disso, parecia que o teto e as paredes haviam sido derrubados cuidadosamente, um pedaço de cada vez.

"Onde estão os tratores?", perguntei.

"Oh", respondeu o Urso, "eles vieram e foram embora."

"Não os ouvi."

"Vieram à noite", acorreu Osman. "Foi terrível."

"Eu estava acordado à noite", repliquei. "Não ouvi os tratores."

Osman e o Urso se entreolharam, preocupados.

"Eram especiais", explicou Osman, depois de pensar quase um minuto. "Os motores estavam envoltos em lençóis para não fazer barulho."

Junto às supostas ruínas das casas dos caseiros havia duas pilhas de posses. Elas incluíam peças de mobília rudimentares, lençóis e travesseiros, panelas, frigideiras e sacos com brinquedos das crianças. Ao lado da primeira pilha, a família de Osman estava a postos e ao lado dela estava o séquito do Urso. As esposas pareciam tímidas e esperançosas, e as fileiras de crianças animadas, como se um novo mundo estivesse se abrindo para elas.

Perguntei onde planejavam morar. Era uma pergunta com resposta já pronta. As famílias dos caseiros já haviam dividido o território entre elas.

"O edifício ao lado do jardim está vazio", sugeriu Osman.

"Assim como os quartos junto da quadra de tênis", disse o Urso.

"Nossas duas esposas estão grávidas", disse Osman com um fio de voz, baixando a cabeça.

Olhei bem para os dois homens, suas famílias e suas posses materiais. Então, olhei sobre o ombro para *Dar Khalifa.* A casa parecia se erguer como um baluarte de proteção, um santuário para refugiados. Amaldiçoei-me por ser tão fraco.

"Tudo bem, é melhor vocês entrarem."

NO DIA QUATRO DE JANEIRO, KAMAL chegou de carro. Seus olhos estavam vermelhos e suas mãos tremiam. Ele contou que alguém lhe vendera uma garrafa de rum de má qualidade.

"Fiquei de cama por três dias", disse, febril. "Contrabando

da Espanha... Casablanca está cheia dessas garrafas."

"Enquanto você estava dormindo, adquirimos alguns inquilinos."

Levei-o ao terraço e olhamos os jardins. Havia crianças por toda parte, meninos brigando ou jogando lama e meninas brincando de amarelinha à sombra das árvores. As esposas dos caseiros transformaram a área da churrasqueira em uma lavanderia comunitária. Alternavam-se para bater as roupas cheias de espuma na lareira. Ali perto, havia um grupo de parentes e amigos. Alguns estavam descascando legumes, conversando ou simplesmente sentados ao sol.

"O que posso fazer?", perguntei ansiosamente.

"O senhor cometeu um erro grave", respondeu Kamal. "Agora que estão aqui, nunca mais vão sair."

"Mas como posso tirá-los daqui?"

Kamal esfregou os olhos e deixou-se cair em uma cadeira. "Vou pensar em alguma coisa", murmurou.

A PRIMEIRA SEMANA DE JANEIRO estava quase no fim quando, finalmente, encontrei tempo para ler os diários do meu avô. Ariane estava chorando porque os filhos dos caseiros pegaram suas bonecas e amputaram seus membros. Rachana estava furiosa porque a casa fora tomada debaixo do nosso nariz. Ela gritava comigo, zombando da minha generosidade alimentada pela culpa. Saí escondido da Casa do Califa, atravessei a favela e me sentei no café mais próximo.

Abri o primeiro dos dois livros encadernados. A imaculada letra índigo me fitava como se estivesse pronta para transmitir sua fábula e sua moral. Começava assim:

Afifa, a criada, está tomando liberdades novamente. Está levando meus legumes para sua família, substituindo-os por suas próprias compras raquíticas. Por algum motivo, ela acha que eu não percebi. É isso que considero mais ofensivo. Posso ser velho e míope, mas não sou cego!

Continuei lendo, através de páginas de detalhes hipocondríacos, listas intermináveis de remédios automedicados e mais reclamações sobre a empregada:

Escutei-a se gabando para a amiga de como ela manda em mim. Disse que eu era como uma criança que precisava ser tratada com firmeza. Veja só! Deveria mandá-la embora, mas, certamente, ela se vingaria.

Havia mais relatos sobre sua saúde e sobre o clima úmido do inverno de Tânger. Então, isto:

Finalmente, encontrei o calcanhar-de-aquiles de Afifa. Só uma coisa faz com que ela sinta terror. Verdadeiro terror. Apanhei-a tentando compreender este diário, mas graças a Deus ela não fala uma palavra de inglês. Ela não sabe que conheço o seu medo – o medo dos djinns.

NA SEGUNDA SEMANA DE JANEIRO, nossos amigos chegaram de Londres. Pedira a todos que conhecia que não viessem, mencionando as abomináveis condições de vida como motivo. Avisei-os sobre a falta de quartos habitáveis, a falta de água quente, a reforma interrompida e a favela enlameada. E agora, além de tudo, tínhamos que lidar com as famílias dos caseiros e seus amigos.

Deixara a Europa para escapar de nossos pseudo-amigos. Todos em Londres têm esses falsos amigos – pessoas que você não quer realmente ver, mas que nunca o deixam em paz. Eu tinha centenas de "amigos" assim. No seu mundo, meu valor de mercado era alto porque meu rosto havia aparecido na televisão. Todos os meses éramos aprisionados em mais de uma dúzia de compromissos sociais desnecessários. Montamos uma lista de desculpas aleatórias e a colamos perto do telefone. Mas os pseudo-amigos tinham um sexto sentido. Eles sempre sabiam quando uma desculpa estava sendo lida de uma lista. Agora que possuíamos uma casa grande e um endereço exótico perto do mar, a notícia se espalhou como um relâmpago.

Nossos amigos verdadeiros eram educados demais para forçarem um convite. Caso solicitassem uma visita, sempre se ofereciam para ficar em um hotel local. Mas os "pseudo-amigos" não tinham escrúpulos. Costumavam viajar pela estrada com um séquito de filhos e malas, comprimidos numa minivan. Estavam todos procurando o mesmo ideal: hospedagem gratuita com bastante comida local, vinho, sol, areia e mar. O pior é que esperavam que interrompêssemos nossa vida para cuidar de suas necessidades.

Os primeiros hóspedes do ano-novo foram Frank e Lulu. Conheceram-me alguns anos antes por causa de meu interesse por cabeças encolhidas, obra da tribo Shuar do Peru. Frank era um inglês nervoso; sua esposa, uma rigorosa e manca nativa da Baviera. Juntos geraram quatro filhas loiras, todas com menos de dez anos de idade. Viajavam para toda parte numa minivan de fabricação japonesa.

Era de manhã cedo e Rachana fora às compras com a criada. Ariane e eu estávamos no pátio do jardim, escondendo-nos da malvada prole dos caseiros, quando a voz de uma *Hausfrau*[3] bávara pôde ser ouvida acima do barulho da favela. Momentos depois, as finas linhas aerodinâmicas da minivan apareceram na nossa rua.

Lulu saiu primeiro. Abri a porta da frente antes que ela tocasse a campainha. Ela me empurrou para o lado e entrou sem qualquer saudação, exceto para brandir um par de mamadeiras no meu peito.

"Leite!", ordenou. "Traga-o morno. Temperatura ambiente!"

Dei boas-vindas abafadas, mas Lulu sumiu casa adentro, trazendo atrás dela uma fileira de filhas de tamanho decrescente, como bonecas russas *matrioshka*. Frank, o marido oprimido,

---

3 *Hausfrau*: dona-de-casa em alemão. (N.T.)

não saiu do carro. Depois de dirigir pela Inglaterra, França, Espanha e meio Marrocos com aquela *pit-bull* no pescoço, estava curtindo um momento de solidão. Abri a porta do carro e ele apertou minha mão.

"Olá, meu velho", disse ele timidamente. "Bem, aqui estamos nós."

Chamei Osman para nos ajudar com a bagagem, mas ele estava muito ocupado se mudando com sua família para responder. Assim, fomos cambaleando para dentro da casa com a vasta variedade de malas e colchonetes, equipamento de pesca, cadeiras de praia, bastões de golfe e skates. Depois que metade da bagagem fora carregada para o salão, Lulu me abordou.

"Este lugar é o fim da picada", rosnou. "Não sei como você teve a coragem de nos convidar com a casa nesse estado."

Ia murmurar alguma coisa sobre não ter convidado ninguém, mas Frank, o marido domesticado, conteve-me franzindo o cenho.

"Há um bocado de obras sendo feitas", expliquei, "mas limpamos dois quartos para vocês. Infelizmente, são barracas."

A *pit-bull* sorriu com ferocidade, exibindo todos os dentes. "Dei uma olhada por aí", disse ela, "e encontrei um quarto confortável no corredor comprido."

"É nosso quarto."

"Ah, é?", grunhiu Lulu. "Bem, vamos ficar lá."

Ela chamou Frank e ordenou que trouxesse as bolsas para a frente. Cinco minutos depois, Lulu, suas filhas, metade da bagagem e o marido sofredor estavam alegremente instalados no nosso quarto. Eu pensava no que ia dizer para minha esposa. Naquele momento ela entrou em casa.

"Eles chegaram", disse alegremente. "São tantos!"

"Estão bem instalados?"

"Oh, sim", respondi. "Acho que estão muito bem instalados." Fiz uma pausa. "Eles pegaram nosso quarto."

O casamento é uma sucessão de bons e maus momentos.

Nós nos esforçamos para maximizar os bons momentos e minimizar os momentos ruins. Mas aquele instante, de pé do lado de fora da porta trancada de nosso próprio quarto, foi um dos piores desde o dia em que nos casamos. Rachana me fitou com tanta frieza que o ar entre nós congelou.

"Ela é assustadora", expliquei. "Ela assumiu o controle. Não há nada que eu possa fazer."

"Vamos agora mesmo para um hotel", disse Rachana.

Enquanto Lulu e Frank dormiam para descansar da viagem, saímos discretamente da casa. Trinta minutos depois, estávamos em uma suíte num luxuoso hotel no bairro *art déco.* Havia camas macias e travesseiros de plumas, sabonetes perfumados, roupões com monogramas e uma quantidade inesgotável de água quente.

"Vamos ficar aqui para sempre", disse eu.

"Bem, pelo menos até nossos convidados irem embora", respondeu Rachana.

Foi o que fizemos.

DEPOIS DE CINCO DIAS E CINCO noites de chão acarpetado, banhos quentes com espuma e serviço de quarto, voltamos furtivamente para a Casa do Califa. Fui na frente para verificar se a minivan azul-safira partira. O carro não estava mais lá. Não havia sinal de Lulu, Frank ou das meninas de cabelo dourado. O único sinal de sua presença era um bilhete, escrito com uma letra zangada.

Onde estão vocês??? Isto é o inferno na terra, dizia. *Há gritaria na mesquita o tempo todo, o ruído de cachorros e burros, e o som de martelos. Também não há água quente e o jardim está cheio de selvagens. NUNCA MAIS vamos visitá-los! – Lulu.*

NO DIA SEGUINTE, KAMAL APARECEU. Eu não o via

há quase uma semana. Como de costume, ele não disse onde estivera ou por que não me avisara. De início, achei isso estranho, mas depois descobri que é um traço comum do Marrocos. Quando alguém não aparece para trabalhar, não se sente obrigado a dar satisfações ou longas e elaboradas desculpas por sua ausência. Disse a Kamal que na Europa tentamos ao máximo fornecer uma explicação, mesmo que seja uma mentira. Quanto maior a ausência, disse eu, mais detalhada precisa ser a mentira. Ele assentiu e prometeu se lembrar do meu conselho.

"O que vamos fazer com os caseiros? A família deles está nos enlouquecendo."

Kamal estalou as juntas dos dedos. "Estou trabalhando nisso", respondeu.

COM OS CASEIROS E SEUS PARENTES vivendo em *Dar Khalifa*, comecei a testemunhar em primeira mão o antigo sistema de emprego do Oriente. Às vezes é conhecido como "vivendo do trabalho de Abdul". Assim que alguém consegue um emprego, todas as outras pessoas deixam seu trabalho e sugam os recursos do membro empregado da família. O resultado é uma situação em que os salários normais nunca são suficientes. Quanto mais tempo a pessoa fica empregada, de mais dinheiro precisa, simplesmente para sustentar todos os parasitas. Qualquer um com uma boa casa e um emprego em tempo integral possui um vasto elenco de personagens vivendo à custa dele.

A cada dia que os caseiros e sua família permaneciam morando nas outras construções da casa, a notícia de sua boa fortuna se espalhava um pouco mais pelo reino. Dois ou três dias depois, todos os seus parentes próximos vieram visitá-los, xeretaram a situação e voltaram para seus barracos na *bidonville*.

No fim da primeira semana, as notícias das instalações melhoradas chegaram bem longe. Começaram a chover parentes. Quatro dos primos de Osman chegaram de Nador, a um dia de viagem de ônibus do nordeste. Depois disso, o tio materno de Hamza veio das montanhas do Atlas e, em seguida, apareceu a tia da esposa de Osman. Mais alguns dias se passaram e as novas se espalharam pelos quatro cantos do Marrocos. A chuva de parentes se transformou num dilúvio. Todos os dias, dezenas de parentes e amigos distantes apareciam, atraídos pelo mito de aposentos luxuosos. Eles chegavam a Casablanca em ônibus interioranos e em carretas, na traseira de carroças de feno e a pé.

O influxo constante de convidados significava que os caseiros precisavam fornecer alimento e abrigo a todos eles; caso contrário, sua honra familiar seria manchada. A enxurrada de gente afetava não só os caseiros, como também seu patrão.

Uma das regras tácitas do mundo árabe é que um empregador deve tomar conta da sua gente, sem maiores agradecimentos. Quando os caseiros precisavam de dinheiro emprestado, vinham ter comigo e pediam sem embaraço. Tinham o direito de pedir e receber dinheiro adiantado. Mas agora tantos amigos e parentes precisavam ser alimentados com generosos pratos de comida que se viram diante da ruína financeira.

Os dias se passaram sem que eu visse os caseiros. Estavam tão ocupados cuidando das demandas familiares que não tinham tempo de cumprir seus deveres normais. O perímetro de nosso oásis estava desprotegido. As folhas não eram varridas e o pastor alemão não estava sendo alimentado. Eu não dizia nada, porque também provara o sabor de convidados indesejados.

A mesma vida que traz o problema tende a fornecer uma solução. Numa gloriosa manhã, na terceira semana de janeiro, Hamza, Osman e o Urso entraram na sala que eu estava usando como escritório. Anunciaram que suas novas e confortáveis acomodações haviam atraído um número crescente de aproveitadores.

"As notícias sobre *Dar Khalifa* estão chegando longe", afirmou o Urso, fazendo um gesto amplo com o braço.

"Primeiro vieram nossos parentes próximos", disse Hamza.

"Mas agora estão chegando pessoas que mal conhecemos", continuou Osman. "Nossas esposas estão muito zangadas. Precisam cozinhar dia e noite para os visitantes. Estamos cuidando deles como servos e tivemos até mesmo que ceder nossa própria cama."

"Portanto", concluiu Hamza, "decidimos voltar para a *bidonville*."

"Nossa vida era tranqüila lá", disse Osman.

"Mas vocês não têm casas", observei. "Elas foram derrubadas."

Os caseiros estalaram as línguas.

"*Mishi mushkil*, sem problema", responderam. "Não vivemos em palácios. Podemos construir casas novas antes do anoitecer."

NA MANHÃ SEGUINTE, OLHEI DO alto do terraço e vi que os caseiros e seus parasitas haviam partido. Era como se o circo tivesse deixado a cidade, deixando também um vácuo. *Dar Khalifa* estava banhada em um silêncio raro e agradável. Rachana e eu comemos o desjejum na varanda, perguntando-nos em voz alta se as duas semanas anteriores foram um sonho.

À tarde, fui até a *bidonville* para ver a nova casa dos caseiros. Encontraram um terreno bem afastado da área que começara a ser limpa pelos tratores e erigiram três casinhas retangulares e baixas. Foram construídas com tijolos velhos, portas e azulejos encontrados no monturo de lixo de *Dar Khalifa*. Osman estava de pé em frente ao seu novo lar. Sorria.

"É muito tranqüilo aqui, agora que seus parentes foram embora", comentei.

"Graças a Allah", replicou. "Há prazer na modéstia."

DOIS OU TRÊS DIAS SE PASSARAM. Então, certa noite,

pude ouvir o punho de Kamal batendo na porta da frente. Fui abri-la e o encontrei meio bambo, com o rosto coberto de suor e os olhos vermelhos. Tive medo de que andasse bebendo novamente.

"Tenho notícias", disse ele.

"Más notícias?"

"Não, não! Não poderiam ser melhores."

"O quê?"

Kamal beijou as pontas dos dedos da mão direita. "O Registro de Imóveis. Lembra-se do dossiê que estava faltando?"

"Sim."

"Bem", prosseguiu Kamal, "conheço um funcionário que recebeu a ordem de ocultar ou destruir o arquivo. Mas ele se aposentou, então fui encontrá-lo. Só tinha seu sobrenome e uma vaga idéia de onde ele vivia. Passei os últimos quatro dias procurando pelo homem."

"Você o encontrou?"

"Espere. Vou lhe contar." Kamal limpou o rosto com um canto da sua camisa. "Afinal, encontrei sua casa, mas o homem não estava lá", continuou. "Quem estava era a filha. Então deixei um pouco de farinha, açúcar e óleo de cozinha como presentes. É um costume do Marrocos, para mostrar que você veio em paz. Então, na noite passada, o funcionário me ligou. Nós nos encontramos e perguntei o que ele sabia sobre *Dar Khalifa*. Assim que ouviu o nome, seus olhos brilharam."

"Mas e o arquivo?", perguntei.

"Estou chegando lá. Hoje, houve uma greve no Registro de Imóveis. Os trabalhadores estão pedindo mais dinheiro. O funcionário me conduziu até lá. Ele ficara zangado por ter sido aposentado cedo, então levou um molho de chaves com ele quando saiu. Abriu a porta lateral e entramos.

Ele me levou até o porão, onde são guardados todos os arquivos. Havia várias fileiras deles, milhares e milhares, um arquivo para cada edifício em Casablanca. O funcionário fechou os olhos, depois deu sete passos para a direita e dois passos para a esquerda. Parou, abriu os olhos e pegou uma pequena chave de bronze. Diante dele havia uma caixa de aço trancada. Ele colocou a chave na tranca e abriu-a."

"O que havia dentro da caixa?"

"Os papéis de *Dar Khalifa*", sussurrou Kamal, "o dossiê para a Casa do Califa!"

TREZE

*Uma pedra atirada por um amigo é
uma maçã.*

A ALEGRIA DE DESCOBRIR OS PAPÉIS perdidos de *Dar Khalifa* foi intensa, mas de curta duração. Foi seguida por um novo dilema, que até mesmo o geralmente despreocupado Kamal dizia que poderia acabar comigo de vez.

"Residência", disse ele, ansioso. "Sem os papéis locais, o senhor é um alvo fácil."

"Qual é a solução?"

Kamal estalou as juntas dos dedos. "Casar-se", respondeu.

"Mas já sou casado."

"O senhor não compreende", Kamal fez uma careta.

"Não compreendo o quê?"

Kamal estalou as juntas novamente, mais alto do que antes. "O senhor vai ter que arrumar uma segunda esposa."

NAQUELA TARDE, BATERAM violentamente à porta principal. Era Madame Nafisa, a esposa do gângster. Estava fumando um charuto e vestindo uma longa pele de raposa de corte francês. A cauda dos animais a seguia enquanto caminhava; um par de cabeças de raposa em miniatura, com focinho rosnando, fora costurado como ombreiras. A esposa do gângster deu uma baforada de seu charuto.

"A favela está indo embora", afirmou. "Vai ser varrida daqui."

"Para onde vão os moradores?"

"Para outra sarjeta."

"Mas eles não têm dinheiro."

"Quem se importa?"

Eu me perguntava aonde essa conversa ia chegar.

Madame Nafisa limpou um grão de poeira imaginário do rosto de raposa no seu ombro.

"Quando a gentalha estiver longe", continuou, "esta terra vai se tornar muito valiosa. Poderá vendê-la e ficar muito rico."

"Não queremos vendê-la", respondi. "Estamos felizes vivendo aqui."

A esposa do gângster deixou cair a cinza do charuto no chão. "O Marrocos é um país perigoso", disse ela, "especialmente para alguém que não conhece o sistema."

"É mesmo?"

Madame Nafisa estreitou os olhos, uma ação que esticou tanto a pele das maçãs do seu rosto que tive medo que elas rachassem como tomates maduros. Esperei para ver se ela diria mais alguma coisa, mas deu meia-volta e foi embora, arrastando a cauda das raposas.

NÃO GOSTAVA DA IDÉIA DE ME casar novamente, especialmente porque já era feliz com Rachana. Era uma questão que me preocupava tanto que não consegui mencionar o assunto. Não sabia como abordá-lo com ela. Mas, como explicou Kamal, o casamento com uma marroquina faria com que eu evitasse um mar de burocracia.

"Tenho certeza de que podemos encontrar uma mulher linda", disse Kamal, "uma garota das montanhas, talvez. Pode deixar comigo."

"Você precisa entender uma coisa", observei. "Rachana não vai gostar da idéia."

"A primeira esposa não costuma gostar."

"Minha única esperança", gemi, "seria uma esposa tão incrivelmente feia que Rach não a considerasse uma ameaça."

Kamal esfregou o nariz. "Por que desperdiçar tal oportunidade? Pode aproveitar para se dar bem com esta situação."

AS CERÂMICAS DE TERRACOTA chegaram em cestas especiais, duzentas em cada. Eram secas, quebradiças, da cor de vinho rosê gelado. Aziz conduziu o estoque até a área da garagem. Devia haver pelo menos duzentas cestas, cada uma delas descarregada cuidadosamente de um caminhão laranja-vivo, recém-chegado de Meknes.

Um exército de aprendizes começou a abrir as cestas e a separar as cerâmicas. Eram quadradas, com pouco mais de sete centímetros de comprimento e um centímetro e meio de espessura. Ao contrário das cerâmicas regulares fabricadas por máquinas, os *bejmat* feitos à mão eram tudo, menos uniformes. A cor exata de cada cerâmica variava consideravelmente do mais pálido rosa até um tom vermelho-ameixa. Os aprendizes umedeceram a primeira leva de cerâmicas. Quatro tambores de óleo de cento e oitenta litros foram rolados até a casa e enchidos até a borda com água. As cerâmicas foram deixadas em infusão na água por três ou quatro dias. Enquanto isso, os pisos foram nivelados, cobertos com uma camada de cimento e preparados para a terracota.

A maior distinção entre as práticas de construção do Oriente e do Ocidente é a maneira como as ferramentas são usadas. Um século atrás, os artesãos ocidentais praticamente não possuíam ferramentas mecânicas. Em vez disso, usavam a habilidade e uma visão apurada, desenvolvidas ao longo de anos de aprendizado. As ferramentas mecânicas permitiram queimar etapas, realizar trabalhos que seriam quase impossíveis sem elas. No Marrocos, os artesãos quase nunca são vistos trabalhando com uma serra elétrica, furadeira, polidor ou qualquer coisa com uma tomada. Eles contam apenas com sua habilidade. O resultado final podia carecer de uniformidade, mas dava uma sensação de individualidade. Eu adorava a sutil desigualdade e não a considerava um problema. Se havia algum, era o fato de que o trabalho manual levava um tempo dez vezes maior.

Ver a equipe de Aziz trabalhando era como testemunhar a reconstituição de uma gravura medieval. Seus métodos permaneceram inalterados por cinco séculos. A mesma simplicidade e atenção aos detalhes criaram os palácios de Granada, de Fez e Marrakesh e, mais recentemente, a grande Mesquita de Hassan II em Casablanca.

Para garantir que as superfícies do piso estavam niveladas, os aprendizes de Aziz usavam um simples tubo em U – um cano de plástico transparente cheio pela metade com água. O tubo era esticado no assoalho, apoiado em paredes adjacentes e o nível da água era medido. Um construtor inglês provavelmente teria usado um *laser* para realizar o mesmo trabalho.

Quando os pisos foram nivelados, uma fina camada de cimento foi aplicada e testada novamente com o tubo em U. Depois disso, os aprendizes colocaram a primeira camada de areia escura e úmida, misturada com cimento em pó, espalhada com um longo bastão de madeira. Colocar cerâmicas de terracota e os famosos mosaicos *zellij* exige um nível de precisão digno de uma forma de arte. Assim como a equipe do arquiteto chamara minha atenção por sua inexperiência, os *moualems*, mestres artesãos, impressionavam-me pela perfeição que obtinham com as ferramentas e materiais mais simples. Quando perguntei a Aziz como conseguiam tal precisão sem equipamento elétrico e dispositivos engenhosos, ele respondeu:

"Se você quer matar uma mosca, pode fabricar um gás venenoso a partir de substâncias químicas complexas ou desenvolver uma máquina rápida para acertá-la. Ou pode usar uma abordagem totalmente diferente: aprender a pensar como uma mosca. Vai levar anos, naturalmente, mas quando você compreender como uma mosca pensa, poderá controlá-la de todas as maneiras.

Nossas ferramentas não têm uma aparência impressionante, mas são usadas por *moualems* que dominaram sua aplicação. Como o homem que aprende a pensar como a mosca, eles alcançaram um nível de controle avançado. Podem criar perfeição porque possuem conhecimento interior."

O MAIOR PROBLEMA DE KAMAL era seu hábito de desaparecer. Ele sumia por dias a fio. Sempre que isso acontecia, eu era tomado pela inquietação, como a mãe de uma adolescente que não chegou em casa depois de uma noite fora. Minha preocupação não era inspirada por um grande sentimento de afeição, mas pelo medo de ter que me virar sem ele.

Nas semanas em que trabalhara comigo, Kamal demonstrara uma rara originalidade de pensamento. Ele podia resolver problemas como ninguém que conhecera antes e sabia explorar o obscuro submundo de Casablanca. Quando estava por perto, usava a cabeça para resolver qualquer problema que eu lhe apresentasse: a necessidade de obter comida barata para o cachorro, o problema dos papéis perdidos, um fornecedor de areia no mercado negro. Enquanto estava ao meu lado, mantinha-me calmo e composto, certo de que poderíamos encarar qualquer desafio. Minha grande ansiedade era imaginar que algum dia ele poderia sumir – talvez morto em um acidente de carro na volta de um bar, totalmente bêbado, como costumava ficar na maioria das noites.

Com o tempo, Kamal ficou sabendo cada vez mais sobre a documentação da Casa do Califa. Compreendeu os detalhes melhor do que qualquer pessoa e usou sua rede de contatos no submundo para tocar adiante o processo. Freqüentemente, eu não sabia exatamente o que ele estava fazendo por mim por baixo dos panos. Ele não era o tipo de pessoa que fornecia informações facilmente. Se eu fizesse uma pergunta a ele, provavelmente receberia como resposta outra pergunta.

O meu medo de que Kamal poderia desaparecer de vez só era igualado por meu medo de que ele poderia de algum modo tomar *Dar Khalifa* de mim. Quanto mais o conhecia, mas percebia que não era um homem em quem podia confiar.

NO FIM DE JANEIRO, ELE ME ENVIOU uma mensagem para que o encontrasse em um café em frente ao decadente Hotel Lincoln. Parecia urgente. O café estava coberto pela bruma vespertina de fumaça de cigarro, um cheiro tão forte que ocultava o aroma do negro café árabe servido automaticamente para todos que chegassem. Espiei, em meio à fumaça, os homens bigodudos vestindo *jellabas* de lã e chinelas amarelas e pontudas. Não havia nem sombra de Kamal. Conferi o relógio. Eu chegara na hora, mas ele estava sempre atrasado, apesar dos meus constantes pedidos de pontualidade. Sentei-me, bebi uma xícara de *café noir* e fiquei fitando a rua. Passou-se uma hora, depois outra. Quase voltei para casa, mas algo me manteve ali, um instinto de que era do meu interesse permanecer sentado.

Enquanto engolia o quarto *espresso*, Kamal chegou de repente. Estava conduzindo uma mulher baixa e coberta por um véu, e sorria de orelha a orelha. A maioria dos cafés marroquinos é freqüentada apenas por homens. As mulheres os evitam, desprezando-os como lamentáveis antros de machismo.

Assim, a chegada de uma mulher totalmente coberta por um véu atravessando a fumaça causou certa sensação. Todos os clientes bigodudos olharam para nós. Alguns deixaram cair seus jornais. Outros bateram com as bengalas no chão em protesto. Kamal sentou ao meu lado e puxou uma cadeira para sua convidada.

"Aqui está ela", disse.

"Quem?"

"A *chica*."

"Qual *chica*?"

"Aquela com quem o senhor vai se casar."

Antes que eu pudesse dizer outra palavra, o véu foi afastado. O rosto por trás dele era tão horrendo que involuntariamente recuei. As bochechas da pobre criatura eram emaciadas e cobertas de cicatrizes, como se sofresse de alguma doença grave. Seu nariz era carcomido, sua cabeça não tinha cabelos e lhe faltava o olho direito.

"Nossa", disse eu, tentando desesperadamente expressar simpatia.

"O senhor disse que queria uma mulher feia."

"Eu não disse que queria mulher alguma!"

"Ela precisa do senhor tanto quanto precisa dela", declarou Kamal.

"Como assim, ela precisa de mim?"

"Ela tem dois filhos pequenos. Como vai sustentá-los sem o senhor?"

A mulher, cujo nome era Kenza, sorriu. Sorri de volta, para não irritá-la.

"Ela gosta do senhor", comentou Kamal.

"Vamos encontrar outra solução", sibilei. "Não vou me casar de novo."

"Está se esquecendo do caminho mais rápido."

"Não me importo de seguir o caminho mais lento."

Kamal fez uma cara feia, cobriu novamente o rosto de Kenza e levou-a embora de volta para sua casa e seus filhos. Um instante depois, sozinho novamente, segurando a cabeça com as mãos, contemplei a rua em meio à bruma. O encontro com a esposa indesejada me deixara melancólico. Permaneci sentado até a escuridão chegar, refletindo sobre como julgamos uma pessoa por alguns centímetros quadrados de pele na frente da sua cabeça.

DE VOLTA À CASA, HAMZA E OS outros caseiros ficaram sabendo do plano de Kamal de me casar com uma esposa marroquina. Eles se reuniram e me imprensaram contra a parede do jardim, aflitos para obter mais detalhes.

"Ela é do sul?", perguntou Hanza. "São as melhores mulheres. Não falam muito e são obedientes."

"Hamza tem razão", confirmou Osman. "Uma mulher sulista é melhor, porque não reclama muito."

"Não vou arrumar outra esposa", afirmei.

"Por que não?"

"Porque já sou feliz."

"Mas o senhor precisa pensar nisso!", exclamou o Urso. "Todos nós teríamos uma segunda, terceira e quarta esposas se pudéssemos sustentá-las."

"É mesmo?"

"Mas é claro!", responderam em uníssono.

"Mas é muito caro", observou Osman.

"É preciso dar uma casa para cada uma delas", continuou o Urso, "e uma cama, lençóis, panelas e frigideiras."

"Isso é só o começo", disse Hamza. "Sabe, quando se tem mais de uma mulher, elas têm ciúmes umas das outras. Acontece o tempo todo. Se der um presente a uma delas, terá que dar a mesma coisa para as outras."

"Parece terrível", comentei.

"Oh, não, é maravilhoso", retorquiu Hamza, enrubescendo. "Se o senhor tivesse três esposas, teria seis lábios para os beijos de boa-noite."

A PORTA DO APARTAMENTO DE Kamal estava sempre firmemente trancada. Por trás dela, havia uma república de devassidão. A sala de estar era grande e vazia, exceto por uma mobília herdada e uma pilha de garrafas de vodca vazias. No meio, havia um sofá manchado e com molas quebradas. Cada receptáculo disponível havia sido usado como cinzeiro em tempos de necessidade ébria – um oveiro, uma colher de sopa, um tênis velho. Kamal nunca abria a porta para visitantes, nem pra sua própria família, que o chamava através da portinhola para correspondência. Só permitia a entrada de mulheres, a maioria delas profissionais, vindas dos becos próximos ao Marché Central. A única vez em que estive dentro do apartamento foi quando levei um conjunto de cadeiras verdes de plástico como presente. Ele comentara várias vezes em voz alta como algumas cadeiras de jardim de plástico cairiam bem no seu apartamento de solteiro.

Depois de montar as cadeiras, Kamal foi até o quarto procurar um fósforo. Fui atrás dele, para sua grande irritação. Não é fácil descrever precisamente a vileza daquele quarto. Muito embora as cortinas estivessem fechadas, conseguia ver manchas de fungo na parede. A cama não tinha lençóis e fedia a excremento. Dentro do quarto havia uma estante baixa. Fiquei surpreso ao ver nela uma fileira de livros bem arrumados. Mais impressionante ainda eram os títulos clássicos: as obras de Aristóteles, Platão e Plínio, os mitos gregos, *Les Misérables*, e uma imponente biografia de Einstein. Apontei para a estante.

"Isso aí está meio deslocado, não é mesmo?"

"Que quer dizer?"

"Bem, são as únicas coisas de alta qualidade nesta espelunca."

Kamal fungou com um ar arrogante. "Eu uso estes livros", disse.

"Você costuma lê-los?"

"Não, é claro que não!"

"Então...?"

"São úteis para impressionar as *chicas*."

COM O ANO-NOVO CHEGARA UM tênue senso de esperança. O clima esfriara muito, mas pelo menos as moscas haviam desaparecido, assim como a praga de baratas. Os dias eram belos e ensolarados, exceto por ocasionais tempestades vindas da costa do Atlântico. Ver os artesãos colocando o piso alegrava meu espírito. Estava eufórico pelo bom trabalho que finalmente estava sendo realizado.

Agora que os caseiros haviam reconstruído seus barracos na favela, pareciam muito mais felizes. Relatavam freqüentemente o seu erro comum de não terem se casado com mulheres do deserto. Suas esposas, afirmaram repetidas vezes, eram criaturas irritantes e encrenqueiras, que não mereciam coisa alguma.

Demorara muito, mas parecia que finalmente estávamos caindo numa rotina. Ariane ia para a escola toda manhã e voltava à tarde. Rachana me ajudava com tarefas domésticas de manhã e estudava francês sempre que tinha tempo. Kamal entrava e saía agitado, bêbado ou de ressaca, ou entre esses dois estados. O gângster e sua esposa estavam sumidos, assim como os fanáticos da favela. Os caseiros também estavam quietos. Eles tomavam conta dos artesãos, varriam as folhas obsessivamente e raramente mencionavam os *djinns*.

Então, certa manhã, quando os primeiros raios de sol coloriam as nuvens, Hamza bateu à porta do nosso quarto.

"*Monsieur* Tahir, *Monsieur* Tahir!"

"O que foi?", sussurrei pela fechadura.

"O senhor precisa vir comigo", respondeu.

Cobrindo meu pijama com uma capa de chuva, saí do quarto.

"O pátio grande", disse Hamza.

Andamos pelo longo corredor e pela varanda até chegarmos ao pátio. Hamza abriu a porta para a sala que sempre mantivera fechada. Eu o segui. Havia um odor cítrico, que ardia nas narinas. Funguei uma vez, depois outra.

"Olhe aqui", apontou Hamza.

Estava mostrando a parede acima dos degraus que desciam até lugar nenhum. Uma mancha de misterioso lodo rosado cobria parte da parede, bem no alto, junto da abóbada. Era do tamanho de uma fronha de travesseiro e parecia estar pingando.

"Não é deste mundo", afirmou o caseiro.

"Deve haver uma explicação científica", repliquei. "Tenho certeza de que está vindo do lado de fora. Mais tarde vou pegar a escada e dar uma boa olhada."

Esperava que Hamza declarasse que o lodo era obra de Qandisha, que era um sinal de desgraça iminente. Mas não o fez.

Em vez disso, quando apareci na hora do almoço, ele estava mostrando a mancha para seus colegas caseiros. Na hora do chá, a família deles havia entrado escondida para dar uma olhada. Não gostei disso, pois a parede era parte de nossa casa e não uma atração turística. Saí para trabalhar um pouco. Quando voltei para o pátio naquela tarde, descobri trinta ou quarenta pessoas no local. Hamza estava conduzindo visitas à sala com o lodo misterioso.

A última coisa que eu queria era outra invasão das famílias e amigos dos caseiros. Chamei Hamza de lado e pedi-lhe com firmeza que mandasse todo mundo embora. Ele pareceu desapontado.

"Todos estão interessados", afirmou.

"No lodo rosado?"

"Sim, sabe, é *baraka*, é uma bênção."

NO DIA SEGUINTE, KAMAL ME levou para conhecer seu

avô. Era um homem idoso de setenta e muitos anos, com uma cabeleira branca e o tipo de rosto de quem, em outra época, conduziu impérios para a guerra. Infelizmente, sofrera um derrame recentemente e era uma sombra do homem que havia sido. Nós nos sentamos no *salon marocain* da casa da família de Kamal, em espaçosos sofás dispostos ao longo de três paredes. Foram trazidos pequenos copos de bordas prateadas cheios de chá verde. Esperamos calmamente, mantendo um silêncio respeitoso. Só depois que o velho se espichou e adormeceu é que Kamal falou.

"Para viver no Marrocos", murmurou, "é preciso compreendê-lo. E, para compreendê-lo, é preciso conversar com os idosos. Só eles podem lhe ensinar as tradições."

"Mas seu avô é muito quieto."

"Ele teve derrame. Perdeu a voz."

Ficamos em silêncio. Era bastante agradável, como se o tempo realmente fizesse diferença.

"Como posso aprender sobre as tradições se não posso ouvi-lo falar sobre elas?", perguntei.

"Por osmose", respondeu Kamal. "Sente-se perto dele e vai sentir."

Então, aproximei minha cadeira e fiquei ali sentado. Uma senhora idosa entrou e encheu novamente nossos copos. Alguns minutos se passaram e uma segunda mulher, muito mais jovem que a primeira, entrou. Ela deixou uma bandeja com biscoitos.

"Estas são minhas avós", disse Kamal finalmente. "Está vendo como meu avô é bem tratado? Ele foi inteligente. Casou-se com duas mulheres. Pode ter custado dinheiro, mas ele conheceu o dobro da felicidade."

Deixamos o velho dormindo e voltamos ao jipe. Contei o episódio do lodo rosado. Tinha certeza de que ele teria uma explicação plausível.

"Hamza pensa que é *baraka*", comentei, "uma bênção de

Deus. É bobagem, não é?"

"Onde há o bem, há o mal", disse Kamal pensativo, "e onde o mal está presente, o bem também está."

Parecia uma frase de um filme de terceira de Bollywood[4].

"Bobagem", retruquei. "É lodo rosado e está pingando das paredes. Tenho certeza de que posso provar isso."

Kamal pegou um atalho no caminho para *Dar Khalifa*. Dirigiu cruzando trilhos de trem até chegar numa área chamada l'Hermitage. Havia espaçosas vilas construídas nos anos trinta. Suas linhas eram esguias e curvas; as árvores maduras. Paramos junto de uma das vilas maiores. Era cercada por um muro encoberto por buganvílias emaranhadas. Os postigos estavam cerrados e o jardim estava coberto de mato.

"Somos os proprietários desta casa", disse Kamal.

"Mas as portas estão fechadas com tábuas."

"Havia um medo", ela disse.

"Medo de quê?"

"O senhor vai rir."

Prometi que não o faria.

"Medo dos *djinns*."

Impedi que um sorriso aflorasse.

"Certo dia, quando minha tia estava lendo na cama", explicou Kamal, "um *djinn* entrou no seu quarto, agarrou o livro e arrancou todas as páginas. Então os banheiros ficaram inundados e não foi possível encontrar a causa. Depois disso, uma escrita estranha foi encontrada nas paredes."

"Quando foi que isso tudo aconteceu?"

"Muito tempo atrás, quando eu tinha sete ou oito anos."

"Então por que vocês não venderam a casa?"

"Por que não havia *baraka*", respondeu. "Ninguém ousa vender uma casa com *djinns* zangados."

---

4 Bollywood: termo informal que caracteriza a prolífica e melodramática indústria cinematográfica indiana. (N.T.)

"Então por que não exorcizá-los?"

"Não era a época apropriada", disse ele.

Enquanto dirigíamos de volta para a Casa do Califa, fiquei cismando. Como Hamza podia ter tanta certeza de que o lodo rosado era uma bênção? Qual era a época apropriada de exorcizar *djinns*? Como um homem moderno como Kamal acreditava nessas bobagens? Se eu estivesse na Europa, poderia ter feito essas e outras perguntas até obter respostas satisfatórias. Mas o abismo entre as culturas era muito profundo. Eu sabia agora que não era uma questão de pessoas tentando me enganar ocultando as respostas, e sim o fato de que, para algumas perguntas, não havia respostas.

A ÚNICA MANEIRA DE SER LEVADO a sério em Casablanca era comprar um carro de tração nas quatro rodas com janelas de vidro escuro e rodas extralargas. Quanto mais rico você for, ou quanto mais rico você quiser ser considerado pelas pessoas, maior o veículo, mais escuras as janelas e mais largas as rodas.

Certa manhã, um ronco profundo de motor foi ouvido no outro extremo da favela. Era tão alto que assustou os burros e os cachorros. Eu estava descarregando tijolos do nosso jipe coreano velho de guerra no fim da nossa rua, bem a tempo de testemunhar a estréia do mais novo brinquedinho do gângster. Veio descendo a rua principal. Era esguio e de um preto luzidio, e grande como um navio. O brasão da Cadillac brilhava na parte frontal como uma medalha de honra ao mérito. O carro avançou lentamente e parou ao lado do nosso abominável veículo. Senti meu coração bater mais rápido com o instinto de lutar ou fugir. Enquanto eu ficava ali de pé, meu rosto refletindo no vidro, a janela traseira desceu bem devagar. Era como se um véu fosse baixado pela primeira vez. Estava fitando os óculos escuros da Gucci do Don Corleone do Marrocos. Limpei as mãos sujas no peito e me adiantei para me apresentar. O chefão permaneceu imóvel, como uma estátua de cera. Seu rosto era confiante e sem rugas; suas narinas, dilatadas. Ele estendeu a mão. Inclinei-me na direção do carro para apertá-la. Mas, enquanto o fazia, os dedos do gângster transmitiram um sinal para o chofer. O vidro negro subiu enquanto eu recolhia minha mão e dava um passo para trás. Segundos depois, o Cadillac se fora.

CATORZE

O fruto do silêncio é a tranqüilidade.

DOIS DIAS DEPOIS DO EPISÓDIO com o lodo rosado, fui tomado por uma forte suspeita de conspiração. Ameaças veladas da esposa do gângster, conversas sobre *baraka* e *djinns* e o próprio lodo me levaram a um estado de paranóia. Estava certo de que forças sombrias trabalhavam contra nós. Mas, ao invés de fantasmas, tinha certeza de que eram as pessoas ao nosso redor que estavam conspirando para nos expulsar da Casa do Califa.

Os três caseiros devem ter sentido meu nervosismo. Eles vieram nos procurar naquela noite trazendo presentes. A esposa de Osman enviou uma porção de *khobs*, um pão caseiro rígido e redondo, temperado com sementes de anis. Hamza deu a Ariane e Timur novos amuletos para substituir os antigos. Sussurrou que as crianças viveriam mil anos. E o Urso me presenteou com um peso de papel de pedra polida feito por ele mesmo.

Depois dos presentes, vieram os avisos.

"Kamal é um homem muito, muito malvado", disse Osman, seu sorriso constante sumindo por um momento.

"Ele está tentando tomar *Dar Khalifa* do senhor", reforçou

o Urso. "Ele entende a papelada."

"Mas e o chefão?", perguntei. "Ele não é mais perigoso?"

Hamza sacudiu um dedo na frente do seu nariz. "Um ladrão cego dentro da casa é pior do que um ladrão caolho do lado de fora."

Quando Kamal apareceu, preveniu-me para tomar cuidado com os caseiros. Ele disse que estavam aliados ao gângster da *bidonville* e que o mantinham informado sobre os detalhes intrincados da nossa vida.

"Hamza e os outros são o cavalo de Tróia", declarou.

EU NÃO SABIA EM QUEM CONFIAR, então decidi não confiar em ninguém. O gângster e sua esposa, os caseiros e Kamal começaram a parecer partes diferentes do mesmo inimigo. Tinha certeza de que estavam todos conspirando juntos de algum modo.

Enquanto isso, encontrava consolo nos diários do meu avô. Sua criada, Afifa, era seu próprio cavalo de Tróia.

Ela é como uma gata siamesa, escreveu ele. *Depois de receber comida, abrigo e afeição, poderíamos pensar que ela se importaria com seu patrão. Mas o oposto é verdade. A profundidade da sua perfídia é desconhecida. Ela levaria tudo que possuo se pudesse se safar.*

A ironia era óbvia. Depois da morte do meu avô, Afifa aproveitou a oportunidade. Levou embora todas as posses dele que estavam na vila, até mesmo um relógio de bolso presenteado por Ataturk na década de trinta. Então, fugiu para as montanhas e, naturalmente, ela se safou.

COMECEI A PASSAR MAIS TEMPO sozinho, longe de *Dar Khalifa.* Era como se na casa houvesse olhos demais vigiando meus movimentos, bocas demais sussurrando sobre os acontecimentos. Rachana não conseguia compreender minha preocupação. Ela disse que nunca se sentira tão segura em toda a sua vida. Para me acalmar, eu explorava o bairro *art déco* no centro da cidade e procurava as jóias perdidas.

Um antigo guia para Casablanca, escrito durante o apogeu do domínio francês, não media elogios ao cinema Rialto. A casa de espetáculos fora inaugurada em 1930, quando Casablanca era uma vitrine para a modernidade francesa. Meu guia o descrevia como "um brilhante lapidado cujo fulgor encanta todo o norte da África". Havia uma fotografia ao lado do texto. Mostrava um casal fazendo pose diante das luzes brilhantes do recém-inaugurado Rialto. O homem estava usando um chapéu de feltro e sua acompanhante estava envolta dos pés à cabeça numa pele de marta.

O guia não fornecia indicações de como localizar o cinema, como se todos já soubessem onde o encontrar. Esperava que o lugar estivesse destruído ou abandonado, se é que estava de pé. Mas certa manhã, enquanto caminhava pelas ruas perto do antigo Marché Central, topei com ele.

Para meu espanto, o Rialto fora recentemente reformado e abrira mais uma vez. Era como se a faixa de inauguração tivesse sido cortada havia pouco e a delegação de abertura tivesse acabado de partir. O local estava em excelentes condições.

As portas da frente eram feitas de teca polida, revestida com vidro chanfrado. No vestíbulo, as luminárias eram de cristal polido à mão e as paredes revestidas com madeira castanha. O piso era feito de mármore de Carrara e o rosto dos ídolos de Hollywood enfeitava as paredes: Rodolfo Valentino e Charlie Chaplin, James Cagney, Ginger Rogers e Fred Astaire.

Depois da reabertura, era adequado que o primeiro filme em exibição fosse *Casablanca*. A seção vespertina estava prestes a começar. Comprei um bilhete e entrei.

No auditório propriamente dito, a iluminação era suave, com uma atmosfera de antecipação confortável. Não havia mais do que um punhado de espectadores sentados nos bancos novos de estofamento carmesim. Sentei-me numa das últimas fileiras, perto de outro estrangeiro. Ele estava usando um boné com a palavra "Casablanca". Eu ia dizer alguma coisa para ele, mas as luzes se apagaram e as cortinas foram abertas lentamente.

Pensei que seria curioso assistir a *Casablanca* em Casablanca, ainda que dublado em francês. Os guias turísticos adoram contar que o filme, talvez um dos mais famosos de todos os tempos, foi gravado inteiramente em Hollywood. Achava estranho que ele houvesse atraído tamanho culto, famoso por ser famoso. Enquanto as primeiras cenas se desenrolavam, não pude deixar de notar que a Casablanca exibida na tela tinha muito pouco a ver com aquela onde eu estava sentado. De fato, perguntei-me se as duas algum dia realmente se refletiram mutuamente. No filme, a Casablanca do tempo da guerra era um misterioso santuário onde refugiados que tentavam chegar aos Estados Unidos haviam encalhado. Embora o roteiro pudesse estar baseado em um fragmento da verdade, a cidade sonhada no estúdio da Warner Brothers era uma mistura sufocante de estilos árabes, enquanto a Casablanca da época era, para mim, européia dos pés à cabeça.

No fim do filme, as luzes acenderam e o homem com boné de Casablanca começou a escrever vigorosamente num bloco. Inclinei-me em sua direção e perguntei se havia gostado do filme. Ele olhou para mim, seu rosto gordo e rosado aparentando confusão.

"É claro que gostei", respondeu com um sotaque americano. "É o maior filme de todos os tempos."

"Você realmente acha isso?"

O homem tirou o boné e coçou os cabelos grisalhos. "É Hollywood na sua perfeição", afirmou, antes de me estender a mão, suada. Era fria e pegajosa como o corpo de uma cobra.

"Meu nome é Kenny. Faço parte do Grupo de Apreciação de *Casablanca* – GAC."

Deixei Kenny escrevinhando suas notas e saí para a tarde ensolarada. Deixar o filme e entrar na realidade era como despertar de um sonho conjurado pela mente de um louco. Mas pela primeira vez em muito tempo, eu estava calmo. Um pequeno táxi vermelho se aproximou. Abri a porta para entrar, mas alguém agarrou meu braço. Virei-me. Era Kenny.

"Você tem tempo para um café?", perguntou.

NÓS NOS SENTAMOS EM UM CAFÉ num beco perto do Rialto. O garçom deixou um par de cinzeiros na mesa, como se esperasse que cada um de nós fumasse um maço inteiro. Kenny pediu um refrigerante Dr Pepper, mas teve que se contentar com o ubíquo *café noir*. Como de costume, era tão viscoso quanto petróleo bruto e revestia sua boca, dificultando a conversa.

Kenny não esperou que eu começasse a conversar. Tocou a mesa com o indicador. "Estou numa viagem mundial", disse ele. "É como se fosse uma peregrinação."

"Você está com um grupo de viagens?"

"Não, estou sozinho."

"Que outros lugares pretende visitar?"

Kenny pegou seu caderno e o abriu. "Depois daqui vou para Atenas", respondeu, "depois para a Cidade do Cabo; então, para Nairóbi e, por fim, Katmandu. Quinze cidades ao todo – cinco continentes."

"Você está visitando santuários?"

"Não exatamente", disse Kenny. "Sabe, vou a todos os lugares onde *Casablanca* está em cartaz."

Levei um momento para compreender a escala da jornada de Kenny.

"Você está viajando pelo mundo inteiro para ver o mesmo filme repetidas vezes?"

"Isso."

"Mas... mas..."

"Mas o quê?"

"Mas isso é loucura", eu disse.

Houve uma pausa desconfortável. Eu não tive a intenção de perturbar Kenny. Ele pôs de lado o caderno; seu sorriso desaparecera.

"Pode ser loucura", observei, "mas é uma loucura magnífica!"

"Você acha mesmo?"

Franzi os olhos.

Kenny animou-se; seus olhos voltaram a brilhar. "Quero compartilhar algo com você."

"OK."

"É meu sonho. Sabe, eu tenho um sonho."

"Ah."

"Penso nisso desde a hora em que acordo", disse ansioso, "até o minuto em que vou dormir à noite."

"Ah", fiz de novo.

Kenny assentiu. Seus óculos caíram do nariz. "Você nunca vai adivinhar o que é."

"Tenho certeza de que não vou."

"É um parque temático, bem aqui em Casablanca."

"Sei."

"Tem uma diferença. Será o Parque Temático de *Casablanca*!"

Kenny esboçou os detalhes de seu sonho. A idéia era construir um centro para aficionados internacionais do maior filme de todos os tempos. Haveria o Rick's Café Americain, completo com mesas de jogos, espetáculos de canto e dança, passeios temáticos, questionários sobre o filme, um museu de cenários originais, doces de Casablanca e exibições contínuas do próprio filme.

"Isso vai ser caro", observei.

"Dez milhões de pratas."

Tomei o último gole do meu café. Kenny tocou meu pulso.

"Acabei de conhecê-lo", disse ele. "Você parece ser honesto e determinado, o tipo de pessoa com quem se pode contar."

"Quer dizer...?"

"Sim!", disse Kenny, levantando-se de um salto. "Sim! Estou dizendo que gostaria que você estivesse nisso comigo." Ele engoliu em seco para limpar o resíduo do café semelhante a piche da sua garganta. "Pense no assunto. Gostaria de ser meu sócio?"

NO CAMINHO PARA CASA, FIZ UM pequeno desvio para Habous para dar outra olhada na mesa espanhola. Tentei tirar Kenny e seu sonho da minha cabeça. Experiências anteriores me ensinaram que não devemos deixar uma idéia assim criar raízes; uma vez dentro de você, ela toma conta. Antes que perceba, é sugado e subitamente está tão obcecado quanto a pessoa que a imaginou. Não há nada que possa fazer.

Habous estava deserto. Tanto que fiquei preocupado, imaginando se houvera uma ameaça de atentado. Todas as lojas estavam fechadas. Não havia ninguém nas ruas e nada à venda. Não sei por que me dei ao trabalho de fazê-lo, mas fui até o pátio onde a mesa estivera à venda.

As portas da loja estavam bem fechadas. Olhei pela janela. A mistura de relógios *art déco* e mesas, pinturas, abajures e armários estava em silêncio. Virei-me para partir. Um homem estava diante de mim. Ele aparecera do nada. Saudou-me, e então reconheci o lojista. Perguntei-lhe se podia ver a mesa.

"É a décima vez que o senhor vem aqui", disse ele.

"Olhar para ela me deixa feliz."

O lojista abriu o cadeado e rolou para cima a porta de aço. "O senhor sabe onde ela está", disse ele.

Passei pelos artefatos e olhei para a mesa. O fundo da loja estava escuro, mas, de algum modo, um raio de sol perdido entrara. Iluminava seu verniz castanho. Naquele momento, compreendi que era uma questão de destino. A mesa devia ser minha.

O lojista sentara na sua cadeira de vime. Atravessei a tralha, cheio de adrenalina.

"Sou um escritor", disse energicamente, "e vou escrever livros naquela mesa, livros sobre o Marrocos. Eles serão lidos no mundo todo e vão inspirar as pessoas a visitarem seu país. Essas pessoas terão dinheiro, bastante dinheiro. Elas virão a Casablanca e entrarão na sua loja. Antes que perceba, será um homem rico, tudo isso porque foi sábio o bastante para fazer um bom preço para mim por essa mesa."

Os olhos do lojista brilharam como se tivesse uma visão. Acredito que tinha um nó na garganta. Ele não falou nada de início, mas ficou fitando o espaço.

"Meu amigo", disse ele depois de uma longa pausa, "para qualquer outra pessoa a miragem que você pintou seria inútil, mas, para mim, ela é muito valiosa. Na verdade, vale metade do valor da mesa. Você pode levá-la por metade do preço."

UM REBANHO DE CARNEIROS NEGROS estava sendo conduzido pela favela por um menino de dez anos. Calçava sandálias de plástico quebradas e acenava uma vara pontuda. De vez em quando um homem se adiantava e inspecionava uma das ovelhas – abrindo a boca e olhando os dentes ou cutucando as costas do animal.

"A celebração do Eid será realizada aqui em algumas semanas", explicou Kamal enquanto passávamos de carro. "As pessoas já estão se preparando. Cada família compra um carneiro e o mata em casa."

"Aquele menino é muito jovem para estar cuidando daquelas ovelhas", opinei.

"Há!", respondeu Kamal. "Na idade dele já trabalhava em tempo integral."

"Você não estava na escola?"

"Sim", ele respondeu. "Era lá que eu trabalhava. Costumava comprar doces no atacado e vendê-los no pátio. Então fiz com que outras crianças vendessem meus doces em outras escolas por toda Casablanca. Quando cheguei aos onze anos, estava ganhando cem pratas por semana. E os doces foram só o início."

"O que veio depois dos doces?"

Kamal levantou as sobrancelhas. "Aluguei uma garagem perto da minha casa", disse ele, "contratei quatro ou cinco sujeitos e comecei todo tipo de negócios. Fabriquei perfume barato e vendi para as garotas, e comprei graxa de uma loja de ferragens e a vendi como brilhantina para os rapazes passarem no cabelo. Contanto que a embalagem fosse convincente, eles compravam qualquer coisa. Então comprei e vendi galinhas e ovos, e até mesmo ovelhas. Eid era a época em que ficava mais ocupado", disse ele. "Comprava dois caminhões de carneiros contrabandeados da Argélia e os vendia a todos os pais na escola. Sempre que eu tinha um minuto sobrando, montava uma barraca durante o intervalo."

"O que você vendia?"

"Conselhos. Costumava ensinar os rapazes a paquerar as garotas, e as garotas, a paquerar os rapazes."

"Como você conseguia tempo para assistir às aulas?"

Kamal fungou. "A escola era meu mercado. Só ia lá quando tinha algo a vender."

Com o seu dom natural para ganhar dinheiro, não podia compreender por que Kamal estava trabalhando para mim. Ele poderia estar ganhando dez vezes mais que seu salário, se trabalhasse por conta própria. Isso só aumentava meu medo de que ele tinha um plano secreto, que envolvia me aliviar da Casa do Califa.

Quase toda semana, ele me trazia uma proposta de negócios. Primeiro foi um prédio de apartamentos no coração do bairro *art déco.*

"São dezessete apartamentos", disse ele. "Nós compramos o lugar, passamos uma mão de tinta e vendemos os apartamentos um por um."

"Quando a esmola é muita, o santo desconfia. Qual é o rolo?"

"Não tem rolo. O proprietário é um velho espanhol sem filhos. Ele vai morrer em breve, talvez muito em breve mesmo. Com um pouco de pressão, ele vai nos vender por um preço baixo."

Fomos dar uma olhada no edifício. Era maravilhoso. A fachada era adornada por varandas arredondadas e belos azulejos da Andaluzia. No interior, o pé-direito era alto, o piso coberto com parquete e os banheiros continham todos os acessórios originais. O único problema era que o edifício inteiro fedia. O motivo para isso ficou claro quando inspecionamos o térreo, onde um açougueiro mal-humorado tinha uma loja especializada em *cheval*, carne de cavalo.

Depois do prédio de apartamentos, veio a idéia de Kamal de vender tâmaras marroquinas para o Golfo Árabe e depois começar uma firma de ambulâncias particulares; depois disso, ele sugeriu construir um banco de sangue apenas para mulheres, e então teve a idéia de exportar tendas de pêlo de cabra feitas por beduínos para a Guatemala.

Nunca conhecera alguém tão hábil em fornecer produtos. Ele podia ter evitado a sala de aula, mas na sua infância desenvolvera o pensamento lateral, uma habilidade valiosíssima na hora de comprar algo por um preço barato.

O melhor exemplo foi quando precisamos comprar cinco mil ovos.

COM OS PISOS PROGREDINDO bem, começamos a voltar nossa atenção para as paredes. Estava ansioso para usar *tadelakt*, o reboco de Marrakesh, feito de albumina e pó de mármore, polido com uma pedra lisa tirada do leito de um rio. O reboco fora originalmente desenvolvido para o uso em *hammans*, banhos turcos, onde podia suportar o vapor ardente por anos a fio. Mais recentemente, passara dos banheiros para os salões e se tornara um favorito da nova elite européia de Marrakesh. Os vermelhos profundos e os rosas do *tadelakt* tradicional são complementados por dezenas de novas cores, obtidas pelo acréscimo de algumas gotas de pigmento sintético.

O bom *tadelakt* é notoriamente difícil de aplicar, o que explica por que a maioria dos estrangeiros termina com paredes cheias de rachaduras e reboco que se despedaça com um toque. Tínhamos mil e quinhentos metros quadrados de paredes para cobrir com *tadelakt*, a maioria deles no tradicional rosa de Marrakesh.

Kamal enviou um mensageiro até o sul, em busca de artesãos hábeis na aplicação de reboco. Então me chamou para sair no jipe.

"Para onde estamos indo?"

"Para uma pequena vila perto de Rabat", disse ele.

"Por quê?"

"Para comprar ovos."

As paredes da Casa do Califa eram velhas, e paredes velhas causam muitas dificuldades para equipes de *tadelakt* devido a suas rachaduras finas. A maneira de impedir rachaduras é primeiro preparar bem as paredes, aplicando uma camada de cimento branco, onde o reboco pode ser fixado. Então, quando o *tadelakt* foi aplicado e lixado, é envernizado com clara de ovo. A albumina fixa a superfície e se torna ainda mais forte com o passar dos meses, à medida que o reboco seca.

Kamal calculara que precisávamos de pelo menos cinco mil ovos. Se tivéssemos ido ao Mercado Central de Casablanca, teriam custado uma fortuna. Mas, por meio de sua rede de primos, tios e tias distantes, traçara um membro perdido da família que era proprietário de uma granja – um milhão de aves atulhadas em um vasto celeiro para chocar ovos.

DOIS DIAS DEPOIS QUE VOLTAMOS para casa com os ovos, um homem alto e magro, de olhos brilhantes e cabelo dividido no meio apareceu na casa. Notei que seus dedos eram extremamente longos, como se tivessem sido esticados. Ele mal se mexia e não disse uma palavra até que perguntei qual era seu nome. Ele se aproximou. Só quando sua boca estava junto do meu ouvido é que sussurrou "Mustafa", seguido por "*tadelakt*".

Minha experiência limitada na reforma de casas no Marrocos me ensinara a desconfiar de pessoas que falavam ou sorriam demais; os melhores eram os tipos silenciosos com rostos desanimados. Mustafa, o rebocador, era o artesão mais silencioso e taciturno que já conhecera. Ele quase nunca falava e sempre mantinha uma expressão como se o mundo estivesse prestes a acabar. Era tão silencioso quanto um mímico. Ao inspecionar o trabalho a ser feito, ele não fez nenhuma pergunta, então tagarelei sobre todas as informações de que pensei que ele poderia precisar.

Começou no dia seguinte, com uma equipe de cinco homens. Todos tinham os mesmos dedos extralongos e o mesmo comportamento taciturno e silencioso. Contemplei-os através de uma janela aberta, enquanto começavam a trabalhar no salão. Eles faziam gestos uns para os outros, só falando em voz alta quando absolutamente necessário. E, quando andavam pela sala, pisavam tão de leve que não faziam som algum.

Hamza ficou impressionado com sua silenciosa melancolia.

"São homens bons", gritou, batendo palmas com força. "Vão trazer harmonia para esta casa."

UM AMIGO MARROQUINO ME contara que, para compreender este país, é preciso compreender o reino ao norte. As culturas do Marrocos e da Espanha, disse ele, estão conectadas pela história, pela tradição e pelo sangue. Assim, no meio de fevereiro, planejamos uma viagem até o Alhambra no sul da Espanha, onde o grande palácio-fortaleza dos reis mouros ainda se ergue sobre Granada. Parecia a época perfeita para visitar o que deve ser o mais belo palácio islâmico já construído.

Outro motivo para a jornada era me afastar de Casablanca. Fantasiei que, quando voltássemos uma semana mais tarde, todo o trabalho estaria terminado. Para garantir que os artesãos trabalhariam dia e noite, pedi a Kamal que dormisse na casa até nosso retorno.

Vivendo no Marrocos, é fácil esquecer que a Europa está a apenas alguns quilômetros ao norte, ainda que em outro continente. Pegamos o trem até Tânger e cruzamos o Estreito de Gibraltar até Algeciras – uma cidade portuária no sul da Espanha. A barca estava bem afundada na água, inclinando a bombordo. Chamava-se Isabel – o nome da rainha que expulsou os muçulmanos espanhóis da Península Ibérica oito séculos atrás. O estreito pode ter apenas quinze quilômetros no seu percurso de menor distância, mas divide dois continentes, um oceano e um mar.

Ficamos no convés sentindo a brisa, observando enquanto a África ia desaparecendo. Os minaretes de Tânger ficaram cada vez menores, até que não eram mais do que pontos no horizonte. Gaivotas davam rasantes sobre a popa, onde uma dúzia de caixotes de peixe estava acondicionada em gelo. Caminhamos pelo convés até a proa, de onde vimos a Europa se aproximando.

QUALQUER UM QUE TENHA viajado pela Andaluzia foi tocado pelo encanto do Marrocos. Os mouros recuaram até o solo africano, mas seu legado permanece por toda a península. Sua invasão da Espanha ocorreu em 711 da Era Cristã e a fé islâmica foi praticada ali por mais de setecentos anos. Hoje em dia, é possível encontrar traços do passado mouro na comida e na música espanhola, na sua erudição, no folclore e no próprio idioma.

O palácio de Alhambra em Granada é tão belo que um visitante se sente incapaz de descrevê-lo. Fui até lá pela primeira vez quando garoto. Lembro-me de caminhar pelos jardins e pelos grandes salões, a boca aberta de espanto. Nunca havia imaginado tal beleza, tamanha precisão.

O ar gelado do inverno estava perfumado com o aroma de rosas e tranqüilizado pelo som das águas caindo das fontes. Perambulando novamente pelos pátios, desta vez com meus próprios filhos, fiquei encantado pela serenidade, um balé em pedra. As linhas e as texturas eram agradáveis à visão, os sons e aromas igualmente encantadores. Como um balé, passava a sensação de que tal perfeição fora criada sem esforço.

Hospedamo-nos em uma pequena pousada à sombra do palácio. As noites eram frias, as manhãs cobertas de geada. Fui tomado pela sensação de tranqüilidade. Disse a Rachana que queria ficar lá para sempre e deixar para trás a Casa do Califa. Ela riu, depois ficou muito séria.

"Você não está brincando, está?"

NA SEGUNDA NOITE NA ESPANHA, recebi uma ligação. Era Hamza. Estava histérico. Parecia chorar.

"*Monsieur* Tahir! *Monsieur* Tahir!"

"Hamza, o que aconteceu?"

"*Monsieur* Tahir, nós somos homens bons. Nós somos honestos", disse ele, com a respiração entrecortada.

"O que aconteceu, Hamza? Por que está ligando? A casa pegou fogo?"

"Não, não, não é a casa."

"Então o que foi?"

A voz do caseiro tremeu. "É Kamal", disse. "Ele é um homem muito, muito malvado."

"O que ele fez?"

"Ele... ele..."

"Ele o quê?"

"Ele encheu a casa com *femmes de la route*, mulheres da rua!"

Como um adolescente cujos pais estavam fora da cidade, Kamal se lançara numa extravagância de vinho, mulheres e haxixe barato, dia e noite adentro. Hamza disse que os trabalhadores foram mandados embora pela porta de trás. Então, a porta da frente de *Dar Khalifa* fora escancarada. Todas as prostitutas da cidade foram convidadas para a festa do século.

"Estão fazendo coisas muito, muito feias em todas as salas", exclamou Hamza. "Que Allah seja minha testemunha. Vi com meus próprios olhos!"

QUINZE

Uma promessa é uma nuvem;
o cumprimento é chuva.

KAMAL COSTUMAVA CONTAR histórias sobre como se vingara terrivelmente de qualquer pessoa tola o bastante para enfrentá-lo. Ele se orgulhava de ir à forra, destruindo as fortunas daqueles que ousaram cruzar seu caminho. Nos últimos meses, gabara-se dos homens que jogara na cadeia no Marrocos. Dois de seus próprios primos estavam vendo o sol nascer quadrado na pior prisão de Casablanca. Seu erro foi pensar que poderiam passar a perna em Kamal Abdullah. Outros receberam punições mais originais. Um de seus adversários, contou, abominava o calor. Ele foi atraído para o deserto e enterrado até o pescoço na areia. Outro foi filmado na cama com sua amante e a fita foi enviada para sua esposa.

Uma vez lhe perguntei como decidia qual forma de vingança iria aplicar.

"Não é fácil", respondeu. "É preciso pensar sobre o assunto. Não se deve agir rápido demais. Se você se apressar, pode estragar uma boa oportunidade. Não adianta ir para a cadeia se isso não vai ferir muito alguém."

"A cadeia fere todo mundo", retorqui.

"Não, não fere", disse Kamal. "Ela não fere os ricos."

"Então, o que fere os ricos?"

"Experimentar a pobreza."

Tinha medo do que Kamal faria se eu o humilhasse, expulsando-o da Casa do Califa. Mas não podia permitir que sua libertinagem continuasse rolando descontrolada. Por outro lado, se eu o censurasse e não o expulsasse, tornaria minha fraqueza aparente. Pensei em voltar correndo de Granada para resolver as coisas em Casablanca. Sentei-me diante da lareira do hotel, fitando as chamas, ponderando a situação. O problema era que Kamal compreendia até que ponto eu valorizava seu *know-how*.

Finalmente concebi um plano. Liguei para ele e disse que um amigo íntimo da Inglaterra estava prestes a chegar a *Dar Khalifa*. Ele estava viajando pelo Marrocos, expliquei, e ficaria em nossa casa durante nossa ausência. Ele estava prestes a chegar a qualquer momento, disse eu. Kamal ouviu calmamente e prometeu sair imediatamente.

Cinco dias depois, chegamos em casa. Os caseiros estavam perfilados junto à porta da frente; eles nos saudaram e cuspiram seus relatórios.

"Ele trouxe vergonha para todos nós", disse o primeiro.

"Ele trouxe vergonha para nossa família", acrescentou o segundo.

"E vergonha para nossos ancestrais", murmurou o terceiro.

Entramos na casa. Estava esperando ver o lugar de cabeça para baixo, mas aconteceu o contrário. Nosso quarto passara por uma faxina. A cozinha estava brilhando como se um exército de criadas a houvesse esfregado de cima a baixo. O resto da casa, embora estivesse em obras, também estava limpo. Hamza me fitou enquanto percorríamos as salas.

"Kamal é um mágico", disse ele.

LOGO DEPOIS DO MEU RETORNO, visitei Hicham Harass. A chuva de inverno inundara seu barraco. Ele pediu desculpas pela desordem e acenou para a bagunça.

"Nada disso é precioso, precioso de verdade", disse ele. "Criei afeição por algumas coisas, mas é tudo lixo. Minha esposa gosta, mas ela não compreende o que é valioso e o que não é."

Hicham se inclinou em sua cadeira confortável, descalçou os sapatos e mandou a esposa fazer chá de menta.

"As mulheres não sabem, não é mesmo?", comentou. "Elas se esforçam muito, mas não conseguem entender as coisas que são importantes para um homem. Selos, por exemplo; mostre-me uma mulher que goste de selos!"

NA SEMANA EM QUE ESTIVEMOS viajando, Mustafa, o mímico, começara as paredes. Sua equipe aplicava o *tadelakt* com amplos movimentos arqueados. O próprio reboco havia sido preparado em um tonel que fora construído no terraço. Tinha mais de três metros de comprimento e um metro e vinte de largura. Enquanto jogavam o reboco nas paredes e arcos, a equipe cantava muito suavemente – vozes de tenor ecoando pela casa. Eles se alternavam para cantar um verso, os outros entrando com o refrão. Só cantavam quando estavam de fato rebocando, como se o ritmo desse consistência a seu trabalho.

Eles começavam a trabalhar nas paredes de uma sala apenas quando o piso havia sido colocado e coberto com serragem das serrarias de cedros. A equipe de *bejmat* passara tanto tempo em *Dar Khalifa* que praticamente se mudara para a casa. Bastou uma olhada no seu trabalho para saber que nunca precisaria inspecioná-los novamente. Era impecável, criado por um antigo conhecimento, uma fusão de matemática, química e belas-artes. Os mestres de *bejmat* não cantavam. Estavam concentrados demais.

A sala de brinquedos das crianças, junto do salão principal, seria o único aposento com cerâmicas esmaltadas. Desse modo, mesmo se fossem cobertos de tinta e cola, poderiam ser facilmente limpos. Os artesãos passaram dias colocando cerâmicas verdes e brancas em um simples desenho de tabuleiro de xadrez. Eles alcançaram a linha final, só para descobrir que a sala era mais irregular do que haviam calculado. Sem uma palavra, levantaram o piso inteiro e o colocaram de novo, girando o padrão em três graus. Na segunda vez, ele encaixou perfeitamente.

Todos os dias, Aziz me abordava e implorava, sobre copos de chá de menta, que eu permitisse que ele demonstrasse sua habilidade. Disse que passara a vida inteira dominando a complexidade e, caso tivesse a chance, transformaria a Casa do Califa em um labirinto de desenhos. Vencidos depois de semanas de seus pedidos, concordamos que ele colocaria cerâmicas de bordas com padrões nas paredes das salas.

Quando essa decisão foi tomada, Aziz se ergueu, deixou o chá e beijou minhas bochechas. Havia lágrimas nos seus olhos.

"O senhor vai chorar quando contemplar a beleza do trabalho", prometeu.

No dia seguinte, um novo artesão chegou a *Dar Khalifa.* Aziz o chamara para cortar padrões nas cerâmicas esmaltadas comuns. Em uma mão ele carregava um *manqash* – um pesado martelo de borda afiada – e na outra, trazia uma almofada. Uma cesta de quadrados cor-de-rubi foi trazida por um aprendiz. Ele colocou a almofada no chão e começou a esculpir.

Se há alguma memória da Casa do Califa que levarei para o túmulo, não será o rosto sorridente dos caseiros ou sua conversa constante sobre *djinns.* Tampouco serão os zurros dos burricos na noite ou o perfume da madressilva no crepúsculo. Será o *ching! ching! ching!* do martelo do mestre, formando o padrão cursivo com uma precisão que só pode ser alcançada por um longo aprendizado.

Ele ficou ali sentado dia após dia, semana após semana, aparando as cerâmicas com o martelo. Eu o contemplava, hipnotizado pelo fato de que um homem houvesse aprendido tamanha técnica com uma simples ferramenta afiada. No nosso mundo, teríamos imaginado uma máquina para fazer o trabalho. O resultado seria um padrão uniforme, sem vida, desprovido de qualquer significado. Seu trabalho era fluido e vivo. Tinha alma.

MINHAS CONVERSAS COM Hicham Harass me acalmavam. Eu chegava a seu barraco mudo de raiva por ter sido forçado a pagar dez vezes o preço comum por pregos, dobradiças de bronze ou tubos de cola chinesa. O velho filatelista me convidava para o chá, esfregava os pés inchados e falava. Nossas conversas faziam mais do que preencher o abismo de uma nova cultura. Baixavam minha pressão sanguínea e agiam como um tipo de terapia. Depois de uma hora da argúcia de Hicham, eu flutuava de volta para *Dar Khalifa*, minha mente purificada de todos os problemas.

Certa tarde, Rachana fez *curry* de galinha com a receita de sua avó. Sobrou tanto que enchi uma travessa e a levei até a favela ao barraco de Hicham Harass. O velho era um dos poucos marroquinos que eu conhecia que gostava de comida extremamente temperada. Havia dois homens na ruela estreita em frente à sua casa. Era óbvio que não estavam ali numa visita social. Um deles acenava um bloco e gritava insultos. O outro estava carregando a velha televisão portátil do colecionador de selos. A esposa de Hicham estava implorando a eles, seu rosto vermelho de tanto chorar. Ela me levou para dentro.

"Malditos sejam", vociferou o ancião assim que me viu. "Na próxima vez vão arrancar minhas calças."

Ofereci-me a emprestar dinheiro a Hicham caso precisasse. Ele me agradeceu.

"O Profeta disse que os agiotas eram mais baixos do que ladrões", disse. "São uns estúpidos, mas sou ainda mais estúpido por pegar dinheiro emprestado com eles."

CERTA MANHÃ, VI HAMZA SENTADO sozinho no jardim, junto do poço falso que construíra. Estava com a cabeça entre as mãos, como se estivesse em lágrimas. Relutei em perturbá-lo e decidi deixá-lo em paz. Quando encontrei Osman à tarde, perguntei se havia algo errado.

"Hamza vai morrer", explicou.

"O que há de errado com ele? Está doente?"

"É pior do que uma doença", afirmou, fazendo um gesto de cortar a garganta com o dedo.

"Você quer dizer que alguém vai matá-lo?"

"Talvez."

Sob qualquer ponto de vista, aquela era um conversa oriental. Como um estrangeiro, receei não ter uma verdadeira esperança de compreensão. Perguntei a Osman se ele poderia explicar melhor.

"Hamza teve um sonho. Sonhou com um homem montando um camelo no deserto."

"E...?"

Osman olhou para mim, zombeteiro.

"Não é o bastante?"

"Não sei dizer."

"Todo mundo sabe", afirmou o caseiro com severidade, "que alguém que teve esse sonho logo dará seu último suspiro."

Na manhã seguinte, vi Hamza novamente. Ele estava no pátio do jardim, varrendo folhas com um ar melancólico. Contei-lhe que ficara sabendo sobre seu sonho.

"O que minha família vai fazer sem mim?", ele gemeu. "Vão passar fome."

"Tenho certeza de que você não vai morrer", afirmei. "É só

um sonho, e a maioria dos sonhos não se realiza."

O caseiro jogou o cabelo para trás com a mão. "Tive o mesmo sonho sete noites seguidas", replicou. "Não há dúvida. Morrerei em breve. Só Allah sabe a hora."

Dar Khalifa foi banhada por uma atmosfera de sofrimento imaginado. Parecia ridículo, mas, sempre que eu questionava o fato, os caseiros levantavam as mãos bem alto e exclamavam que o sonho era um sinal inconfundível. Eles andavam pela casa com a cabeça baixa e expressões de sofrimento no rosto. Perguntei ao Urso se havia alguma coisa que eu pudesse fazer.

"O senhor pode pedir a Qandisha que proteja Hamza", sugeriu.

Não entendi. Qandisha supostamente me detestava por viver em sua casa.

"O senhor pode pedir a ela", insistiu o Urso. "Ela pode escutá-lo."

Considerei a situação absurda, especialmente porque eu era o único que não acreditava em *djinns*. Como podia pedir a uma entidade que eu não podia ver que salvasse a alma de Hamza?

"É simples", respondeu o Urso. "O senhor deve ir a um lugar onde touros são abatidos e molhar a ponta do dedo em sangue quente. Toque seu rosto com ele, no ponto acima do nariz e os *djinns* se tornarão visíveis."

Kamal concordou que a maneira mais fácil de ver *djinns* era fazer como o Urso descrevera. Ele não considerava isso estranho de modo algum e me levou de carro a um abatedouro na fronteira leste de Casablanca. Como qualquer um que me conheça bem pode testemunhar, sinto-me enjoado perto de cadáveres. Chovia forte quando chegamos ao abatedouro. O céu estava tão coberto de nuvens de tempestade que mais parecia noite do que dia. Corremos do jipe para a entrada principal do matadouro e ficamos encharcados em segundos.

Entrando, Kamal explicou ao gerente o motivo de nossa visita. Fiquei imaginando como um funcionário de matadouro inglês reagiria se disséssemos que precisávamos de sangue fresco para materializar um fantasma. O gerente marroquino concordou prontamente, como se fosse um pedido comum. Levou-nos até o abatedouro onde os touros estavam sendo mortos.

O lugar fedia a morte e estava coberto de sangue. Os últimos berros dos animais condenados eram afogados pelo zumbido de uma lâmina circular, girando rápido, cortando ossos. De acordo com a tradição islâmica e a crença no abate *halal,* os animais eram sangrados até a morte. Eram trazidos de um cercado, um de cada vez. Dois homens se adiantavam e amarravam as pernas da criatura. Levava alguns segundos. Seguravam o pescoço do animal, mantendo-o rígido enquanto o touro lutava para se soltar. Uma faca curta cortava a jugular e o processo de morte começava.

Tentei ir embora, mas Kamal me mandou ficar. Ele disse que a morte era parte da vida e que era bom testemunhar onde uma terminava e a outra começava.

O animal tremeu em espasmos durante bastante tempo, mostrando o branco dos olhos, a boca grunhindo, a língua pendurada. Uma vasta torrente de sangue jorrara da ferida. Os espasmos continuaram muito tempo depois da morte. Quando o touro morreu, o gerente indicou que eu podia pegar todo o sangue de que precisasse. Inclinei-me, enfiei a ponta do dedo na poça e passei uma única gota sobre meu nariz. Senti-me enojado.

Em casa, tranquei-me na sala onde vira o lodo rosado. Segundo Hamza, Qandisha morava ali. O lodo podia ter sido um sinal de *baraka*, mas os caseiros ainda temiam o local.

Levei uma cadeira comigo e me sentei ali por boa parte da tarde. As janelas estavam fechadas. A sala cheirava à umidade. Do lado de fora, a chuva continuava, implacável. Não tentei conversar com Qandisha. Parecia inútil tentar falar com algo em que não acreditava. O sangue acima do meu nariz estava borrado. Eu poderia ter me importado, mas meus pensamentos estavam no matadouro. Como tantos na nossa sociedade, sou um hipócrita. Adoro comer carne, mas desprezo o negócio que a fornece.

Refleti sobre Hamza, Osman e o Urso, e sobre nossa própria vida em *Dar Khalifa*. Pensei em Ariane e Timur, e na infância que teriam e que estavam tendo. Passavam seus dias em inocência, perdidos em uma terra que os tratava como reis. Não tinha idéia de quanto tempo viveríamos na Casa do Califa, mas naquele momento esperava que fosse para sempre.

ALGUNS DIAS DEPOIS, TIVEMOS notícias de que nossa mobília chegara da Índia e que estava aguardando no porto de Casablanca. Eu fizera a compra *on-line* meses antes. A Internet, um cartão de crédito e uma garrafa de vinho tinto forte formavam uma combinação perigosa. Basta um clique no *mouse* para causar sua destruição financeira. Num momento de entusiasmo precipitado, encomendei seis poltronas e cinco sofás, três camas *king size*, uma prateleira giratória e uma escrivaninha; e uma mesa de jantar longa o bastante para receber um time de futebol e seu técnico. E, como se não bastasse, encomendara uma antiga porta de mogno de um palácio no Rajastão e um balanço de madeira entalhada tirado de um harém em Misore.

Na manhã seguinte, recebi o *e-mail* da firma, confirmando meu pedido e me agradecendo pelo pagamento adiantado. Pagamento adiantado? Meus olhos saltaram da órbita. Procurei na minha carteira. Meu cartão de crédito não estava lá. Estava na mesa de centro, ao lado do copo de vinho vazio. Passei a manhã despachando mensagens frenéticas, mas não havia esperança. A companhia de móveis em Mumbai se recusou a cancelar o pedido. Eles me aconselharam a tomar mais cuidado com meu dedo no *mouse* da próxima vez.

QUANDO ENCONTREI HAMZA À tarde, ele estava rindo. Disse que o sonho do homem montando um camelo no deserto foi substituído por outro, em que ele viu uma serpente deslizando pela grama alta.

"Isso é bom?" perguntei.

"Mas é claro", respondeu Hamza, exultante. "Isso significa que há boa sorte à minha frente."

Naquela tarde, quando fui almoçar, encontrei os três caseiros reunidos atrás de uma sebe. Estavam falando rápido e em sussurros. Quando notaram minha aproximação, pararam e cobriram a boca com as mãos. Osman apontou para mim.

"Lá está ele", disse.

Os três homens vieram correndo, seguidos pelo jardineiro. Então a cozinheira saiu rapidamente da cozinha e chamou a criada, que chamou a babá. Depois disso, os artesãos da casa vieram ver o que estava acontecendo. Todos ficaram respeitosamente alinhados, como se estivessem na presença de um santo.

"Os *djinns* escutam o senhor", disse Hamza.

"O senhor tem *baraka*", disse Osman.

"O senhor é abençoado", disse a criada.

De início dei de ombros, já que nem mesmo havia pedido aos *djinns* que ajudassem Hamza, porque não acreditava neles. Mas eles declararam que não havia dúvida. Agradeceram a Allah por ter me abençoado. Tentei explicar que estavam enganados, mas não quiseram me ouvir. Então, um de cada vez, passaram a me elogiar. Disseram que meu coração era casto, que eu era como uma criança que ainda não havia sido maculada pela realidade do mundo. Foi bom ser elogiado. Era bem diferente do baixo *status* que costumavam me atribuir. Gritei com eles. Afirmei que o contrário era verdade; minha mente regularmente era ocupada pelos mais repulsivos pensamentos imagináveis.

"Só aquele que é abençoado finge não sê-lo", disse o Urso.

"Ele prova ter *baraka* ao negá-lo", afirmou a cozinheira.

"Ele tem poder porque é um descendente do Profeta", disse Hamza.

Osman ia dizer alguma coisa, mas em vez disso correu para a *bidonville*. Voltou cinco minutos depois com sua filhinha bebê. Tinha cerca de três meses de idade e estava com febre alta.

"Por favor, toque a testa dela com sua mão", pediu Osman. "Sua *baraka* vai curá-la."

Quando eu era criança, meu pai me preveniu para nunca mencionar nossa linhagem no mundo árabe. Perguntei-lhe por quê. Ele explicou que ser descendente da linhagem do Profeta era considerado muito importante por muitas pessoas, mas era algo tão gravemente sério que nunca devia ser mencionado.

Anos depois, li sobre as horas finais da vida do Profeta Muhammed. É dito que, no seu leito de morte, ele ordenou a seus seguidores mais fiéis que se aproximassem. Disse que logo abandonaria o mundo mortal, mas que, antes de partir, deixaria para eles suas duas posses mais preciosas. A primeira era o Sagrado Corão e a segunda era sua família.

Pode parecer estranho, mas é um legado que tem preocupado os mulçumanos desde então. Os parentes próximos de Muhammed, muitas vezes conhecidos no Oriente como "O Povo do Manto", são reverenciados por todos os seguidores do Islam. Nenhuma outra família recebe tamanho respeito ou teve uma influência tão dinâmica na sociedade islâmica. Os descendentes diretos do Profeta se destacaram como filósofos, poetas, geógrafos, guerreiros e reis.

Fiquei tocado com o fato de Osman me considerar capaz de curar simplesmente devido ao sangue em minhas veias. Ao mesmo tempo, fiquei confuso e um pouco assustado. Dei-lhe um frasco de remédio para baixar a febre de sua filha.

"Isto vai funcionar melhor do que qualquer cura que eu possa realizar", afirmei.

O PORTO DE CASABLANCA É O maior da África. Cobre milhas da costa e é praticamente uma cidade por conta própria. O perímetro é murado com cerca de arame farpado, postos de sentinela e policiais armados. Há dezenas de cais apinhados de enormes guindastes de aço, prontos para descarregar navios de todos os cantos do mundo. Eles vêm de Xangai e São Paulo, de Helsinque, Hong Kong, Yokohama e Vladivostok. Era impossível dizer o que havia dentro dos uniformes contêineres de aço. A única pista era quando os inspetores da *douane*, a alfândega, chegavam, serravam a vedação de chumbo e esvaziavam o conteúdo no chão.

Meu medo de pagar as taxas de importação marroquinas era muito grande. O porto estava cheio de histórias de terror. Ouvi falar de pessoas cujos bens estavam confinados há anos, até mesmo gerações. Kamal disse que seu próprio pai ficara tão revoltado com a taxa sendo cobrada que pôs fogo em um contêiner cheio de máquinas e foi embora.

Passamos três tardes em um café do lado de fora do portão principal. O café era mais espesso e escuro do que em qualquer outro lugar em Casablanca. Como tudo o que estava a menos de um quilômetro do cais, cheirava a peixe podre. A sala estava cheia de tipos mal encarados, todos vestidos em *jellabas* esfarrapados e *barbushes* desgastadas. Não havia uma única mandíbula barbeada no local.

Alguns estavam jogando damas com tampas de garrafas em tabuleiros feitos à mão. Outros estavam reunidos trocando histórias fantásticas sobre suas viagens e malfeitorias.

"São todos mentirosos", disse Kamal. "E são ladrões."

"Então, o que estamos fazendo aqui? Por que não vamos direto ao escritório da Alfândega?"

"Pesquisa", ele disse. "Estamos fazendo pesquisa."

No quarto dia, estávamos do lado de fora do café ao lado de uma carreta que vendia copos de caracóis cozidos. Kamal conversava com o vendedor caolho e eu tentava fingir que estava me divertindo. Todo mundo sabia que aquele não era meu lugar. Não conhecia as regras. Fingi me deliciar com o gosto da refeição de moluscos. Kamal me mandou ficar quieto.

"As pessoas não comem caracóis porque gostam deles", afirmou. "Elas comem porque são baratos."

O vendedor caolho piscou lentamente e encheu meu copo novamente de graça. Ele disse que eu apreciava seu produto, o que era uma boa propaganda. Ficamos ali devorando caracóis, assistindo à agitação de veículos de rodas. Havia carroças portando árvores inteiras do Brasil, empilhadeiras, estivadores puxando carrinhos, bicicletas, lambretas e material rodante.

No quinto dia, Kamal disse que era hora de entrar no porto propriamente dito. Mostrei meu entusiasmo com a idéia.

"Mas há um problema", disse ele. "Não temos passes, de modo que não podemos entrar."

"Como vamos pegar o contêiner se não podemos entrar no porto?"

Kamal olhou pelo portão principal. Três policiais estavam de guarda. Qualquer um que chegasse sem um passe era mandado de volta. Vimos um homem tentando subornar os guardas. Ele foi preso, algemado e levado embora. Um momento depois, um garçom do café teve permissão de entrar. Estava levando um bule de prata de chá de menta para os oficiais do escritório da alfândega.

Olhei ao redor, mas Kamal desaparecera. Quando me virei novamente, ele estava entrando pelo portão principal. Vestia um colete marrom e equilibrava uma bandeja na mão e um copo na bandeja.

Por três horas esperei com o vendedor de caracóis. Conversamos sobre amenidades e caracóis. Nunca imaginara que havia tanto a aprender sobre as criaturinhas de concha. O vendedor contou que sua família vendia caracóis no porto há cem anos. Estavam lá, disse ele, desde antes da ocupação francesa, quando Casablanca era pouco mais do que um vilarejo.

Então explicou como seus ancestrais foram médicos berberes das montanhas, onde costumavam curar os doentes com remédios secretos.

"Vocês usavam plantas para seus remédios?", perguntei.

O vendedor se sacudiu. "Não", respondeu. "Usávamos caracóis. Eles são um remédio com poder de cura, mas dá mais dinheiro vendê-los como comida."

Esperava poder mudar de assunto, mas o vendedor caolho tinha mais informações a fornecer.

"Há tantos tipos de caracóis", disse ele com prazer, "e cada um deles possui um uso diferente. Você pode curar tifo com caracóis marinhos, a tosse pode ser aliviada com caracóis de árvores e, se uma mulher deseja encontrar um marido, só precisa comer caracóis cozidos misturados com seu sangue menstrual."

Felizmente, naquele momento chegou Kamal.

"Eles estão brincando conosco", disse ele.

"Podemos levar os móveis?"

Kamal me fitou nos olhos. "A Alfândega quer que o senhor pague cinqüenta mil dólares."

NO DIA SEGUINTE, PETE LIGOU inesperadamente. Eu estava sentado pegando sol no gramado, lendo um livro sobre história berbere. Hamza havia carregado minha cadeira de vime para a área ensolarada e insistia em ajustar sua posição em pequenos intervalos enquanto o sol avançava. Estava agradecido a ele por me tratar tão bem, mas também estava irritado, já que isso começara a prejudicar minha leitura. Os outros dois caseiros espreitavam ali perto, ávidos para me agradar.

A voz de Pete parecia fraca, como se estivesse doente.

"Você está bem?"

"*Alhamdulillah*", respondeu, "graças a Deus."

"Mas sua voz parece fraca."

"Tive tifo", contou Pete com a voz trêmula.

"Que tal a vida de casado?"

Pete começou a tossir. "Vamos voltar para os EUA."

"Pensei que tivesse dito que nunca mais voltaria."

"Há um motivo", replicou.

"Qual?"

"Vou montar uma missão islâmica em Austin. É minha vocação. Vou difundir a Palavra, vou salvar almas cristãs."

Pensei em tentar detê-lo, mas a experiência havia me mostrado que nada pode enfrentar o zelo de um convertido. Qualquer sugestão de diminuir a intensidade da mensagem só alimenta as chamas. Desejei boa sorte a Pete e disse que esperava que nossos caminhos se cruzassem em breve. Ele sabia que era mentira. Podia ouvir na minha voz.

LOGO DEPOIS, EM UMA MANHÃ, um homem alto com uma barba preta bem aparada se aproximou de mim na favela. Ele estivera correndo e estava sem fôlego. Entregou-me um envelope. Estava acostumado a receber bilhetes enquanto caminhava pela estrada principal. As pessoas me entregavam, com freqüência, seus pedidos por escrito. Eu ajudava quando podia. Mas o homem com a barba negra bem aparada obviamente não vivia na *bidonville*. Estava vestindo um *jellaba* de excelente qualidade, com bordado em ouro ao redor do pescoço. Os bilhetes da favela geralmente eram escritos a lápis e eram difíceis de decifrar. Eles nunca vinham em envelopes, ainda mais feitos de papel importado.

O mensageiro partiu célere antes que eu pudesse dizer palavra. Levei a carta de volta para casa e a abri cheio de expectativa. Dentro do envelope havia uma única folha de papel branco de qualidade, com algumas linhas escritas em tinta azul-marinho. A mão da pessoa que escrevera era inconfundivelmente francesa. Nenhuma outra raça era capaz de uma escrita romana tão refinada.

Caro Monsieur Shah, dizia a carta, gostaria de me apresentar. Sou a Condessa Madeleine de Longvic, residente há muitos anos em Casablanca e uma antiga conhecida de um cavalheiro que acredito ser seu avô. Ficaria honrada se pudesse vir à minha casa para um chá no sábado, às quatro horas.

Quando mostrei a carta para Rachana, ela a segurou contra a luz.

"Seja quem for", disse, "a dama tem estilo. A marca d'água é seu próprio monograma e a ponta da caneta parece ser de uma Mont Blanc clássica."

Rachana levou a página ao nariz e sentiu um leve toque de perfume.

"Ela gosta da beleza", disse suavemente. "Quando for visitá-la, leve flores. Mas não economize. Leve orquídeas."

DEZESSEIS

Aquele que prevê o futuro mente,
mesmo se diz a verdade.

POR MAIS QUE EU TENTASSE, não conseguia parar de pensar em Pete. A ascensão da Al-Qaeda e os bombardeios de 11 de setembro transformaram o povo americano em admiradores relutantes do fanatismo islâmico. Podia imaginar Pete e sua esposa marroquina aterrissando no Aeroporto Fort Worth em Dallas e sendo levados pela polícia. O grande medo do Ocidente é um convertido com rosto anglo-saxônico disposto a amarrar explosivos ao seu cinto.

"Os federais não são estúpidos", disse Kamal quando lhe contei sobre o sonho de Pete de levar o Islam ao coração dos Estados Unidos. "Vão jogar aquele sujeito em Guantánamo antes que ele possa espirrar." Kamal fez uma pausa, tragou profundamente seu Marlboro e continuou: "Acredite, eu sei do que estou falando."

Estávamos no jipe coreano, dirigindo para o sul pela estrada costeira, procurando um fornecedor de mármore mais barato. As janelas estavam abertas e o som da borracha na pista estava alto. Era em ocasiões assim que Kamal levantava o véu sobre seu passado.

"Eu estava em Nova York na manhã de 11 de setembro de 2001", disse ele friamente. "Eu vi tudo: os aviões batendo nas torres, a fumaça, os mortos espalhados. Foi assustador para caralho. Logo em seguida, os federais começaram a checar os árabes, a procurá-los e a botar as mãos neles."

"Eles interrogaram você?"

"Certamente que sim", respondeu Kamal. "Fizeram o trabalho completo."

"Você os estava esperando?"

"Foi uma época estranha", respondeu, evitando minha pergunta. "Os árabes nos EUA estavam tão chocados quanto as outras pessoas. Nós éramos contra os bombardeios. O Islam não diz para jogar jatos de passageiros em arranha-céus. Subitamente, não conseguia mais confiar em nenhum outro árabe. Eu não sabia quem fazia parte de uma célula da Al-Qaeda.

Então certa noite voltei para casa do trabalho e minha esposa, Jen, estava fazendo o jantar. Imediatamente soube que havia algo de errado."

"Por quê?"

"Porque ela nunca havia cozinhado antes, nem mesmo um ovo. Era péssima na cozinha. Perguntei a ela se alguém estivera na casa. Ela disse que não. Mas não me olhou nos olhos."

Kamal passou a mão no rosto.

"Dá para saber", ele disse, "dá para perceber quando sua mulher está mentindo. Está no cheiro que exala."

"Então, o que aconteceu?"

"Na manhã seguinte bateram à porta", disse ele. "Fui abri-la e seis federais entraram com tudo. Eles haviam fechado o quarteirão inteiro. Também traziam apoio de helicópteros. Jen se fora. Os caras do FBI disseram que tinham vindo na noite anterior e ordenado que ela ficasse em silêncio. Essa foi a maior humilhação. Minha própria esposa confiava mais neles do que em mim."

"Foi então que eles interrogaram você?"

Kamal sorriu. "Oh, sim", disse. "Eles entraram em todos os espaços e buracos."

"Do apartamento?"

"Da minha mente."

A EQUIPE DE *TADELAKT* PROGREDIA lentamente, mas mesmo assim era progresso. Mustafa, o mímico, trouxera um artesão especial para marcar um padrão horizontal no alto das paredes; ele espelhava o desenho na borda da terracota. O trabalho nos pisos e paredes podia estar avançando, mas não havia operários para trabalhos genéricos. Precisávamos urgentemente de um pintor, um eletricista, um bombeiro, um pedreiro e um carpinteiro mais confiável. O problema era que não contratávamos ninguém, a menos que tivesse um vínculo pessoal com Kamal. Esse era o sistema marroquino na sua forma mais pura – só um membro da tribo ou de um grupo conhecido podia entrar. Qualquer um sem uma conexão direta era tachado como vigarista, delinqüente ou ambos.

A única vez em que consegui vencer Kamal foi com o vizinho de Hamza, que alegava ser pedreiro. Ordenei-lhe que aceitasse o homem como uma maneira de agradar os caseiros. Os problemas começaram a partir do momento em que a sombra sinistra do pedreiro cruzou a entrada. Ele passou a detestar o trabalho e a detestar Kamal ainda mais. Na semana em que trabalhou para nós, conseguiu quebrar tudo em que tocou. A relação profissional terminou com ele perseguindo Kamal pela favela com um martelo.

Cresci na Inglaterra e, portanto, estou familiarizado com o grande operário britânico e sua abordagem do trabalho. Ele chega tarde e termina cedo, mas só depois de exigir mil canecas de chá com leite. Enche a sua casa com fumaça de cigarro, joga as guimbas no chão e vira o lugar de cabeça para baixo, gemendo e resmungando como um bebê com dor de dente. Ele desaparece semanas a fio, antes de reaparecer magicamente no Natal, exigindo um bônus para os seus homens.

Pensei que nunca encontraria nada igual ao operário inglês, mas isso aconteceu na Casa do Califa. Os trabalhadores marroquinos ultrapassam quase todos os outros na profundidade de sua técnica. São educados e nunca deixam de oferecer saudações prolongadas. Quando estão na sua casa, trabalham duro e nem sonham em pedir chá. Eles mesmos fervem o seu no braseiro que sempre levam com as ferramentas. São quase perfeitos nos outros aspectos, mas os trabalhadores marroquinos possuem um grande defeito: são praticamente incapazes de terminar um trabalho.

Enquanto passeava pelos grandes edifícios do Marrocos, ficava perplexo com o fato de terem sido completados. Sempre que corria pela casa reclamando, os mestres artesãos sorriam de orelha a orelha e exclamavam que só Allah era completo.

Então, certo dia, durante a primeira semana de fevereiro, conheci um famoso arquiteto marroquino. Perguntei-lhe como a família real conseguiu terminar as obras. O informante acariciou sua barba prateada com a mão.

"Não tem a ver com dinheiro", respondeu, pensativo. "E sim com dominação."

Pedi mais explicações.

"A família real tem patrocinado as artes tradicionais marroquinas há séculos", disse ele. "Mas não pense que um artesão vai fazer o seu melhor trabalho, ainda que seja para o Rei. Todo homem empregado precisa ser estimulado dia e noite para criar a perfeição."

O arquiteto contou que, quando o Rei Hassan II, pai do atual monarca, estava construindo a Grande Mesquita de Casablanca, costumava viajar até o local do edifício sempre que podia. "Ele mesmo inspecionava as ferramentas", afirmou meu informante, "escolhia um *moualem* e ficava ao seu lado horas a fio. Se o trabalho estivesse torto pela largura de um cabelo, ele mandava o homem pegar suas ferramentas e ir embora. Ele sabia muito bem que a notícia se espalharia e que aquele mestre artesão nunca trabalharia novamente."

CHOVIA A CÂNTAROS QUANDO Hamza pegou sua velha pá e exumou o ovo de avestruz. Osman estava ao seu lado, segurando um guarda-chuva rasgado e protegendo-o da chuva e do vento. Fiquei olhando de longe, perguntando-me o que significava tudo aquilo.

Quando o ovo foi recuperado, foi levado para os estábulos, onde o Urso o untou com graxa. Depois de mais de um mês no solo, a casca, antes branca e pura, agora era de uma cor marrom-avermelhada e manchada. Cheirava a enxofre, como ratos em decomposição. Os caseiros estavam muito animados. Limparam uma cadeira e me convidaram a sentar à mesa, o carretel de um gigantesco rolo de cabos. Sentei-me e olhei cuidadosamente para o ovo.

"O que vão fazer com ele?". perguntei.

"Comê-lo", disse o Urso. "Nós vamos comê-lo."

"Vocês precisam fazer isso?"

Hamza pegou seu martelo de pedreiro e esmagou a parte superior da casca. O odor intenso aumentou.

"Está podre", observei.

"Vai trazer *baraka* para a casa."

Uma colher de sopa foi removida de uma caixa de ferramentas. Osman passou-a para mim.

"O senhor pode começar", disse ele.

"Posso esperar."

"Por favor!", os caseiros insistiram. "É seu dever, sua honra."

Enfiei a colher na gosma fermentada e pressionei-a contra meus lábios.

"Como é o sabor?", indagou o Urso, agarrando a colher.

"Tem gosto de ovo podre", respondi.

CERTA MANHÃ, QUANDO KAMAL estava de bom humor, fiz mais perguntas sobre os dias após o ataque de 11 de setembro. Ele não gostava de falar sobre o assunto, como se houvesse sido traído.

"Os federais estavam prendendo árabes por toda a nação. Algumas pessoas que eu conhecia foram presas sem acusação. As chaves foram jogadas fora. Alguns deles foram enviados a Guantánamo. Vá dar uma olhada, eles ainda estão lá."

Quando perguntei como sua esposa reagiu ao 11 de Setembro, o sangue pareceu sumir do seu rosto.

"Seu marido era árabe. Ela estava casada com o inimigo. Não podia confiar em mim. A confiança é a base do casamento. Sem isso, não há nada, só duas pessoas que costumavam gostar das mesmas coisas."

"O que aconteceu com ela?"

"Ela se alistou", disse Kamal.

"No Exército?"

"Sim. Está servindo em alguma base lá na Geórgia. Dirigindo um tanque ou algo assim."

Por mais desonestos que fossem seus esquemas, nunca teria considerado Kamal um típico terrorista. Ele gostava demais de si mesmo para explodir pela causa de outra pessoa.

"Quando não conseguiram ligar você com os terroristas, os federais o deixaram em paz?"

"Finalmente, depois de todos os polígrafos e interrogatórios", respondeu. "Mas o problema era que eu conheci Muhammed Atta, o líder dos ataques do 11 de Setembro. Costumávamos ir à mesma mesquita."

"Você conheceu Atta?"

"Sim, conheci."

"Como ele era?"

Kamal limpou o nariz na manga. "Era um babaca estúpido", respondeu.

A TARDE DE SÁBADO DEMOROU muito a chegar. Mandei lavar a seco meu melhor terno, meus sapatos pretos foram polidos até brilharem como madeira laqueada e comprei um ramalhete com as mais belas orquídeas que pude encontrar. Elas eram rosadas com um traço de lilás ao redor das pétalas.

Peguei um táxi até o endereço impresso no papel da carta e me vi diante de uma vila grande no próspero subúrbio de Anfa. A porta da frente era marrom-escura e envernizada de tal maneira que refletia a luz da tarde. Antes mesmo de pisar no meio-fio, a porta foi aberta por um homem alto com uma barba bem aparada. Ele me deu boas-vindas e disse que a Condessa de Longvic estava esperando no salão.

Entrei na casa. As paredes do vestíbulo eram forradas com seda amarela e enfeitadas com gravuras da França Imperial. O piso era feito de jacarandá recém-encerado e gasto nas bordas. Segui o homem de barba bem aparada, levando as orquídeas junto ao peito.

Havia uma luz curiosa no salão. Era de um amarelo incomum, como se fosse tingida pelas vidraças. A sala devia ter cerca de doze metros de comprimento e quase a mesma largura. Sua mobília era européia: um aparador entalhado e uma escrivaninha de topo corrediço, uma cadeira de balanço, prateleiras baixas, três ou quatro sofás e um piano de cauda Erard.

Do outro lado da sala, sob um retrato a óleo de Luís XIV, estava sentada uma senhora. Tinha cerca de oitenta anos de idade, o rosto enrugado, mas de aparência infantil. Seu cabelo grisalho estava amarrado num coque. Usava um longo vestido lavanda com franjas nas mangas e um colarinho de renda. Seus olhos escuros me fitaram enquanto eu me aproximava. Apresentei-me, apertei sua mão e a presenteei com as orquídeas.

"Estou muito feliz com sua vinda", disse ela suavemente em francês. "Esperei muito tempo para conhecê-lo." A condessa suspirou e tocou o queixo com um dedo. "Você não tem idéia", disse com ênfase.

Sorri, murmurei alguma desculpa e perguntei como ela ficara sabendo sobre mim e onde eu estava vivendo.

"Casablanca é muito pequena", disse ela. "As notícias correm rápido. O que está achando de *Dar Khalifa*?"

"Gosto bastante, mas como a senhora conhece a casa?"

A condessa indicou uma cadeira. "Por favor, sente-se."

Sentei-me em uma cadeira reclinável de carvalho e dei uma olhada ao redor da sala. Não havia a tralha que tende a se acumular nos lares dos idosos. Em vez disso, notei um refinamento, um senso de precisão.

"Seu avô sempre se sentava nessa cadeira", observou ela, apontando para mim. "Ele gostava das costas reclinadas e comentava sobre a textura da madeira. Dizia que uma cadeira bem feita era tão bela aos seus olhos quanto uma bela escultura."

"Como a senhora o conheceu?"

A condessa fitou o vazio. Pegou um sininho de bronze da mesa a seu lado e o balançou duas vezes. "Vamos tomar chá", disse.

Esperei a resposta à minha pergunta, sentindo que a condessa preferia revelar o que sabia nos seus termos, um pouco de cada vez. O chá foi trazido por uma criada de meia-idade, com o cabelo coberto por um simples lenço rosa. Ela mancava, o que fazia com que os objetos na bandeja tremessem enquanto cruzava a sala.

"Vou lhe contar", disse a condessa, servindo chá. "Vou lhe contar tudo."

Novamente, houve uma longa pausa e comecei a me perguntar se iria mesmo saber de alguma coisa.

"No fim da sua vida", começou a condessa, "seu avô Sirdar

Ikbal Ali Shah veio viver em Tânger, como provavelmente sabe. Ele escolheu uma vila na rue de la Plage. Escreveu três livros ali e continuou a aconselhar dois ou três chefes de Estado. Seus anos na Vila Andaluz foram um período de luto. Ele nunca se recuperou da perda da sua avó em..."

"Em 1960", completei.

"Sim, foi em agosto de 1960", recordou a condessa com uma voz distante. "Ela era tão bonita. Nunca conheci uma mulher como ela."

"A senhora a conheceu?"

"Mas é claro que conheci Bobo", respondeu com uma gargalhada.

A condessa explicou como conhecera meus avós antes da guerra, em Viena, onde seu marido era embaixador. Eles viajaram juntos pela Pérsia e pelo Afeganistão, e compartilharam um fascínio pelo lado oculto dos países por onde passavam.

"Seu avô nos ensinou tantas coisas", disse a condessa, "mas o que mais me afetou foi seu conselho para procurar o que não pode ser visto imediatamente. Ele dizia que, na superfície, a cenoura é só um tufo verde, mas que debaixo do solo há uma raiz esperando para ser encontrada."

A condessa provou seu chá.

"Ikbal era um amigo próximo e um confidente de Nadir Shah do Afeganistão", continuou, "e de Ataturk da Turquia e do Aga Khan. Ele circulava pelas altas rodas, especialmente aqui no Marrocos. Mas se sentia mais feliz quando estava longe dos refletores. Gostava de se sentar com o lojista em frente à sua casa e conversar sobre a vida. Sempre me dizia para conhecer pessoas comuns. "O mundo ordinário", costumava afirmar, "é completo."

A criada veio mancando com um flã de damasco.

A condessa me ofereceu um pedaço.

"Eu costumava ir a Tânger todo mês. Hospedava-me no Minzeh e descia o morro até a rue de la Plage. Ikbal contratara um vigia, um Pachtun[5] que trouxera do Hindu Kush. Ele vestia um grande turbante branco e roupas afegãs, e ameaçava com sua pistola antiga qualquer um que passasse."

Fez uma pausa por um momento, estreitou os olhos e sorriu.

"No interior, o terraço era coberto de nastúrcios, jasmins perfumados e mimosas" disse ela lentamente. "Ikbal se sentava à sombra, escrevendo cartas ou traduzindo poesia sufi. Ele sempre passava as manhãs sozinho. Então, no almoço, comia cuscuz com lima em conserva. Ele forçava qualquer convidado que aparecesse a se alimentar disso também."

Contei-lhe que visitara recentemente a Vila Andaluz.

"Às vezes eu passo por ela", disse a condessa gentilmente. "Fico curiosa, mas nunca toquei a campainha. É melhor deixar o passado para trás. Descobri que, quando ele toca o presente, desaparece como um sonho esquecido."

"Nos seus diários, ele escreveu um bocado sobre a criada", eu disse.

"Afifa", replicou a condessa. "Ela foi traiçoeira no final, assim como o dervixe."

"Dervixe?"

"O velho que vivia no jardim."

"Quem era ele?"

"Ele supostamente vira seu avô em um sonho", disse a Condessa de Longvic. "Era um berbere das montanhas. Ikbal o acolheu e o deixou viver na cabana do jardim. Ficou ali por anos, destilando um remédio do suco do cacto. Às vezes ele entrava na vila, curvava-se e beijava nossas mãos. Ikbal implorava para que não o fizesse. Dizia que éramos todos iguais perante Deus."

Escutei as histórias da velha senhora por duas horas, mas ela não mencionou a Casa do Califa. Finalmente, não consegui me conter mais.

---

5 Grupo étnico afegão. (N.T.)

"A senhora conhece *Dar Khalifa*?", perguntei.

A condessa juntou a ponta dos dedos. "Vou lhe contar", disse ela, respirando fundo e depois suspirando. "Era 1963 e a Guerra Fria estava no auge. Meu marido morrera subitamente em Paris. Ele era muito jovem. Isso partiu meu coração e tive que me afastar. Então, em junho daquele ano, um velho amigo do nosso corpo diplomático me pediu para vir a Casablanca. Ele queria algumas informações sobre uma empresa russa que abrira aqui. Para os franceses, parecia um disfarce para a espionagem russa.

Nunca estivera em Casablanca antes. A cidade era muito diferente naquela época. O Marrocos acabara de se libertar da França. As velhas casas *art déco* estavam em excelentes condições, as ruas cheias de gente e de carros europeus. Eu devia fazer contato com a empresa russa e conhecer os funcionários. Eles fabricavam plásticos, mas, naturalmente, isso era apenas uma fachada. O chefe da firma se chamava Sergei e vivia em Ain Diab."

A condessa se ergueu e caminhou até a janela.

"Ele viveu em *Dar Khalifa*, disse.

"Um espião russo viveu na minha casa?"

"Parece exótico", disse a condessa com um ar sonhador, "mas não era incomum naquela época."

DE VOLTA À CASA, HAVIA UMA trilha de sangre fresco. Ela conduzia da porta do jardim até o corredor principal, através do salão e até a cozinha. Segui-a com preocupação crescente. No fim da trilha estava uma cadeira, e sentado na cadeira estava o Urso. Ele segurava um polegar sangrento.

"O que aconteceu?"

"Coisas ruins", disse ele.

No período em que eu estivera conversando com a condessa, uma sucessão de eventos deixara os caseiros com um novo e terrível medo. O jardineiro caíra da sua escada enquanto aparava folhas secas da tamareira mais alta. Miraculosamente, escapara ileso. Então, o Urso cortara seu polegar em um prego enferrujado e um grande pedaço de reboco caíra do teto da varanda, deixando de acertar a cabeça de Hamza por pouco. Quando encontrei os caseiros para seu relatório noturno, estavam muito agitados.

"Pensei que havia *baraka*", disse eu. "Pensei que eu tinha *baraka*."

"Estávamos errados", replicou Osman. "Pensávamos que o senhor tinha, mas estávamos muito enganados."

"Como vocês sabem que não há *baraka*?"

"Houve um sinal", disse Hamza.

"Claro como o dia", acrescentou Osman, fazendo uma careta.

"O que houve?"

O Urso se adiantou. Estava segurando um balde coberto por uma tábua. Ele removeu a tábua. No interior havia uma pequena cobra verde-jade, contorcendo-se furiosamente.

"Como uma cobra passou pelo muro?", eu quis saber.

"Exatamente", disse Hamza. "Não há como entrar."

"Sim, não há como entrar", confirmou o Urso.

"E então?"

"Então ela estava vivendo aqui o tempo todo, vivendo aqui por anos com seu ninho de cobras. Talvez já estivessem aqui antes que a casa fosse construída."

Eu não consegui acompanhar. "O que a cobra tem a ver com *baraka*?"

"Se houvesse *baraka*", explicou Osman, "a cobra teria morrido. Mas o senhor viu que ela está viva, protegida pelos *djinns*."

Senti que o progresso realizado com o lodo rosa e a conversa sobre *baraka* fora real. Estávamos indo muito bem. Mas, subitamente, os caseiros estavam disparando na direção errada.

Implorei que voltassem a acreditar em *baraka*.

"É claro que acreditamos, disse Hamza. "Só não acreditamos que esteja aqui."

ERA FIM DE FEVEREIRO E NÃO havia sinal de que o trabalho de reforma terminaria. Às vezes, eu andava de um lado para o outro, arrancando os cabelos, gritando com qualquer um que me escutasse. Em outros dias, eu me encolhia na cozinha, sonhando que estava muito longe. Sentia-me como se lobos houvessem me despedaçado, mastigado minha carne e sugado o tutano dos meus ossos. Não havia mais nada para devorar.

Kamal disse que, se você pressionasse alguém no Marrocos para fazer seu trabalho, pensariam que você estava desesperado.

"Mas estou desesperado", respondi.

"Bem, guarde isso com o senhor", replicou.

A Casa do Califa havia empacado. Todo o ímpeto que havíamos conquistado fora gasto. Os trabalhadores haviam compreendido que o latido de seu empregador era muito pior do que a mordida, e estavam se aproveitando ao máximo. Começavam a agir como trabalhadores britânicos – chegando tarde pela manhã e indo embora logo depois do almoço. Então pediram à minha esposa que fizesse chá para eles e apagaram os cigarros nas xícaras vazias. Depois disso, pararam de vir. Pedi a Kamal que os trouxesse de volta.

"O senhor perdeu o respeito deles. Não há nada que possa fazer."

Não era do feitio de Kamal se dar por derrotado. Perguntei-me se ele estava se aproveitando do meu infortúnio. Em vez de fazer alguma coisa, fui até a cozinha e sentei-me encurvado. Naquele momento, tocou o telefone. Era François, o francês. Não tinha notícia dele há semanas.

"Estava fora no Golfo", disse ele. "São uns canalhas! Fanáticos, é o que são. Não dá nem para conseguir uma bebida. Dá para acreditar, uma terra sem vinho?"

Na frase seguinte, esperei que François condenasse o Marrocos, como costumava fazer, mas não o fez. Em vez disso, cobriu o reino de elogios.

"Você não sabe como as coisas são boas aqui", disse ele. "Os marroquinos são santos. Santos, estou dizendo!"

"Mas eles nunca terminam coisa alguma", repliquei, deprimido. "E agora os meus trabalhadores estão fazendo gato e sapato de mim."

François deu uma risada. "São boas pessoas", disse calorosamente.

"Pensei que você os odiasse."

"Está louco? Eu os adoro."

NO FIM DA SEMANA, TODOS OS trabalhadores voltaram a *Dar Khalifa*. Recuperei meu ânimo. Perguntei a Kamal se os convencera a voltar. Ele respondeu que não, que o motivo era outro.

"É Eid na semana que vem", disse ele.

"E daí?"

"Daí que eles querem *bakshish*."

Não há período menos atraente para ser um empregador no Marrocos do que o Eid. Quer você goste ou não, espera-se que forneça uma semana inteira de pagamento como bônus. Por sua vez, todo mundo tira uma semana extra de folga e pede o salário normal no fim do período. Além de dar gorjeta aos trabalhadores, fui coagido a fornecer um banquete extravagante. Os artesãos me avisaram que poderia haver problemas para terminar o trabalho caso não recebessem bastante cuscuz e carneiro.

"Eles não vão acabar, de qualquer modo", disse eu, "então por que devo me preocupar com suas exigências?"

"O senhor não os compreende", disse Kamal.

DIA SIM, DIA NÃO, VISITÁVAMOS o porto. Kamal entrava sorrateiramente e negociava com os agentes alfandegários, deixando-me com o vendedor de caracóis caolho. Com o passar das semanas, aprendi mais sobre caracóis do que qualquer homem deveria saber. Sempre que implorava para entrar com ele no porto, Kamal se recusava. Se os agentes me vissem, disse ele, nunca conseguiríamos tirar o contêiner. Como se a situação não fosse ruim o bastante, tive notícia de que meu segundo contêiner chegara de Londres, cheio de livros.

"Agora começam os problemas de verdade", disse Kamal.

"São só livros velhos."

"A Secretaria da Censura vai pegar no nosso pé", gemeu ele.

"Não há nada a censurar, acredite em mim. Não há imagens de mulheres nuas, nada complicado."

"Tente dizer isso à polícia da censura."

Kamal desapareceu pelo portão principal no seu disfarce de garçom. Passei uma hora ou duas conversando sobre caracóis. Então Kamal reapareceu. Seu rosto estava fechado e branco como marfim, como se tivesse visto o espectro da morte.

"Isso é ruim", disse ele.

"Muito ruim?"

"Muito ruim mesmo."

Cerrei os dentes.

"Eles querem que o senhor contrate um tradutor oficial para traduzir todos os livros para o árabe."

"Mas são mais de dez mil livros", respondi. "Cada um deles tem mais de duzentas páginas." Fiz um cálculo rápido. "São pelo menos dois milhões de páginas."

"Um tradutor oficial cobra dez dólares por página", disse Kamal. "Ele pode fazer quatro páginas por dia."

Ele pegou uma calculadora e digitou os números.

"Se o sujeito traduzir quatro páginas por dia", disse ele, "vai levar quinhentos mil dias. Isso é mais do que mil e trezentos anos."

"Podemos contratar mais de um tradutor", disse eu, "para acelerar as coisas."

Kamal digitou novamente na calculadora.

"De qualquer modo", disse ele, "vai custar vinte milhões de dólares."

DEZESSETE

Se você tem muito, dê sua riqueza;
se tem pouco, dê seu coração.

SEM ME DEIXAR DETER PELAS exigências excessivamente zelosas da polícia da censura, decidi encomendar a construção da biblioteca, quer tivesse livros para preenchê-la ou não. Esperava que a realização do trabalho desviasse nosso pensamento dos problemas com o porto. Minha atenção se voltou para tábuas de madeira. O tempo gasto esperando no porto de Casablanca me ensinara que o Marrocos importava vastas quantidades de madeira do Extremo Oriente e do Brasil. As florestas virgens no Atlas e no Rif foram derrubadas há muito tempo. Atualmente os marroquinos tendem a plantar apenas eucaliptos, que crescem rapidamente e fornecem um valioso combustível. Mas a madeira pela qual o reino fora famoso desde a antiguidade era o cedro.

Na Europa ou nos Estados Unidos, eu teria contratado um carpinteiro, descrito o que desejava e deixado o resto com ele. No Marrocos, as coisas eram tipicamente mais complicadas. Como no caso das outras obras, eu devia encontrar e comprar toda a matéria-prima e transportá-la para a Casa do Califa.

Depois disso, eu tinha de encontrar um carpinteiro que projetasse a biblioteca e transformasse as tábuas em prateleiras.

"Tenho certeza de que podemos cuidar disso", disse eu.

"O senhor ficaria surpreso", replicou Kamal. "Lembre-se, no Marrocos os trabalhos fáceis são os mais difíceis de realizar."

Pensando melhor, ele tinha razão. Sempre que tentei conseguir alguém para trocar uma dobradiça de porta, cortar um pedaço de vidro no tamanho certo ou pintar uma esquadria de janela, o pedido era recebido com total consternação. As semanas se passavam, enquanto eu repetia a mesma exigência patética. Mas, se eu pedisse a alguém para cortar cinqüenta mil mosaicos em dezenas de formas intricadas ou para gravar um padrão de cento e oitenta metros de comprimento no reboco, o trabalho seria feito sem perguntas.

"Vamos precisar de um bocado de cedro", disse eu.

"Vou procurar no mercado negro", replicou Kamal.

"Não podemos simplesmente ir a uma serraria e comprar algumas tábuas?"

"O senhor não está em Michigan", disse. "De qualquer modo, o cedro é caro. Não dá para pagar o preço normal. Isso seria ridículo."

"Seria?"

"Certamente que sim", respondeu Kamal.

O EID É UM PERÍODO DE CELEBRAÇÃO quando o mundo árabe explode em um frenesi festivo de matar carneiros e passar um tempo com a família. Os escritores de guias turísticos costumam dizer que a ocasião é como o Natal para os cristãos. É uma bela frase, mas as duas festividades são muito diferentes. Enquanto o Natal celebra o nascimento de Jesus, o Eid comemora o sacrifício de Abraão de um carneiro para Deus, no lugar do seu próprio filho, Isaac. Abraão é um profeta do Islam e a história do seu famoso sacrifício é contada no Corão e na Bíblia.

Por sete dias, uma sensação de júbilo desceu sobre Casablanca. A difícil realidade da vida cotidiana era deixada de lado, substituída por uma histeria infantil. Eu ficara irritado porque os trabalhadores partiriam por uma semana e não estava disposto a distribuir *bakshish*. Contudo, descobri que estava tocado pela energia da crescente antecipação da festividade.

Cinco dias antes da festa, os carneiros começaram a chegar. Eles vieram em caminhões e carros de bois, amarrados na parte frontal de lambretas e de trem, ou simplesmente apascentados pela estrada. Estavam em toda parte – amontoados em pedaços de terra, em pontos de ônibus e supermercados, em portas e em sinais de tráfego, em plataformas de trem e em lojas de carros, em barbearias e em carrinhos de sorvete. Um jornal local calculou que havia mais de um milhão de carneiros trazidos para Casablanca para o abate no Eid.

Kamal me aconselhou a comprar algumas dezenas de carneiros grandes e guardá-los para venda no último minuto.

"Sempre há mais demanda do que oferta", disse ele. "É pura economia."

"Acho difícil acreditar nisso", respondi. "A cidade está coberta por carneiros."

"Espere só", disse.

Três dias antes da chegada do Eid, uma onda de terror atravessou a cidade. Os carneiros estavam acabando. Os rumores diziam que o fluxo de caminhões chegando dos vilarejos havia praticamente terminado. O que começou como um pânico gentil se transformou num furacão de histeria. Os homens e seus filhos se juntavam em bandos e esquadrinhavam as ruas em busca de animais. Era como o pânico na manhã do dia de Ação de Graças quando os perus acabavam. A tensão cresceu de modo alucinante. Homens crescidos estavam brigando nas ruas, fazendo cabo-de-guerra com os últimos carneiros deploráveis à venda.

Eu podia ter ignorado o conselho de Kamal de comprar um estoque de carneiros, mas empresas em toda a cidade fizeram o que ele sugerira. Dois dias antes do Eid, as pobres criaturas se tornaram valiosos instrumentos de vendas. Compre uma nova máquina de lavar e ganhe um carneiro de graça; compre um carro usado e ganhe meia dúzia deles. Uma loja de eletrodomésticos no Boulevard Zerktouni rifou um rebanho inteiro na noite da véspera do Eid, causando uma absoluta histeria. Tantas pessoas haviam comprado bilhetes que o centro de Casablanca precisou ser fechado.

Ao mesmo tempo, uma indústria inteira surgiu, vendendo acessórios de abate: machadinhas e facas de lâmina curta, espetos de carne e serras para cortar ossos. Em toda esquina, aproveitadores ofereciam fardos de feno, nos quais seriam realizados os sacrifícios, e carvão para assar a carne.

Como em toda parte, a favela estava ecoando o som de balidos. A maioria dos carneiros já fora vendida e estava guardada nos barracos, pronta para ter a garganta cortada na hora certa. Hamza me contou que os últimos animais na *bidonville* eram ruins.

"Eles parecem saudáveis, mas estão doentes", confidenciou, "tomados por moléstias. Um bocado daquela carne e o senhor cai morto."

Perguntei-me por que o caseiro achava necessário explicar a situação, então entendi o motivo: Hamza sabia muito bem que ainda não havíamos comprado um carneiro para abate.

"Meu primo pode conseguir um bom animal por metade do preço", garantiu. "Quando o senhor pegar a faca, ele vai mostrar o pescoço, pronto para o abate."

"Nós não vamos matar um carneiro", respondi.

O caseiro olhou direto para mim. "Nada de carneiro?"

"Não. Não queremos matar um animal inocente", disse eu.

Hamza coçou a cabeça. Na sua opinião, era uma grande

honra realizar o sacrifício no Eid, um ritual praticado por sua família há séculos. Perder a ocasião era impensável, especialmente já que ele suspeitava que eu podia pagar o melhor carneiro do seu primo.

NA MANHÃ DO EID, A PEQUENA mesquita caiada de branco na *bidonville* estava cheia de adoradores. Todos os homens saudáveis estavam lá, prostrados em ásperas esteiras, rezando em direção ao leste. Os burros estavam em silêncio, assim como os cães mancos, e os garotos malvados foram surrados com mangueiras e vestidos de branco.

Quando as orações chegaram ao fim, todos correram para casa, onde seus carneiros estavam esperando pela faca. Mas nenhuma gota de sangue foi derramada até que chegou a notícia de que o próprio Rei já havia feito o sacrifício. Então, começou a orgia da morte. Cada lar no reino cortou uma garganta, exceto o nosso. O som dos animais moribundos era terrível. Ariane estava no jardim quando a matança começou. Ela me perguntou por que os carneiros estavam gritando, por que estavam tão tristes. Mantive-a em *Dar Khalifa*. Ao redor da nossa casa, as ruas estavam vermelhas, empapadas de sangue, enquanto o chefe de família de cada casa abatia um carneiro e removia sua pele. O aroma de carneiro assado começou a emanar dos barracos. Pairou sobre a favela como uma nuvem oleosa. Enquanto as mães cozinhavam a carne, seus filhos assavam as cabeças dos carneiros em braseiros improvisados nos becos. Eles rachavam os crânios, catavam os miolos fervilhantes e os engoliam.

Naquela noite, a *bidonville* estava coberta de luz. Um sistema primitivo de lâmpadas de rua havia sido montado, mil fios conectados a um cabo central. As lâmpadas queimavam com uma tremenda luz fosforescente. Era uma bela visão. Não compreendia como o fornecimento elétrico havia sido feito ou quem estava pagando por isso. O mistério se esclareceu quando, alguns dias depois, chegou nossa conta de luz. Foi cobrada uma tarifa cinqüenta vezes maior que o normal.

UMA SEMANA DEPOIS DO EID, parei num cibercafé no centro para checar meus *e-mails*. A sala não possuía janelas, tinha cinco metros quadrados e uma mancha escura de umidade no teto. A maioria dos computadores estava ocupada por garotas. Todas com vinte ou trinta e poucos anos. Todas procurando um marido no ciberespaço.

Sempre que estou num cibercafé, meus olhos se desviam da minha tela. Os *e-mails* das outras pessoas parecem mais interessantes que os meus. Tento me concentrar, mas não consigo evitar.

Como sempre, descobri que meus olhos estavam virando para o lado, onde se concentraram na tela próxima à minha. A mulher estava conversando em inglês com um homem canadense. Vestia um lenço amarelo com estampado vivo. Não podia ver seu rosto. Ela estava derramando paixão pelo seu admirador da Internet, descrevendo como desejava ser esmagada nos seus braços, beijada por ele, casar-se de branco e viver em uma casinha com flores em volta da porta. Finalmente, ela se desconectou e levantou-se para pagar. Foi então que vi seu rosto. Era Zohra.

Levantei de um salto.

"Olá", disse ela calmamente. "Estava esperando encontrá-lo."

"É mesmo?"

"Sim. Amina disse que você viria."

Pedi o dinheiro que ela havia levado. "Você nos deve mais de quatro mil dólares", disse eu. "Preciso que o devolva."

Zohra guardou uma mecha de cabelo sob o lenço. "Vou embora", disse ela. "Se vier atrás de mim vai ter um monte de problemas."

Eu a segui, perguntando por que ela tinha dito à polícia que eu era um terrorista, por que havia fugido com nosso dinheiro. Ela não respondeu. Em vez disso, caminhou cada vez mais rápido, até sair correndo. Corri atrás dela, pelo Boulevard D'Anfa. Estava quase alcançando Zohra, prestes a pegá-la. Então, um carro me assustou com sua buzina. Virei para a direita, depois mudei de direção. Mas Zohra se fora.

NAQUELA TARDE, RECEBI DO carteiro um formulário rosa, informando-me que um pacote chegara para mim no posto de correio central. Mostrei o documento para Kamal. Ele grunhiu.

"Seu pesadelo está prestes a começar", afirmou.

O posto de correio central de Casablanca era um grande edifício branco, construído pelos franceses quando imponentes estruturas brancas estavam na moda. No momento em que entramos pela porta principal, compreendi o que Kamal queria dizer. Devia haver quatrocentas pessoas lá dentro, cada uma delas segurando uma folha similar de papel rosa. A tensão estava levando pessoas normais à revolta. Um grupo sacudia suas folhas desesperadamente, ao mesmo tempo em que sacudia os punhos. Outro subira na mesa do funcionário do correio e exigia ser atendido.

Kamal me mandou relaxar.

"Porque ninguém no Marrocos entra em fila de maneira ordenada?" perguntei, mal-humorado.

"Porque não é o modo como fazem as coisas", respondeu.

Nós nos aproximamos. Kamal me mostrou como chegar à frente, movendo-nos pelas laterais, chutando canelas com movimentos bruscos e agressivos. Em minutos, estávamos diante do funcionário. Entreguei-lhe minha folha rosa. Ele fez uma cara horrível.

"Preencha este formulário", disse ele.

Quando o fiz, ele me entregou mais três formulários.

"Agora estes."

Quarenta minutos depois, um tubo fino feito de cartolina marrom foi trazido do depósito. Estava amassado e marcado com uma fileira de cruzes vermelhas.

"Cruzes vermelhas", observou Kamal. "Isso significa que os censores não gostaram do que encontraram."

Reconheci o rolo de cartolina. Continha alguns pôsteres que encomendara para o quarto das crianças. Havia um pôster do *Gato no Chapéu* do Dr. Seuss, um cartaz ilustrado do alfabeto e um mapa-múndi.

"Não acredito que o *Gato no Chapéu* vá ofender a polícia da censura."

"O senhor pode se surpreender", retorquiu Kamal.

O rolo de cartolina foi jogado em uma longa mesa de inspeção. Ao redor da mesa havia um oceano de pacotes rasgados e mulheres berberes com o queixo tatuado, chorando.

Os pôsteres foram removidos do tubo pelo oficial de inspeção. Era um homem grande com cabelo curto e barba por fazer. Parecia um buldogue. Sorri para ele. Como resposta, ele me olhou atravessado.

"*Gato no Chapéu*", disse eu. "Nós gostamos dele."

O oficial olhou para o gato e sua cartola de listras brancas e vermelhas.

"Diversão limpa e saudável", observei.

O alfabeto foi o próximo a ser inspecionado. As ilustrações em miniaturas foram verificadas cuidadosamente em busca de material impróprio. O buldogue o deixou de lado e abriu o mapa-múndi entre suas mãos esticadas. Ele considerou o mapa meticulosamente, examinando cada continente.

Ele falou algo em árabe.

"O que ele está dizendo?"

Kamal pareceu nervoso. "O senhor não vai poder ficar com esse", respondeu. "A polícia da censura vai levá-lo embora. Vão incinerá-lo."

Senti minhas costas esquentando com a raiva. "Isso é para meus filhos", disse eu. "Como é que um mapa-múndi pode ser ofensivo?"

"O Saara Ocidental não é da mesma cor que o Marrocos" respondeu o funcionário.

"E daí?"

Kamal me lançou um olhar desesperado. "Fique quieto", ordenou. "Isto é sério."

Eu não compreendia o que ele estava dizendo. Era como um *sketch* do *Monty Python.*

"Eles não vão tirá-lo de mim!"

Meus olhos escrutaram a mesa de inspeção. Havia um rolo de papel de embrulho, algumas canetas e uma faca de modelagem. Sem pensar, peguei a faca e usei a lâmina para remover a região afetada. O funcionário piscou, com o mapa ainda preso entre suas mãos. Beijei o reino do Marrocos e o Saara Ocidental e entreguei-os para o funcionário.

"Censura faça-você-mesmo", disse eu.

DEPOIS DE SEMANAS DE CALMARIA e nenhum trabalho realizado, o vento soprou e os trabalhadores retornaram. A equipe de *tadelakt* de Mustafa, o mímico, encontrou nova energia e até aprendeu a sorrir. Eles misturaram um novo balde de reboco e o usaram para cobrir as paredes, alisando-o com espátulas. Antes que o *tadelakt* secasse, a segunda equipe marcava um padrão no reboco. Em poucos dias, eles terminaram a sala de jantar e os salões, a sala de brinquedos das crianças e os quartos no andar de cima. O bombeiro apareceu de macacão no lugar do terno cinza que preferia. Ele pegou seu maior martelo e começou a quebrar um dos pisos. Eu devia ter questionado o que ele estava fazendo, mas estava tão feliz que corri até ele e apertei sua mão. Um novo pedreiro também começou a trabalhar. Ele terminou a escadaria e encaixou a balaustrada.

Então o escultor chegou com uma fonte que eu encomendara cinco meses antes. A casa ecoava com o som de martelos, serras e cantoria.

Nós até conseguimos limpar as cerâmicas da varanda. Quando disse a Kamal que precisaríamos de um exército de pessoas para limpá-las com ácido, ele mandou cinco homens à nossa casa. Eles provaram ser esfregadores especializados, apesar do fato de se recusarem a usar óculos de proteção e de o ácido entrar nos seus olhos. Perguntei a Kamal como encontrara uma equipe de homens tão hábeis em esfregar.

"Eles têm que ser bons nisso", respondeu. "Eles trabalham no nosso *hammam* como massagistas."

Fiquei tão emocionado com o fato de o trabalho estar andando novamente que pedi ao artesão do *bejmat*, Aziz, que construísse uma fonte de mosaico para a parede no pátio das crianças. Kamal teria vetado a idéia se soubesse disso, então esperei ele sair da casa.

A arte em mosaico marroquina, conhecida como *zellij*, é o ápice do desenho tradicional do reino. Ao contrário dos mosaicos do Ocidente, que tendem a ser quadrados, os *zellij* vêm em centenas de formas e cores. Leva anos para aprender a cortá-los e, como resultado, a arte vem com um preço.

Chamei Aziz de lado. Ele não falava francês e eu não falava árabe, então fiz uma mímica da idéia com minhas mãos. Eu queria um arco mouro clássico com uma fonte de água caindo num canal mais baixo, que, por sua vez, alimentaria uma grande bacia no meio do pátio de cerâmicas verdes. Eu esperava que as crianças pudessem brincar na água nas longas tardes de verão.

Aziz disse que poderia preparar a fonte, *inshallah*, se Deus quiser, em um mês. Ele escreveu um preço num pedaço de papel: sete mil *dirhams*, cerca de setecentos dólares. Desta vez, parecia razoável, considerando que a fonte possuiria cinco mil mosaicos, cada um deles cortados à mão.

Um pouco depois, Kamal apareceu. Não contei a ele sobre

a fonte. Ele desaprovava quando eu me comunicava diretamente com os artesãos, já que isso ameaçava sua própria posição. Em vez disso, perguntei a ele por que os trabalhadores estavam se esforçando tanto para completar todo o trabalho. Kamal deu um sorriso malandro.

"Passei adiante um boato na favela", segredou. "Sussurrei-o para o vendedor de legumes. Parece que a notícia se espalhou."

"O que você disse a ele?"

"Que o Rei viria visitar a sua casa", respondeu.

PLANEJAMOS VIAJAR PARA AZROU em busca da madeira do mercado negro. A cidade, ao sul de Meknes, está localizada perto de uma floresta de cedro. Os contatos de Kamal indicaram que lá havia um crescente mercado negro; era só uma questão de encontrá-lo. Kamal adorava descobrir coisas para comprar no mercado negro. Detestava lojas estabelecidas. Sempre que eu ia em direção a uma delas, ele me agarrava pelo colarinho e me levava embora. "O senhor não pode ir lá", costumava dizer. "É uma arapuca de ladrões." Não conseguia me lembrar da última vez em que comprara alguma coisa de uma loja. Se precisássemos de qualquer coisa para a casa, íamos a Derb Ghalef, a favela de barracas na fronteira sudoeste de Casablanca. Lá se vendia de tudo, desde répteis ameaçados de extinção em gaiolas até antiguidades da França; desde bolas vermelhas de queijo Edam holandês até roupas de crianças, antenas parabólicas e TVs de tela gigante. Grande parte disso era contrabando, trazido da Espanha ou pela fronteira da Argélia.

"Por que a polícia não faz uma batida nas barracas?", perguntei.

"Está louco?", replicou Kamal. "Os policiais são donos da maioria das barracas."

A viagem para comprar uma árvore de cedro no mercado

negro foi adiada devido a problemas com nosso jipe. O motor desenvolvera um ruído alarmante. Um mecânico foi chamado. Ele olhou debaixo do capô e levou um susto.

"É um motor muito grande", observou.

Cutuquei Kamal. "Tem certeza de que este sujeito está à altura do trabalho?"

"Podemos confiar nele", respondeu. "É primo em segundo grau do marido da minha tia. É praticamente da família."

Enquanto o jipe estava sendo consertado, sugeri que procurássemos um novo carpinteiro.

Kamal repetiu seu aviso de que os carpinteiros de Casablanca eram os últimos homens na terra em quem se podia confiar.

"Deve haver pelo menos um carpinteiro confiável na cidade."

Kamal olhou o relógio. "Há um, sim", disse pensativo. "Já deve estar trabalhando a essa hora."

Pegamos um pequeno táxi vermelho até o subúrbio próximo de Hay Hassani. O táxi saiu da rua principal e percorreu uma sucessão de becos cada vez menores, até que alcançou um beco sem saída. A ruela era apenas alguns centímetros mais larga que o carro. Tivemos que sair pelas janelas.

Kamal bateu em uma porta de aço azulado enferrujada. Um ferrolho interno foi aberto e uma figura assustadora apareceu. Ele tinha quase dois metros de altura, era redondo como um barril e não tinha pescoço. Parecia o Brutus do *Popeye*. Engoli em seco. O taxista engoliu em seco. Kamal andou até o homem e beijou seu rosto. Eles se abraçaram, depois se beijaram na face novamente.

"Este é Rashid", apresentou Kamal. "Ele era meu guarda-costas na época em que eu costumava me meter em brigas."

Rashid, o guarda-costas, era o tipo de homem que eu não gostaria de encontrar em um beco escuro. Mas, como logo descobri, sua aparência era enganadora. Era gentil como um gatinho. Contou que nunca gostara de brigar, que era ruim para seus nervos. Foi por isso que resolveu trabalhar com carpintaria.

Ele nos conduziu até sua oficina. Havia duas enormes cortadoras, ambas com a palavra "Leipzig" escrita em letras brancas com marfim. Pareciam ter cerca de cem anos de idade. Foram fabricadas nos dias em que ainda não se economizava na qualidade, e tudo, desde torradeiras até bules de chá, era feito em ferro fundido.

Sobre a mesa de trabalho havia uma mesa de centro inacabada. Suas bordas foram cuidadosamente aparadas e a superfície superior detalhada com um padrão de octógonos concêntricos. O artesanato era de excelente qualidade.

Rashid removeu a poeira de uma cadeira semi-pronta e me convidou a sentar. Então, serviu chá de menta e estalou as juntas dos dedos até que Kamal o mandou parar. No silêncio que se seguiu, expliquei sobre a biblioteca. Disse que deveria ocupar uma sala de vinte e quatro metros por cinco, que teria prateleiras indo do piso até o teto.

"Quero cedro", eu disse.

Rashid, o guarda-costas, mordeu ansiosamente o lábio superior. "Isso é caro."

"Mercado negro", sussurrei, batendo no meu nariz. "Vamos consegui-lo no mercado negro."

"O senhor vai ter que forrar as paredes com cortiça", disse ele, "senão a umidade vai passar e danificar os livros."

Sorri para Rashid. Ele olhou para o chão humildemente. Gostei da sua atenção aos detalhes.

"Está contratado", eu disse.

NA QUARTA SEMANA DE FEVEREIRO, a Condessa Madeleine de Longvic apareceu. *Dar Khalifa* não estava pronta para visitantes e eu encorajava ferozmente as pessoas a ficarem longe. A maioria delas seguia meu conselho, desestimulada pela favela, a lama e pelo oceano de meninos malvados que jogavam pedras em qualquer um que não reconhecessem. Mas a condessa, que não tinha medo dos barracos, da sujeira ou dos meninos, foi atraída pela curiosidade do passado.

Eu estava de pé no terraço superior quando ouvi o som de um carro se aproximando, atravessando as poças d'água. Era tão raro que um veículo penetrasse na *bidonville* que sempre corríamos para ver quem era. O jaguar azul-real da condessa estava entrando em nossa rua. Parou diante da porta do jardim. O chofer uniformizado saiu e abriu a porta do passageiro com uma mão enluvada. De cima, vi primeiro o chapéu. Era de veludo verde-tartaruga, tão largo quanto a roda de uma bicicleta de corrida e coberto com uma única pena de avestruz.

A condessa tocou a campainha. Hamza correu para a porta. Um momento depois, eu estava disparando pedidos de desculpas. Desculpei-me pelo estado da casa, pelo ruído e pelo frio. Quando apresentei Rachana, pedi desculpas pela maneira como o seu cabelo estava preso. A condessa se curvou e beijou Ariane no rosto.

"Você não vê a perfeição ao seu redor", disse ela.

Era um dia claro e gelado. O jardim exibia mil tons de verde, estimulados pelas chuvas de inverno. Nós nos sentamos no gramado e bebemos chá de Darjeeling. Ariane deitou suas bonecas na grama e removeu a cabeça delas.

"Lembro-me da casa mais escura por dentro", comentou a condessa. "Também me recordo de um número maior de paredes."

Falei sobre o exército de pedreiros com martelos.

"Eles trabalharam com muito entusiasmo", eu disse. "Na verdade, não havia como detê-los."

"A casa está muito melhor", observou a condessa. "Dá para ver até o jardim. Acho que os pedreiros fizeram um favor a vocês."

Levei a conversa para o ponto onde paramos no último encontro: Sergei, o espião russo.

"Ah, sim", disse ela sem pressa, "lembro-me que ele alugou a casa de um francês. Ela recendia a vodca Stolichnaya; todas as salas estavam embebidas com aquele cheiro. Sergei encomendava vários caixotes todos os meses, trazidos na bagagem diplomática. Também havia caviar e conservas russas. Era tudo o que Sergei servia: caviar e conservas, acompanhados de ótima vodca."

"O que aconteceu com ele?"

"Como dizem os ingleses de modo tão diplomático, descobriu-se que estava envolvido em atividades incompatíveis com seu *status*."

"Espionagem?"

"Naturalmente."

Paramos de conversar e ficamos olhando Ariane se esforçando para dar cambalhotas no gramado. Hamza e os outros caseiros estavam agachados ali perto, espiando-nos por trás de uma sebe.

"Isto aqui é um oásis", disse a condessa. "Não há outra vila como esta em Casablanca."

"Alguém me contou que ela pertencia ao Califa de Casablanca", eu disse, "mas não consegui descobrir nada sobre tal homem."

A condessa pediu mais chá. Sentou-se em silêncio, fitando as primeiras flores da primavera.

"O Califa era o proprietário de toda a terra por aqui há um século", contou ela, depois de algum tempo. "Era um terreno de bom tamanho. Havia campos que se estendiam até o mar e até Tamaris. A família do Califa viveu nestas terras por trezentos anos. Eram poderosos, ricos além da imaginação e muito influentes."

"Quem era o Califa de Casablanca?"

"Um membro de sua família", respondeu a condessa distraidamente. "Era um *Sharif*, um dos descendentes do Profeta."

"Por que ele deixou *Dar Khalifa*?"

"O califa morreu na década de vinte, e depois seu patrimônio foi herdado pelo filho mais velho. Ele apostou a fortuna da família no jogo até ficar sem nada. Soube que se matou quando os cobradores tomaram a casa."

"A senhora acha que ele se matou aqui em *Dar Khalifa*?"

A condessa bebeu um pouco de chá. "Acredito que sim", disse finalmente.

NA NOITE SEGUINTE, O BARULHO de uma máquina me acordou. Olhei o relógio. Eram três e quarenta e cinco da madrugada. O rugido do motor era profundo e irregular, diferente de um carro de passageiros. Pensei que fosse o trator voltando à favela, mas o som rosnou pela *bidonville* até chegar à nossa casa.

Desci esperando problemas. Kamal estava diante da porta.

"Estou com o contêiner", disse ele.

De alguma maneira só conhecida por ele, Kamal conseguira resolver a papelada e liberar os móveis indianos do porto. Escapamos sem pagar nada. O contêiner foi descarregado por uma dúzia de homens corpulentos. Eram leões-de-chácara contratados por Kamal no caminho. O seu turno acabara naquela hora e estavam dispostos a trabalhar por uma gorjeta.

As portas do contêiner foram abertas e os móveis levados até o salão. Estavam embalados de modo elaborado, cada móvel envolto em vinte camadas de papelão, depois guardados em caixotes.

"Por que temos que descarregá-lo agora, no meio da noite?"

"Porque o senhor não quer que as pessoas vejam!", sibilou Kamal.

Ele contou que aprendera o hábito da discrição com seu pai.

"Mas eu não tenho segredos."

"Todo mundo tem segredos", disse Kamal.

DEZOITO

Todo besouro é uma gazela
aos olhos de sua mãe.

NO INÍCIO DE MARÇO, A DOENÇA atacou a Casa do Califa. Todos nós ficamos doentes, as crianças primeiro. O vômito foi seguido por uma diarréia tão grave que tememos por nossa vida. A última vez em que meu sistema digestivo esteve tão prejudicado foi quando provei a mistura de *ayahuasca* de um pajé no Alto Amazonas. Quando o médico chegou a *Dar Khalifa,* nos encontrou agachados ao redor dos vasos sanitários.

"Vocês foram intoxicados", declarou, numa voz sombria.

Não era exatamente uma dedução brilhante.

"Já percebemos isso", eu disse.

Entre as ondas ferozes de vômito, tentamos definir o que nos intoxicou. Não comíamos em um restaurante há dias e nossa própria cozinha era mantida meticulosamente limpa. O médico perguntou de onde vinha o suprimento de água.

"Do poço", respondi. "Nós o limpamos. A água é pura."

Hamza foi chamado e deu sua própria opinião: a doença era causada por maus espíritos, pelos *djinns.* Garanti-lhe que, como um profissional da medicina, o doutor não acreditava em *djinns*.

"Mas é claro que acredito", corrigiu-me asperamente o médico.

"Deve haver uma explicação científica", contestei.

"Veremos."

Hamza o levou para inspecionar a cozinha, deixando-nos curvados perto dos vasos sanitários. Perguntei-me como um médico que acreditava no submundo poderia chegar a uma conclusão precisa. Alguns minutos depois, Hamza o trouxe de volta ao banheiro.

"O poço está envenenado", afirmou resolutamente.

"Mas ele foi limpo por um profissional", respondi.

"Alguém o infectou deliberadamente", disse o médico, desconfiado.

"Quem faria uma coisa dessas?"

"Talvez tenha sido o chefão da favela", sugeriu Rachana.

Interroguei Hamza: "Alguém colocou alguma coisa no poço?"

Ele olhou para o chão e não respondeu.

"Hamza!", rosnei, ocasionando uma nova onda de vômito. "O que está acontecendo?"

O caseiro juntou as mãos nervosamente. Eu diria que ele estava sonegando alguma informação.

"Diga logo!", gritei.

"Os *djinns*", respondeu. "Qandisha."

Se eu tivesse forças, teria saltado e esganado Hamza ali mesmo. Estava cheio dessa conversa de *djinns*. Para o inferno com a sensibilidade cultural. Estávamos todos muito doentes e, como de costume, os *djinns* estavam levando a culpa.

"Esqueça os malditos *djinns*!", gritei. "Nunca mais quero ouvir falar deles."

O médico perguntou alguma coisa a Hamza em árabe. Eles conversaram calmamente por um momento ou dois.

"Agora entendi", disse o doutor, sorrindo.

"O que há para entender? Sempre que algo dá errado, os caseiros culpam os malditos *djinns.*"

"É claro que o fazem. E os *djinns* são os culpados pelo envenenamento, indiretamente."

"Como assim, indiretamente?"

O médico pôs o estetoscópio de lado. "Hamza contou que um *djinn* fêmea mora na sua casa."

"Qandisha", confirmei.

"Sim, é esse o nome ou o modo como a chamam. Ninguém ousaria pronunciar seu nome real. Ela não quer que vocês vivam aqui. Disse que vai matá-lo se não for embora. Os caseiros estão muito assustados, então estão tentando manter essa Qandisha feliz. Eles não querem que ela machuque vocês ou as crianças, mas estão muito preocupados."

"E o veneno?"

O médico sorriu novamente. "Para manter Qandisha feliz", disse ele, "Hamza tem colocado pedaços de frango no poço para ela toda noite."

"Maldição, Hamza!"

"Ele só está fazendo o que pensa ser correto", retorquiu o médico. "Ele quer resolver o problema, colocar Qandisha para fora."

Desejei estar de volta a Inglaterra, uma terra purificada industrialmente da superstição.

"Se quisermos que Qandisha vá embora e não volte nunca mais", perguntei, "o que temos de fazer?"

"É fácil", disse o médico. "Basta realizar um exorcismo."

A CONDESSA DE LOGVIC DISSERA que meu avô costumava viajar para Casablanca uma vez por mês para comprar café de uma loja perto do Mercado Central. Verifiquei seus diários, mas não havia menção à cidade. Quando contei isso à condessa, ela riu.

"É claro que não", respondeu. "Ele nunca a chamava de Casablanca. Sempre se referia a ela como W.H., para 'White House' [Casa Branca]."

Meu avô fora criado em uma época em que a confidencialidade reinava. Como o pai de Kamal, era apaixonado pela discrição. Seus diários estavam cheios de anagramas, acrônimos e suas próprias palavras em código, muitas vezes traduções do dari, um idioma do Afeganistão. Procurei de novo nos diários. A condessa tinha razão. Havia anotações mensais regulares para W.H., o código para Casablanca. As anotações que as seguiam geralmente incluíam as iniciais H.B. Por exemplo, ele escreveu: "visitei H.B." ou "H.B. vai bem", ou "dei cinqüenta *dirhams* para H.B."

Telefonei para a condessa e perguntei se ela conhecia as misteriosas iniciais.

"Ele costumava vir a Casablanca para grãos de café", disse ela. "Isso o lembrava do café que tomava em Kabul."

"Mas o que é H.B.?"

"Será um tipo de café?", ela perguntou.

"Não, isso não faria sentido. Ele podia ser excêntrico, mas uma obsessão com grãos de café não parece ser o caso."

Eu teria pedido a opinião de Kamal. Era bom em palavras cruzadas. Mas ele não apareceu por uma semana. Liguei para sua paciente namorada e perguntei se ela sabia onde ele estava.

"Provavelmente fugiu com outra garota", disse. "Boa sorte para ela."

Rachana queria que eu falasse com a polícia. Não o fiz porque o próprio Kamal me avisara certa vez para não entrar em contato com os policiais.

"Se perguntar a eles onde fica uma certa rua", dissera, "vai acabar atrás das grades."

SE EU PRECISASSE DE UM EXORCISTA na Inglaterra, não saberia a quem perguntar. As *Páginas Amarelas* britânicas certamente não têm nenhum listado, e se eu perguntasse por algum na rua, provavelmente seria arrastado para um hospício. Há muitas coisas difíceis de encontrar no Marrocos, mas um exorcista não é uma delas. Os caseiros quase dançaram de alegria quando os chamei e pedi conselhos sobre como obter um exorcista.

"Nas montanhas", disse o Urso.

"Sim, no topo das montanhas", concordou Hamza.

"Mas como posso entrar em contato com eles?"

"Vá a Sidi Abdur Rahman e pergunte", sugeriu Osman.

Até então, só ouvira boatos sobre a tumba do santo Sidi Abdur Rahman. Ficava em um afloramento de rochas a duzentos metros da costa do Atlântico, a um quilômetro e meio da Casa do Califa. Eu costumava passar por ela e meus olhos eram atraídos para o conjunto de construções caiadas de branco sobre um plinto de rochas escarpadas. Parecia algo saído de um filme de ficção científica. Quando a maré estava alta, ela se tornava uma ilha; quando a maré estava baixa, era possível caminhar até lá, se você tivesse coragem.

O Marrocos tem centenas desses túmulos. São um centro para qualquer um que tenha esperança de ser curado ou de obter *baraka.* Pessoas comuns vão até eles em multidões em tempos de necessidade. Se a mãe está doente, ou se não conseguem engravidar ou encontrar uma esposa, eles vão até os túmulos para rezar, fazer um sacrifício ou solicitar à feiticeira residente que lance um encanto. Uma mulher idosa na *bidonville* certa vez me disse que o túmulo de Sidi Abdur Rahman era o local mais abençoado em toda Casablanca. Ela disse que você pode ser tocado por seu poder simplesmente olhando para ele.

Na maioria dos países árabes, as pessoas reverenciam o túmulo das pessoas piedosas, especialmente o dos místicos sufis. Mas eu não passei por nenhum país muçulmano onde tal força fosse extraída dos locais onde os santos estavam enterrados. Para mim, essa crença profunda e inabalável indicava o passado pré-islâmico do Marrocos.

Osman me explicou que eu devia ir ao túmulo antes do nascer do sol na sexta-feira. Disse que me levaria até lá. Felizmente, a maré estava baixa quando chegamos. O céu estava sem sol, mas não escuro. E o ar, muito frio, com uma brisa varrendo o mar. As ondas quebravam muito longe, cristas negras arrebentando no branco. Era difícil acreditar que estávamos perto de uma grande cidade. A própria tumba tinha uma aparência sobrenatural. Parecia brilhar. Os únicos sons eram as ondas distantes e o leve sussurro de uma voz em oração.

Osman me conduziu pelas pedras escarpadas rumo à ilha. Era reconfortante ter sua companhia. Nunca fiquei nervoso no Marrocos, mas, se havia um lugar para sentir medo, era a tumba de Sidi Abdur Rahman. No ponto onde as rochas terminavam, começava uma escadaria tosca. Subimos e chegamos à ilhota.

Um grupo de quatro mulheres estava agachado no caminho, rezando com o rosto velado e o corpo sacudindo suavemente para frente e para trás. Na frente delas havia um monte de mochilas.

"Elas devem ter vindo de muito longe", observou Osman. "Sua necessidade deve ser muito grande."

Nós seguimos pelo caminho até o túmulo. Rudes construções de um recinto foram erigidas de cada lado, abrigos para peregrinos que chegaram e nunca foram embora. Passe algum tempo no Marrocos e vai ouvir histórias de pessoas com tanto medo de *djinns* que se mudaram para uma mesquita ou para um santuário e se recusaram a ir para casa. Kamal me contou que, certa vez, seu próprio pai ficou com tanto medo dos maus espíritos que dormiu em uma mesquita por um ano inteiro.

À esquerda do caminho havia um trecho em pedra nua, um local de sacrifício. Ainda era cedo, mas o espectro da morte já havia feito sua visita. Ficamos ali, enquanto a aurora surgia, os primeiros raios de pálida luz rosada refletiam nas poças de sangue fresco nas rochas. Osman seguiu para a porta.

"É aqui que vive a feiticeira", disse ele.

"Vamos entrar?"

"Primeiro precisamos comprar um pouco de chumbo", respondeu.

Não compreendi por que o metal era necessário. Mas paguei dez *dirhams* para um homem com uma pilha de fitas prateadas. Osman bateu à porta da feiticeira. Apareceu uma mulher. Ela era baixa e de ombros largos, com um olho inclinado. Osman a saudou respeitosamente e segurou a folha de chumbo. A mulher indicou a porta com a mão, convidando-nos. Entramos.

A sala era extremamente pequena, úmida e fria, com o teto coberto por cachos de folhas secas. Havia uma pilha de conchas brancas em um canto e um Corão num pedestal bem no meio. Sentamos acocorados.

"Diga-lhe que precisamos de um exorcista", disse eu.

Osman respirou fundo, sorriu nervosamente e explicou. A feiticeira franziu o cenho, espirrou, depois falou sobre *djinns.*

"O que ela está dizendo?"

"Está dizendo que pode vê-lo no seu rosto", respondeu ele.

"Ver o quê?"

"Que há um *djinn* dentro do senhor."

"Não está em mim, está na casa", sussurrei mal-humorado.

"É a mesma coisa. Ela diz que viu o *djinn.*"

"Como ele é?"

Mais conversa, depois concordância.

"Não é um *djinn* masculino. É uma fêmea", disse Osman. "Ela é forte, poderosa e muito zangada."

"E o exorcista?", perguntei.

Osman fez a pergunta à feiticeira. Ela pegou o chumbo e derreteu-o em uma caçarola sobre um braseiro. Quando o chumbo derreteu, derramou-o em um balde de aço cheio até a metade com água. Houve um som de rachadura e o sibilo de algo muito quente resfriando. A mulher arregaçou as mangas, enfiou a mão no balde para pegar o chumbo e inspecionou o que encontrou. Ela disse algo para Osman. Seu rosto empalideceu de medo.

"A *djinn* é *b'saf*, muito grande", disse. "Ela quer matar o senhor. Há perigo. Um exorcista não será suficiente. Vai precisar de vinte."

"Mas onde vou arrumar tantos exorcistas?"

Osman traduziu a pergunta. A feiticeira inspecionou o metal prateado novamente.

"Em Meknes", respondeu.

NA SÉTIMA NOITE DEPOIS DE seu desaparecimento, Kamal tocou a campainha. Estava usando uma venda branca e fora conduzido a *Dar Khalifa* por um menino pequeno. Dei-lhe as boas-vindas, mas não comentei sobre sua aparente perda de visão. Sabia que logo teria uma explicação. Nós nos sentamos e Rachana trouxe uma bandeja de café. Kamal tateou em busca da xícara. Fiz uma observação sobre a boa aparência do jardim.

"Não posso vê-lo", disse ele.

"O que aconteceu desta vez?"

"Cirurgia a laser nos olhos, de emergência", explicou.

Um fato sobre Kamal era que ele dizia a verdade como se estivesse mentindo. Eu sempre deduzia que ele estava mentindo, só para descobrir mais tarde que era verdade. Ele tirara alguns dias de folga apenas alguns dias antes, alegando estar com diabetes. Telefonei para o hospital. Para minha surpresa, sua explicação foi confirmada.

Kamal pegou um pedaço de papel amassado no seu bolso e o segurou na minha direção. Era uma receita para óculos.

"Não é hora de ficar cego", eu disse numa voz gelada. "Precisamos conseguir vinte exorcistas. Temos que ir até Meknes."

Kamal levantou o canto da sua atadura e olhou para mim, piscando. "Sei exatamente a quem perguntar", afirmou.

O TRABALHO NA CASA CONTINUOU. Em certos dias, havia mais de sessenta artesãos cuidando das paredes e dos pisos, da alvenaria e da marcenaria. Pelo menos metade deles havia se mudado para o salão, onde dormiam em fileiras, como recrutas partindo para a guerra. Por volta dos idos de março, a tristeza do inverno ficara para trás. Estávamos em um rumo novo, navegando na direção de um verão sufocante. O jardim estava vivo com abelhas, tentadas pelo aroma da madressilva, do jasmim e das rubras flores de hibisco. E pássaros de todo tamanho e forma voejavam sobre as árvores – cegonhas e pombos, íbis e rolinhas.

Os artesãos continuavam incapazes de completar o trabalho que haviam começado. O pintor fazia uma pausa antes da última pincelada e o pedreiro deixava o último prego de fora. A maldição do trabalho por terminar me deixava afogado em frustração, mas não havia nada que eu pudesse fazer. Poderíamos ter nos mudado para nosso quarto meses antes se uma simples faixa de cerâmicas tivesse sido terminada em volta das paredes do banheiro. Sem ela, a equipe de *tadelakt* não podia passar o reboco, e, sem isso, o bombeiro não podia instalar os detalhes finais no banheiro, e o eletricista também precisava esperar. O mesmo acontecia no andar de baixo. As salas de estar estavam esperando por algumas vidraças. Até que fossem instaladas, os pintores se recusavam a começar, e os pisos não podiam ser envernizados até que os tetos estivessem prontos. Tudo em *Dar Khalifa* estava inexoravelmente ligado. Uma grande massa confusa de interconexões.

Parte do problema era a comunicação, não verbal, mas cultural. Era verdade que eu mal podia conversar com qualquer um dos artesãos, mas tinha a sensação de que, mesmo que eu falasse árabe fluente, seríamos incapazes de nos compreender uns aos outros.

Lembrei-me de não me deixar enganar por Casablanca. Era uma enorme cidade em crescimento, com as mais recentes modas européias, carros rápidos e restaurantes chiques. Mas tudo isso era só a espuma na superfície. A verdadeira Casablanca era um local de tradições resistentes, onde os antigos costumes marroquinos continuam fortes. Os artesãos aprenderam suas técnicas como aprendizes e fazem parte da base sólida que mantém o reino no seu caminho.

A incapacidade de terminar o trabalho trouxe meu pior lado à tona. Logo estava descarregando tudo em Kamal, que passou a usar óculos com lentes tão grossas quanto fundos de garrafa. Ele era a única pessoa que compreendia minhas reclamações.

"Por que diabos eles não conseguem terminar uma coisa antes de passar para a próxima?", indaguei várias vezes.

Kamal se arrastava atrás de mim, com a cabeça baixa. "É o modo de ser marroquino", replicava. "Podemos não terminar coisas, mas as começamos tão bem!"

Certa manhã, Rachana me encontrou encolhido no banheiro, incapaz de sair e encarar o mundo. Sentia-me prestes a ter um ataque de nervos.

"Você não pode continuar assim", ela sussurrou gentilmente.

"Eu sei", respondi, com espuma no canto da boca. "Mas eles estão me enlouquecendo. Não conseguem terminar nada."

"Só há uma maneira de completar a casa", disse ela.

"Qual é?"

Rachana sorriu. "Você precisa agir como um marroquino."

NO FIM DE MARÇO, EU ESTAVA caminhando pelo Boulevard Muhammed V, a avenida principal da velha cidade, quando encontrei um vendedor de café. A loja era antiquada, muito simples e bem em frente ao Marché Central construído pelos franceses. Era o tipo de estabelecimento que sobrevive devido à qualidade do seu produto e não devido a técnicas de marketing da moda. Entrei.

Uma mulher com cerca de trinta anos enrijeceu na sua cadeira e me deu as boas-vindas. Ela disse que nunca tinha me visto antes.

"Não temos muitos fregueses novos", comentou.

"É minha primeira vez aqui", repliquei.

"Vendemos café do Brasil", disse. "O senhor já provou?"

Respondi que sim, que gostava muito.

A mulher pareceu tomada pelo deleite. "Algumas pessoas preferem o café da Ásia", explicou, "mas meu avô diz que é preciso se concentrar em um produto se quer vendê-lo bem. Ele deve estar certo, porque vende café aqui há sessenta anos."

Na parede atrás da caixa registradora havia uma foto do Rei e uma série de urnas em cobre polido. Elas traziam o nome de grãos brasileiros: Yellow Bourbon, Fazenda Jacarandá e Carioca. Perguntei qual era o pó mais escuro. A vendedora tocou a unha na última urna, marcada "Bolero".

"O senhor precisa levar este aqui."

Perguntei sobre seu avô. "Ele ainda está vivo?"

"É claro", respondeu. "Ele é muito velho, mas costuma se sentar aqui todas as tardes."

Ela apontou uma poltrona perto da janela. O estofamento saía pelos lados e a almofada estava amassada como se alguém adorasse sentar nela. Paguei meu café e peguei a bolsa de papel marrom. Então hesitei. A mulher inspirou.

"Deseja mais alguma coisa?", perguntou.

"Hã, bem..."

"Sim?"

"Pode parecer bobagem, mas meu próprio avô costumava vir todo mês de Tânger a Casablanca. Ele vinha comprar café.

É muito, muito improvável", continuei, "mas talvez ele viesse a esta loja."

A vendedora endireitou as costas e passou a mão pelo longo cabelo escuro. "Ele gostava de café brasileiro?", perguntou.

RACHANA ESTAVA CERTA. A ÚNICA maneira de completar a casa era avançar a toda para a tempestade. Eu não sabia por que não havia pensado nisso antes. Era como se antolhos fossem tirados dos meus olhos. Corri até o terraço superior e inspecionei a Casa do Califa. Normalmente, teria olhado para baixo, amaldiçoando todos os projetos inacabados. Em vez disso, marquei todas as outras coisas que poderíamos começar a fazer.

Em primeiro lugar, queria converter uma velha oficina de pedra ao lado da casa em um *hammam* e depois renovar a dilapidada casa de hóspedes no fim da horta. Depois disso, planejava construir outra fonte e decorar a sala em frente à biblioteca com um fabuloso chão de mosaico. Até então, eu me contivera em nome da moderação. Anotei oito novos projetos e dei a lista para Kamal.

"Qual deles o senhor quer começar primeiro?", perguntou.

Fitei-o no rosto, com os olhos em brasa. "Vamos começar todos ao mesmo tempo!", respondi.

A ESTRADA PARA MEKNES ATRAVESSA as fazendas do Platô Saïss e chega até as muralhas da própria cidade imperial. Os campos lavrados, que são da cor de chocolate amargo, são tão férteis que as pessoas que vivem lá andam empertigadas de orgulho. Meknes e sua cidade irmã, Fez, formam o coração cultural do Marrocos. A feiticeira no túmulo de Sidi Abdur Rahman fora econômica nas suas informações. Quando solicitada a fornecer uma fonte de exorcistas, só mencionara o nome "Meknes".

Kamal ignorou todas as perguntas quando indaguei como poderíamos achar o que procurávamos ao chegar à cidade. Ele alegou conhecer um homem com os contatos para abrir as portas. Era só uma questão de encontrá-lo. Atazanei Kamal para obter mais detalhes, mas, como sempre, seus lábios estavam selados.

Na jornada para Meknes, paramos na pequena cidade de Khemisset e comemos *merguez*, salsichas picantes de carneiro, num café da estrada. Quando o chamado do muezim soou no início da tarde, o proprietário do local desdobrou seu tapete e se curvou em oração. Enquanto rezava, seu filho guardava a caixa de dinheiro que continha a féria do dia. O menino batia palmas lentamente enquanto o pai orava voltado para Meca. Quando o homem terminou, voltou ao balcão e seu filho botou as mãos nos bolsos novamente.

Kamal percebeu que eu estava cismando por que a criança batia palmas enquanto o pai rezava. Deduzi que era uma demonstração de religiosidade.

"Conseguiu entender?", perguntou.

"Entender o quê?"

"O pai precisa que o filho guarde o dinheiro, mas não confia nele. Ele acha que o menino vai pegar algum enquanto está de costas."

"E daí?"

"Daí que ele manda o menino bater palmas", explicou Kamal. "Se as palmas pararem, significa que as mãos do menino estão roubando o dinheiro."

EM MEKNES, ESTACIONAMOS O jipe perto do magnífico portal de Bab Mansur. Kamal abriu a porta traseira e procurou uma caixa de papelão que mantinha no carro. Continha várias roupas sujas e mofadas, fedendo a cigarros velhos e discotecas. Pedi-lhe várias vezes que removesse a caixa. Mas, para Kamal, o conteúdo era muito mais do que roupas velhas: eram disfarces indispensáveis. Ele me jogou uma jaqueta amassada e um par de calças.

"Vista isso", disse.

Dez minutos depois, estávamos sentados em um café perto da *medina*, fedendo como bêbados depois de uma noitada, esperando que seu contato chegasse. Kamal não revelou o motivo dos disfarces. Era sua maneira de controlar informações. Mas, quando perguntei sobre os exorcistas, ele foi bastante aberto.

"São uma irmandade", respondeu, "chamada Aissawa. Eles vêm de Meknes e podem sugar *djinns* das paredes."

"Eles vão viajar até Casablanca?"

"Se o senhor pagar o suficiente, irão a qualquer lugar", respondeu.

Uma hora depois, o contato chegou. Pensei que seria ele quando o vi se aproximando do outro lado da praça. Estava falando em dois celulares ao mesmo tempo, em uma tosca exibição de seu *status* elevado. Esperava desesperadamente que ele seguisse adiante, mas parou e beijou o rosto de Kamal. Parecia um gigolô. Seu rosto era ousado e confiante, com um nariz chato e olhos pequenos e ardilosos. Detestei-o no momento em que bateu sua mão úmida e esponjosa na minha.

"Este é Abdullah", disse Kamal. "Ele conhece todos os exorcistas da cidade."

"Não gosto da aparência dele", sussurrei.

"A aparência não é importante", replicou bruscamente.

Abdullah, o gigolô, girou uma cadeira e se sentou com o espaldar para a frente. Não tenho certeza, mas acho que era sua maneira de mostrar quem era o maioral, seguro de si mesmo. Tirou um fragmento de resina *kif* do tamanho de uma ervilha e transformou-a em um baseado. Kamal passou pelas formalidades de saudações, conversa sobre os velhos tempos e memórias compartilhadas. Então, ele limpou a garganta e ouvi a palavra *djnun*.

Os olhos miúdos do gigolô pareceram encolher, até ficarem do tamanho de bolas de gude. Ele prendeu a ponta do baseado entre seus dentes cerrados, tragando bem forte e devagar.

Kamal lhe contou sobre a Casa do Califa e seus *djinns* residentes. O gigolô deslizou a mão escorregadia pelo nariz e falou algo em árabe. Não compreendi as palavras, mas sabia o que significavam.

"Ele está falando sobre dinheiro, não está?", perguntei.

Kamal não respondeu.

Abdullah deu outra tragada e disparou uma fileira de números.

"O que ele está dizendo? Quanto?"

Nós nos sentamos ali, vestidos em roupas sujas; o ar pesado com fumaça de maconha.

Perguntei sobre os exorcistas. Kamal e o gigolô estavam ocupados demais para responder. Encaravam-se, cada um esperando que o outro desistisse. Para qualquer um que passasse, pareceriam dois homens sentados em suave contemplação. Mas não havia nada suave naquilo. Estavam batalhando.

Pedi licença e cruzei a praça para comprar nugá numa barraquinha. Quando voltei, Abdullah se fora.

"O que aconteceu?"

"Ele vai reunir os exorcistas", respondeu Kamal.

"Quantos?"

"O grupo é de quinze, mas está incluindo mais dez de graça."

DEZENOVE

A resposta a um tolo é o silêncio.

MUDANDO-SE PARA O MARROCOS, é impossível não cair na ilusão. Por mais que eu tentasse, não conseguia deixar de pensar em grande escala. Em Londres, vivíamos em um apartamento minúsculo e, como resultado, tudo o que eu pensava era em pequena escala. Mas viver na Casa do Califa mudou a maneira como percebia o mundo. Comecei a planejar enormes expedições, a sonhar assuntos para escrever obscuras enciclopédias e fiquei obcecado em usar cada polegada de espaço disponível.

Parte dessa mudança se devia ao fato de estar na África. O céu era vasto; a paisagem, severa e impiedosa. Havia uma sensação de que tudo era possível, de que eu não era mais contido pela visão diminuta da Europa. O perigo também era um fator de motivação. Uma das razões para me libertar da Inglaterra fora deixar para trás o confortável senso de segurança, a rede de segurança que nos prendia e limitava. No Marrocos, a falta dela era uma força energizante, mas, ao mesmo tempo, uma preocupação constante. Eu tinha visto mais acidentes do que podia contar – acidentes de carro com pessoas meio mortas caídas no chão, locais de construção onde operários haviam despencado do andaime, crianças aleijadas por fogos de artifício numa tarde de domingo. Pela primeira vez na vida, estava totalmente alerta. No Ocidente, é possível passar os dias levado pela correnteza, certo de que a sociedade vai proteger você e seus filhos. Caso haja algum problema, alguém vai levantá-lo e ajudar a tirar a poeira. Mas, depois de cinco minutos no solo do norte da África, eu sabia que era minha responsabilidade cuidar da minha família. Ninguém mais os estava protegendo.

KAMAL E EU DIRIGIMOS PARA O sul de Meknes a Azrou, procurando cedro do mercado negro para as prateleiras da minha biblioteca. Todos me avisaram para tomar cuidado. O comércio do cedro, disseram, era um negócio cheio de ladrões. Também era preciso lidar com os boatos. Um informante me contou que todo o cedro à venda no Marrocos sofrera uma doença invisível. Parecia estar bem na superfície, ele me garantiu, mas bastaria chegar em casa para que uma praga de cupins devorasse a madeira e invadisse toda a casa. O vendedor de verduras da favela disse que o cedro não era afetado por cupins, mas por espíritos. Se eu levasse as desditosas tábuas para minha casa, os *djinns* dentro delas se infiltrariam nas paredes. Lembrei-lhe que eu já tinha uma profusão de *djinns*. Ele pareceu muito perturbado.

"Então haverá uma guerra", disse ansioso. "A sua casa será destruída!"

A pequena cidade de Azrou está situada no sopé do Médio Atlas, a mil e duzentos metros. Possui o clima de uma estação montanhesa colonial. Os edifícios eram baixos, inconfundivelmente franceses, seus telhados europeus brilhando contra o céu cor de cobalto. Sugeri que começássemos imediatamente a procurar os indivíduos suspeitos que poderiam nos levar ao mercado negro de cedro.

"Não é hora disso", respondeu Kamal.

"Quando é a hora?"

"Meia-noite."

Então passamos a tarde dormindo no jipe. De vez em quando, alguém batia na janela com uma moeda e segurava um punhado de espanadores de penas, cigarros contrabandeados, chicletes ou canetas esferográficas. A tarde veio e se transformou em noite. Fiquei olhando meu relógio, contando os minutos.

Às dez e trinta, sacudi Kamal pelo braço e o acordei. Saímos do carro, buscamos refúgio em um café e pedimos *café noir*. Havia o costumeiro grupo de homens de rosto comprido em *jellabas* e as nuvens de fumaça de tabaco negro. O garçom trouxe um par de cinzeiros limpos, serviu o café e tossiu na sua mão. Pediu o pagamento.

"Vamos pagar quando estivermos prontos", disse Kamal.

O garçom estendeu a mão e murmurou um preço. "Posso ver que vocês são de Casablanca", disse ele. "E não confio em homens da cidade."

Às onze, Kamal se levantou, cruzou a rua e caminhou até um menino que estava vendendo Marlboros por unidade. Mas Kamal não estava comprando cigarros. Estava procurando a chave para o mercado negro. Depois de alguns minutos de conversa, o menino foi embora apressadamente e Kamal voltou ao café.

Uma hora se passou.

Kamal estava acendendo um cigarro quando um homem navegou pela fumaça e parou na nossa mesa. Era baixo e nervoso, com um rosto brilhante e cor de ferrugem. Ele apertou minha mão lentamente e se sentou. Havia algo estranho no seu aperto de mão. Dei uma olhada na sua mão direita. Faltavam três dedos e um polegar. Kamal mais tarde me contou que no Marrocos um carpinteiro com dedos a menos era respeitado como um homem experiente. Ele disse que os melhores carpinteiros não tinham dedo algum nas mãos.

Seguiu-se uma conversa sussurrada em árabe. Houve uma discussão sobre qualidades e quantidades, e sobre a polícia. O contato sorria um bocado e pegou vários Marlboros de Kamal. Sempre que a polícia era mencionada, ele coçava o queixo com o único dedo da mão direita e casquinava nervosamente. Finalmente, ele nos conduziu do café para a rua. Encontramos outro homem, também com dedos a menos, e terminamos em uma loja que vendia banheiros usados. Apesar da hora adiantada, as luzes estavam acessas. Eu não tinha uma idéia clara de por que estávamos lá ou do que estava acontecendo. Mas, como de costume, fiquei em segundo plano enquanto Kamal negociava.

O homem nervoso levantou a tampa de um dos vasos sanitários e pescou meia dúzia de amostras de cedro. Jogou-as na mesa e chamou nossa atenção para as várias qualidades. Eram classificadas, afirmou, pelo número de nós e pela secura da madeira. A madeira mais seca e sem nós era de *première qualité.* Custava caro, o dobro da de segunda qualidade.

Examinei as amostras e perguntei ao homem se tinha o bastante da madeira de primeira qualidade para duzentos e quarenta metros de estantes. Minha pergunta foi saudada com muitos sorrisos. O contato andou até a parede no outro extremo da loja e puxou um estande apresentando toaletes rosa importados da França. Uma entrada baixa foi revelada. Kamal e eu fomos conduzidos para dentro.

Era um armazém envolto no mais pungente aroma de cedro recém-cortado. Enquanto meus olhos se acostumavam com a luz fraca, pude ver o estoque. Milhares de tábuas espessas empilhadas até o teto, do tamanho e da forma de dormentes ferroviários. Em um canto estava uma serra circular sem qualquer recurso de segurança, a exterminadora de vários dedos descuidados.

Três horas de negociações se seguiram. No fim, eu estava muito mais pobre, mas havia garantido cedro de primeira qualidade suficiente para construir uma biblioteca. O contato prometeu levar a madeira para *Dar Khalifa* assim que pudesse. Ele pressionou os restos da sua mão direita na minha, sorriu e desapareceu na noite.

NA JORNADA DE VOLTA A MEKNES no dia seguinte, passamos por fileiras de barracas na beira da estrada, guardadas por um exército de meninos adolescentes. Vendiam abacates e camaleões, buquês de rosas e potes de cerâmica vermelha. Não havia vilarejos ou casas a quilômetros de distância. Perguntei-me como os meninos chegavam ali ou por que selecionaram um ambiente tão remoto para seu comércio. Não havíamos planejado parar, mas, quando vi os camaleões sendo segurados cruelmente pelas caudas, ordenei que Kamal pisasse no freio. Mandei que comprasse o estoque inteiro de lagartos: vinte camaleões em tamanhos sortidos. Custaram-me quinhentos *dirhams*, cerca de cinquenta dólares. Era um assalto à luz do dia.

Oito quilômetros depois das barracas, a estrada ficou vazia novamente, cercada por eucaliptos e arbustos raquíticos. A luz do sol estava tão forte que Kamal protegia os olhos com a mão enquanto dirigia. Disse que não podia se lembrar de uma tarde mais ensolarada. A estrada se curvava para a esquerda, depois para a direita e depois seguia reta rumo ao norte. Pela primeira vez em muito tempo, tivemos uma visão do caminho à frente.

Um homem estava parado à sombra de um abeto diante do horizonte. Era curvado com a idade, o corpo oculto por um *jellaba* encapuzado. Eu o vi primeiro.

"Vamos lhe dar uma carona", disse eu, "e aproveitamos para soltar os lagartos."

"Essa gente só traz problemas", retorquiu Kamal.

"E a caridade? Pare, por favor. Você precisa parar", eu disse.

Kamal pisou no freio e fomos parando aos poucos, e de um modo estranho. O homem mancou até nós com sua mochila. Chamei-o, cumprimentei-o e mandei-o entrar no carro. Ele grunhiu um agradecimento. Enquanto cambaleava para entrar, saímos para soltar os camaleões. Um segundo depois, ouvimos o som do motor ligando. Virei a tempo de ver o jipe indo embora. Este é um momento que não vou esquecer. Largamos os lagartos e corremos pela estrada, gritando insultos.

De nada adiantou. O carro já estava longe.

"Canalha", praguejei.

"Que Allah o conduza a uma árvore bem alta", amaldiçoou Kamal.

"Não diga isso. Não quero que o carro seja danificado."

"O senhor não vai recuperá-lo", replicou Kamal. "À noite, ele será desmontado em Meknes e vendido como ferro-velho."

Nós nos sentamos na beira da estrada sem poder acreditar, esperando que alguma coisa acontecesse. Embora não dissesse nada, pude sentir que Kamal me culpava por comprar os lagartos. Eles nos levaram à desgraça.

"Pobres lagartos. Pobre velho", disse defensivamente.

"Danem-se os largados, para o diabo com o velho. Ele nem mesmo era velho. Estava só fingindo", disse Kamal. "Era um ladrão."

Depois de quinze minutos esperando, ouvimos um carro se aproximando. Vinha da direção de Meknes. Era o primeiro veículo que víamos. A estrada era tão reta que o vimos muito antes de que chegasse até nós. O carro estava se movendo muito rápido, com a luz do sol refletindo no capô. Protegi os olhos com as mãos.

"Parece o nosso jipe."

Kamal apertou os olhos. "É o jipe", confirmou.

"Ele está voltando para roubar nossas calças?"

"Deixe-me cuidar disso", disse Kamal.

Ele pegou uma pedra de ponta afiada e correu até o carro enquanto o ladrão foi desacelerando para parar.

"Não bata nele!"

"Mas é claro que vou bater nele!"

O ladrão abriu a porta do motorista um momento antes de Kamal alcançá-lo com a pedra. Estava gritando algo em árabe. Parecia implorar misericórdia. O rosto de Kamal estava furioso. Já vira sua raiva antes. Ele era bem capaz de matar, se quisesse. O ladrão gritou novamente e se deitou esparramado no chão. Não compreendi o que estava acontecendo. Ele implorava, repetindo as mesmas palavras várias vezes.

"O que ele está dizendo?"

Kamal não respondeu. Deixou a pedra de lado, visivelmente comovido. Sua fúria se esvaiu.

"O que ele está dizendo? Por que ele voltou?"

O homem implorava misericórdia.

"*Allahu akbar*! Deus é grande!", disse Kamal.

"O quê?"

"Não posso acreditar."

"O que foi?"

"Ele disse que trouxe o carro de volta para nós porque..."

"Por quê?"

"Porque, se não o fizesse, ninguém mais pararia novamente para ajudar um velho."

EM *DAR KHALIFA*, HAVIA COMEÇADO o trabalho na fonte. Um caminhão chegara de Fez cheio de cestos de azulejos quadrados de cerâmica. Eram azuis, brancos, vermelhos e verdes, amarelos e turquesa, laranja e pretos. Dois *zellijis*, cortadores de azulejos, sentaram-se no pátio sobre almofadas de algodão. Eram calmos, circunspectos, o tipo de homem que passaria uma eternidade em contemplação. Um aprendiz largou o primeiro cesto de azulejos no pátio e começou a marcar as formas do mosaico. Traçando com um bambu mergulhado em tinta branca, fez um esboço ao redor de uma amostra. Em um único quadrado de cerâmica, marcava um número de formas e passava o azulejo para que o *zelliji* as cortasse.

Dois mil mosaicos eram necessários para formar apenas o medalhão central, e a fonte inteira precisava mais do que o dobro disso, cada pedaço de cerâmica cortado na casa. Aziz disse que levaria um mês para preparar todos os mosaicos. De início pensei que levaria muito mais tempo. Mas, quando vi o trabalho dos martelos dos artesãos, compreendi que havia esperança. Eles trabalhavam num ritmo frenético. Cortavam os ângulos de cada *zellij* com seus martelos afiados. Os mosaicos individuais que criavam variavam de simples quadrados e quinas até formas em S, losangos, trapézios e estrelas de oito pontas. Cada forma de mosaico tinha um nome. Havia pontas em forma de torre chamadas *quandil*, e formas gentilmente curvadas conhecidas como *darj*; um triângulo chamado *talyia*, e uma forma octogonal que o *zelliji* disse ser conhecida como *kura*.

Os mosaicos marroquinos são muito diferentes dos seus primos ocidentais, que costumam ser feitos de vidro. Os fragmentos de vidro são da mesma cor na peça inteira, enquanto os mosaicos marroquinos são feitos em cerâmica e coloridos apenas na superfície. Cortar cerâmica é muito mais difícil do que cortar vidro, que quebra em linhas retas. Quando são colocados juntos, os *zellij* de cerâmica se encaixam tão bem que não há espaço para colocar argamassa entre eles. Em vez disso, os mosaicos são postos em reboco, com as bordas inferiores cortadas em um ângulo para fixá-los melhor.

ALGUNS DIAS DEPOIS DE NOSSO retorno de Meknes, caminhei até a loja de café brasileiro em frente ao abandonado edifício Bessonneau. Era manhã de sexta-feira e as ruas estavam estranhamente agitadas, cobertas pela luz solar da primavera. Notei um velho sentado perto da janela. Estava enrolado em um lençol de poliéster, com os olhos fechados. Abri a porta, entrei e cumprimentei a vendedora. Ela perguntou o que achara do café. Quando o elogiei, ela me agradeceu.

"O senhor é um homem que gosta de coisas boas", disse ela. "Posso ver pelos seus sapatos."

Olhei para baixo. Estava calçando um velho par de sapatos irlandeses pretos.

"Eles brilham como espelhos", observou a mulher. "A boca e os pés estão bem distantes, mas ambos têm bom gosto."

Apontei para o velho adormecido. "Aquele é o seu avô?" perguntei num sussurro.

"É ele, sim."

"Que pena que está dormindo", observei.

A vendedora puxou a gaveta da caixa registradora e a fechou com força. O velho abriu os olhos.

"Nadia", grasnou. "Quanto foi?"

"Sente-se ao lado dele", convidou a mulher. "Vou servir-lhe uma xícara de Bourbon Santos."

Sentei-me e um gato cinza-prateado pulou no meu colo. O velho olhou para a rua.

"Você gosta de café brasileiro?", perguntou.

"É o melhor", respondi.

O homem sorriu, concordou com a cabeça e limpou os óculos com o canto da camisa.

"Meu avô também gostava", comentei. "Ele vinha a Casablanca para comprar café uma vez por mês."

"Ele era de Fez?", perguntou o homem.

"Não, era afegão."

O homem empurrou os óculos até a base do nariz e se inclinou na minha direção. "Conheci um afegão, certa vez", disse numa voz fraca. "Ele vivia em Tânger."

Respirei forte. "Talvez fosse ele."

"Ele era um sufi. Era um homem sábio."

"Ele se chamava Ikbal?"

A língua do homem umedeceu seus lábios rachados. "Sim, era esse seu nome", respondeu.

Não disse nada nem mostrei emoção alguma, mas por

dentro estava dançando.

"Ele costumava vir aqui em intervalos de algumas semanas", disse o homem lentamente. "Então parou de vir."

"Ele foi atropelado por um caminhão da Coca-Cola", expliquei.

O idoso vendedor de café pareceu desalentado. Removeu os óculos e limpou a testa.

"Hussein se sentiu solitário sem ele", comentou.

"Quem é Hussein?"

"Ele era o motivo pelo qual seu avô costumava vir para Casablanca."

OS CASEIROS NÃO FICARAM satisfeitos quando a madeira de cedro chegou. Posicionaram-se na ruela e mandaram o motorista do caminhão voltar a Azrou. Ele teria feito o que mandaram se eu não estivesse voltando da favela.

"O que está acontecendo?"

"Este homem trouxe cedro de Azrou", disse o Urso com raiva.

"Excelente! Vamos colocá-lo dentro de casa."

"O senhor não pode fazer isso", preveniu Hamza.

"Por quê?"

"Porque cedro é uma madeira amaldiçoada. É a favorita dos *djinns*!"

"Não pode ser."

Osman apontou para o céu. "Pode, sim, e é", afirmou com um ar de sabedoria.

Sou mais sensível ao folclore local do que qualquer outro que conheça, mas chega uma hora em que é preciso traçar o limite. Os caseiros já haviam ultrapassado aquele limite há muito tempo. Eles mandavam na casa por meio de um regime de medo inventado. Eu estava cheio do fato de eles ditarem o que era amaldiçoado e o que não era, como fazer alguma coisa e em quem confiar. Empurrei-os para longe e mandei o caminhão de madeira descarregar.

"O senhor vai se arrepender", ameaçou Hamza.

DURANTE TRÊS SEMANAS, HICHAM, o colecionador de selos, ficou de cama. Chamei nosso médico para atendê-lo. Ele atravessou a lama da favela na altura dos joelhos, auscultou o coração do velho, examinou sua garganta e anunciou que ele estava com uma gripe perigosa. Ordenou que ficasse em casa com um cobertor, descansando e sem receber visitas.

Nossa conversa havia se tornado o ponto alto de minha semana. Eu esperava por ela, assim como esperava ouvir de Hicham sua visão direta do mundo. Durante sua doença, mantive-me afastado da casa do velho seguindo as ordens do médico. Costumava ver sua esposa comprando verduras em frente à mesquita. Ela me dava notícias da saúde do marido.

Na segunda-feira da terceira semana, ela acenou para mim enquanto caminhava pela *bidonville*.

"Ele quer vê-lo", disse.

Hicham estava sentado na cama quando o encontrei, no meio do barraco de um quarto. Estava vestindo seu velho casaco de *tweed*, chapéu achatado e meias nas mãos. Perguntei como se sentia.

"Como um prisioneiro", respondeu. "Um prisioneiro resfriado."

"Trouxe alguns selos. Aqui está um da Mongólia e alguns novos do Afeganistão."

O colecionador tirou as meias das mãos, agradeceu e pegou os selos. Ele os enfileirou e inspecionou cada um deles com sua lente de aumento. Sacudiu a cabeça satisfeito, murmurando em árabe, enquanto apertava os olhos diante da lente. Depois de examinar o último selo, pousou a lente e olhou para mim.

"Você deixou um velho muito feliz", disse ele.

MINHA FANTASIA DE TRANSFORMAR a casa de hóspedes em um pavilhão foi inspirada pela tradição marroquina de construir *menzeh*. Devotados a momentos ocasionais de relaxamento, eles eram, ao seu modo, a versão marroquina do *folly* europeu. Muitos dos palácios reais do reino possuíam tais pavilhões escondidos em um jardim, velados do edifício principal por uma muralha de árvores. Eram decorados com amostras dos melhores *bejmat*, cobertos com telhas verdes chamadas *qermud* e mobiliados com cadeiras, almofadas e tapetes simples.

Fazer com que a casa de hóspedes em ruínas se transformasse em um pavilhão de lazer marroquino era incrivelmente fácil. O local precisava ser reformado, o teto de ferro enferrujado, removido, e a eletricidade e encanamento, instalados. Depois disso, as paredes precisariam de reboco, os pisos seriam cobertos com *bejmat*, e a coroa de telhas verdes, colocada no telhado.

O trabalho devia começar no meio de abril. Havia desenhado a idéia geral em um envelope e mostrado a planta para um construtor do Quarzazate. Ele forneceu um orçamento tão baixo que ninguém acreditou, muito menos eu. Contratei-o mesmo assim.

Houve problemas desde o início. Osman ficou sabendo do projeto e declarou que estava condenado ao fracasso. Afirmou que o prédio havia sido abandonado por um motivo. Quando quis saber que motivo era esse, ele foi embora empertigado. Hamza também desaprovava a idéia. Ele me chamou de lado.

"Não cometa esse erro", disse ele.

"Não pode me dizer por que a casa de hóspedes foi abandonada?"

"Não é da sua conta", replicou.

"Se for um problema com os *djinns*, não precisa se preocupar mais", eu disse. "Os exorcistas estão vindo para *Dar Khalifa*."

O rosto do caseiro congelou. "Quando? Quando virão?"

"Quando estiverem prontos", respondi.

O FIM DA PRIMAVERA SE TRANSFORMOU em verão e o aroma no ar mudou. Era mais fragrante, agradável, como se coisas boas estivessem a caminho. Com o inverno já distante atrás de nós e longos dias quentes à nossa frente, meu ânimo se elevou um pouco mais. Eu andava pelas salas vazias, antecipando o momento em que elas seriam ocupadas. O grosso da decoração já fora feito, embora ainda faltassem detalhes o suficiente para impedir a habitação plena de qualquer lugar, exceto o quarto temporário que todos nós compartilhávamos no corredor comprido.

Certa manhã, eu estava escrevendo cartas na minha mesa indiana quando o telefone tocou. Não eram nem oito horas da manhã. Imaginei quem poderia estar ligando tão cedo. A voz no telefone era profunda, alta e falava inglês fluentemente. Perguntou-me se eu era parente de Sirdar Ikbal Ali Shah. Respondi que era seu neto.

"Precisamos nos encontrar", afirmou a voz.

"Pode me dizer quem é?"

"Explicarei quando estivermos face a face."

Naquela tarde, cheguei vinte minutos adiantado ao local de encontro combinado, um café no Boulevard Hassan II. Deduzi que a Condessa de Longvic fornecera meu número para o indivíduo misterioso. Tentei ligar para ela, mas a criada disse que partira para as Índias Ocidentais.

Pedi um *espresso* e peguei meu caderno. Na superfície, todos os cafés marroquinos são idênticos: névoa de fumaça de cigarro e homens idosos vestidos em longos *jellabas* e chinelas de couro amarelo, com pontas dobradas. Mas um olhar mais atento revela um mundo de curiosidades inesperadas. Na mesa ao meu lado, um homem de óculos grossos e um chapéu de Fez estava esculpindo fósforos com uma navalha. Junto dele, uma figura alta e delicada estava recostada na cadeira, fumando um narguilé. O garçom se aproximou e passou-lhe um maço de notas que estavam ocultas debaixo de sua bandeja. O cliente enfiou o dinheiro sob seu *jellaba* e olhou para os dois lados.

O indivíduo misterioso estava quinze minutos atrasado. Pedi um segundo *espresso* e preenchi algumas páginas do meu caderno. Uma sombra negra caiu sobre as linhas. Olhei para cima. Um homem barbado estava de pé diante de mim. Era esbelto, com cerca de cinqüenta anos e vestia um terno de linho cinza. Estendeu sua mão.

"Sou Hussein Benbrahim", disse ele.

Não sabia o que dizer. Guardei meu caderno e ofereci a cadeira ao meu lado. O homem se sentou. Seu rosto era escuro, com uma barba grisalha. Os ombros eram largos, com uma excelente postura.

"O mercador de café me contou sobre o senhor", ele disse.

"Ele me falou do senhor também", respondi.

"Então já sabe sobre nossa conexão?"

"Não, não sei. Tudo o que sei é que o senhor existe... que meu avô vinha a Casablanca para vê-lo."

Hussein pediu um *café crème* ao garçom. Ele balançou a cabeça.

"Sim, ele costumava vir aqui por minha causa."

"Por quê?"

"Ikbal era amigo do meu avô", respondeu, inclinando-se na minha direção. "Era mais que um amigo. Era um irmão."

"Um irmão?" Não compreendi.

"Não um irmão comum, um irmão maçônico. Sabe, meu avô e o seu eram maçons."

"Eu sabia que meu avô pertencera a uma Loja em Edimburgo."

Hussein se inclinou mais um pouco, pousou seus cotovelos na mesa e juntou as palmas das mãos.

"Exatamente", confirmou. "Eles se conheceram na Enfermaria Médica de Edimburgo durante a Primeira Guerra. Ikbal era afegão e meu avô era marroquino, então ficaram amigos. Tornaram-se maçons juntos e permaneceram em contato por toda a vida."

"Quando o seu avô morreu?"

"Em 1963", replicou Hussein, "três anos depois de Ikbal se mudar para Tânger. Meus pais morreram quando eu era pequeno e meu avô me criou. Com sua morte, não havia ninguém para tomar conta de mim. Não tínhamos parentes próximos, então eu seria enviado para um orfanato. Mas Ikbal me socorreu. Ele havia prometido cuidar de mim se algo acontecesse ao meu avô."

"Um dever maçônico?", perguntei.

"Um dever entre irmãos."

"Mas o senhor não foi viver com ele em Tânger?"

"Não, eu fiquei em um internato em Casablanca", explicou Hussein. "Ikbal vinha me visitar todo mês. Ele me trazia livros e comida. Só mais tarde soube que estava pagando minha escola. Ele deixou uma conta bancária para minha educação. Foi por causa dele que me tornei cirurgião." Hussein fez uma pausa por um momento. "Ele sempre disse que eu tinha mãos firmes."

"Mas por que ele nunca o mencionou? Ele nem mesmo falou sobre o senhor para seus amigos íntimos aqui em Casablanca."

Hussein me fitou com intensidade. "A verdadeira caridade é feita anonimamente", disse ele. "Se falar sobre ela, o sentido se perde."

QUATRO SEMANAS DEPOIS QUE o primeiro mosaico foi cortado, o trabalho de montar o padrão da fonte começou. Um novo *moualem* chegou a *Dar Khalifa.* Tinha ossos finos e frágeis, como uma figura feita em porcelana Meissen. Hamza o conduziu pela casa até o pátio onde os cortadores de *zellij* estavam sentados. O mestre artesão desdobrou um pano no chão de azulejos verdes e começou a trabalhar.

O medalhão central foi esboçado primeiro. Então, as dezesseis rosáceas externas foram desenhadas e, depois disso, o fundo.

O *moualem* usava pinças para posicionar os mosaicos menores no medalhão central. Era tão hábil que colocou os cinco mil mosaicos ao contrário, sem precisar ver o padrão real no verso. Suas mãos se moviam à velocidade da luz, escolhendo mosaicos individuais das pilhas separadas e posicionando-os. Perguntei como ele conseguia fazer o trabalho sem ver as cores.

"Só um homem cego conhece a fraqueza dos olhos", respondeu.

Enquanto o trabalho na fonte prosseguia, na biblioteca o cedro foi preparado em duzentos e quarenta metros de prateleiras. A madeira era fabulosamente aromática. Seu perfume preenchia todo o recinto. Rashid e sua equipe de quatro ajudantes se despiram até ficar só com a roupa de baixo e amarraram panos ao redor da boca. Havia tanta serragem que qualquer pessoa atraída pelo cheiro do cedro era cegada pela névoa. Lá fora os caseiros andavam de um lado para o outro. Ainda estavam agitados porque eu usara a amaldiçoada madeira de cedro e furiosos porque os ignorara. A madeira podia estar cheia de *djinns,* mas não havia sinal deles. A casa ainda estava de pé.

A ÚNICA MANEIRA DE LIDAR COM a tensão crescente era escapar de *Dar Khalifa.* Passava cada vez mais tempo no centro, trabalhando em cafés, contemplando a agitação. Kamal sabia que podia me encontrar no Café Rialto, do outro lado do cinema. Passara a apreciar o seu café cor-de-piche com gosto de amêndoa.

Certa tarde, ele estacionou o jipe do lado de fora do café e veio ter comigo na mesa onde eu estava sentado. Trazia as últimas notícias sobre o plano do gângster de nos roubar a Casa do Califa. Sentou-se e começou a espalhar um dossiê de papéis na mesa. Estávamos discutindo a linha de demarcação, quando um policial uniformizado apareceu. Ele indicou o jipe com a mão.

"O que está acontecendo aqui?", perguntou.

Censurei Kamal por estacionar ilegalmente.

"Já vamos tirar o carro."

"Não estou falando do carro", respondeu o guarda, irritado. "Estou falando do distintivo. Onde foi que o conseguiu?" O policial apontou com o polegar para um adesivo de aparência oficial no pára-brisa, do lado do motorista. Mostrava a estrela verde de cinco pontas do Marrocos sobre um fundo vermelho.

"Onde conseguiu aquilo, o distintivo do Chefe de Polícia?", quis saber novamente o policial.

Kamal se levantou de um salto. Foi até o carro. "Se você quer saber como consegui o distintivo", respondeu com arrogância, "então me multe."

O policial mastigou a ponta de sua esferográfica.

"Vamos lá, me multe!", gritou Kamal.

"Leve esse carro daqui ou vou levá-lo para a delegacia", disse o guarda.

"Dê-me uma multa, seu covarde! Vai ser transferido para o Saara num piscar de olhos!"

Inclinei-me para pagar a conta. Quando olhei para cima, o policial se fora.

"Para onde ele foi?"

"Fugiu."

"Você tem um parente na polícia?"

"Não", disse Kamal. "Comprei o distintivo no bazar por uma prata."

A CONDESSA DE LONGVIC telefonou quando voltou do Caribe. Disse que a mansão da filha na ilha da Martinica era adorável, mas extremamente úmida. O melhor momento de uma longa viagem, declarou, é quando voltamos para casa.

Contei que descobrira o verdadeiro motivo por que meu avô visitava Casablanca todos os meses.

"Pelo café?", perguntou a condessa.

"Não", respondi. "Para cumprir a promessa que fez a um companheiro maçom."

Ouvi o som de pérolas no outro lado da linha.

"Você sabe sobre Hussein Benbrahim?"

"Agora sei. Mas, se a senhora sabia, por que não me contou?"

"Posso não ser maçom", respondeu a condessa, "mas, quando prometo guardar um segredo, meus lábios ficam selados."

CERTA MANHÃ, ALGUNS DIAS depois, encontrei Rachana com um ar abatido na mesa da cozinha. Timur estava ali perto, gritando no chão.

"Fui uma louca ao acreditar nas suas promessas", disse Rachana suavemente sem olhar para cima. "Sou uma prisioneira neste hospício, no seu hospício, na sua fantasia!"

"Vai melhorar", respondi. "Tem que melhorar."

Rachana levantou a cabeça e olhou através de mim. "Você foge da loucura; passa as tardes nos seus cafés de machão."

"É trabalho de pesquisa", retorqui na defensiva.

"Bem, eu também quero fazer pesquisa!"

Não tive escolha a não ser prometer a Rachana que encontraria uma assistente para ela. Ela não agüentava mais as brigas entre as legiões de empregados que contratamos para facilitar a vida. Quase todo o seu tempo era tomado resolvendo as pequenas disputas e brigas entre a cozinheira, a babá, a criada, o jardineiro e os caseiros. Agora ela queria alguém que fosse sua mão direita e mantivesse os outros longe. Tive esperança que a atenção de Rachana se desviaria, como costumava acontecer, e que continuaríamos no nosso caminho conturbado. Dias se passaram. Fiz o que pude para distraí-la, mas ela não esqueceu. Em uma explosão depois da outra, exigia sua liberdade da Casa do Califa.

NA MAIORIA DAS TARDES, ARIANE jogava os restos da sua boneca desmembrada favorita numa cesta de vime e ia se sentar com os caseiros enquanto eles trabalhavam. Ela brincava por horas e escutava seu repertório de histórias – contos de honra, coragem e vingança dos épicos árabes. Semanas depois de sua chegada ao Marrocos, havia aprendido francês e um pouco de árabe. Apesar de sua pouca idade, tornara-se uma valiosa tradutora. Às vezes ela empurrava o pequeno Timur até o jardim, onde os dois impediam os caseiros de realizar qualquer trabalho. Certa tarde, encontrei o Urso ninando Timur nos braços, enquanto contava uma história para Ariane. Desculpeime com ele.

"As crianças estão ocupando seu tempo", eu disse.

O Urso olhou dentro dos olhos de Timur. Respirou fundo e depois suspirou. "As crianças são a vida", respondeu.

A LIBERDADE DE RACHANA CHEGOU à casa no início de uma tarde na forma de uma mulher parruda e encorpada chamada Rabia. Ela via o mundo por meio de um par de óculos grandes e grossos, amarrados com um elástico ao redor de sua cabeça. Na linguagem dos sinais, informou que tivera notícia de que havia um emprego disponível. Aparentemente, Rabia carecia das qualificações necessárias. Não falava inglês ou francês e chegara a Casablanca na semana anterior, vinda de um vilarejo remoto localizado no deserto. Havia, contudo, algo nela que a tornava atraente: o fato de que incutia terror em todos que encontrava. Se eu fosse mais corajoso, poderia ter aberto a porta da casa naquele primeiro encontro e apontado para a rua. Mas nem Rachana nem eu tivemos peito para isso. Dois dias depois do início de seu reinado em *Dar Khalifa*, Rabia dominara a todos, incluindo Rachana, as crianças e eu. Andávamos na ponta dos pés, esperando não cair no seu campo de visão ampliado. A cozinheira, a babá e a criada perambulavam com os olhos vidrados, como se tivessem sido chicoteadas. Quanto aos caseiros, trancaram-se nos estábulos e se recusaram a sair.

O REINADO DE TERROR DE RABIA continuou. Ela escolheu a criada, Malika, para um tratamento especial. A pobre mulher passara por grandes dificuldades, sendo esse o motivo por que a contratamos. Um escândalo para o Marrocos, ela fora casada duas vezes, divorciara-se e dera à luz uma filha fora do matrimônio. A criança, de três anos, vivia com a mãe de Malika, em um lugar ali perto. Malika era muito religiosa, mas possuía dois defeitos. O primeiro era a bebida. Preferia o rum, mas bebia tudo em que pudesse pôr as mãos, antes de encher novamente a garrafa na pia da cozinha. Ela tratava *Dar Khalifa* como um tipo de clube social – aparecia pela manhã e enchia a cara, antes de ir embora cambaleando no calor da tarde. Sua segunda fraqueza era mentir. Ela não conseguia evitar, mas mentia sobre tudo. Era sua maneira de ocultar a dependência do álcool. Rachana e eu gostávamos de Malika. Como todos os outros, gostávamos tanto dela que aceitávamos seus graves defeitos.

Certa tarde, Rabia estava em sua patrulha costumeira. Caminhava pelas salas de estar, deslizava a ponta do dedo sobre as mesas e depois a inspecionava cuidadosamente.

"Malika!", berrou.

Depois de um longo atraso, a criada bêbada apareceu, lutando para ficar de pé. Rabia se aproximou e sentiu o hálito de Malika.

"Você está bêbada."

"*Lah, lah*! Não, não, Rabia! Não estou. Juro. Não estou!"

Rabia saiu pisando forte da cozinha e reapareceu um momento depois, segurando uma caixa de sapatos.

"Segure esta caixa com as mãos", disse para a criada.

Malika pegou desajeitadamente a caixa.

"Vou perguntar mais uma vez", disse Rabia. "Você bebeu álcool?"

"Não!", gritou Malika, cambaleando. "É claro que não!"

"Você jura por tudo o que é mais sagrado?"

A criada assentiu. "Sim, eu juro!"

Rabia apertou o elástico na sua cabeça. "Então abra a caixa."

Ouvi Malika gritar antes que eu pudesse ver o que havia na caixa. Era uma cópia do Corão.

"Você mentiu sobre o Santo Corão!", sibilou Rabia.

Malika soltou um gemido agonizante. Temerosa de receber a condenação eterna, ela se voltou para Meca e caiu de joelhos para rezar.

Uma semana depois, ela e Rabia se demitiram. Nenhuma das duas explicou por que havia decidido ir embora. Quando perguntei o motivo, as duas mulheres me disseram que Deus tomara a decisão por elas.

ARIANE PASSOU UM DIA NUMA viagem de pesquisa de campo para estudar a poluição na praia. Aprendera que jogar garrafas de água sanitária vazias no oceano era ruim, e que coletar o lixo de outras pessoas e trazê-lo para casa era bom. Ela e Timur agora estavam dormindo pesado, sonhando contra o eco de sapos de costas escuras. Rachana e eu estávamos assistindo a *A Noviça Rebelde* no meu laptop. A família Von Trapp acabara de cantar *So Long, Farewell* e estavam caminhando pelas montanhas até a Suíça. Estava prestes a desligar a luz, quando ouvi Osman gritando. Alguma coisa séria estava acontecendo. Corri para fora de pijama.

"Osman, Osman, onde você está?"

"Aqui, *Monsieur* Tahir!"

O caseiro estava no chão perto da piscina. Não estava sozinho. Preso sob seu corpo, na grama, havia um homem.

"Peguei um ladrão!", gritou em júbilo, como se tivesse derrubado um tigre. "Pegue um corda e chame a polícia! Rápido!"

Osman, Hamza e o Urso passavam todos os seus momentos despertos fantasiando sobre o que fariam se pegassem um intruso. Só falavam nisso.

Corri para cima e para baixo em pânico por algum tempo, perguntando-me o que usar como corda. Então me lembrei de um episódio de *Havaí Cinco-Zero* em que um traficante de drogas fora amarrado com um fio elétrico. Corri até a cozinha, encontrei um novo abajur que Rachana acabara de comprar, arranquei o fio e corri de volta para Osman.

"O senhor chamou a polícia?", perguntou ele, lutando para manter o ladrão preso.

"Ainda não. Não sei o número."

"Vá até a delegacia e traga-os aqui! Rápido!"

Corri até o jipe, liguei-o e atravessei a *bidonville.* O sargento da delegacia local estava dormindo do lado de fora. Acordei-o.

"Pegamos um ladrão!"

"Oh."

"Pode mandar um camburão?"

A idéia de um criminoso pareceu preocupar o policial. "Ele é perigoso?", perguntou.

"Sim, acredito que sim."

Ele escreveu um endereço. "Leve-o até esta outra delegacia", recomendou.

Voltei rápido para casa. Osman amarrara o homem tão apertado que seus braços estavam azuis.

"Vou quebrar seus pés", disse ele. "Assim não vai conseguir fugir!"

"Não seja tão cruel!"

"Vamos mantê-lo na sala da caldeira por alguns dias", sugeriu. "Podemos deixá-lo passando fome e cutucá-lo com varas."

"Isso seria tortura", retruquei.

Osman sorriu como nunca o vira sorrir antes. "Sim", arfou. "Tortura."

Mandei que arrastasse o intruso até o carro. Ele o chutou duas vezes no estômago e depois o carregou sobre o ombro. Cinco minutos depois, chegáramos à delegacia. Uma vez lá, o ladrão foi descarregado e jogado no chão. Ele gemeu de modo miserável. Um sargento anotou meu nome, chutou o ladrão na barriga, depois na cabeça, arrumou-me uma cadeira e chutou o homem novamente.

Osman representou a maneira como havia apanhado o ladrão, pressionando-o contra o chão e tapando sua boca. Dez folhas de papel rosa foram entremeadas com carbono e carregadas em uma antiga máquina de escrever árabe. Um detetive à paisana anotou todos os detalhes, enquanto o criminoso era chutado até a cela.

Nela já havia meia dúzia de outros marginais. Era uma turma de aparência assustadora. Um deles estava coberto de sangue como se tivesse sido esfaqueado; outro tinha a cabeça raspada e uma cicatriz de quinze centímetros no rosto; um terceiro agarrava as barras de ferro, fazendo caras ameaçadoras para os policiais.

Quando o relatório foi completado e o ladrão trancafiado, o detetive perguntou se eu queria dar queixa.

"Só não quero que ele volte para a minha casa", respondi. "Ele deve estar muito zangado agora."

Voltei-me para olhar a cela e pela primeira vez vi direito o rosto do homem. Tinha vinte e poucos anos, olhos saltados, cabeça raspada e a boca cheia de dentes muito afiados. Fizemos contato ocular. Seus olhos eram tão frios que temi por minha vida. O detetive pareceu ler minha mente.

"Sim", disse lentamente. "Sim, ele provavelmente vai voltar em busca de vingança."

"Mas eu tenho dois filhos pequenos."

"Então precisamos mandá-lo para a cadeia", retorquiu o

oficial de modo grandioso.

Concordei, assinei o relatório e perguntei o que mais poderia fazer para acelerar as engrenagens da justiça.

"Só mais um requisito", explicou o detetive.

"Sim, qualquer coisa", eu disse.

"O senhor precisa entrar na cela e ter uma discussão com o intruso."

Olhei o policial nos olhos, depois me voltei para a cela. Os prisioneiros estavam enfileirados junto das barras. Era como se estivessem me esperando, sorrindo pacificamente, no seu melhor comportamento.

"Não, senhor", respondi polidamente. "Isso não vai acontecer."

TRÊS SEMANAS DEPOIS DO NOSSO encontro com o gigolô, ainda não havia sinal dos exorcistas. Amaldiçoei a mim mesmo por ter sido convencido a pagar um depósito. Mas era a primeira vez que contratava uma tropa de exorcistas e não conhecia o protocolo. Kamal escutou a minha explosão. Censurei-o por ter me apresentado ao gigolô repelente.

"Entre no carro", pediu.

"Vamos voltar a Meknes e pôr as mãos nele?"

"Esqueça o gigolô", disse Kamal. "Vamos ver os cachorros."

Casablanca é uma cidade que nunca deixa de surpreender. Ao visitá-la pela primeira vez, acreditamos que é uma metrópole moderna. Mas então começamos a vislumbrar as várias camadas e concluímos que os edifícios modernos e os novos ricos são apenas uma fachada sobre uma rocha de pura tradição. Depois disso, começamos a ver a mistura do novo e do antigo e nossas dúvidas recomeçam.

A noite em que assisti às corridas de cachorros com Kamal foi uma das mais estranhas da minha vida. Nada particularmente interessante aconteceu. Vimos meia dúzia de galgos velhos e cansados cambaleando ao redor do antigo velódromo *art déco*, e uma multidão de homens corpulentos acenando seus bilhetes de apostas. Havia a interminável névoa de fumaça de cigarro e o som de jogadores se gabando das suas esperanças. Mas saí de lá com algo muito mais valioso: uma sensação de que Casablanca transgredira os limites originalmente estabelecidos para ela pelos franceses. Era um raro lugar híbrido, uma mistura de pessoas de cantos diferentes do mesmo reino, colocadas juntas numa grande sopa humana. Você nunca ouvia uma palavra de elogio a Casablanca. Era motivo de piadas, um lugar para onde as pessoas vinham, mas de onde ninguém admitia ter vindo. Ninguém pertencia a essa cidade. Mas, ao mesmo tempo, todos nós pertencíamos a ela.

VINTE

Vivam juntos como irmãos e façam negócios como estranhos.

OS EXORCISTAS PUDERAM SER ouvidos a um quilômetro e meio de distância. Vieram rolando pela *bidonville* na parte traseira de um caminhão de cimento, soprando trombetas feitas em casa e gritando como loucos recém-escapados do sanatório. Rachana os ouviu primeiro. Ela revirou os olhos e perguntou se aquela trupe era realmente necessária.

"Você falou para eu agir como um marroquino", respondi, "e exorcismo é o que os marroquinos fazem."

Dez segundos depois, o caminhão freou do lado de fora de nossa casa e o gigolô saltou do veículo. De início, não o reconheci. Estava usando um turbante de lamê dourado e carregava uma bengala. Ele se curvou de modo subserviente quando me viu, acendeu um cachimbo cheio de maconha e assoviou para que os exorcistas o seguissem até a casa.

Os caseiros estavam empolgados com os visitantes. Disseram que a equipe tinha *baraka*.

"Dá para ver nos olhos deles", afirmou Hamza.

"Eles têm poder", disse Osman, admirado.

"Poder para expulsar os *djinns*", declarei.

"Psiu", preveniu o Urso. "Eles podem ouvi-lo!"

Os exorcistas se reuniram na biblioteca, onde se agacharam nas tábuas de cedro, fumando haxixe. Contei-os enquanto entravam. Havia vinte e três homens e uma mulher. Era possível dizer com apenas uma olhada que eles não eram de Casablanca. Tinham uma crueza, uma simplicidade, a aparência de que viviam sem segredos. Alguns deles eram altos, outros baixos ou corpulentos, mas o rosto de todos fora recortado da mesma chapa de couro escuro e marcado pelo vento. O gigolô moveu o cachimbo no canto da boca.

"Eles vêm das montanhas", disse ele.

"Eles podem dispersar os *djinns*?"

O gigolô olhou para eles e depois para mim. "Eles vão sugá-los das paredes e engoli-los inteiros."

"Quanto tempo isso vai levar?"

"Talvez um dia, talvez uma semana."

Nossa conversa foi interrompida pelo som de um visitante na porta do jardim. Hamza saiu discretamente, depois reapareceu, trazendo a esposa do gângster para o salão. Ela calçava sapatos de salto alto, *leggings* florais bem apertados e um casaco de *tweed*. Seu cabelo roxo-escuro estava amarrado com um laço rosa e o rosto estava coberto com maquiagem.

"Sinto cheiro de haxixe", zombou ela.

"São os exorcistas", respondi polidamente. "Eles vão sugar os *djinns* das paredes e engoli-los inteiros."

Madame Nafisa fez uma careta. "Você tem permissão?", indagou.

"Permissão de quem?"

"Da Prefeitura."

O gigolô se aproximou como um vira-lata interessado numa *poodle*. Deixei-o flertando com a esposa do gângster e saí com Kamal para comprar um bode. Os exorcistas pediram um rebanho inteiro. Menos do que isso e não teriam certeza se os *djinns* seriam de fato engolidos.

"Vamos precisar matar um bode grande em cada sala", afirmou um deles.

Hamza concordou vigorosamente. "Eu disse ao senhor que seria preciso matar um animal em cada sala."

Tal morticínio seria impraticável, ainda que somente por limitações financeiras. Um bode adulto custava pelo menos trezentos dólares. Um rebanho inteiro custaria muitos milhares. De qualquer modo, suspeitava que a carne seria arrastada de volta para as montanhas como um bônus de exorcista.

"Vocês vão ter que se virar com um bode", declarei. "Podem dizer o que quiserem, mas ainda assim será só um. É tudo o que posso gastar."

O gigolô apertou os olhos. "Certifique-se de que é um dos grandes", disse amargamente.

NO OCIDENTE, COMPRAR CARNE fresca geralmente significa caminhar em frente de mostruários frios em um supermercado, em busca de uma embalagem de isopor com boa aparência. No Marrocos, "carne fresca" significa um animal que ainda está vivo. É bastante normal escolher sua galinha de uma gaiola, antes que a cabeça seja cortada na sua frente. O mesmo acontece com ovelhas. Parte do processo de compra é ver a sua garganta ser cortada. Em Londres, costumávamos comprar carneiro em pequenas quantidades, um quilo ou dois no máximo. A idéia de comprar um animal inteiro era desconhecida.

Como alguém que crescera acostumado a selecionar carne coberta de plástico em uma embalagem de isopor, para mim era difícil lidar com o processo de execução e a realidade do sistema. Eu preferia que os cascos, penas e chumaços de pêlos fossem removidos clinicamente. Queria que minha carne fosse anônima, separada de sua conexão com a vida.

Kamal disse que sabia onde conseguir um bode por um

bom preço. Ele dirigiu até o porto, depois virou à direita na estrada que levava para a zona industrial de Ain Seba. Passamos por precárias fábricas de pedras e armazéns da época da ocupação francesa. De vez em quando, víamos uma antiga vila, sem teto e abandonada, envolta pela folhagem de tamareiras maduras.

"Os franceses pensaram ter encontrado o paraíso", comentou, "mas veja só o que foi feito dele."

Kamal estacionou junto de um armazém em ruínas próximo ao mar. Dois homens estavam sentados em um café, jogando damas com tampas de garrafas. Eles olharam para nós, surpresos de ver um carro.

"É para cá que os bodes são trazidos quando vêm do interior", explicou Kamal. Ele me conduziu por uma escadaria de concreto. Ela abriu para um longo corredor, coberto de palha e sangue, ecoando com o som de animais assustados.

"Eles estão aqui", disse Kamal.

Ele empurrou uma porta e subitamente estávamos navegando por um mar de caprinos. Havia centenas deles, brancos, marrons e pretos, todos se encolhendo para evitar nossas pernas. Um homem de aparência feroz e com mãos enormes atravessou o rebanho e abraçou Kamal. Ele agarrou um bode gordo pelos chifres, jogou-o na balança e latiu um preço. Kamal balançou a cabeça. A criatura apavorada foi jogada de volta nas ondas, salva da guilhotina porque era gorda demais.

O processo continuou até que um animal do peso correto foi encontrado. Kamal espiou sua boca e cutucou suas costas com as mãos.

"Está verificando se a carne é macia?", perguntei.

"Não", respondeu. "Estou vendo se ele tem *baraka.*"

Um bode para sacrifício em um ritual precisa ser selecionado cuidadosamente. Para um exorcismo, o gosto da carne é menos importante do que o espírito do animal. Mate um bode com um carma ruim e o azar pode se transformar em desastre.

Passei um maço de notas de cem *dirhams* e as pernas do bode foram amarradas. Kamal e eu o levamos até o carro.

DE VOLTA A *DAR KHALIFA*, encontramos os exorcistas desacordados na biblioteca. Minha reação inicial foi de raiva. Eles estavam fugindo do seu dever de livrar a casa dos *djinns*. A única pessoa desperta era o gigolô. Ele estava sentado num canto enrolando um baseado.

"Eles estão dormindo!", gritei.

"Eles estão se preparando", respondeu.

"Acorde-os!"

Ele umedeceu os lábios e acendeu um fósforo no chão. "Isso é impossível."

"Eles estão tão chapados assim?"

"Não foi o *kif* que fumaram", explicou. "Eles fizeram chá com as flores amarelas no seu jardim."

Poderia não ter compreendido o comentário, mas o tempo que passei no Alto Amazonas havia me apresentado aos efeitos tóxicos das flores da datura. Às vezes chamadas de "trombeta-do-diabo", elas atraem os tolos a tocá-las ou prová-las. De toda a flora da selva do Peru, não há nada tão intoxicante. Eu mesmo havia provado a planta descuidadamente no período que passei com a tribo Shuar. Diziam que ela lhes proporcionava a segunda visão, a capacidade de perscrutar o mundo real.

As qualidades da datura são conhecidas desde o tempo da conquista da América pelos espanhóis. A planta foi levada para a Europa pelos Conquistadores, junto com tomates, chili e tabaco. Ela não possuía um uso culinário, mas era apreciada pelas bruxas, que a utilizavam nos seus feitiços. Elas criaram um ungüento com as flores e o aplicavam na testa e na pele das coxas. Para auxiliar a absorção, a mistura era massageada na pele com o cabo de uma vassoura de galhos. A bruxa teria a sensação de voar, antes de desmaiar. Quando acordasse, muitas horas depois, teria a certeza de que voara em sua vassoura.

Avisei Ariane para nunca tocar nas plantas, que estavam espalhadas pelo jardim e pelos pátios. Elas prosperavam no rico solo vermelho da África. Uma olhada nos exorcistas provava a potência da datura. Caminhei pela biblioteca, cutucando-os.

"Eles não estão aqui conosco", disse o gigolô.

"A datura é muito forte", murmurei.

"Eles sabem disso", replicou. "Eles usaram a datura para entrar no mundo dos *djinns*."

À tarde, os exorcistas voltaram à vida e pediram um banquete. Disseram que precisavam comer para realizar seu trabalho. Comecei a sentir que eles eram só vigaristas, pessoas escolhidas aleatoriamente pelo gigolô, prontos para ganhar uma grana extra. A cozinheira preparou dois pratos de cuscuz e carne, e mandou Hamza levá-los para a biblioteca. Ela não quis chegar perto dos exorcistas, alegando que podiam fazer parar o seu coração com um mero olhar.

Quando Kamal chegou à casa naquela noite, falei das minhas suspeitas.

"Acho que são vigaristas", disse eu. "Devemos expulsá-los?"

Ele pareceu horrorizado. "Não fale assim."

Depois do banquete, os exorcistas fumaram até delirar, beberam vários galões de chá de menta e caíram no sono novamente.

Perguntei ao gigolô quando começariam o exorcismo.

"Já começaram", respondeu de modo distante.

"Não, não começaram! Estão deitados, sem fazer nada."

Kamal me afastou deles.

"Não fale assim", disse novamente. "Mostre respeito."

Então recuei e deixei a trupe dormindo. Enquanto isso, Ariane fez amizade com o bode. Dificilmente seria uma amizade duradoura. Ela o alimentava com cenouras, acariciava seu fino pêlo preto e se recusou a ir para a cama a menos que ele pudesse dormir ao lado dela.

"É melhor deixá-lo dormir", disse eu. "Ele vai ter um dia e tanto amanhã."

"Eu amo o meu bode", sussurrou ela.

NA MANHÃ SEGUINTE, LEVANTEI-ME na aurora, despertado por uma comoção na favela. Hamza bateu à porta e pediu que eu viesse imediatamente. Vesti-me e fui para a rua principal. O trator voltara. Perto dele, havia um homem com uma prancheta e óculos de armação metálica, que fora cercado por uma multidão furiosa. Ele estava sinalizando para o operador da máquina começar a destruir os barracos.

A situação estava saindo do controle. Nossa casa estava cheia de exorcistas e a *bidonville* estava prestes a iniciar um motim. E, naquele momento, os fanáticos voltaram com seu *trailer*. Eles saíram, marcharam até a mesquita caiada e empurraram o imã enrugado porta afora. Era uma tentativa de *coup d'état*. Uma onda de raiva passou pela multidão quando os residentes da favela perceberam o que estava acontecendo. Eles correram até a mesquita, expulsaram os jovens barbudos e reinstalaram o velho imã. O motorista do trator aproveitou a correria e ligou o motor. Hamza me cutucou no ombro.

"Rápido, diga ao funcionário para não demolir nossas casas!", gritou. "Ele vai escutá-lo."

"Tenho certeza de que não vai."

"Por favor, *Monsieur* Tahir."

O funcionário pareceu surpreso quando fui até ele e disse que vivia no meio da favela.

"Você não pode derrubar essas casas", disse a ele.

"Nós temos que fazê-lo", replicou, batendo na prancheta com uma caneta.

"Se você fizer isso, vai deixar muita gente com raiva", preveni. "Eles podem fazer qualquer coisa. Podem até surrá-lo."

Uma expressão preocupada surgiu no rosto do funcionário. Ele parecia um homem bom e honesto, mas inexperiente.

"É uma situação explosiva", insisti.

"É mesmo?"

Apontei para a multidão. Eles rosnavam de raiva, como se seguissem uma deixa. O funcionário enfiou a prancheta na bolsa e acenou para o trator para que recuasse.

OS EXORCISTAS ENROLARAM a manhã toda e durante a tarde. Incomodaram a cozinheira para conseguir mais pratos de comida, mandaram os caseiros comprarem cigarros e pediram uma garrafa de vodca para Kamal. Eu não conseguia acreditar que todos estavam aceitando isso.

Ao pôr-do-sol, marchei até o gigolô, que não se movera quase que durante o dia inteiro, e mandei que prosseguisse com o exorcismo.

"Ele não pode ser apressado", justificou.

Tirei uma nota de cem *dirhams* da carteira e fiz barulho com ela como se fosse uma folha seca. Ele pegou a nota e bateu palmas. Os exorcistas se ergueram cambaleando. Ele gritou algumas palavras em árabe.

Então, o exorcismo começou.

O GIGOLÔ AJUSTOU SEU TURBANTE de lamê dourado e disse para Hamza abrir o máximo possível todas as portas e janelas da casa. Hamza chamou Osman e o mandou executar a tarefa. Osman chamou o Urso e passou o comando adiante. Ele, por sua vez, mandou o jardineiro realizar o trabalho. Como membro mais baixo da hierarquia, o jardineiro não teve escolha. Saiu apressado enquanto os caseiros se reuniam ao redor dos exorcistas.

"Vai começar", disse Osman suavemente.

Antes que o exorcismo pudesse ter início, os Aissawa vestiram seu *jellaba* de algodão branco e perambularam ao redor da casa. Espalharam-se em grupos de três ou quatro, percorrendo as salas na ponta dos pés. Eles ficavam de pé um momento em todos os cantos, antes de se moverem diagonalmente para o próximo.

"O que estão fazendo?"

"Estão procurando o coração da casa", respondeu Kamal.

"Como você sabe disso?"

Kamal desviou o olhar. "Todo mundo sabe."

Eles levaram mais de uma hora para localizar o coração da Casa do Califa. Pensei que ele estaria no pátio do jardim, perto da sala que os caseiros sempre mantinham trancada, mas estava errado. Os exorcistas foram unânimes na decisão de que o coração de *Dar Khalifa* estava no meio de outro pátio, localizado do lado de fora da cozinha.

O gigolô remexeu na sua bolsa e pegou um punhado de velas baratas. Passou-as para o exorcista mais velho, um homem que parecia prestes a cair morto. Ele as beijou, antes de passá-las aos seus irmãos. As velas foram acesas e colocadas nos cantos do pátio. Os pavios longos brilhavam no escuro. Uma pedra bruta quadrada foi carregada e posicionada no centro do pátio, ao lado de um escoadouro. O pátio se tornara um templo, e a pedra era seu altar.

Um dos exorcistas murmurou algo para os outros. Alguns minutos se passaram, e ouvi Ariane gritando histericamente no gramado. Corri até ela. Seus dedos estavam trançados ao redor do pescoço do bode. Dois Aissawa tentavam levar o animal embora.

"Você precisa deixar que eles o levem", disse a ela.

Ariane estava em lágrimas. "Para onde vão levar meu bode?", chorou.

Foi um momento difícil, que nunca teríamos compartilhado se houvéssemos permanecido no apartamento de Londres. Estávamos tomando parte em uma cerimônia, do tipo que nossos antigos ancestrais teriam conhecido bem. Mas como uma criança pequena poderia compreender? Como qualquer um de nós poderia compreender? Um animal perfeitamente saudável morto para agradar uma força invisível que provavelmente não existia. Queria tentar explicar tudo para Ariane. Queria lhe dizer que o sacrifício dizia muito sobre nós mesmos e sobre o que sentimos que precisamos fazer para acreditar. Mas não pude explicar.

"Para onde estão levando meu bode?", ela perguntou de novo.

Limpei suas lágrimas.

"Para um lugar melhor", respondi.

NO PÁTIO, UMA PANELA FORA enchida com leite. Um dos Aissawa estava mexendo nela com uma colher. Seus olhos estavam fechados, como se estivesse em transe. Gemia encantamentos. O bode, resistindo violentamente, foi arrastado para o pátio pelos chifres. Foram necessários três exorcistas para levá-lo até o altar improvisado. A criatura baliu furiosamente, mas depois foi tomada pelo medo e ficou em silêncio. Parecia saber que algo muito importante estava prestes a acontecer.

Uma colher foi mergulhada no leite e levada a meus lábios. Engoli. Tinha gosto de tabaco velho. A mesma colher foi oferecida para todos – as duas dúzias de Aissawa, os caseiros e o jardineiro, a criada, a babá e a cozinheira. Então chegou a vez da minha esposa e das crianças. Rachana se recusou a deixar Timur beber da colher.

"Ele é muito pequeno", disse ela. "Pode pegar uma doença."

Abri a boca dele e pinguei algumas gotas do líquido branco dentro dela.

"Uma cerimônia não é o momento de pensar em limpeza",

respondi.

"Você está começando a acreditar nisso tudo, não está?", perguntou Rachana, mal-humorada.

Eu ia negar, mas algo me impediu. Ela tinha razão. Eu estava sendo atraído para o acontecimento. Havia algo poderoso, algo irresistível na situação. Cerimônias apelam à nossa mente primitiva. Não sabia por quê, mas não podia deixar de me envolver. Estava acreditando que havia um propósito real no ritual, que eu estava ajudando de alguma maneira.

Quando o leite foi consumido, um tambor tocou forte e devagar, como uma marcha fúnebre. Seu ritmo forneceu uma estrutura ao que estava prestes a acontecer. *Buum, buum, buum.* As pernas do bode foram amarradas. *Buum, buum, buum.* As facas foram exibidas. *Buum, buum, buum.* Foram afiadas uma contra a outra. *Buum, buum, buum.* O exorcista-chefe se aproximou do altar. *Buum, buum, buum.* Arregaçou as mangas.

"*Bismillah ar-rahman ar-rahim*", declarou. "Em nome de Deus, o Compassivo, o Misericordioso."

Buum, buum, buum. O aço brilhou ao luar. *Buum, buum, buum.* Depois, silêncio. O animal esperneou e uma poça de sangue escuro e oleoso se formou sobre nossos azulejos de terracota. *Buum, buum, buum,* continuou o tambor.

"Agora começou", disse Kamal.

O grito agudo de um *nafir*, uma trombeta de dois metros, soou pela casa. O exorcista mais velho cortou a cabeça do bode, inclinou-se e sugou a ferida com sua boca. Então três outros se aproximaram, levaram o sangue fresco aos lábios, provando-o, antes de pendurar a carcaça no meio do pátio. O sangue que caía foi coletado em uma lata de tinta usada. O velho exorcista pegou as facas longas e esfolou o animal.

Ele primeiro abriu o abdômen e examinou as entranhas com as mãos. Elas brilhavam como jóias à luz das velas. Era uma visão horrível, mas também de grande beleza. Então, o exorcista cortou o que parecia ser um rim e o engoliu inteiro.

Depois disso, removeu um pedaço muito menor e o passou para um membro da fraternidade, que o pregou na parede do outro lado do pátio.

"O que é isso?"

"A vesícula biliar", respondeu Kamal.

"Por quê?"

"Vai proteger a casa."

As trombetas soaram, ecoando pelos salões como mensageiros da morte. E os exorcistas desapareceram. Perguntei-me se já haviam terminado seu trabalho. O gigolô se aproximou e deu um tapa nas minhas costas. Eu ia perguntar se ele havia terminado. Mas, antes que pudesse fazê-lo, eles reapareceram, um de cada vez.

Usavam uma túnica cor-de-trigo, sobre a qual vestiam o tradicional manto vermelho do Atlas, decorado com linhas em ziguezague. A cabeça deles estava coberta com um turbante dourado e laranja, e seus pés estavam descalços. Cada um carregava um instrumento: tamborins de pele de cabra chamados *bendir*, tambores de argila conhecidos como *tbilat*, flautas agudas de madeira chamadas *ghaytah*, e *garagab*, grandes castanholas de ferro. Eles voltaram ao pátio, onde prestaram homenagem ao bode desmembrado. Era impossível não ser afetado pelo barulho. Assim como o sacrifício apela para algo primitivo dentro de todos nós, o mesmo acontecia com o ruído de seus instrumentos. A música, se é que podíamos chamá-la assim, criava uma parede sonora ensurdecedora. Kamal, os caseiros e eu assistimos enquanto os Aissawa ateavam fogo em um monte de folhas de álamo, sopravam as chamas e percorriam a casa com a fumaça.

Em cada aposento, executaram o mesmo ritual, salpicando os cantos com leite, sal e sangue. Eles dançaram para frente e para trás, fazendo barulho com as folhas fumegantes enquanto cantavam um solene mantra.

O gigolô desabou em uma cadeira de vime na varanda e

enrolou um cigarro de haxixe. Fui lhe perguntar o que significava tudo aquilo. Ele me afastou com um gesto.

"Às vezes é melhor não falar", disse ele, tragando satisfeito o baseado.

Fui dar uma olhada em Ariane. Ela ficara desolada por ter sido separada de seu bode de estimação. No quarto, Timur dormia no seu berço, mas não havia sinal de Ariane. Uma onda de pânico paterno me atravessou. Corri para fora do quarto e atravessei o longo corredor.

Kamal estava sentado com os caseiros na grama.

"Vocês viram Ariane?"

Eles sacudiram a cabeça. Fui pela varanda até o salão principal. Ela não estava lá. Enquanto me aproximava do pátio onde o bode estava pendurado, pude ouvir o eco distante dos exorcistas. Vi a carcaça do bode, ainda pingando sangue. A pele estava jogada no chão embaixo do corpo e ao seu lado estava a cabeça. Ao lado da cabeça estava Ariane. Agachada ali, de pijama.

"Baba", ela perguntou suavemente, "o que aconteceu com meu bode?"

Desta vez foram meus olhos que se encheram de lágrimas. Os dela estavam secos. Ela não estava triste, e sim confusa. Um animal com quem ela brincara e que considerara um bicho de estimação fora levado por homens estranhos, morto, esfolado e decapitado. Isso não acontecera na televisão ou no mercado, mas no meio da nossa casa.

"Baba, por que a cabeça do meu bode está no chão?", indagou. "Eu não entendo."

Peguei-a no colo e acariciei seu cabelo.

"Também não entendo", respondi.

POR TODA A NOITE, OS EXORCISTAS perambularam pela Casa do Califa. Aconcheguei-me na cama, com Ariane em meus braços, a vibração dos tambores atravessando nossos sonhos. Os caseiros ficaram de pé a noite toda. Encontrei-os na aurora, sentados juntos nos degraus de pedra que levavam à varanda.

"Terminou?"

Osman levantou a mão. "Ainda não."

Caminhei pelo salão, depois pela biblioteca e pelos quartos do andar de cima, mas os exorcistas não estavam lá. A casa parecia muito quieta, como o silêncio depois de um terremoto. Houve muito ruído e terror, mas agora havia paz. Todos os aposentos estavam salpicados de sangue e fediam a fumaça. Seu odor passava a idéia de que algo grotesco acontecera. Eu não conseguia identificar a mudança, mas algo mudara mesmo assim.

Caminhei pelo pátio do jardim. Ali, na sala no extremo do pátio, encontrei os exorcistas. Estavam sentados no chão em um círculo, com velas ao seu redor. Alguns deles estavam entoando um cântico. Não podia compreender por que não os ouvira do lado de fora. O ar estava acre com fumaça oleosa e o mesmo fedor asfixiante das folhas de álamo. Kamal estava sentado contra a parede. Estava com olheiras.

"Já acabou?", perguntei.

"Não."

"Os *djinns* se foram?"

"Quase."

O exorcista mais velho remexeu a bolsa, puxou um galo para fora e se levantou. A ave bateu as asas. Com uma torção rápida dos dedos do exorcista, o pescoço foi quebrado. Mais movimento, e a cabeça foi arrancada. O velho Aissawa deixou o sangue pingar no chão enquanto a cantoria subia num crescendo. As chamas das velas oscilaram como se uma brisa tivesse soprado. O sangue pingou e os tambores começaram. Era um som frio, sinistro como uma marcha fúnebre. Mas havia algo poderoso nele. Você era atraído. Não tinha como evitar.

Um dos homens mais jovens se levantou e caiu no chão. Seu corpo estava girando, tremendo, mostrando o branco dos olhos. A batida foi crescendo e acelerando, como um furacão ganhando velocidade. Outro dos Aissawa se levantou e caiu, depois um terceiro. A batida de tambor cresceu ainda mais, cada vez mais rápida. Senti-me atraído por tudo aquilo. Todo o ar do recinto parecia ter sido sugado. As velas se apagaram.

A mulher Aissawa se levantou e começou a arrancar mechas de cabelo. Seus olhos estavam cerrados, a roupa manchada de cera e sangue. Os tambores não pararam momento algum. Seu som formava um fundo, um palco, um ambiente. A mulher arregaçou as mangas soltas do seu jellaba e enfiou os dentes da frente no seu braço.

Os tambores continuaram.

Eles só silenciaram quando o sol estava acima das tamareiras no fim do jardim. Os exorcistas se deitaram no salão e adormeceram novamente. Pareciam exaustos. Havia um silêncio, uma sensação de que uma grande reviravolta ocorrera, mas que agora estava terminada. Era como a última cena de um filme de Hollywood em que os astros se abraçam, o rosto coberto de sujeira e as roupas em frangalhos. Mas, ao contrário dos finais de filme, não havia créditos rolando.

Os caseiros se aproximaram. Saudaram-me, depois estenderam as mãos.

"Qandisha se foi", disse Hamza.

"Foi para bem longe", comentou Osman.

"*Dar Khalifa* agora é nossa casa?", perguntei.

"Sim", disse o Urso, suavemente. "Agora ela pertence ao senhor."

Enquanto a noite caía, agradeci ao gigolô e a seus exorcistas Aissawa. Eles subiram no caminhão de cimento e foram embora lentamente pela favela, de volta às montanhas. Fechei a porta da frente e respirei fundo. Estava tudo acabado, mas, ao mesmo tempo, era apenas o começo.

VINTE E UM

Nunca dê conselhos no meio da multidão.

A CONDESSA DE LONGVIC TELEFONOU no dia seguinte. Ela ouvira dizer que os demônios foram expulsos da Casa do Califa.

"Talvez nunca tenham estado aqui", repliquei.

A condessa emitiu um som assustado. "Não diga isso", avisou, "ou eles vão voltar num instante."

"A senhora acredita em *djinns*?"

"*Mais oui*, mas é claro."

Enquanto eu pensava no que dizer, a condessa me cortou.

"Viva no Marrocos tempo o suficiente e eles vão entrar no seu sangue", afirmou. "Pode parecer estranho aos seus ouvidos, mas são eles que decidem."

"Decidem o quê?"

"Eles que decidem se vão permitir que você acredite neles", disse ela.

O MÊS DE MAIO TROUXE DE VOLTA o calor feroz que outubro roubara de nós. Os dias eram longos e abrasadores, cheios do som de abelhas nas flores de hibisco e de cães ferozes lutando na *bidonville.* Rachana e as crianças estavam mais felizes do que eu jamais sonhara. Ao contrário de mim, pareciam ter se esquecido dos dias do exorcismo. Os caseiros também estavam contentes. Eles seguiam com seus deveres de interminável limpeza, patrulha e remoção de borboletas afogadas da piscina. Um mês inteiro se passou sem que eu ouvisse uma palavra sobre os *djinns.*

A obra principal chegou ao fim. Os pisos estavam completos, assim como o *tadelakt* nas paredes e a magnífica fonte de mosaico. O trabalho de carpintaria estava pronto e pintado, o vidro nas janelas foi substituído, assim como todo o trabalho que nunca pensei que ficaria pronto – os telhados estavam vedados e os novos aquecedores instalados, os moldes de reboco estavam acabados, os corrimões de metal encaixados e as grades, instaladas. Uma equipe de doze homens colocou a grande porta indiana no lugar. Então, o balanço Rajasthani foi suspenso na varanda diante dela, sob uma grade coroada com flores de maracujá.

Finalmente podíamos nos concentrar nos acabamentos. Não há país no mundo melhor para comprar objetos de decoração do que o Marrocos. Cada canto do reino possui seus próprios estilos exclusivos, cada um aperfeiçoado ao longo de séculos de artesanato. Na *medina* de Fez, compramos candelabros de bronze, lâmpadas de aplique, quilômetros de seda *sabra* colorida, tecida com a fibra do cacto *agaz.* Em Essaouira, encontramos uma mesa de centro envernizada com a aromada madeira tuia, incrustada com madrepérola. E, de um mercador das montanhas do Alto Atlas, compramos uma dúzia de tapetes tribais berberes, fabulosas misturas de cores e desenhos.

Mas foi em Marrakesh que cedemos totalmente à tentação. A *medina* de lá era um empório de arte e artesanato como nenhum outro; as ruas estreitas eram ocupadas ao longo dos dias empoeirados por uma teia frenética de vida. Havia carros de burricos cheios de potes, exércitos de vendedores com lanternas de bronze e lâmpadas de prata, e enxames de garotinhos exibindo toscos brinquedos de madeira. Havia cegos pedindo esmolas, turistas bronzeados com câmeras nas mãos, batedores de carteiras e guardas à paisana, bicicletas e lambretas, adivinhos e encantadores de serpentes, loucos e malandros. Forçamos o caminho pela turba, perguntando-nos se conseguiríamos escapar.

Cada centímetro do espaço estava ocupado com itens à venda: bandejas de nugá fresco brilhando na luz da tarde, pilhas de pistaches e damascos secos, amêndoas torradas e nozes-pecã descascadas. Também havia montanhas de açafrão, limões em conserva, figos e pedaços de bife cortados dos ossos.

Antes que ficássemos totalmente esgotados e sufocados, um dedo nos chamou para uma loja. Seu interior era fresco, calmo e com vários itens atraentes. O proprietário fechou a porta atrás de nós, trancou-a e serviu chá de menta.

"Bem-vindos ao meu oásis", disse ele.

Meio de brincadeira, perguntei se éramos seus prisioneiros. O lojista, um homem esquelético, passou-me um copo de chá.

"Não estou mantendo vocês aqui dentro", respondeu. "Estou mantendo eles lá fora."

Bebemos nosso chá e exploramos os tesouros empilhados em prateleiras abertas. Havia potes de terracota adornados com motivos em ziguezague, toucados de camelo do Saara e esteiras feitas de fibras de grama de esparto. Havia também tapetes *kilim*, tecidos em vibrantes vermelhos, amarelos e verdes; broches de prata, pingentes caligráficos e antigos contratos de casamento berberes inscritos em cilindros de madeira. Na parede traseira havia uma fonte de bronze na forma de uma gazela e, além disso, vários pratos de adivinhação de bronze, marcados com criptogramas.

Uma fabulosa porta de cedro apoiada na janela chamou minha atenção. Estava marcada com a Estrela de Davi e com linhas de texto em hebraico. O lojista percebeu minha curiosidade.

"Está surpreso, não está? Surpreso por ver uma porta judaica."

Confessei que estava. O mercador se empertigou.

"Pode haver tensão entre árabes e judeus", disse ele, "mas sem os judeus o Marrocos seria muito mais pobre."

Comentei que ouvira que o Rei mantinha mais de um conselheiro judeu, e que havia lido sobre a herança judaica do país.

"Meus ancestrais eram judeus", disse o esguio mercador. "Viemos para cá da Andaluzia há setecentos anos e temos orgulho de nossas tradições. Durante gerações praticamos nossa fé judaica e convivemos com os árabes muçulmanos. Mas então, duzentos anos atrás, o Sultão do Marrocos cobrou terríveis impostos das famílias judaicas. Não houve escolha a não ser se converter ao Islam."

Antes de deixar o santuário da loja, compramos uma tigela de adivinhação, um *kilim* e uma pequena caixa de prata. O comerciante abriu o ferrolho da porta, desejou-nos boa sorte e passou-me seu cartão comercial. Seu nome era Abdul-Rafiq Cohen.

DE VOLTA A CASABLANCA, UM cartão-postal em preto-e-branco estava me esperando. A imagem mostrava um grupo de camelos e mulheres do Saara em um rude caravançarai. Era de Pamela, a americana que vivia na vila de meu avô na rue de la Plage em Tânger. Ela escreveu: *Estou viajando pelo sul do Marrocos. As refeições têm sido maravilhosas, exceto por uma, em Sidi Ifni. Serviram-nos uma carne suspeita. Deus sabe o que era aquela carne intragável. Foi rejeitada até por meu gato de viagem.*

NO FIM DE MAIO VOEI PARA LONDRES por três dias, para o lançamento de um filme que fiz. Era uma dessas viagens tediosas cheias de conversas forçadas e solidão. Em todos os momentos em que estive lá, senti falta das crianças, de Rachana e da Casa do Califa. Encontrei um velho colega de escola que ainda estava preso no ciclo de rotina zumbi e pseudo-amigos. Rimos da vida inglesa, do terrível mal da mobília monte-você-mesmo e da sobrecarga de informações. Ele parecia impressionado com o fato de eu ter me mudado para Casablanca. Sempre conspiramos para nos livrarmos juntos, mas algo o conteve. Quando fui embora, brinquei que ele teria que agüentar os sanduíches de galinha marinada e o clima horrível até o fim. Sua expressão vacilou.

"É tudo o que eu conheço", disse ele.

Uma hora depois de ter voltado a *Dar Khalifa*, bateram à porta. Disse a Rachana que não tinha dúvidas de que era Hicham em busca de alguns selos. Mas não era ele. Era sua esposa, Khadija. O branco de seus olhos estava da cor da beterraba, como se tivesse chorado. Pedi que entrasse, mas ela disse que não podia ficar.

"Meu marido morreu dois dias atrás", contou. "Seu coração parou."

Expressei minha grande tristeza.

"Ele disse que, se algo acontecesse, eu devia dar isso ao senhor."

A mulher do colecionador de selos mostrou uma grande caixa. Levei-a para o meu estúdio, acendi a lâmpada da mesa e abri a caixa. Dentro havia uma pilha de álbuns de selos. Hicham me ensinara um bocado sobre o Marrocos e a vida. Sentei-me, deprimido pela perda de um sábio amigo. Ao mesmo tempo, estava feliz, feliz por nossos caminhos terem se cruzado e por termos compartilhado conversas tão agradáveis, pagas com selos.

TRINTA DIAS DEPOIS DO EXORCISMO, Osman disse que tinha algo para me mostrar. Perguntei o que era. Ele pediu que esperasse e que o seguisse. Levou-me até os estábulos, onde ele e os outros caseiros costumavam se esconder, bebendo chá de menta. Há quatro estábulos em *Dar Khalifa,* arranjados num L. Um era o quarto dos caseiros, os outros estavam cheios de velhas escadas e cordas, ferramentas de jardinagem, arame farpado e cadeiras quebradas.

Osman empurrou a porta do estábulo da esquerda. Havia tanta tralha no interior que ela mal abriu. Novamente, Osman empurrou.

"O senhor consegue ver?", perguntou.

"O quê?"

"O portal. O antigo portal", disse ele.

Dei uma olhada. Tudo o que podia ver era uma confusão de escadas e cadeiras, tábuas de cercas e potes. Disse que não conseguia ver o portal. Os outros caseiros apareceram e, depois de uma hora de esforços, conseguiram tirar o portal do estábulo. Eles o colocaram sobre o gramado.

Era feito de cedro e na forma de uma fechadura, com a parte frontal pintada com desenhos geométricos.

"É maravilhoso e antigo", disse eu. "Por que não me contaram sobre ele antes?"

"Nós não sabíamos que ele estava lá", respondeu o Urso.

"Vocês não sabem o que há nos estábulos?"

"É claro que sim", exclamou Hamza, "mas não estava lá antes."

"Estava escondido", afirmou Osman num sussurro.

"Escondido pelos *djinns*", concluiu o Urso.

O portal foi restaurado por Rashid, o guarda-costas, e instalado na entrada de nosso quarto. Fiquei empolgado. Era como conseguir algo de graça, como encontrar dinheiro no meio da rua. Hamza aproveitou todas as oportunidades para descrever as vantagens de viver em uma casa recém-recuperada dos *djinns.*

"As coisas se tornam visíveis", disse ele. "Coisas que estavam ocultas há anos."

"Que tipo de coisas?"

"Tesouros", respondeu. "Todas as casas antigas como *Dar Khalifa* possuem tesouros."

Eu disse que não acreditava nele.

"A porta antiga prova isso", replicou. "Não estava lá e então apareceu."

"Você realmente acha que um tesouro vai se materializar?"

"Claro que vai", explicou Hamza. "O senhor pode se sentar e esperar."

ALGUNS DIAS DEPOIS, CAMINHEI até o oceano antes do café-da-manhã. Era um dia claro. A praia estava deserta, exceto por um homem cavalgando um garanhão árabe pelas ondas que avançavam na areia. Tirei meus sapatos e caminhei na água, fitando o horizonte. Lembro-me de pensar como era estranho que meus pés descalços estivessem na mesma latitude que Atlanta.

No caminho de volta, andei lentamente pela *bidonville*, em meio à costumeira agitação. Havia um homem se oferecendo para amolar facas, um vendedor de verduras arrumando seu estoque e uma mulher debulhando os grãos de sua família. As crianças estavam se apressando para a escola na mesquita caiada, onde a severa professora as esperava com sua mangueira laranja dobrada. Eu estava prestes a enfiar a cabeça na porta e cumprimentar a professora, quando o imã apareceu. Pensei que fosse me pedir dinheiro.

"Obrigado por suas generosas doações", disse ele.

Eu não sabia o que ele queria dizer. Não tinha feito doação alguma, exceto pelos suprimentos escolares.

"O material para a escola?", perguntei.

"Não, não", replicou o velho imã. "Obrigado por todo o dinheiro que deu."

"Dinheiro?"

"Sim, Hamza trouxe as doações. Nós as usamos para reparar o telhado e instalar a eletricidade."

Não sabia o que dizer. Não tinha dado nenhum dinheiro a Hamza para doações à mesquita.

"Não fui eu", disse sem jeito.

"O senhor é modesto, como disse Hamza", murmurou o imã. "Ele me contou que o dinheiro era do senhor, mas que negaria se eu mencionasse o assunto."

O imã abaixou a cabeça e beijou minha mão. Voltei a *Dar Khalifa*, coberto de vergonha. Mais tarde soube que, toda sexta-feira depois do pagamento, Hamza, Osman e o Urso visitavam a mesquita e entregavam ao imã um terço dos seus salários como uma doação em meu nome.

ESTAVA TOMADO PELA CULPA POR ter me beneficiado da morte de Hicham Harass. Sua viúva não ficara com quase nada, enquanto eu herdara uma vida inteira de álbuns de selos valiosos. Ela era orgulhosa demais para aceitar caridade e, sempre que eu a procurava, insistia que Deus estava tomando conta dela. Toda vez que eu visitava o barraco atrás da mesquita, outra preciosa posse se fora – o relógio, depois o rádio e, depois disso, o valioso Corão. Rachana encontrou uma solução: levar os álbuns de selos para a Europa e procurar um colecionador lá. Enviei-os para um amigo que estava indo para Londres. Ele intermediou um negócio e transferiu uma soma considerável para mim. Assim que o dinheiro chegou, apressei-me em levá-lo para a viúva de Hicham. Passei-lhe o envelope com as notas e expliquei que os álbuns eram um tipo de apólice de seguro que podia ser transformado em dinheiro. Ela endireitou o lenço, limpou uma lágrima e disse:

"Lá no céu há um velho amaldiçoando o senhor pelo que fez. Mas aqui na terra há uma velha que está muito agradecida."

QUANDO COMPLETAMOS NOSSO primeiro ano no Marrocos, pensei muito sobre a mudança. A curva de aprendizado fora severa. Concluí que uma vida que não fosse cheia de curvas de aprendizado severas não era uma vida de verdade.

Viver em um novo país nos ensina a fazer concessões. Se nós as fizermos, seremos recompensados muitas vezes. O Marrocos possui uma cultura antiga, que ainda está intacta, centrada na família. Para mim, a melhor coisa de viver aqui é que Ariane e Timur podem brincar contra um fundo inspirador, fervilhando com o espectro total da vida. Como pai, me livrei da sensação de culpa que afoga todos os pais na Inglaterra, onde persiste a convicção vitoriana de que as crianças devem ser vistas e não ouvidas. Encorajo Ariane e Timur a fazer barulho, a gritar, a dançar nas ruas, a ser eles mesmos.

Reformar *Dar Khalifa* foi uma experiência rica e vívida. Várias vezes eu gritei, reclamei e caí no chão, derrotado. Mas o segredo é se levantar e seguir adiante, por mais difícil que seja a situação. Ganhei muito escapando da Inglaterra, mas, mais do que tudo, sinto orgulho de ser eu mesmo novamente.

ALGUNS DIAS DEPOIS DA MORTE de Hicham Harass, os caseiros entraram no meu estúdio enquanto escrevia na mesa espanhola. Eu havia insistido repetidas vezes que ninguém devia me perturbar quando eu estivesse sentado ali. As únicas exceções seriam se as crianças estivessem com problemas ou se a casa estivesse pegando fogo. Pela cara dos caseiros, eu podia ver que não havia emergência. Levantei o rosto e esperei sua desculpa.

"Precisamos falar com o senhor, *Monsieur* Tahir", disse Hamza, adiantando-se.

"É importante?"

Os três homens assentiram. "Sim", responderam juntos. "Sim, é importante."

Deixei a caneta de lado. "O que houve?"

"Os *djinns* se foram", disse Osman.

"Isso é bom, não é? Agora podemos viver em paz."

Os caseiros se aproximaram.

"Temos notícias ainda melhores para o senhor", afirmou Hamza.

"O que poderia ser melhor do que viver em uma casa sem *djinns*?"

O Urso deu um passo à frente. Estava segurando um dossiê surrado.

"Os *djinns* estavam escondendo isto", acrescentou Osman.

"O que é isso?"

"O tesouro", disse ele.

Hamza pegou o dossiê do Urso e o colocou na mesa. Desamarrei o laço e abri a pasta. Dentro, havia algumas páginas amareladas e uma planta do nosso terreno.

Perguntei o que isso significava.

Osman apontou para a planta. "O senhor é o proprietário da casa do gângster", disse ele.

HICHAM HARASS FOI ENTERRADO junto a uma colina sombreada por álamos no sul de Casablanca. Seu túmulo estava marcado com um bastão em um monte de terra recém-escavado. Ao redor havia outros túmulos, uma grande quantidade deles, pedras brancas brilhando na luz da noite. Costumava ir até lá e me sentar perto do túmulo de Hicham e ver a sombra lançada pelo bastão crescer rumo ao leste. Havia um silêncio no cemitério incomum em Casablanca, o silêncio da paz.

Os caseiros me imploraram que não visitasse o túmulo do velho. Eles me disseram que não havia lugar no Marrocos mais perigoso do que um cemitério, especialmente no crepúsculo.

"Quando o sol se põe", disse o Urso, "os *djinns* se erguem dos túmulos e procuram homens de rosto saudável."

NO PRIMEIRO DIA DE JULHO, KAMAL chegou do porto trazendo o contêiner com meus livros. Por meio de alguma incrível prestidigitação, ele convencera a polícia da censura e evitara as tarifas. Como sempre, não tinha idéia das mentiras que contara, se é que contara alguma.

Naquela noite, Rachana e eu nos mudamos para nosso novo quarto no andar de cima e as crianças para o quarto delas, do outro lado do corredor. Passamos quase um ano inteiro comprimidos em um quarto pequeno no térreo. Viver na casa principal era como alcançar a idade adulta – um pouco assustador, mas cheio de possibilidades. As palavras não podiam descrever o prazer de me deitar na cama, sabendo que o trabalho de reforma estava terminado.

Minha cabeça pesou no travesseiro na primeira noite que passamos no andar de cima. Rachana e eu nos deitamos na cama e nós dois começamos a rir. Estarmos no nosso próprio quarto parecia bom demais para ser verdade. Rachana pôs as mãos atrás da cabeça e fitou o teto.

"Podemos vender esta casa e fazer tudo de novo", sugeriu.

Não respondi de início. Fiquei em estado de choque. Pensei em todos os problemas que tivemos com o arquiteto, com os operários e com os *djinns*.

"Você perdeu a cabeça?"

"Foi difícil", replicou ela. "Mas sobrevivemos."

Era como se um grande fardo fosse tirado dos meus ombros. Naturalmente ainda teríamos problemas. Estávamos flutuando num oceano de problemas. Mas havia a sensação de genuína realização, de que, ao abraçarmos o desafio, havíamos nos tornado mais fortes e, de algum modo, mais completos. E o mais gratificante de tudo era a sensação de que finalmente fôramos aceitos pelo Marrocos, por nossos caseiros e pela Casa do Califa.

GLOSSÁRIO

Agaz Cacto encontrado no Marrocos, cuja fibra é usada para fabricar o tecido de seda *sabra.*

Aissawa Uma fraternidade de exorcistas, originalmente formada no século dezesseis, vinda de Meknes e famosa por sua música espiritual.

Baba Literalmente "pai", usado como um termo carinhoso pelas crianças no lugar de "papai". Também é usado como um termo respeitoso para um homem idoso.

Bakshish Dinheiro usado como suborno ou gratificação.

Baraka Literalmente "bênção".

Barbush Populares chinelas pontudas feitas de couro de cabra, usadas por homens e mulheres no Marrocos; amarelas ou de outras cores.

Bejmat Cerâmicas de terracota feitas à mão, esmaltadas ou não, usadas para os pisos de casas e varandas.

Bendir Tradicional tamborim do Marrocos feito de couro de cabra.

Bismillah Árabe, literalmente "em nome de Deus";

dito por muçulmanos antes de começar ou terminar muitas ações, tais como comer, dirigir e assim por diante.

Bistiya Prato marroquino feito com camadas de massa doce sob as quais são colocadas finas camadas de carne de pombo ou galinha, amêndoas, ovos e temperos.

B'saf Árabe marroquino, literalmente "muito" ou "um bocado".

Cafetã Uma vestimenta folgada para mulheres, geralmente bordada.

Dar Palavra em árabe marroquino para "casa".

Dari Um dos idiomas do Afeganistão.

Darj Uma das formas de mosaico *zellij* cortada à mão.

Datura Planta da família das batatas com grandes flores semelhantes a trombetas, trazida do Novo Mundo pelos conquistadores espanhóis e usada como alucinógeno por bruxas medievais européias e por outros.

Dirham Moeda do Marrocos.

Djinn Fraternidade de espíritos criada por Deus a partir do fogo e mencionada no Corão, e que os muçulmanos acreditam habitar o mundo junto com os humanos.

Djnun Termo marroquino para *djinn*.

Eid O *Eid al-Fitr*, "pequeno Eid", marca o fim do Ramadan. O *Eid al-Kabir*, "grande Eid", acontece um mês depois e celebra o sacrifício de um carneiro por Abraão no lugar de seu filho Isaac.[6]

---

6 Na verdade, os muçulmanos acreditam que Abraão ia sacrificar seu filho Ismael, e não Isaac. (N.T.)

Esparto Grama natural áspera usada para tecer esteiras e outras coisas.

Fantasia Exibição eqüestre popular em áreas rurais, onde os participantes avançam e disparam suas armas antigas enquanto cavalgam.

Fasi Alguém de Fez ou o estilo dessa cidade.

F'lous Palavra em árabe marroquino para "dinheiro".

Garagab Grandes castanholas de ferro, usadas por músicos marroquinos.

Ghaytah Flauta aguda de madeira, popular nas montanhas do Atlas e em outras regiões do Marrocos.

Hammam Literalmente "banho", mas geralmente usado para se referir a um banho de vapor no estilo turco.

Hejab O ato de cobrir o cabelo com um lenço ou o véu usado tradicionalmente por mulheres marroquinas.

Inshallah Árabe, literalmente "se Deus quiser".

Jellaba Túnica longa e com capuz usada por homens e mulheres no Marrocos.

Kasbah Castelo ou cidadela fortificada, particularmente situada em áreas rurais desérticas.

Kilim Tapete de lã de colorido vivo.

Khalifa Palavra árabe para "califa".

Khobz Literalmente "pão", geralmente se refere a um pão caseiro duro e redondo.

Kif Resina de haxixe.

Kura Uma das formas de mosaico *zellij* cortada à mão.

Manqash Martelo pesado e afiado, usado para

cortar mosaicos *zellij* e para marcar padrões em azulejos esmaltados.

Medina Antiga cidade murada, com ruas estreitas e uma massa compacta de casas e mercados.

Menzeh Um pavilhão para relaxamento, geralmente localizado nos jardins de um palácio ou uma casa grande.

Merguez Salsicha de carneiro ou cordeiro temperada.

Moualem Literalmente "mestre", referindo-se a um artesão de uma forma de arte tradicional marroquina.

Muezim A chamada para a oração ou, mais corretamente, a pessoa que faz a chamada para a oração.

Nafir Longa trombeta ou trompa de metal, de até dois metros e dez de comprimento.

Qermud As telhas curvadas verdes ou azuis usadas nos telhados de construções tradicionais marroquinas.

Quandil Uma das formas de mosaico *zellij* cortada à mão.

Ramadan Mês sagrado no Islam, quando os muçulmanos jejuam entre a aurora e o crepúsculo.

Riad Pátio tradicional do Marrocos; também usado para descrever uma casa que tem um pátio central desse tipo.

Sabra Um tipo de seda natural, tecido a partir das fibras do cacto *agaz*.

Sehura "Feiticeira".

Sharif Literalmente "nobre", um título reservado para um descendente do Profeta, mas

	também usado no Marrocos como um termo de respeito.
Souq	Um mercado; muitas vezes um mercado particular, especializado, dentro de uma *medina*.
Tadelakt	Trabalho tradicional marroquino em reboco, supostamente originado em Marrakesh, criado com lima, pó de mármore e clara de ovo. Similar ao *stuco veneciano.*
Tagine	Popular guisado marroquino, assim chamado devido à panela cônica onde é cozinhado.
Taliya	Uma das formas de mosaico *zellij* cortada à mão.
Tarbush	Termo apropriado para um chapéu redondo coberto de veludo ou feltro, geralmente conhecido no Ocidente como "fez".
Tbilat	Tradicionais tambores marroquinos de argila, muitas vezes combinados em pares, com um tambor maior e outro menor amarrados.
Tuia	Madeira perfumada e cheia de nós da região próxima a Essaouira.
Zellij	Arte marroquina tradicional de mosaicos feitos de padrões geométricos cortados à mão de azulejos esmaltados.
Zelliji	A pessoa hábil em cortar mosaicos *zellij.*

Próximo lançamento

NAS NOITES ÁRABES
Tahir Shah

ESTA OBRA FOI COMPOSTA EM GARAMOND E DINN, E IMPRESSA PELA GRÁFICA VIDA & CONSCIÊNCIA EM OFF-SET SOBRE PAPEL PÓLEN SOFT 80G PARA A EDITORA ROÇA NOVA EM OUTUBRO DE 2008.